Ullstein

DAS BUCH

Simon Donovan, den greisen Altertumsforscher, holt eines Tages seine Vergangenheit ein: Er erhält einen Brief einer früheren Studentin, deren Forschungen er seinerzeit für seine Karriere mißbraucht hat und mit der er vor mehr als zwanzig Jahren seine Frau betrog. Jetzt will sie ihn zu einem Besuch zwingen, doch anstelle des kranken Professors tritt dessen Sohn Matthew, ein mittelloser Maler, die Reise an. Er ahnt nicht, was ihn erwartet. Sidonie Moreau, die einsam und abgelegen im Norden des Landes lebt, fasziniert Matthew von Beginn an; gleichzeitig spürt er, daß sie etwas vor ihm verbirgt. Schließlich lüftet sie das Geheimnis: Sein Blut ist es, was sie fordert. Noch beugt sich Matthew ihrem Willen nicht, doch fällt es ihm zunehmend schwer, ihrem Charme zu widerstehen...

DIE AUTORIN

Der Vamp ist Nancy Bakers dritter Vampir-Roman, *Blutgesang* und *Blut und Chrysanthemen* erregten bei ihrem Erscheinen großes Aufsehen und wurden bereits in mehrere Sprachen übersetzt.

Nancy Baker

Der Vamp

Roman

Deutsch von Anne Pollmann

Ullstein

Ullstein Buchverlage GmbH,
Berlin
Taschenbuchnummer: 24313
Titel der Originalausgabe:
A terrible Beauty
erschienen bei Penguin Books
Canada
Deutsche Erstausgabe
Oktober 1997

Umschlaggestaltung:
Vera Bauer
Foto: Transglobe / Attard

Printed in Germany 1997
Gesamtherstellung:
Clausen & Bosse, Leck
ISBN 3 548 24313 4

Gedruckt auf
alterungsbeständigem
Papier
mit chlorfrei
gebleichtem
Zellstoff.

Die Deutsche Bibliothek –
CIP-Einheitsaufnahme
Baker, Nancy:
Der Vamp: Roman /
Nancy Baker. Dt. von
Anne Pollmann –
Dt. Erstausg. – Berlin:
Ullstein, 1997
(Ullstein-Buch; 24313)
ISBN 3-548-24313-4

Für meine Eltern, die mir das Königreich zeigten und mir die Schlüssel dazu gaben

Er dachte an seine Söhne, die quer durch die Stadt auf dem Weg zu ihm waren. Peter kam bestimmt mit dem Wagen. Seine Frau war sicher verwahrt in einem ihrer schier endlosen Zirkel gesellschaftlicher Verpflichtungen, seine Kinder in der Obhut des Kindermädchens; sein Ältester würde ohne Zweifel als erster hier sein. Gabriel würde sich wie gewöhnlich ein Taxi nehmen. Auch Matthew könnte das tun, es sei denn, er hatte seinen spärlichen Verdienst bereits für weit weniger nützliche Dinge als Transportmittel ausgegeben. Falls er sich gerade in einer seiner »Dürreperioden«, wie er es nannte, befand, würde er sich wahrscheinlich von Gabriel mitnehmen lassen oder mit der Straßenbahn bis zur nächsten Haltestelle fahren und das letzte Stück zu Fuß gehen.

Simon sah wieder auf den Schreibtisch. Unter den nüchternen Titelblättern des *Journal of Archaic Languages* war ein schmales Rechteck aufgetaucht. Gedankenlos griff er danach, er suchte einen Vorwand, um den knarrenden Komfort seines alten Sessels nicht verlassen zu müssen.

Der Umschlag war aus dickem Elfenbeinpapier. Es war kein Absender vermerkt, nur der Poststempel einer Stadt, von der er noch nie gehört hatte. Als er die Handschrift auf der Vorderseite sah, spürte er einen Stich in der Herzgegend und drehte den Umschlag hastig um. Er war mit dunkelrotem Wachs versiegelt, eine altertümliche Geste, die seine plötzliche Unruhe nicht mildern konnte. Der Buchstabe »S« war in geschwungener Schrift tief in den blutroten Klecks hineingedrückt.

Simon befeuchtete die Lippen, sein Mund war trokken wie Staub. Er drehte den Umschlag wieder um und zwang sich, die Handschrift anzusehen. Es war mehr als zwanzig Jahre her. Mehr als zwanzig Jahre, daß er jede Spur dieser Schrift aus seinen Unterlagen gelöscht hatte... und aus seinem Herzen. Wie konnte er jetzt so sicher sein, daß er sie kannte? Sehr wahrscheinlich stammte der Brief von einem harmlosen Freund oder Bekannten, der neuerdings eine Vorliebe für eine alte Gepflogenheit des Briefeschreibens entdeckt hatte.

Er sah aus dem Fenster auf den dünnen roten Streifen, gegen den sich die Umrisse der Dächer dunkel abzeichneten. Seine Finger berührten das Siegel. Noch könnte er sich davon befreien. Er könnte den Brief in das Durcheinander seines Papierkorbs zwischen zerrissene Umschläge stecken, und falls das nicht ausreichte, brannte auf der anderen Seite des Arbeitszimmers noch das Feuer. Den Brief zu verbrennen war sicher das beste. Dann würde er den Inhalt nie in Erfahrung bringen können, auch wenn er sich vielleicht fragte, welches Geheimnis dieser Umschlag in sich barg. Wenn er ihn wegwerfen würde, sogar wenn er ihn zerrisse, wäre es viel zu leicht, seine Meinung wieder zu ändern und der Neugier zu erliegen.

Das Siegel brach unter seinen Fingern auf. Nachdem der erste Schritt getan war, gab es kein Zurück mehr. Er öffnete den Umschlag und zog ein einzelnes gefaltetes Blatt hervor. Auf der Außenseite war keine Schrift, er konnte jedoch die schwachen Umrisse der Tinte auf der Innenseite erkennen, die blutig durch das Papier schimmerten. In dem Bewußtsein, daß er einen unwiderruflichen Schritt getan hatte, faltete er den Brief auseinander.

Lieber Simon...

Er brauchte nicht lang, um den Brief zu lesen. Ihre Sätze waren immer bemerkenswert knapp gewesen, dachte er, wobei ihm der Gedanke gleichzeitig lächerlich erschien, und las die Worte noch einmal. Und dann ein drittes Mal, um sicherzugehen. Phantasiefetzen schossen ihm durch den Kopf. Es mußte ein Trick sein. Es konnte nicht ihr Ernst sein. Aber so klar und deutlich sie sich immer ausgedrückt hatte, so ernst hatte sie auch alles gemeint.

Lieber Simon...

Weit weg läutete die Türglocke. Er hörte, wie die Tür geöffnet wurde, dann ein Gemurmel von Stimmen. Jemand rief seinen Namen.

Er sah von dem Brief auf und bemerkte, daß die Sonne gänzlich verschwunden war.

Schritte auf der Treppe, ein Klopfen an der Tür. »Dr. Donovan?« Mrs. O'Briens Stimme drang gedämpft durch die dicke Eichentür seines Zufluchtsortes. »Dr. Donovan, Mr. Peter ist da.«

Simon Donovan starrte auf den Brief in seiner Hand. Die Worte verloren ihren Sinn, und das Geschriebene verwandelte sich von der ihm bekannten Sprache in die eckigen Striche jener uralten Sprache, mit der er sich vor all den Jahren abgemüht hatte. »Sidonie«, sagte er leise, zum ersten Mal nach zwanzig Jahren. »Sidonie.«

2. Kapitel

Jemand klopfte an die Tür.

Matthew Donovan schüttelte den Kopf, noch ganz versunken in die Vision von rotem Regen und dunklen Figuren, die dicht gedrängt durch enge Straßen zwischen kaum erkennbaren Gebäuden liefen. Er strich sich das Haar aus der Stirn und blinzelte. Er hörte, wie eine Stimme von weitem rief.

»Matthew ... Ich weiß, daß du da bist. Mach die verdammte Tür auf!«

Er durchquerte den Raum, ohne einen Gedanken zu fassen, und griff nach der Türklinke. Sie war einmal schwarz gewesen, doch jetzt war sie mit Farbe in unzähligen Schattierungen besprenkelt. Seine Finger fügten der Mischung dunkelrote Flecken hinzu.

Gabriel stand auf dem schmalen Treppenabsatz. »Du bist nicht fertig. Natürlich nicht. Ich hätte mich besser nicht darauf eingelassen.« Er schob sich an Matthew vorbei in das Dachzimmer. »Meine Güte. Ich nehme an, dein tyrannischer Vermieter hat die Heizung noch nicht aufgedreht.«

»Ich hab' die Miete auch noch nicht bezahlt«, antwortete Matthew mit einem plötzlichen Schaudern. »Danke, daß du es erwähnt hast ... bis eben hatte ich geschafft, es nicht zu bemerken.«

»In Vaters Haus ist es angenehm warm, und es gibt gutes Essen und guten Wein. Also beeil dich und zieh dich um. Das Taxi steht unten.« Gabriel sah sich um. »Ich stelle fest, die Putzfrau ist auch länger nicht dagewesen.«

Matthew lachte und ging zur Staffelei vor dem Fenster, er bemühte sich, nicht auf das dort angelehnte Gemälde zu schauen. Wenn er es ansah, würde er es auf der Stelle vollenden wollen, trotz seines Versprechens, zum Abendessen zu seinem Vater zu gehen. Eilig wusch er die Pinsel nach dem üblichen Ritual und bemerkte dabei, wie Gabriel quer durch das Zimmer ging. Als er fertig war, ging Matthew zum Kleiderschrank an der anderen Wand und öffnete ihn vorsichtig. Der Boden des Raums war uneben, und der Schrank neigte sich in einem ziemlich bedrohlichen Winkel, als sei er immer kurz davor, umzukippen und ihn zu erschlagen. Eine Zeitlang hatte er darüber nachgedacht, sich in das Unvermeidbare zu fügen, ihn selbst auf den Boden zu stoßen und dann ein Loch in die Rückwand zu schlagen, damit er an seine Sachen kommen konnte. Er hatte sich schließlich entschieden, mit der Bedrohung zu leben, wenn er dafür nur mehr Bodenfläche hatte. Sein Bett hatte er allerdings auf die andere Seite des Zimmers gerückt.

»Wasch dir zuerst die Hände«, sagte Gabriel, als Matthew nach einem sauberen Hemd griff. »Und auch das Gesicht.« Sein Bruder hatte sich auf das Bett gesetzt und betrachtete das Gemälde. Matthew ging hinter den hölzernen Paravent, der die Waschecke vom übrigen Zimmer abtrennte, und drehte das Wasser auf. Er probierte beide Hähne, aber wie immer gab es nur kaltes Wasser. Das änderte sich nie, selbst wenn er die Miete bezahlte. Er schrubbte sein Kinn und sah, wie sich die roten und schwarzen Farbflecken auflösten.

Er blickte in den fleckigen Spiegel über dem Waschbecken. Quer über seiner Stirn verlief ein roter Streifen, und eine Wange war mit schwarzer Farbe beschmiert. Sein Haar war zerzaust und fettig. Mit einem Seufzer beugte er den Kopf in den eisigen Wasserstrahl und brachte die Sache zu Ende. Als er wieder auftauchte und das nasse Haar mit einem Handtuch trockenrieb, stand Gabriel vor dem Kleiderschrank und hielt ein sauberes weißes Hemd und sein bestes schwarzes Jackett hoch. »Zieh das hier an. Und nimm das Handtuch mit. Du kannst dich im Taxi schönmachen. Und wenn du ohnehin vergißt, dich zu rasieren, dann könntest du dir wenigstens einen richtigen Bart stehen lassen.«

Matthew lachte. Gabriel war wie üblich tadellos gekleidet: rote Weste, strahlendweißes Hemd, Jackett nach neuestem Schnitt. Seine Kragenknöpfe blitzten rubinrot im verglühenden Sonnenlicht. Sein Haar, das die Farbe von hellglänzendem Kiefernholz besaß, war zurückgekämmt und genau auf die Länge geschnitten, die kultivierte Intellektuelle auf der einen Seite von rebellischen Bohemiens und auf der anderen Seite von etablierten Geschäftsmännern abgrenzte. »Es ist Vater egal, was ich anziehe«, sagte Matthew automatisch protestierend, als er das schmutzige Hemd auszog, es auf den Boden fallen ließ und das frische Hemd von seinem Bruder entgegennahm.

»Es ist ihm nicht egal. Er sagt nur nichts mehr dazu. Außerdem müßte ich mir zehn Minuten lang Peters Moralpredigt anhören, wenn du in deinem üblichen halbangezogenen Zustand auftauchst, und das finde ich ungemein langweilig. Wenn ich schon deine Fahrt bezahle, was ich übrigens gerade in diesem Moment tue, wenn die Bemerkung erlaubt ist, dann kannst du mir wenigstens das ersparen.«

Matthew bekam das feuchte Handtuch zurück und folgte Gabriel zur Tür. Als sie die knarrenden Stufen hinuntergingen, drehte sich sein Bruder kurz um. »Diese Sache in Rot und Schwarz hat mir übrigens gefallen. Gute Perspektive. Außerdem genau das richtige für einen meiner Freunde. Ich werde ihm davon erzählen.«

»Das ist nett, setzt aber voraus, daß ich es abschließen kann, jetzt, wo der kreative Prozeß unterbrochen wurde.«

»Unsinn. Du wirst auch die nächste *Badende Venus* unterbrechen, wenn du was Warmes zu essen bekommst, und das weißt du genauso gut wie ich. Wo wir gerade bei Freunden und Bildern sind, bist du ganz sicher, daß du diesen Holzparavent nicht verkaufen willst, mit dem du deine wie auch immer geartete Schicklichkeit wahrst? Ich habe jemandem davon erzählt, und er war sehr interessiert.«

»Ich kann nicht darauf verzichten«, sagte Matthew. Es war nicht das erste Mal, daß Gabriel nach dem Paravent fragte. Sein Bruder schien einfach nicht zu verstehen, daß er ihn nicht verkaufen konnte. Es war schließlich genau jenes Projekt, weswegen er vor sechs Jahren von der Kunsthochschule geflogen war. Die Aufgabe hatte darin bestanden, die pastoralen Motive einer Gruppe von Künstlern nachzuahmen, die bereits Hunderte von Jahren unter der Erde lagen. Die Technik, Perspektive und mit weichen Farben zu malen, hatte ihn zwar fasziniert, doch das Thema war so idyllisch gewesen, daß er der Versuchung nicht hatte widerstehen können, das Ganze etwas auszuschmücken. Im Trubel vor der großen Kunstausstellung der Hochschule hatte sich niemand das Werk sorgfältig angesehen, und es wurde an einem Ehrenplatz aufgestellt. Leider war es ausgerechnet die Frau des Gönners der Hochschule, der es auffiel, daß der Schäfer und die Nymphen im Hintergrund Dinge trieben, die weit weniger unschuldig waren als das, was die Maler von Pastoralen bevorzugten. Mit dem Paar, das Unzucht trieb, und dem »Pinkelwettbewerb« wäre er wahrscheinlich gerade noch durchgekommen. Aber wegen der Sache mit dem Schäfer und dem Schaf war er von der Schule geflogen.

»Denk darüber nach«, sagte Gabriel. »Ich bestehe auch nicht auf dem Familienrabatt.«

»Wenn man bedenkt, daß du ohnehin der einzige in der Familie bist, der je eins meiner Bilder gekauft hat, dann kann man ebensogut ›Gabrielrabatt‹ sagen«, erwiderte Matthew. Die Wahrheit war, daß Gabriel viel mehr bezahlte, als Matthew je von einer der wenigen Galerien bekommen hätte, die ihm seine Arbeiten abnahmen. Außerdem verdoppelte Gabriel immer die regulären Preise, wenn er ein Bild an einen seiner Freunde verkaufte. Der einzige Umstand, der Matthew die Sache erträglich machte, war die Gewißheit, daß sein Bruder die Gemälde, die er erwarb, wirklich mochte. Einmal, als er versucht hatte, sich zu wehren, hatte Gabriel nur abgewunken. »Ich sehe das als Investition, nicht als Wohltätigkeit«, sagte er, »wenn du allerdings nicht bald zu Ruhm und Ehren kommst, lieber Bruder, dann muß ich dich möglicherweise umbringen, um den Vorgang zu beschleunigen.«

Als sie im Taxi saßen, fragte Matthew, während er sein Haar trockenrieb: »Hast du mit Vater gesprochen?«

»Nur kurz. Er beteuert, daß alles in Ordnung ist, aber das sagt er ja immer. Wir müssen Mrs. O'Brien mal beiseite nehmen und auf einen genauen Bericht bestehen. Ich habe den Ärzten versprochen, daß ich mein Bestes tun werde, um ihn von Situationen fernzuhalten, die ›seine Konstitution beeinträchtigen könnten‹ – so hieß die Formulierung, glaube ich.« Gabriel runzelte die Stirn. »Ich hätte dieses Abendessen absagen sollen. Oder ich hätte es wenigstens so einrichten müssen, daß Peter verhindert gewesen wäre.«

»Hat er Vater wieder gedrängt, in den Ruhestand zu treten?«

»Natürlich. Der Idiot hat sich sogar an den Rektor der Universität gewandt. Als ob es Vater bessergehen würde, wenn man ihn zwingt, das aufzugeben, was er am meisten liebt. Vermutlich sollten wir dankbar sein, daß auch die Universität das weiß. Und daß sie die Tradition wahrt, Professoren auf ihren Lehrstühlen zu halten, bis sie dort sterben.« Gabriels Stimme klang unbeschwert, doch als Matthew ihn ansah, bemerkte er, daß er aus dem Fenster auf die vorbeigleitende Straße starrte, während er mit der einen Hand seine Handschuhe fest umklammerte. Sie sprachen über andere Dinge, bis das Taxi vor dem Wohnhaus hielt.

Mrs. O'Brien öffnete die Tür. »Guten Abend, verehrte Dame«, sagte Gabriel und verbeugte sich anmutig, als er den Mantel auszog. Matthew versuchte nicht, das Kunststück seines Bruders zu imitieren, und gab sich damit zufrieden zu beobachten, wie der Frau die Röte in die faltigen Wangen schoß, während sein Bruder mit ihr flachste.

»Ist Peter schon da?« fragte er schließlich, auch wenn er die Antwort wußte, bevor sie nickte.

»Ja. Aber Ihr Vater ist noch oben, um sich umzukleiden. Es wird also noch etwas dauern bis zum Abendessen«, versicherte sie ihm.

»Dann bringen wir es am besten gleich hinter uns«, sagte Gabriel und ging Matthew voran ins Wohnzimmer. Ihr älterer Bruder saß mit einem Glas Whisky in der Hand am Kamin. »Peter, schön, dich zu sehen. Wie geht es Catherine? Wie geht es den Kindern?«

Peter erhob sich angesichts Gabriels wortreicher Begrüßung und streckte die Hand aus. »Die ganze Familie ist wohlauf. Und bei dir, Gabriel?«

»Mir geht es prächtig. Das neue Stück zieht die Leute in Scharen an. Es wird dich freuen zu hören, daß wir damit eine Menge Geld machen.« Gabriel war an Theaterproduktionen beteiligt. Etwas Genaueres hatte Matthew nie herausbekommen können, obwohl er immer wieder überrascht war, daß dieses Geschäft Gabriel anscheinend einen so großzügigen Lebensstil ermöglichte. Alle Theaterleute, die Matthew kannte, Schauspieler, Musiker und Bühnenarbeiter, hatten noch weniger Geld als er selbst.

»Matthew. Wie geht es dir?« sagte Peter mit ausgestreckter Hand. Matthew schüttelte seine Hand und zuckte mit den Achseln.

»Ganz gut.«

»Schön.«

Während das Schweigen etwas länger als angenehm anhielt, betrachtete Matthew seinen Bruder. Er ähnelte Vater am meisten. Dichtes, dunkles Haar, das allmählich ergraute, dichte Augenbrauen, stumpfes Kinn und eine gebogene Nase, die inmitten dieser allgemeinen Geschlossenheit überraschte. Nur was das Äußere betraf, war er Vater am ähnlichsten, ergänzte Matthew in Gedanken, jedoch am wenigsten, was das Innere betraf. Oder vielleicht auch nicht. Vielleicht bestand der Unterschied nur darin, daß die Sprache, die in Peters Leben den Ton angab, nur Geld und ganze Zahlen kannte, während es für Simon Donovan der Gesang von untergegangenen Reichen und verstaubten Dokumenten war. Vielleicht gibt es für uns alle Rätsel, von denen wir besessen sind, dachte er. Vater hat seine uralten Kulturen, Peter besitzt das Geheimnis von Erfolg und Ansehen, Gabriel spürt die Lockung von sinnlichem Genuß und theatralischer Darstellung. Und für ihn bestand das Rätsel vermutlich in der geheimnisvollen Beziehung von Linie und Farbe und den versteckten Verknüpfungen zwischen Phantasie und Pinsel, die diese Dinge wirklicher erscheinen ließen als die Wirklichkeit.

Scheinbar hörten sie alle im selben Moment die Schritte auf der Treppe und wandten sich der Tür zu.

Einen Moment lang sah Matthew nur das Lächeln, die zur Begrüßung ausgestreckten Hände. Dann bemerkte er die Blässe im Gesicht seines Vaters, die Falten, die die strahlenförmigen Linien um seine Augen noch vertieften, und das Zittern in den ausgestreckten Armen. Er sah zehn Jahre älter aus als fünfundsechzig. Er stirbt, dachte Matthew, und Furcht ergriff ihn wie in dem Moment, als Gabriel ihm erzählt hatte, daß Vater ins Sanatorium eingeliefert worden war. Peter hatte das arrangiert, es versprach die beste Pflege, dic fähigsten Ärzte. Es war notwendig, es war sicher. Er wußte das wohl, aber er wußte auch, daß der Weg ins Sanatorium trotz aller besänftigenden Worte und aller zuversichtlichen Versprechungen oft nicht mehr zurückführte. Im Geist sah er, wie das schwere Eisentor wie ein großer gefräßiger Rachen zuschnappte.

Dann schüttelte Peter Simons Hand, und Gabriel

umarmte seinen Vater überschwenglich. Als Simon sich befreit hatte, wandte er sich Matthew zu. Ihre Begrüßung war unbeholfen, Matthew war plötzlich besorgt, das Gewicht seiner Arme könne die schwachen Schultern des alten Mannes brechen. »Du siehst gut aus, mein Sohn. Ich weiß allerdings nicht, was deine Mutter zu deinen Haaren sagen würde.«

»Gabriel ist daran schuld«, sagte Matthew mit einem Lächeln, er war dankbar, den vertrauten Klang der Stimme seines Vaters zu hören, und er beschloß, gar nicht erst zu bestimmen, ob die Kritik im Spaß gemeint war oder nicht. »Wegen ihm habe ich es im Taxi auf dem Weg hierhin getrocknet. Wie fühlst du dich?«

»Schon viel besser, viel besser«, antwortete Simon, aber Matthew bemerkte, daß er sich abwandte, bevor sich ihre Blicke begegneten.

»Diesmal mußt du dich aber schonen, Vater«, sagte Peter, und Simon lachte.

»Unsinn. Ich habe mich einen Monat lang geschont. Jetzt muß ich wieder an die Arbeit. Ihr hättet mal den Stapel Briefe sehen sollen, der sich angesammelt hatte...« Die Stimme versagte ihm. Matthew sah, wie sich Gabriels lebhafte Gesichtszüge versteinerten und wie Peter den Mund zusammenkniff.

»Es ist angerichtet«, kündigte Mrs. O'Brien von der Tür aus an.

»Das habe ich auch vermißt, das könnt ihr mir glauben«, sagte Simon wieder mit fester Stimme. »Ich habe einen ganzen Monat lang nichts Anständiges zu essen bekommen.«

»Willst du etwa behaupten, daß du ein Feinschmekker geworden bist? Der Mann, der seine Nase immer zu tief in Bücher steckte, um überhaupt zu bemerken, ob er gerade Rinderfilet oder Lammfleisch aß?« fragte

Gabriel und reichte ihm den Arm, als sie ins Eßzimmer gingen.

Wie macht er das bloß, fragte sich Matthew. Gabriel konnte Simon ohne jede Anstrengung zum Lachen bringen, konnte ihm so unauffällig Unterstützung und Bequemlichkeit anbieten, daß der alte Mann es überhaupt nicht zu bemerken schien. Wenn Matthew es versuchte, wirkte jede Bewegung unbeholfen und verkrampft, jede Bemerkung gönnerhaft. Sogar Peters anmaßende Besorgnis schien manchmal angebrachter und nützlicher als seine ungeschickten Versuche. Er hatte geglaubt, daß sich die Distanz zwischen ihm und Simon während der letzten Jahre, in dem Maße, wie die Erinnerungen an früher verblaßten, ein wenig gegeben hätte. Doch jede Zusammenkunft erinnerte ihn daran, wie groß die Kluft zwischen ihnen noch immer war und wie offen die Wunden unter der über Jahre angesammelten Betäubung dalagen. Mißmutig steckte er die Hände in die Taschen, ignorierte Peters prompt erfolgenden, strafenden Blick und schlenderte hinter ihnen her ins Eßzimmer.

Das Essen war hervorragend, insbesondere nach der unregelmäßigen Sparkost der letzten Wochen. Er verbrachte zwar viel Zeit in Cafés und Restaurants, aber es ging dabei nie in erster Linie ums Essen. Er verzehrte Gratiskost in Bars, aß die Teller seiner Freunde leer und bestellte, wenn nötig, irgendein Gericht, das gerade zu seinem Geschmack und zu seiner Brieftasche paßte. Wenn er Glück hatte, nahm Allegra ihn mit zu sich nach Hause, dort gab es Kaviar oder süße Zimtrollen oder Eiscreme, während sie ausgestreckt in dem seidenen Meer ihres Bettes lagen.

Trotz des guten Essens und des noch besseren Weins spürte Matthew eine Anspannung, die er nicht gänzlich Simons Krankheit zuschreiben konnte. Während des Gesprächs wirkte sein Vater irgendwie abgelenkt, er glaubte gelegentlich sogar Sorgenfalten auf der Stirn seines Vaters erkennen zu können. Mehr als einmal sah er, wie Simon die Brusttasche seines Jacketts kurz über dem Herzen berührte und sich die Falten vertieften.

Als sie wieder im Wohnzimmer saßen, den Brandy in der Hand, versuchte Peter erneut, Simon zum Ruhestand zu überreden. Matthew fing Gabriels Blick auf und sah, wie sein Bruder die Augen verdrehte. Wenn Peter keine Ruhe gab, dann würde Gabriel bald nach Hause gehen wollen, dachte Matthew, und wenn Gabriel ging, war er gezwungen mitzukommen, sonst verpaßte er seine Mitfahrgelegenheit. Er wollte aber noch nicht nach Hause, wollte noch ein wenig länger die Hitze des Feuers auf seiner Haut und das wohltuende Brennen des Alkohols in seinem Magen spüren.

»Was hast du vor?« Peters überraschte Stimme lenkte seine Aufmerksamkeit wieder auf das Gespräch.

»Eine ehemalige ... Studentin ... hat mich zu sich eingeladen. Vielleicht fahre ich hin.«

»Wo wohnt diese Studentin?«

»Im Norden. Ich werde mit dem Zug hinfahren.«

»Vater, du kannst doch nicht ...«

»Du drängst mich doch immer, mich auszuruhen, die Dinge langsamer anzugehen. Ich kann mir nichts Mußevolleres vorstellen als eine Zugreise in den Norden und einen friedlichen Besuch«, entgegnete Simon, doch die Entschlossenheit, mit der er das sagte, war nicht überzeugend.

»Und wenn du wieder einen Anfall bekommst?« fragte Peter.

»Es gibt auch im Norden Ärzte. Es ist schließlich keine unzivilisierte Wildnis.«

»Vater...«

»Peter, ich weiß, was ich tue.«

»Wenn du hinfährst, solltest du nicht allein fahren«, sagte Gabriel. »Nimm Matthew mit.« Matthew und Simon äußerten ihre Überraschung im selben Moment. »Warum nicht? Du hast keinen triftigen Grund, in der Stadt zu bleiben. Und denk doch an all diese unberührten Landschaften und seltsamen Menschen, die du dort malen kannst. Für dich wird es eine Bildungsreise sein.«

»Ich brauche kein Kindermädchen. Ich fahre allein.« Simon stand auf und machte einen Schritt nach vorn. »Ich bin es satt, mich mit euch zu streiten. Ich gehe zu Bett.« Beim nächsten Schritt wurde er blaß, und seine Hände preßten sich an die Brust. Matthew erhob sich schnell und fing seinen Vater auf, der ihm in die Arme sackte. Er hörte die aufgeregten Stimmen seiner Brüder, während er Simon in den Sessel setzte und sich neben ihn kauerte. Simon rang nach Atem, aber es kam wieder etwas Farbe in sein Gesicht.

Matthew wollte seine Hände über die des Vaters legen, als ob er den Herzschlag des alten Mannes durch die Schichten von Haut und Knochen spüren könnte. Er sah Panik in Simons Augen aufflackern und hörte das knisternde Geräusch von Papier. Irgend etwas steckte in der Brusttasche des Jacketts. Danach hatte Simon also den ganzen Abend gefühlt, nicht nach seinem Herzen. In dieser Tasche verbarg sich der Grund für seine Sorge und das seltsame Gerede von der Reise in den Norden. »Was ist das, Vater?« Simon schüttelte den Kopf. Peter würde es von ihm erzwingen, Gabriel es ihm entlocken..., aber Matthew war weder das eine noch das andere möglich. »Wenn du es uns zeigst, dann verstehen wir vielleicht, warum du wegfahren willst«, sagte er und brachte dann ein unbeholfenes Lächeln zustande. »Wenn du es mir nicht zeigst, dann werde ich darauf bestehen, mit dir zu fahren... und davon hätte keiner von uns beiden etwas.«

»Es tut mir leid, aber es geht nicht«, stieß Simon hervor. Seine Hände rutschten von der Brust ab und griffen nach Matthews Händen. »Vertrau mir.« Sein Blick war verzweifelt und bat um Verständnis. Einen Augenblick lang fühlte Matthew sich schuldig. Wer sagte denn eigentlich, daß der alte Mann kein Recht auf Geheimnisse hatte? Mit welcher Berechtigung verlangten sie, daß ihr Vater sein Leben so einrichtete, wie sie es erwarteten? War er selbst nicht genau aus diesem Grund vor so vielen Jahren von zu Hause ausgezogen – um das Leben zu leben, das er sich ausgesucht hatte?

Eine Hand glitt an seiner Schulter vorbei. Matthew sah, wie sich die Augen seines Vaters weiteten, wie sich sein Mund zum Protest öffnete. Peter zog ein gefaltetes Stück Papier aus Simons Brusttasche.

»Gib mir das zurück!« sagte Simon, schüttelte seine Hände aus Matthews Umklammerung und packte die Sessellehnen, um sich aufzurichten.

»Nein. Das ist nur zu deinem Nutzen, und das weißt du auch.« Peter faltete den Brief auseinander. Simon sackte in den Sessel zurück und schloß die Augen. Matthew sah, wie ein Schatten über sein Gesicht huschte, der wie Erleichterung wirkte, und fragte sich, ob sein Vater trotz seiner Proteste vielleicht erleichtert war, die Last dieses Papiers nicht mehr allein tragen zu müssen.

Peter verkniff den Mund und zog die dichten Augenbrauen zusammen. Matthew versuchte, seinen Ausdruck zu deuten. Wenn sein Bruder ein Gemälde wäre, was hätte der Künstler dann mit diesen Linien ausdrücken wollen? Zorn? Erstaunen? Bestimmt von beidem etwas. Zu seiner Überraschung sagte Peter kein Wort und gab den Brief lediglich an Gabriel weiter.

Einen Moment lang glaubte Matthew, daß er ihn laut vorlesen wollte. Sein Mund öffnete sich sogar, als wäre das wirklich seine Absicht, doch dann schloß er sich langsam. Als er fertig war, reichte er Matthew das gefaltete Blatt.

Er stand auf und sah auf den Brief in der Hand seines Bruders. Es blieb ihm schließlich nichts anderes übrig, als den Brief anzunehmen. Das Papier war dick und mit schraffierten Fasern strukturiert, die sich unter seinen Fingern erstaunlich weich anfühlten. Erst sah er nur ein Muster: die eckigen Verschlingungen von schwarzer Schrift auf weißem Untergrund. Dann kristallisierten sich die Worte heraus.

Lieber Simon,
Du wirst überrascht sein, nach so vielen Jahren einen Brief von mir zu erhalten. Es tut mir leid, daß mein Verschwinden damals so plötzlich war, doch ich hatte keine andere Wahl.
Ich weiß, daß Du Dir nahmst, was mir gehörte, und damit Deinen Namen schmücktest. Ich weiß, was Dir diese Tat in den letzten zwanzig Jahren eingebracht hat. Auch wenn viele Jahre vergangen sind, seitdem Du mir dieses Unrecht zugefügt hast, so ist jetzt die Zeit der Vergeltung gekommen. Ich muß Dich darum bitten, zu mir zu kommen und bei mir zu bleiben – weiter unten findest Du genauere An-

weisungen. Diese Schuld kann nur von Angesicht zu Angesicht beglichen werden.
Bitte glaube nicht, daß ich die Angelegenheit vergessen habe, da seitdem soviel Zeit vergangen ist. Ich erinnere mich an alles, was wir geleistet haben... und was wir taten. Wenn Du meiner Bitte nicht Folge leistest, wird die ganze Welt davon erfahren.
Ich erwarte Dich am dreißigsten Tag nach dem Datum dieses Briefes.

Sidonie Moreau

Matthew las den Brief und die Anweisungen für die Reise in den äußersten Winkel des Nordens noch einmal. Er sah erst seine Brüder an, dann seinen Vater. »Ich verstehe das nicht. Wer ist diese Frau? Was will sie von dir?«

»Sie verlangt Wiedergutmachung für ein Unrecht, das ich ihr zugefügt habe«, sagte Simon langsam nach einer Weile. »Vielleicht hat sie mir auch Rache geschworen.«

»Wer ist sie?« fragte Peter.

»Sie war meine wissenschaftliche Assistentin vor mehr als zwanzig Jahren.« Matthew sah, wie sein Vater schluckte. »Sie war auch die Frau, mit der ich eure Mutter betrog.«

3. Kapitel

»Das Ganze ist zwanzig Jahre her«, begann Simon die Geschichte, seine Augen waren auf das erlöschende Feuer gerichtet. »Eure Mutter war in Umständen. Du, Matthew, warst wieder einmal kränklich, wie du es seit deiner Geburt gewesen bist. Wir wohnten noch in der Vierzimmerwohnung in der Nähe der Universität. Ich war zweiundvierzig Jahre alt und Professor, aber leitete immer noch kein eigenes Institut. Die Träume, die ich so lange Zeit gehegt hatte, schienen immer mehr in unerreichbare Ferne gerückt. Und was das für Träume waren. Als mir zehn Jahre zuvor der Zugang zu den Schriftrollen von Aquitanien gewährt worden war, hatte ich mir den Ruhm ausgemalt, den ich durch ihre Übersetzung erlangen würde. Ich würde eine ordentliche Professur bekommen und dann auf den Lehrstuhl der Fakultät berufen werden. Veröffentlichungen in wichtigen Fachzeitschriften, die von allen Seiten Beifall finden. Konferenzen in der ganzen Welt. Reisen in die Länder, über die ich so lange Zeit geforscht hatte.

Doch die Geheimnisse der Schriftrollen hatten sich mir zehn Jahre lang entzogen. All die Jahre hielt ich pflichtbewußt jeden Tag Seminare ab und betrieb abends meine Studien weiter. Ich überließ es eurer

Mutter, sich um euch zu kümmern. Sie beschwerte sich niemals. Sie hielt den Haushalt mit Hilfe meiner mageren Einkünfte zusammen und erwähnte nicht ein einziges Mal, daß ich ihr ein viel besseres Leben versprochen hatte. So war eure Mutter, aus diesem Holz war sie geschnitzt. Ich nahm es wie selbstverständlich hin, vielleicht nahm ich es ihr sogar ein wenig übel. Ihr Gleichmut war wie stillschweigende Kritik, ihre uneingeschränkte Fröhlichkeit angesichts schreiender Babies und vornehmer Armut gemahnte mich ständig daran, daß ich diese Dinge nicht ertragen konnte. Ich ertrug es wirklich nicht und flüchtete mich in die Forschung.

Dann, eines Tages, kurz nach Semesterbeginn, kam eine neue Studentin in eins meiner Geschichtsseminare, die abends stattfanden.« Sein kurzes Lachen klang bitter. »Wie hätte ich ahnen sollen, was ihr Kommen bedeutete? Sie war mir bis kurz vor Ende des Seminars noch nicht einmal aufgefallen. Sie war nicht die Art von Frau, die einem sofort auffällt. Von dieser ersten Begegnung behielt ich nur, daß sie dunkles Haar hatte, das streng zurückgebunden war, und daß sie ein weites Kleid in derselben Farbe trug. Sie hieß Sidonie Moreau. Dieses Detail hatte mich kurz aufhorchen lassen, denn Sidonie bedeutet ›Zauberin‹ in einem der regionalen Dialekte von...« Er blinzelte und hielt inne, als würde ihm bewußt, daß dies keine Vorlesung werden sollte. »Es ist nicht von Bedeutung. Ich erinnere mich noch, daß mir dieser Name für eine so unauffällige Gestalt unpassend erschien. Bei der vierten Vorlesung, die sie besuchte, fiel mir ein, sie nach den Unterlagen zu fragen, die ihren Hochschulwechsel bescheinigten. Sie entschuldigte sich vielmals, die Unterlagen vergessen zu haben, und versprach, sie zum nächsten Seminar mitzubringen. Aber sie tat es nicht.

Sie wirkte sehr scheu. Im Seminar äußerte sie sich nur selten, wenn sie es allerdings tat, waren ihre Bemerkungen immer erstaunlich aufschlußreich. Die erste schriftliche Arbeit, die sie vorlegte, war logisch durchdacht und gründlich recherchiert, auch wenn einige ihrer Schlußfolgerungen ziemlich unkonventionell waren. Es wurde auch deutlich, daß sie eine beachtliche Gabe für Sprachen hatte, in einem solchen Maße, daß ich auf eine Idee kam. Die Universität würde mir keine Mittel für einen wissenschaftlichen Assistenten zur Verfügung stellen, und ich konnte es mir kaum leisten, jemanden von meinem eigenen Verdienst zu bezahlen. Wenn ich Sidonie überreden könnte, mich bei meiner routinemäßigen Arbeit zu unterstützen, würde mir das vielleicht den nötigen Freiraum verschaffen, um wesentliche Fortschritte bei den Übersetzungen zu machen. Ich hatte mich nicht leichtfertig für diesen Plan entschieden, denn die Umstände waren vielleicht nicht völlig angemessen, aber schließlich unterbreitete ich ihr meinen Vorschlag.

Sie stimmte eifrig zu, und noch am selben Abend machten wir uns an die Arbeit. Sie arbeitete ruhig wie ein schweigsamer Geist im Dunkel des Zimmers. Die Fähigkeiten, die sie im Seminar bewies, bestätigten sich auch in der Forschung. Zum ersten Mal seit Monaten fühlte ich mich der Aufgabe gewachsen, die ich mir gestellt hatte.

Eines Abends kam sie beladen mit Texten und Schriften zu mir. Sie hätte etwas entdeckt, sagte sie scheu. Wahrscheinlich wäre es nicht von Bedeutung, wahrscheinlich hätte sie sich geirrt, aber ob ich mir die Sache einmal ansehen wollte...? Sie breitete ihre Last auf dem Schreibtisch aus und wies auf Ähnlichkeiten zwischen den Schriftrollen und einer Reihe von Texten hin, die bereits früher aus dem alten Mido thian übersetzt worden waren. Zuerst ergab nichts von dem, was sie sagte, einen Sinn, und dann erkannte ich es. Es war keine große Offenbarung, kein geheimnisvoller Schlüssel zu allen Geheimnissen, aber es war ein Zugang, ein schwacher Lichtstrahl, der hinter einer Tür hervorschimmerte, die für immer verschlossen schien. Ich war zu aufgeregt, um zu bemerken, daß ihre Erklärung, wie sie darauf gestoßen sei, nicht einleuchtend war.

Von diesem Augenblick an schienen die Dinge sich zu ändern. Die Unzufriedenheit, mit der ich so lange gelebt hatte, war wie weggewischt. Meine Arbeit gab mir neuen Antrieb, anstatt mich auszulaugen. Sogar zu Hause war ich zufrieden... wenn auch nicht so zufrieden wie in meinem Arbeitszimmer. Ich glaube, in meiner Zufriedenheit blieb ich noch mehr von zu Hause weg. Ich weiß nicht, ob ihr Jungen euch daran erinnert, ob ihr es überhaupt wahrgenommen habt. Aber ich weiß, daß eure Mutter es wahrnahm. Ich konnte die Traurigkeit in ihren Augen sehen, auch wenn ich mich zwang, sie nicht zu beachten.

So wie ich die Schriftrollen nun mit anderen Augen betrachtete, änderte sich auch mein Bild von Sidonie. Sie war nicht annähernd so ruhig und zurückhaltend, wie sie mir zu Anfang vorgekommen war. Sie verfügte über eine rasche Auffassungsgabe und ein breitgefächertes, wenn auch merkwürdiges Wissen. Sie sprach mit lebhafter Bestimmtheit vom Markt des antiken Tyren und wußte gleichzeitig nicht über die aktuelle politische Lage Bescheid. Zu diesem Zeitpunkt kam mir das nicht merkwürdig vor, vielleicht, weil auch ich mich in den Entwicklungen des modernen Lebens nicht richtig auskannte. Die Welt übte eine echte Faszination auf sie aus. Ihr Sinn für Humor, den sie aber nur selten zeigte, war so ausgeprägt und erfrischend wie ihr Intellekt.

Sie war auch keineswegs so unansehnlich, wie ich zunächst gedacht hatte. Es fiel mir auf, daß ihr Haar wie Ebenholz glänzte, auch wenn es zu einem glatten Zopf zurückgebunden war. Sie brauchte nur den Kopf etwas zu neigen, und schon wirkten ihre vermeintlich unscheinbaren Gesichtszüge plötzlich unwiderstehlich. Ihre Augen, die ich für schwarz gehalten hatte, waren blau, tiefblau wie Indigo. Es spielte auch keine Rolle, daß sie ihren Körper in strenge Kleider hüllte. Die Linie ihres Halses, die schlanke Anmut ihrer Finger, die zarte Haut ihrer Handgelenke... all das genügte, um mir über die Schönheit dessen, was unter dieser unförmigen Kleidung verborgen war, sicher zu sein.

Ihr dürft nicht denken, daß ich all diese Eindrücke ohne inneren Widerstand empfand. Es hatte schon andere junge Frauen in meinen Seminaren gegeben, die kaum übersehbare Reize besessen hatten. Aber ihr müßt mir glauben, daß ›sehen‹ das einzige war, was ich immer getan hatte. Affären mit Studentinnen hat es möglicherweise bei Kollegen gegeben, aber die Strafe für einen solchen Skandal war die Kündigung, und ich war nie gewillt, das zu riskieren. Und ich liebte eure Mutter. Während all unserer Ehejahre war ich niemals versucht, mein Treuegelöbnis zu brechen. Die Anziehungskraft, die Sidonie auf mich ausübte, schrieb ich der Befriedigung und der Aufregung zu, die mir unsere Arbeit und unsere Entdeckungen verschaffte.

Diese Aufregung machte mich auch für die Tatsache blind, daß es Sidonie war, die die meisten bahnbrechenden Entdeckungen machte. Natürlich machte sie das nie ganz offensichtlich. Sie tat es immer so, daß ich die Möglichkeit hatte, es zu ignorieren, wenn ich wollte, als ob sie befürchtete, ich würde sie von dem Projekt ausschließen, wenn sie zu erfolgreich wäre. Im tiefsten Winkel meines Herzens kannte ich die Wahrheit, aber ich verdrängte sie lieber, genauso wie ich die Augenblicke verdrängte, in denen ich dasaß und sie betrachtete, anstatt zu arbeiten.

Dann waren wir fertig, so pötzlich, daß es mich erschreckte. Die Schriftrollen gaben ihre letzten Geheimnisse preis, und ein zehn Jahre dauerndes Werk war vollendet. Ich hatte während all der Jahre eine Flasche Champagner in meinem Schreibtisch aufgehoben, die auf diesen Moment wartete. In jener Nacht stieg mir alles zu Kopf. Mein Triumph, der Champagner, das blaue Licht in ihren Augen.«

Simon verstummte für eine Weile. Peter starrte in das Feuer. Gabriel bewegte sich in seinem Sessel. Matthew sah herunter und stellte fest, daß er ganz in Gedanken an einem losen Faden in seinem Hemd gezogen und so ein Loch in die Manschette gerissen hatte.

»Das sind die Entschuldigungen, die ich vorbringe. Die Wahrheit ist, ich wußte in jedem Augenblick, was ich tat. Ich betrog eure Mutter, ich wußte ganz genau, was ich tat, und doch war ich irgendwie nicht in der Lage, mich zurückzuhalten.

Ich füchtete mich vor der nächsten Seminarsitzung, in der ich Sidonie ansehen und verbergen müßte, was wir getan hatten. Sie kam weder zum Seminar noch in mein Arbeitszimmer. Da ich annahm, sie fühlte sich innerlich genauso zerrissen wie ich, unternahm ich nichts und stellte die Schriften fertig, die unsere Ergebnisse bekanntgeben würden. Eine Woche verging, und sie war noch immer nicht aufgetaucht. Ich schwebte gequält zwischen Erleichterung und Verzweiflung. Schließlich ging ich zur Verwaltung und fragte nach ihrer Adresse. Dort entdeckte ich, daß an der Universität keine Sidonie Moreau eingeschrieben war. Niemand hatte je von ihr gehört. Vor lauter Verzweiflung ging ich sogar zu den Treffpunkten der Studenten und fragte nach ihr. Auch dort kannte sie niemand.

Eine Woche später gestand ich mir ein, daß sie weg war. Dieses Geheimnis machte mich fast wahnsinnig. Sie war in mein Leben getreten, hatte mir dabei geholfen, die größte wissenschaftliche Herausforderung meiner Karriere zu meistern... nein, ich muß ehrlich sein, sie hatte sie allein gemeistert, hatte mit mir eine Nacht ehebrecherischer Leidenschaft verbracht und war dann verschwunden. Ich rang mit diesem Rätsel und sorgte mich, bis der Tag kam, an dem ich meine Schriften der angesehensten Fachzeitschrift auf diesem Gebiet abliefern sollte.

Ich saß am Schreibtisch und betrachtete das Titelblatt. Von Rechts wegen hätte Sidonies Name dort auftauchen müssen. Natürlich unter meinem, aber das war so üblich in Gelehrtenkreisen. Und doch machte ich keine Anstalten, den Namen dorthinzusetzen. Sidonie war weg. Niemand konnte bezeugen, daß sie jemals dagewesen war. Zugegeben, sie hatte mir bei der Arbeit geholfen, aber sie hatte mir auch unsägliche Gewissensqualen bereitet. Außerdem, hätte ich ihren Namen hinzugefügt, dann hätte ich Anna erklären müssen, wer sie war.

Also lieferte ich die Schriften ohne ihren Namen ab. Den Rest der Geschichte kennt ihr. Die Veröffentlichung rief eine Sensation auf meinem Gebiet hervor. Mir wurde eine ordentliche Professur und dann der Lehrstuhl angeboten. Ich kaufte dieses Haus. Alle meine Träume wurden wahr, zumindest eine Zeitlang.

Ich dachte, Sidonie wäre verschwunden, so, als hätte sie niemals existiert. Doch nichts stirbt jemals wirklich, das hätte meine Arbeit mich lehren sollen.«

4. Kapitel

»Das ist…«, die Stimme ließ Peter kurz im Stich, »unglaublich.« Niemand sagte ein Wort. Matthew sah auf das ausgefranste Loch in der Manschette und fragte sich, was sein Bruder wohl meinte. Welche der verschiedenen Enthüllungen fand er unglaublich? Daß die wissenschaftlichen Errungenschaften ihres Vaters auf einer Lüge basierten? Daß er ihrer Mutter untreu gewesen war? Daß diese geheimnisvolle Frau es wagte, zwanzig Jahre später wieder aufzutauchen und ihren Anteil zu fordern? Das letzte war vielleicht etwas hartherzig.

»Was, glaubst du, will sie von dir?« fragte Gabriel vorsichtig. Simon zuckte matt die Achseln.

»Vielleicht Geld. Vielleicht nur die Anerkennung dessen, was ich ihr schuldig bin. Jetzt versteht ihr, warum ich fahren muß.«

»Keineswegs. Sie hat dir schon genug Schaden zugefügt«, sagte Peter. »Du solltest es einfach ignorieren. Sicherlich würde sie nicht wahrmachen, was sie dir androht. Und wenn sie es täte, wer würde ihr denn glauben? Du hast selbst gesagt, daß sie nie an der Universität eingeschrieben war. Gibt es irgendwelche Beweise, mit denen sie ihren Anspruch belegen kann?«

»Vielleicht. Ich habe alle Notizen vernichtet, die sie

hinterlassen hatte, aber das bedeutet nicht, daß sie nicht irgend etwas behalten hat, wovon ich nichts weiß. Ich glaube nicht, daß sie kein Beweisstück hat. Und wenn sie ihre Behauptungen nur laut genug verkündet, dann ist es gleichgültig, ob sie Beweise hat oder nicht. Es gibt nichts, woran sich diese Stadt mehr ergötzt als an einem Skandal, und nur sehr wenig, was der Universität mehr mißfällt.«

»Um Himmels willen, das ist doch alles vor zwanzig Jahren geschehen«, sagte Gabriel. »Wird sich überhaupt noch jemand dafür interessieren?«

»Das ist gleichgültig«, sagte Simon beharrlich. »Sieh doch, was mit Ronald Schiller passiert ist.«

Matthew sah, wie sich Gabriels Augen weiteten. Er öffnete den Mund, um sich nach dem Schicksal des ihm unbekannten Dr. Schiller zu erkundigen, und fing den besorgten, warnenden Blick seines Bruders auf. Als er den Mund schloß, erinnerte er sich an den Fall eines Professors, dem gekündigt worden war, nachdem ihm Unanständigkeit, Bestechlichkeit bei Prüfungen und die Annahme sexueller Gefälligkeiten unterstellt worden waren. Der Skandal hatte schließlich zum Selbstmord des Professors geführt.

»Das ist doch Erpressung«, sagte Peter ungeduldig. »Wir sollten jemanden informieren. Die Behörden zum Beispiel.«

»Und was sollen wir ihnen sagen, Bruderherz? Daß unser Vater die intellektuelle Leistung dieser Frau gestohlen hat und daß sie nun Wiedergutmachung verlangt?« fragte Gabriel. »Ich bin sicher, daß sie sich sehr verständnisvoll zeigen werden.«

»Ihr werdet es niemandem sagen. Noch nicht einmal Catherine, Peter. Das ist mein Problem, und ich muß damit fertig werden. Ich habe einen schrecklichen

Fehler begangen, und ich bin zwanzig Jahre lang ungeschoren davongekommen. Ich sollte mich glücklich schätzen.«

»Wußte Mutter davon?« Matthew hörte sich überrascht diese Frage stellen.

»Matthew...« Gabriel setzte zu sprechen an, aber Simon hob die Hand.

»Ihr habt das Recht, es zu erfahren. Ich habe es ihr nie erzählt, wenn du das meinst. Ob sie es wußte oder nicht... wer kann das sagen? Es ist nie wieder vorgekommen. Das schwöre ich euch.«

Genau wie ich noch gestern geschworen hätte, daß du ein ausgezeichneter Wissenschaftler und ein treuer Ehemann warst, dachte Matthew. Ging auch alles andere, was in der Familie passiert war, auf diese verhängnisvolle Entscheidung zurück? Wenn Simon der Versuchung Sidonies widerstanden hätte, wäre es dann für ihre Mutter anders gewesen? Oder für sie alle?

»Ich muß dich darum bitten, zu mir zu kommen und bei mir zu bleiben...«, las Gabriel aus dem Brief in seiner Hand vor. »Vielleicht fühlt sie sich nur einsam, so weit weg von der Stadt. Vielleicht... hängt sie immer noch an dir.«

»Das ist sehr unwahrscheinlich«, sagte Simon. »Es bleibt mir nichts anderes übrig, als zu ihr zu fahren und herauszufinden, was sie will.«

»Du bist nicht in der Lage zu fahren«, sagte Peter. »Die Gründe dafür sind die gleichen geblieben. Ich werde ihr schreiben und ihr einen angemessenen Geldbetrag anbieten, damit sie schweigt.«

»Natürlich«, sagte Gabriel. »Alles läßt sich mit Geld regeln. Glaubst du denn, daß die Frau, die diesen Brief geschrieben hat, dein Bestechungsgeld will?«

»Was soll sie sonst wollen? Ohne Zweifel ist sie in Schwierigkeiten geraten und sieht jetzt einen Weg, an leichtes Geld zu kommen. Aber wenn du einen besseren Vorschlag haben solltest, behalte ihn bitte nicht für dich.«

»Von dem zu schließen, was Vater uns über diese Frau erzählt hat, und vom Ton ihres Briefes her möchte sie eine Art Anerkennung ihrer Leistung. Sie möchte eine Entschuldigung, möglichst in aller Demut. Bestimmt gibt es einen Weg, wie man ihren Verdienst an der Arbeit würdigen kann, ohne den Anschein zu erwecken, Vater hätte sie betrogen. Wenn man sie überreden könnte zu behaupten, sie hätte bisher um Anonymität gebeten, dann könnten wir ihre Beteiligung bekanntgeben – und ihr außerdem eine finanzielle Entschädigung zahlen – ohne Vaters Ruf zu gefährden. Was den Rest angeht, das braucht nie erwähnt zu werden.«

Peter runzelte die Stirn und nickte langsam. »Das könnte funktionieren. Jetzt müssen wir nur noch einen Betrag und einen Vermittler festlegen, der die Transaktion durchführt.«

»Ihr versteht das nicht«, sagte Simon beharrlich. »Ihr habt Sidonie nicht gekannt. Ich glaube nicht, daß es ›einem Vermittler‹ besonders gut mit ihr ergehen würde. Sie war nicht ...«, seine Stimme stockte, »sie war nicht wie andere Frauen.«

»Es hat aber gereicht, um uns in diese Situation zu bringen«, sagte Peter schnippisch. Wieder erfüllte Schweigen das Zimmer. Nach einer Weile räusperte er sich. »Es tut mir leid. Das war nicht nötig.«

»Es stimmt«, sagte Simon leise. »Ich weiß, für euch muß es eine bittere Enthüllung sein. Ihr seid alle verständnisvoller, als ich es verdient habe.«

Es war allerdings eine bittere Enthüllung für sie, dachte Matthew, und zwar eine, die ihm ein unerhörtes Vergnügen hätte bereiten sollen. Sein Vater war also doch nicht unfehlbar... und genau so ein Heuchler wie der Rest der Welt. Er konnte sich an unzählige Moralpredigten erinnern, in denen sein Vater seinen Lebenswandel verteufelt hatte, der angeblich von Vergnügungssucht, Dekadenz und Faulheit beherrscht war. Er rief sich die schrecklichen Kämpfe, all die ausgesprochenen und unausgesprochenen Beschuldigungen in Erinnerung, die er hatte aushalten müssen, ehe er zu Hause ausziehen und an die Kunsthochschule gehen konnte. Es wäre ganz natürlich gewesen, sich daran zu weiden, daß diese Säule intellektueller Anständigkeit als Betrüger bloßgestellt worden war, daß hinter der Maske von Mäßigung und Treue ein Ehebrecher zum Vorschein kam. Noch vor zehn Jahren hätte Matthew seinem Vater diesen Fehltritt mit boshafter Schadenfreude vorgeworfen. Vor fünf Jahren hätte er ein Stilett benutzt, um ihm die Wunden zuzufügen, aber er hätte es sich auf keinen Fall nehmen lassen. Er hätte vielleicht sogar gedacht, daß die Vergehen seines Vaters ihn auf irgendeine Weise von seiner eigenen Schuld freisprechen würden. Stimmte das? fragte er sich instinktiv. Wäre alles anders gekommen, wenn ich damals davon gewußt hätte?

Aber für all diese Gedanken war es zu spät. Er spürte nichts als ein seltsames, sorgenvolles Mitgefühl für seinen Vater. Was seine eigenen Vergehen gegen seine Familie anging... sie waren davon unberührt. Er hatte schon zu lange mit der Vergangenheit gelebt, und es war viel zu spät, etwas daran zu ändern, am wenigsten, was seine Gefühle betraf. Es würde ihm kein Vergnügen machen, zu sehen, wie Simon litt, und er würde dadurch keine Absolution bekommen.

»Ich werde fahren«, sagte er in das Schweigen hinein. »Ich werde hinfahren und herausfinden, was sie will und welcher Preis bezahlt werden muß.«

»Matthew...«, setzte sein Vater an.

»Gabriel hat recht. Nichts hält mich hier in der Stadt. Peter hat seine Familie. Gabriel sein Theater. Es gibt keinen Grund, der dagegen spricht, daß ich eine Zeitlang verreise. Und bestimmt wird es interessante Motive zum Malen geben.«

»Bist du sicher, daß du dazu in der Lage bist?« fragte Peter. »Möglicherweise erfordert es einigen... Takt... und auch Cleverneß.«

»Und ich habe dir gegenüber keine dieser Eigenschaften je bewiesen, meinst du? Mach dir keine Sorgen. Ich kann sehr reizend sein, wenn ich will. Und auch clever.«

»Hör nicht auf ihn, Matthew. Die einzige Frage ist, bist du sicher, daß du das wirklich tun *willst*?«

Matthew begegnete dem Blick seines Vaters und nickte. »Ich will es tun.« Einen Moment lang glaubte er, etwas wie schuldbewußte Erleichterung in den Augen seines Vaters zu sehen. Er sah an Simon vorbei auf Peter und verzog das Gesicht zu einer Grimasse. »Aber einer von euch muß mir die Zugfahrt bezahlen.«

5. Kapitel

»Auf Reisen ins Unbekannte!«

»Auf das Leiden für die Kunst!«

»Auf Brüder, die Zugfahrten bezahlen!«

»Auf Matthew!«

Die Trinksprüche gingen in Gelächter und keuchendes Luftholen über, das auf den Genuß von starkem Alkohol folgt. Matthew spürte, wie sich der Schluck Branntwein mit dem übrigen Alkohol in seinem Blut vermischte. Seine Kopfhaut begann zu kribbeln, und die Muskeln unterhalb seiner Rippen schienen sich aufzulösen. Er schloß die Augen und genoß diesen Zustand, der ihm erlaubte, das kalte Etwas zu ignorieren, das in seinen Eingeweiden rumorte und sich jedesmal rührte, wenn er an den wahren Grund seiner Reise in den Norden dachte.

Seine Freunde hatte er angelogen und vorgegeben, daß er Einsamkeit und Zeit zum Nachdenken brauche, um malen zu können, und daß er einen entfernten Verwandten habe, der zurückgezogen auf dem Lande wohne und die nötige Umgebung dafür hätte. Wahrheitsgemäß hatte er erzählt, daß Peter die Zugfahrkarte bezahlt hatte.

Es war alles so schnell gegangen. Seit dem Abendessen im Hause seines Vaters waren nur vier Tage vergangen. Der Brief von Sidonie war lange unterwegs gewesen und hatte während Simons Krankheit eine Woche lang unbemerkt dagelegen. Jetzt waren es nur noch drei Tage bis zu dem Tag, für den seine Ankunft festgesetzt worden war. Er dachte an die Taschen, die ihn fertig gepackt in seiner Wohnung erwarteten. Optimistisch hatte er auf Kleidungsstücke zugunsten von Farben und Pinseln so gut wie verzichtet und hatte mehrere kleine Leinwandstücke und weiteres Material eingepackt, um größere zusammenzubauen. Außerdem hatte diese merkwürdige Frau noch weniger Anlaß, sich um sein Aussehen zu kümmern, als seine Familie es tat, und wenn sie es satt hatte, ihn jeden Tag im selben Aufzug zu sehen, dann würde sie sich vielleicht entschließen, ihre Forderungen fallenzulassen, um ihn loszuwerden.

Eine Hand berührte ihn am Arm und holte ihn zurück in das Café zu den Stimmen, der Musik und dem Klirren von Gläsern. Er öffnete die Augen und sah direkt in Allegras gelassenen grünen Blick. »Schlaf nicht ein«, sagte sie sanft.

»Einschlafen?« André beugte sich über den Tisch, als er das Wort auffing. Auf den Gläsern seiner Brille, die auf seiner Nase hing, spiegelten sich Kerzenflammen wider, so daß seine Augen fast verdeckt waren. Sein Haar sah ebenfalls aus wie eine Flamme, ein zotteliger Rotschopf. »Unsinn. Matthew wird heute nacht überhaupt nicht schlafen. Er kann drei Tage lang im Zug schlafen.«

»Muß ich die ganze Nacht hier verbringen?« fragte Matthew mit einem Lächeln und einem verstohlenen Blick auf Allegra.

»Warum nicht? Du gehst doch ins Exil in den eisigen Norden. Du wirst allein sein unter Wilden und Tieren.

Schon nach einer Woche wirst du dich nach einer Nacht wie dieser sehnen.«

»Schon möglich. Aber vielleicht wird es mir im Norden auch gefallen. Vielleicht werde ich es genießen, zwischen Wilden und Tieren zu leben.«

»Eine bessere Gesellschaft als unsere, oder?« warf Paul ein und betonte die Frage mit einer Serie von Ringen aus seiner Zigarette.

»Ich dachte immer, wir *wären* Wilde und Tiere«, sagte Jack, dessen Aufmerksamkeit wie üblich den anderen Gästen galt, die er intensiv musterte. »Das steht doch in den Zeitungen. ›Degenerierte Bohemiens und Primitive‹, so nennen sie uns doch, oder?«

»Genau. Um zu verhindern, daß du durch die Reinheit des Nordens ganz verdorben wirst und dich entschließt, uns hier in unserer Dekadenz zurückzulassen, haben wir eine Sammlung durchgeführt und dir ein Geschenk gekauft.« Paul bückte sich und kramte in seiner Ledertasche, dann holte er mit einem Tusch einen ungeschickt verpackten Gegenstand hervor. »Bitte vorsichtig aufmachen.«

Matthew lachte und nahm das Geschenk entgegen. Die Verpackung konnte nicht verschleiern, daß es sich um eine Flasche handelte. Am unteren Ende der Verpackung klapperten noch andere Gegenstände, deren Form nicht erkennbar war. Er zog vorsichtig an dem Papier und brachte eine Flasche Brandy zu Tage. Er riß noch mehr Papier weg und enthüllte eine Farbtube und eine kleine Holzdose. »Vermillon«, las er seitlich auf der Tube. »Meine Lieblingsfarbe.« André neigte bestätigend den Kopf.

»Schließlich wirst du meins nicht mehr ausleihen können, wenn es dir um Mitternacht ausgeht.«

Matthew hielt die Holzdose ans Ohr und schüttelte

sie vorsichtig. Irgend etwas klapperte. Seine Freunde taten unschuldig, unterdrückten ein Lachen. Er setzte die Dose auf den Tisch und schob den geriffelten Dekkel auf. Die Dose war mit weißer, makelloser Seide ausgelegt, die im Kerzenlicht zu leuchten schien. Einen Moment lang sah er nichts außer diesem Glanz, dann bemerkte er das winzige Glasgefäß, das in eine Ecke gerutscht war. Das Gefäß war voller Pulver, so durchdringend blau wie die Seide weiß.

Er rang hörbar nach Luft und schloß die Dose. Er sah seine Freunde an. André grinste vor sich hin. Paul kniff das rechte Auge zwinkernd zusammen. Jack zog die Augenbrauen hoch. Allegra fuhr mit der Zunge über ihre Lippen. »Ist das etwa...?«

»Ja, genau«, antwortete Allegra flüsternd. »Nethys. Das beste. Aus dem Orient.«

»Aber...« Er hatte es noch nie probiert, nur Geschichten darüber gehört, was das Rauschgift bewirken konnte. *Damit kannst du deine Träume sehen... damit kannst du deine Träume erleben...*

»Falls du dich einsam fühlst«, sagte sie und berührte seinen Ärmel wieder mit den Fingern. »Du kannst es nehmen und von mir träumen.«

»Oder von uns, wenn dir das lieber ist«, fügte Jack hinzu und zog eine Augenbraue zu einem scheinbar anzüglichen Seitenblick hoch. »Oder von was immer du willst.«

Damit kannst du deine Träume sehen. Und deine Alpträume, fragte sich Matthew mit einem plötzlichen Schaudern. Was ist mit meinen Alpträumen?

Dann bestellte Paul noch eine Runde, und er ertränkte den Gedanken in dem süßen Feuer des Branntweins. Die Nacht wirbelte weiter wie ein Karussell aus Musik, Gelächter und Alkohol, bis schließlich

Allegra und er am Eingang standen, den anderen zum Abschied winkten, und André ihnen das Versprechen abnahm, nicht zu schlafen.

»Versprochen«, sagte Allegra und hakte sich bei ihm ein, ihre Augen funkelten wie die grünen Edelsteine in ihren Ohren. »Schlafen gehört absolut nicht zum Plan.«

Das Pflaster war noch feucht vom Regen, den sie in der wohligen Wärme des Cafés nicht bemerkt hatten. Nebel verwandelte die Laternen in schmuddeliges Licht. Allegra schauderte, und Matthew legte den Arm um ihre Schultern. »Ich wußte gar nicht, daß du an Landschaftsmalerei interessiert bist«, bemerkte sie.

»Ich bin sicher, daß es noch andere Dinge zu malen gibt, wenn ich die Bäume satt habe.«

»Warum gehst du wirklich weg?« fragte sie nach einer Weile. Er sah sie scharf an, doch ihre Augen waren auf den unebenen Boden unter ihren dünnen Schuhen gerichtet.

»Um zu malen.« Er fühlte, wie ihre Schultern unter seinem Arm zuckten.

»Na gut, wenn du darauf bestehst. Dann wünsche ich dir viel Glück dabei. Vielleicht tut es dir gut, aus der Stadt wegzukommen. Vielleicht tut es deiner Kunst ganz gut.«

»Und was fehlt meiner Kunst jetzt?« fragte er, ehe er darüber nachdenken konnte, daß er die Antwort darauf vielleicht nicht hören wollte. Zumindest nicht heute nacht.

»Ich glaube, du bist sehr begabt, Matthew. Das weißt du auch. Aber manchmal...« Sie hielt inne, und er wußte, daß sie gespürt hatte, wie sich sein Arm über ihren Schultern unwillkürlich versteifte.

»Manchmal denke ich, du solltest malen, was du malen mußt, anstatt immer drumherum zu malen.«

»Das verstehe ich nicht.«

»Ich auch nicht«, gab sie zu und blieb stehen, um seine Wange mit der Hand zu berühren. »Ich bin viel zu betrunken, um heute nacht Kunstkritik zu betreiben. Ich habe dir versprochen, daß du nicht zum Schlafen kommst, und schon langweile ich dich. Also, bring mich nach Hause.«

Ehe er sich versah, standen sie in seinem Zimmer. Er war ein bißchen enttäuscht darüber, daß sie nicht in Allegras elegantes Apartment gefahren waren, wo es reichlich zu essen, heißes Badewasser und ihr großes Bett gab. Doch sie wies ganz vernünftig darauf hin, daß die Taschen in seinem Zimmer standen und der Zug früh abfuhr, und behauptete, daß ihr sein leerer Speiseschrank, das kalte Wasser und sein schmales Feldbett nichts ausmachten. »Du wirst mich schon wärmen«, flüsterte sie, als der Pelzumhang von ihren Schultern auf den Boden glitt. »Du wirst mich vergessen lassen, wo ich bin.«

Ihm schoß der vage Gedanke durch den Kopf, daß sie gar nicht vergessen wollte, wo sie war, daß seine Armut und seine künstlerische Askese sie genauso reizten wie seine Küsse, da sie beides hinter sich lassen und in ihre eigene Welt des Luxus und der Bediensteten zurückkehren konnte. Dann folgte ihr Kleid dem Umhang auf den Boden, und ihre Motive, ebenso wie seine, spielten keine Rolle mehr.

Einige Zeit später stand sie vom Bett auf und hockte sich neben ihre Handtasche, um Zigaretten und Feuer zu suchen. Matthew lag da und betrachtete die Linie ihres Rückens im Mondlicht. Gänsehaut breitete sich um die Grübchen an ihren Hüften aus. Sie kam zum

Bett zurück und brachte den Umhang mit, um ihn über die dünnen Decken zu breiten. Ihre Haut fühlte sich an seiner kühl an. Er stützte sich auf den Ellbogen und beobachtete, wie sie die Zigarette anzündete. Dann legte er die Hand auf ihre unteren Rippen und spürte, wie sie sich beim Ausatmen dehnten. Rauch strömte in das Halbdunkel, und er dachte, auch wenn es ihm lächerlich schien, an die Zellsubstanz, von der spiritistische Medien behaupteten, sie dringe aus ihren Körpern hervor. Bei der Vorstellung, daß der Rauch die körperlose Form irgendeines Geistes sein könnte, von dem sie besessen war, lief es ihm eiskalt über den Rücken.

»Wann kommst du wieder nach Hause?« fragte sie, und die profane Frage lenkte ihn von seinen wilden Gedanken ab.

»Ich weiß noch nicht. Wenn ich mit dem, was ich vorhabe, fertig bin.«

»Ich werde dich vermissen.«

»Das wirst du nicht. Du hast doch andere Liebhaber.« Er wußte, daß es die Wahrheit war. Er kannte sogar einen oder zwei von ihnen. Paul hatte eine Zeitlang mit ihr geschlafen, vielleicht tat er es noch immer.

»Natürlich. Aber trotzdem werde ich dich vermissen.« Sie zog wieder an der Zigarette, und Matthew sah zu, wie die rote Spitze aufleuchtete und glühte.

»Wenn ich zurückkomme, wirst du mich vergessen haben, Allegra«, sagte er; einerseits glaubte er, daß es die Wahrheit war, andererseits hoffte er, sie würde ihm widersprechen. Es herrschte Stille, und dann atmete sie wieder ihre seltsame, körperlose Seele aus.

»Ich weiß, daß ich frivol bin und mit vielen Männern schlafe«, sagte sie nach einer Weile mit heller Stimme. »Ich weiß, daß ich für mein Vergnügen lebe. Die Wahrheit ist, wir sind beide auf unsere Art Schmarotzer. Du und die anderen, ihr zehrt von meinem Reichtum, und ich zehre von eurer Ausstrahlung, eurem Talent und eurer Auflehnung. Und doch denke ich, daß wir auch so Freunde sein könnten. Vielleicht ist das eine so oberflächlich wie das andere.«

»Mir war gar nicht bewußt, daß du an meiner Freundschaft interessiert bist«, sagte Matthew und wußte, daß das eher eine Ausrede als eine Entschuldigung war. Alles, was sie sagte, entsprach der Wahrheit. Sie wußten es alle, aber sagten nichts, wie Verschwörer in einem Akt der Selbsttäuschung. So direkt, wie sie es ausgesprochen hatte, verlor das Verhältnis den rebellischen Anstrich, den sie ihm allesamt verleihen wollten. Allegra wandte sich dem Fenster zu, und er beobachtete, wie das Mondlicht über ihre Wange glitt.

»Natürlich bin ich daran interessiert. Ich werde nicht ewig jung und schön sein. Und auch du nicht. Ich nehme an, ich werde immer wohlhabend sein, aber ich habe keine Garantie dafür. Mit der Zeit wird niemand mehr mit mir ins Bett gehen wollen, egal wie wohlhabend ich bin. Das einzige, was von Dauer sein wird, sind die Dinge, die du an deiner Staffelei entdeckst... und vielleicht auch die Dinge, die wir zwischen uns wahrnehmen können, die über das hinausgehen, was unsere Körper in deinem oder meinem Bett tun.« Sie hob die Hand. Ihre Handfläche stützte sich gegen ihre Wange, und für kurze Zeit konnte man das Glühen der Zigarette für ein weiteres Auge halten, das rot und geöffnet war, während die grünen geschlossen blieben.

»Allegra«, begann er, aber sie hob wieder die Hand und wischte seine Worte weg.

»Sieh bloß, was das Versprechen, wach zu bleiben, mit mir gemacht hat. Es hat mich albern und sentimental werden lassen.« Sie drehte sich um und drückte die Zigarette im Aschenbecher auf dem Nachttisch aus. Fern in der Nacht schlugen die Glokken der Kathedrale viermal. »Wann mußt du los?«

»Um sechs.«

»Also nur noch ein paar Stunden. Meinst du, daß wir es schaffen? Bis zum Tagesanbruch wach zu bleiben?«

»Was sollen wir tun? Uns gegenseitig Geschichten erzählen?« Matthew zwang sich zu lächeln und den flachsigen Tonfall wiederzufinden, der sonst immer zwischen ihnen herrschte. Er wollte so tun, als wären ihre ernsten Worte niemals gefallen.

»Nein. Wir haben schon zuviel geredet.«

»Darf ich dich vielleicht doch noch malen? Als ein Abschiedsgeschenk, das mich während meines Exils im Norden trösten wird?«

»O nein. Deine Hand wäre nicht ruhig genug.«

»Jetzt bin ich beleidigt. Meine Hand ist immer ganz ruhig.« Er streckte die Hand aus und fand die Leinwand aus weicher Haut. »Siehst du?« Allegra atmete hörbar ein und lachte leise.

»Das werden wir noch sehen, mein Künstlerherz. Das werden wir noch sehen.«

Schließlich schlief er doch ein und erwachte in einem kalten, leeren Zimmer, als Gabriel gegen die Tür hämmerte.

6. Kapitel

Matthews Blick glitt von der vorbeiziehenden Landschaft auf sein Skizzenbuch, und seine Hand bewegte sich in schnellen Strichen. Aus schwarzen Linien wurden Bäume, ein Bogen deutete die Wellenlinie eines Feldrandes an, schnelles Schraffieren die Schatten von Furchen unter dem Sonnenuntergang. Die Fahrt des Zuges ließ ihm keine Zeit, auch nur eine Szene genau wiederzugeben, also begnügte er sich damit, grobe Umrisse oder kleine Einzelheiten in einer Weise einzufangen, die ihm, so hoffte er, einen Anknüpfungspunkt geben würde, wenn er versuchte zu malen.

Er hatte während der ersten fünf Stunden der Reise geschlafen und, als er erwachte, festgestellt, daß die Stadt schon weit hinter ihm lag. Der volle Wagen, in den er sich am Morgen hatte hineinzwängen müssen, war um ein Drittel seiner Fahrgäste leerer geworden. Die Geschäftsleute schienen verschwunden zu sein, so daß nur noch Familien, alte Leute und jene übrigblieben, deren Aussehen, wie in seinem Fall, nicht so leicht einzuordnen war. Einen Moment lang hatte ihn Panik ergriffen, die unsinnige Angst, er hätte vielleicht während der ganzen Fahrt geschlafen und seine Station verpaßt. Dann erinnerte er sich, daß der Schaffner ihm zugesichert hatte, es würde jemand darauf achten, daß er rechtzeitig ausstiege. Zu ihrem Vorteil, nicht zu seinem eigenen, vermutete er, aber diese Zusicherung hatte ihn beruhigt. Matthew versuchte, nur an das Versprechen zu denken und nicht an den neugierigen, forschenden Blick des Schaffners, als er sein Ziel genannt hatte.

Er sah wieder auf die Landschaft. Jenseits der verdorrten Felder konnte er eine Reihe von Bäumen sehen, die parallel zu den Gleisen verlief. Der Herbst hatte die Farbe der Blätter in ein Orange verwandelt, das so intensiv war, daß es fast weh tat, es anzusehen. Es juckte ihn in den Fingern, Pinsel und Palette zu ergreifen, um diese bunte Pracht wiederzuerschaffen. Die Gerbersträucher standen wie rote Flammen entlang der Böschung an den Gleisen. Er sah wieder auf seine Skizzen und stellte nach längerem Hinsehen die dunkleren Silhouetten der Kiefern wie Schatten gegen die helleren Laubbäume. Der Kontrast und die eigenartige geometrische Präzision ihrer Formen faszinierten ihn.

Er setzte den Stift ab und merkte, daß seine Handgelenke und Arme schmerzten. Er streckte sich im Sitz und bewegte Nacken und Schultern, um die Verspannung zu lösen. Vielleicht war seine Behauptung, er wolle sich dem Malen widmen, alles in allem doch nicht ganz gelogen, dachte er träge. Dann erinnerte er sich an den Brief, der in seiner Jackettasche steckte, und bekam Gewissensbisse. Der Grund dieser Reise besteht einzig darin, Vater zu retten, rief er sich in Erinnerung. Auch wenn du während des ganzen Besuches kein einziges Bild malst, spielt es keine Rolle.

Er nahm Sidonie Moreaus Brief aus der Tasche und faltete ihn über den Skizzen auseinander. Er kannte ihn und die Anweisungen, wie man ihr Haus erreichte, inzwischen auswendig, aber aus einem unerfindlichen Grund tröstete es ihn, den Brief immer wieder zu lesen, die schwarzen Zeichen ihrer Worte auf dem weißen Papier zu erforschen, als ob sie einen Schlüssel zu ihren Absichten und ihrer Persönlichkeit enthielten. »Ich muß dich darum bitten, zu mir zu kommen und bei mir zu bleiben.« Dieser Satz beunruhigte ihn immer wieder. Warum »bleiben«? Warum nicht »besuchen«? Wenn alles, was sie wollte, nur Anerkennung oder Entschädigung war, warum spielte es dann eine Rolle, wie lange Simon bei ihr blieb? Das Wort wies auf Absichten hin, die jenseits der Dinge lagen, über die Peter und Gabriel diskutiert hatten. Es legte auch nahe, daß sie möglicherweise nicht sonderlich erfreut sein würde, wenn sie sah, daß Matthew anstelle des Vaters gekommen war.

Während Matthew auf den Brief starrte und sich an den Gesichtsausdruck seines Vaters erinnerte, als er von ihr sprach, konnte er sich nicht der Beklommenheit erwehren, die sich wie eine kalte Last auf seine Eingeweide legte. Es war nicht so einfach, wie Peter glaubte. Sein Bruder nahm an, daß Sidonie Moreau nichts weiter als eine versponnene Abenteurerin war, die jetzt, wo ihre wie auch immer gearteten Reize verblaßten, raffiniert und tollkühn geworden war. Peters Weltbild umfaßte nur zwei Frauentypen: notwendige Partnerinnen wie Catherine und ihre Mutter und leichtfertige Verführerinnen, die zwar die bedauerlicherweise bestehenden körperlichen Bedürfnisse eines Mannes erfüllen konnten, die jedoch niemals in sein eigentliches Leben eindringen sollten. Sein Bruder hatte ziemlich deutlich gemacht, zu welcher Kategorie die Frauen aus Matthews Bekanntschaft gehörten. »Ein aufgeblasener Schwachkopf«, war Allegras

Einschätzung gewesen, nachdem sie ihm bei einer gesellschaftlichen Veranstaltung begegnet war. »Er hat natürlich nicht gewagt, mich zu schneiden. Aber er hat auch nicht gewagt, mich anzusehen ... weil er Lust dazu hatte.« Matthew lächelte bei dem Gedanken. Es hatte ihm ein ungeheures Vergnügen bereitet, sich vorzustellen, wie sein Bruder sich unterwürfig über Allegras Hand beugte – schließlich floß in ihren Adern schon seit zehn Generationen blaues Blut, während seines immer noch auf ungebührliche Art und Weise akademisch und außerdem rot wie das von gewöhnlichen Leuten war –, ohne auch nur zu ahnen, daß sie zu den skandalösen Partnerinnen seines jüngeren Bruders zählte. Es hatte ihm sogar noch mehr Genugtuung bereitet, zu wissen, daß sein Bruder sie begehrt hatte, und er hatte sich schamlos gewünscht, es hätte einen Weg gegeben, Peter von ihrem Verhältnis zu erzählen. Natürlich hatte er es niemals getan. Allegra gegenüber wäre es unfair gewesen, und er hatte schon vor langer Zeit festgestellt, daß der beste Weg, mit seinem Bruder Frieden zu halten, darin bestand, Peter so wenig Einblick wie möglich in sein Privatleben zu gewähren.

Gabriel glaubte vielleicht, daß hinter Sidonies Aufforderung noch mehr steckte als Geldgier, aber auch er schien davon überzeugt zu sein, daß Geld und eine Entschuldigung, vorzugsweise persönlicher Art, ausreichen würden, um sie zum Schweigen zu bringen. Das größte Opfer, das er für wahrscheinlich und erforderlich hielt, war die öffentliche Anerkennung ihres Anteils an der Übersetzung, und er war nach wie vor davon überzeugt, daß es auf eine Art und Weise bewerkstelligt werden könnte, die ihren Vater von jeglicher Schuld freisprach. »Es ist schlicht und ergreifend eine Sache der Darstellung«, hatte er Matthew versichert, »und die Darstellung fällt in mein Ressort.«

Vielleicht hatten sie recht. Es brachte nichts, zu befürchten, daß sie sich irrten. Aber der Brief, die entschlossenen, schwarzen Linien, die kühle Knappheit der Sätze, schien inspiriert von Motiven, die viel tiefer als Gier oder Ruhm gingen, sie deuteten einen Beweggrund an, der Bösartigkeit, Verzweiflung oder etwas noch weniger Bestimmbares mit einschloß.

Er steckte den Brief wieder weg, schloß sein Skizzenbuch und streckte sich noch einmal. Er sah aus dem Fenster und versuchte, die vorbeiziehende Szenerie so zu betrachten, wie die übrigen Passagiere es taten, ohne den Drang, jeden Baum und jede noch so weit entfernte Kirchturmspitze in Tusche einfangen zu wollen. Seit Jahren war er nicht mehr Zug gefahren. Nicht mehr seit dem Sommer, als er sechzehn war und mit seinen Brüdern zu Großmutter Donovan gefahren war. Jetzt wie damals gaben ihm die Bewegung des Wagens und das Wirbeln der Räder unter ihm das Gefühl zu fliehen... oder vielleicht in die Verbannung zu gehen. Es lag eine Endgültigkeit darin, als ob der Weg, der ihn nun nach Norden führte, niemals mehr nach Hause zurückführen könnte. Das Geräusch der Dampflok, der muffige, verrauchte Geruch in dem Wagen, sogar das schräg durch das Fenster einfallende Licht schienen eine seltsame Mischung von Gefühlen in ihm hervorzurufen: Wißbegierde und Einsamkeit, Erregung und Melancholie.

Ein Pfeifen ertönte und signalisierte die Ankunft in einem weiteren kleinen Bahnhof. In Matthews Wagen stieg niemand aus, aber kurze Zeit später kamen mehrere Reisende herein. Ein Mann wählte den Sitz ihm gegenüber auf der anderen Seite des Ganges und setzte sein Bündel aus lädierten Taschen ächzend ab. Matthew bedauerte, daß sein Alleinsein gestört wurde, aber der Mann machte es sich sofort bequem, schloß die Augen, schmatzte mit den Lippen, die von einem buschig grauen Bart halb verdeckt waren, und schlief ein.

Der Zug setzte sich wieder in Gang, und Matthew war es, als bewege sich der Zug wesentlich schneller als die Zeit darin. Die Landschaft draußen schien sich nicht zu verändern, und er verlor den Drang, sie zu skizzieren. Er vertrieb die Langeweile, indem er Jacks neueste Kurzgeschichtensammlung zu lesen begann, und als der Hunger sich meldete, ging er auf die Suche nach dem Speisewagen. Das Essen war erstaunlich gut, der Wein sogar noch besser, und er gab mehr von Gabriels Reisegeld aus, als er sollte, schließlich mußte es für weitere zwei Tage ausreichen. Der Nachmittag wurde durch die Dämmerung vertrieben, und der Zug fuhr parallel zu den Wolken weiter, die der Sonnenuntergang blaßlila und blutrot scheinen ließ.

Als die Dunkelheit draußen und das schwache Licht in dem Eisenbahnwagen sein Fenster von einer Glasscheibe in einen Spiegel verwandelten, streckte sich Matthew auf dem Sitz aus und schlief ein.

Als er aufwachte, war es nahezu dunkel. Die meisten Reisenden schliefen, entweder auf ihren Sitzen oder in den winzigen Kabinen, für die sie extra hatten zahlen müssen. Irgend jemand schnarchte, das Geräusch verlor sich wie ein Seufzer. Matthew versuchte, die schmerzhafte Verspannung in seinen Schultern zu lockern, dann stand er auf und ging vorsichtig durch den Wagen zur Toilette.

Auf dem Rückweg blickte er neugierig auf jede Sitzbank, an der er vorbeikam. Die meisten waren leer.

Auf einigen kauerten Gestalten, deren Alter oder Geschlecht nicht erkennbar war. Das Schnarchen hatte aufgehört, und eine seltsame Stille schien den Wagen zu erfüllen, die sanfte Dunkelheit dämpfte sogar das Rattern der Räder. Mit einem unwillkürlichen Schaudern ließ er sich wieder auf seinem Platz nieder und versuchte weiterzuschlafen.

Nachdem er sich zehn Minuten hin- und hergedreht hatte, gestand er sich ein, daß er nicht mehr müde war. Er lehnte sich gegen das Fenster, wölbte die Hände um die Augen und starrte nach draußen. Er konnte nichts erkennen, nicht einmal den Mond. Enttäuscht sank er wieder in den Sitz zurück und stöhnte.

»Kannst auch nicht schlafen, was?« sagte eine Stimme leise. Er blickte nach links und sah, daß der alte Mann gegenüber ebenfalls wach war.

»Stimmt.«

»Man sollte meinen, daß ich's könnte. Hab' schon viel unbequemer geschlafen als hier, als ich noch jünger war, kannst du mir glauben. Aber meine Knochen werden alt. Scheint so, daß mir heutzutage mein Bett am liebsten ist.« Der Mann suchte in seinem weiten Mantel herum, holte eine flache silberne Flasche heraus und setzte sie an die Lippen. Nachdem er einen großen Schluck genommen hatte, rieb er die Öffnung an dem zerfetzten Pelzbesatz seines Ärmels ab und hielt sie Matthew hin.

Er nahm sie und setzte sie zögernd an den Mund. Ein kleiner Schluck reichte aus, um seine Kehle in Brand zu setzen. »Gut, was?« In der Stimme des Mannes schwang ein Lachen mit. »Hab' ich selbst gebraut. Vor fünfzig Jahren hab' ich Geschmack am Selbstgemachten gefunden, und jetzt werd' ich's wohl nicht mehr los.«

»Er ist stark«, erwiderte Matthew und gab die Flasche zurück, es war ein viel besseres Ergebnis als das, was aus Andrés Versuchen, billigen Schnaps zu brauen, zustande gekommen war. Er sah sich den Mann genauer an. Er hatte seinen Hut mit den Pelzklappen abgesetzt, und darunter war ein Nest aus grauem Haar zum Vorschein gekommen. Seine Augenbrauen, buschig und erstaunlich weiß, trafen sich über der Nase. Die Augen darunter waren blaßblau und verengten sich zu einem ständigen Schielen, als würden sie von dem Netz aus Falten ringsum gefangengehalten.

Irgendwo weiter hinten im Wagen rührte sich jemand schnaufend, die Sitzfederung quietschte erstaunlich laut. Mit einer kurzen Kopfbewegung bedeutete der Mann Matthew, herüberzukommen und sich neben ihn zu setzen. Einen Moment lang überlegte er, ob er ablehnen und lieber versuchen sollte zu schlafen oder zumindest so zu tun. Der eigenartige Zweck seiner Reise und seine eigene Zurückhaltung, die noch durch die Gefühle vertieft wurde, die der Zug in ihm hervorgerufen hatte, verstärkten das Bestreben, die schützende Isolation nicht aufzugeben. Es war jedoch unwahrscheinlich, daß er schlafen könnte, und so zu tun als ob, wäre langweilig und unbequem, und außerdem wäre noch ein Schluck von diesem feurigen Alkohol vielleicht gar nicht so unangenehm. Und abgesehen davon besaß der Mann ein interessantes Gesicht, ein Gesicht, das er eines Tages vielleicht verwenden könnte.

Er rückte auf den Sitz herüber, den der Mann für ihn freigemacht hatte. »Will«, sagte der Mann, seine Hand fühlte sich rauh und schwielig an.

»Matthew.«

»Schon mal gemacht die Reise? Nein? Also ich schon so oft, das kann ich gar nicht mehr zählen. Mein Sohn, der lebt da unten in dieser letzten Stadt. Ist 'n guter Junge. Ich fahr' zu ihm, immer wenn ich kann. Drängt mich immer, ich soll auch dahinziehen, aber ich bin schon zu lang in meinem alten Haus. Könnt' mich nicht mehr an das Leben in der Stadt gewöhnen, nicht nach so langer Zeit.«

»Wo wohnen Sie?«

»Hab' 'ne kleine Hütte beim Ghost Lake. Und du?«

»In der Stadt.«

»Stadtkind, was? Dachte's mir. Wohin soll's denn gehen?«

»Bitter Creek.«

»Bitter Creek?« Will nahm noch einen Schluck Schnaps und gab ihn an Matthew weiter. Während Matthew trank, spürte er, wie die schmalen Augen ihn musterten. »Schon mal dagewesen?« Matthew schüttelte den Kopf. »Hast du Familie da oben oder Geschäfte zu erledigen?«

»Ich besuche eine frühere Studentin meines Vaters.« Das war die Version, für die er sich entschieden hatte, da sie nicht ganz gelogen war.

»Überhaupt schon mal im Norden gewesen?«

»Nein. Als ich klein war, waren wir den Sommer über in einem Ferienhaus ein paar Stunden von der Stadt entfernt, aber weiter weg bin ich noch nicht gewesen.«

»Ist nicht wie im Süden.«

»Das hoffe ich. Ich bin Maler. Ich hoffe etwas zu finden, was ich im Süden nicht zu sehen bekomme.«

»Das wirst du auch, kannst dich drauf verlassen. Bitter Creek, ja? Bin mal als Fallensteller dort oben gewesen, muß schon fast vierzig Jahre her sein. War noch ein junger Mann damals.«

»Wie sieht es dort aus?«

»Wunderschön«, sagte Will nach einer langen Pause. »Nicht so 'ne sanfte Schönheit wie bei euch im Süden, brauchst du nicht zu glauben. Die Gegend da oben kann einen Mann schneller umbringen, als du denkst. Schnee, Lawinen, Wildwasser. Und andere Dinge.«

»Andere Dinge?« wiederholte Matthew, teils, weil er neugierig war, und teils, weil der geschwätzige alte Mann es zu verlangen schien. Es gehörte zum Ritual des Geschichtenerzählens; die Andeutungen, die Zurückhaltung und dann der zähflüssige Vortrag.

Egal welche wilde Geschichte er auch immer ausspinnen würde, zumindest würde sie unterhaltsam sein und vielleicht auch genug Wahrheit enthalten, um Matthew einen Schlüssel zu der Welt zu geben, in die er eintrat.

»Hab' selbst nie was gesehen, verstehst du. Nicht wirklich gesehen. Aber manchmal hatte ich so ein Gefühl. Du läufst allein durch den Wald, gehst die Fallen ab, und ganz plötzlich weißt du, da ist noch was.«

»Tiere?«

»Keine Tiere, obwohl die natürlich auch da sind. Bären, größer als drei Mann nebeneinander. Wildkatzen, die du erst siehst, wenn sie dir an den Hals springen. Nein, da war was anderes. Es beobachtet dich. Kannst nichts machen, nur einfach weitergehen. Hatte aber mein Gewehr rausgeholt, kannst du mir glauben. Nein, wie ich schon sagte, gesehen hab' ich nie was. Der einzige Mensch, den ich getroffen hab', der vielleicht was gesehen hat... na ja, der war halb tot und halb verrückt.« Ein Schluck aus der Flasche, genau zum richtigen Zeitpunkt. Matthew nahm die Flasche, trank und gab sie zurück. Das Ritual war vollzogen, und Will konnte fortfahren.

»Hab' ihn mal im Winter im Wald gefunden nach 'nem heftigen Schneesturm. War ganz mit Schnee bedeckt. Sein Bart sah aus wie aus Eis. Als ich unter all dem Weiß genau nachguck', seh' ich, es ist 'n Fallensteller, den ich kenn', großer Bursche namens Mike. Zu dem Zeitpunkt war er schon größtenteils tot, so gefroren, daß man schon das Feuer aus der Hölle oder den Atem von 'nem Engel gebraucht hätte, um ihn noch aufzutauen. Konnt' nichts mehr für ihn tun, aber konnt' ihn auch nicht alleinlassen, also zünd' ich ein Feuer an und hock' mich in den Schnee zu ihm. Nach 'ner Weile seh' ich, seine Lippen bewegen sich, nur 'n bißchen. Ich beug' mich so nah ran, wie's geht, und ich hör', wie er vor sich hin murmelt. Machte nicht viel Sinn, nur so 'ne Spinnerei von wegen Eis und Kälte, als wär's was Lebendiges, als wär's 'ne Frau, die das Leben aus ihm saugt. Die Kälte verdreht dir den Kopf, weißt du. Größte Gefahr überhaupt ist, daß du dir irgendwann einbildest, dir wär' warm, dann setzt du dich nämlich hin und legst dich schlafen, und dann stirbst du. Ist wirklich 'n einfacher Weg, um Schluß zu machen, wenn du den ersten Teil aushalten kannst.

Egal, das geht 'n paar Minuten so, dann ist er wieder still. Nächstes Mal, wo ich genau hinseh', ist er schon tot. Ich hab' ihn im Schnee unter 'nem umgefallenen Baum begraben – letzte Stelle, die auftaut, verstehst du – und im Frühling gingen ein paar von uns zurück und holten ihn raus, damit er ordentlich begraben werden konnte. Gab nicht viel mehr, was ich für ihn tun konnt'.«

Der alte Mann blickte zu Matthew herüber und lachte. »Enttäuscht, was? Kein richtiges Ende für 'ne Geschichte. Tja, vielleicht nicht. Aber das Leben hört nicht auf wie 'ne Geschichte. Also, du nimmst das einfach als Warnung, ich weiß nicht, ob was dran ist. Paß auf in der Gegend, das ist alles.«

In das Schweigen hinein dachte Matthew an die Beschreibung seines Vaters von Sidonie Moreau: still, gebildet, spröde. Zwischen der Welt, die Will beschrieb, und der Frau, die sein Vater gekannt hatte, schien es keine mögliche Verbindung zu geben. Die Geschichten des alten Mannes sind vierzig Jahre alt, dachte er. Die Verhältnisse hatten sich geändert. Außerdem übertreibt er bestimmt um der Wirkung willen.

Will gähnte plötzlich und enthüllte in dem schwachen Licht eine Reihe von Zähnen, die so gerade und gelblich waren, daß Matthew wußte, sie waren falsch. »War nett, mit dir zu plaudern, mein Junge. Hab' schon immer viel geredet für 'nen Mann von meiner Sorte. Auch wenn ich das meiste mit mir selbst geredet hab', da oben auf der Fährte. Paß auf dich auf, hörst du?«

Diese Worte hallten in Matthews Kopf wider, als er seinen Platz wieder einnahm und der Schlaf ihn übermannte.

Er verschlief die nächsten beiden Stationen. Als er aufwachte, war Will verschwunden. Ein junger Mann mit fahlem Gesicht hatte seinen Platz eingenommen, als ob dort niemals jemand anders gesessen hätte.

7. Kapitel

»Bitter Creek. Nach Bitter Creek, alles aussteigen. Bitter Creek.« Der Schaffner blieb neben Matthews Sitz stehen. »Wir sind da, Sir.« Matthew richtete sich überrascht auf, er war ganz vertieft in Jacks Buch gewesen. Er warf einen kurzen Blick aus dem Fenster, sah jedoch nur Bäume. Der Bahnhof mußte auf der anderen Seite sein, folgerte er und raffte seine Taschen zusammen. Er zog seinen Mantel an und folgte dem Schaffner.

An der Tür kletterte der Mann aus dem Zug und stellte die Trittleiter auf, damit er den Bahnsteig einfacher erreichen konnte. Allerdings gab es keinen Bahnsteig. »Das kann nicht der richtige Ort sein.« Matthews Stimme klang schwach, halb verschluckt von dem trägen Pusten der Zugmaschinen und dem Wind in den Bäumen.

»Hier ist Bitter Creek, Sir.«

»Aber hier gibt es nichts. Keinen Bahnhof, keine Stadt.«

»Das ist richtig, Sir. Vor dreißig Jahren gab es hier einen Bahnsteig, aber der ist jetzt weg. Sind Sie sicher, daß Sie wirklich hierhin wollten?« In der Stimme des Mannes lag eine Mischung aus Ungeduld und Mitgefühl. Matthew griff in seine Tasche, um Sidonie Moreaus Brief hervorzuholen, dann ließ er sie wieder sinken. Er wußte auswendig, was in dem Brief stand. Dies war der Ort, dieser schmale Streifen Schotter voller Unkraut neben dem Gleis. Er holte tief Luft und stieg aus dem Zug. »Werden Sie abgeholt?« fragte der Schaffner.

Er nickte. »Wann kommt der nächste Zug?«

»In drei Tagen machen wir die Tour Richtung Süden. Um die Mittagszeit.« Der Mann hob die Leiter hoch, blies einmal kräftig in die Pfeife und sprang wieder auf den Zug. »Viel Glück, Sir.« Dann schloß sich die Tür, und die Maschine erwachte schnaufend wieder zum Leben. Matthew trat schnell einen Schritt zurück, als der Zug sich in Bewegung setzte. Er sah zu, wie er sich entfernte und mit erschreckender Schnelligkeit von den Bäumen verschluckt wurde.

Zögernd setzte er seine Taschen ab und sah sich um. Zu beiden Seiten des Gleises bildeten Kiefern eine ununterbrochene grüne Linie. Über den Bäumen konnte er die grauen Massive der Berge sehen, die zum Teil durch Wolken verhüllt wurden. Er hatte schon durch die Zugfenster einen flüchtigen Blick darauf werfen können, aber der dichte Wald hatte während der letzten Stunden die Sicht weitestgehend versperrt, so daß er kaum noch nach draußen geschaut hatte. Den Drang, scheinbar endlose Reihen von Bäumen zu zeichnen, hatte er schon länger überwunden.

Er überquerte das Gleis, um einen besseren Blick auf das Gebiet zu seiner Linken zu gewinnen, und sah eine weitere, noch nähere Bergkette. Mit den Händen schirmte er die Augen gegen die blasse Nachmittagssonne ab und konnte so den Schnee auf den Gipfeln und den rauhen Granit der Hänge erkennen. Er hörte

Wills leise Stimme: »... nicht so 'ne sanfte Schönheit wie bei euch im Süden«. Das nicht, dachte er, das ganz bestimmt nicht. Aber dennoch wunderschön, eine wilde Schönheit, die an sein Herz rührte. Landschaftsmalerei war für ihn, trotz der kühnen Worte gegenüber seinen Freunden und seiner Familie, nie von großem Interesse gewesen, aber jetzt schien es nur daran gelegen zu haben, daß er niemals diese Landschaft hier gesehen hatte.

Er überquerte das Gleis wieder und ging zu dem Häufchen von Taschen, das in dieser urwüchsigen Umgebung verlassen und fremdartig aussah. Er war dankbar, daß er sich vor seiner Abfahrt einen Luxus erlaubt hatte – einen alten Militärmantel, den er gebraucht bekommen hatte. Trotz seines Alters und seiner Geschichte war er solide gefertigt und hielt ihn warm, wenn er auch an den Ärmeln und am Kragen etwas ausgefranst war. Als der Wind von den Bäumen heruntergeglitt und das Gleis entlangfegte, steckte Matthew die Hände in die Taschen und unterdrückte ein Zittern.

Es würde ihn jemand abholen, hatte der Brief versprochen. Bestimmt kannte diese Person den Zugfahrplan und würde ihn nicht lange hier stehenlassen. Es wäre schwierig für Sidonie Moreau, von jemandem Vergeltung zu erlangen, der neben dem Bahngleis verhungert war. Es sei denn, es ging ihr gar nicht um Vergeltung, sondern um Rache. In diesem Fall würde es ihren Zweck bemerkenswert gut erfüllen.

Du wirst kaum innerhalb von zwei Tagen verhungern, sagte Matthew streng zu sich selbst. Wenn dich niemand abholen kommt, dann wartest du einfach auf den nächsten Zug. Außerdem, dachte er, während er sich wieder umsah, kann diese Wildnis nicht vollkommen verlassen sein, warum gäbe es hier sonst einen

Bahnhof? Dort draußen im Wald mußte es doch Fallensteller wie Will geben. Vielleicht gibt es eine Stadt hinter einem der Berge. Auch wenn Sidonie Moreau geplant hat, dich hier stehenzulassen, dann kommt bestimmt jemand anders vorbei.

Er stellte einen der Koffer hochkant neben das Gleis und setzte sich darauf. Dann holte er die fingerlosen Handschuhe aus der Manteltasche, das Skizzenbuch aus der Umhängetasche und machte sich daran, die Berge jenseits der Bäume zu skizzieren. Als seine Finger klamm wurden und die Konzentration nachließ, ging er erst an den Gleisen und dann am Waldrand auf und ab. Der Wald war nicht so undurchdringlich, wie es zunächst ausgesehen hatte. Er fand den Anfang von etwas, das aussah wie ein Weg, auch wenn er sich nicht traute, mehr als ein paar Schritte darauf zu gehen. Schon dort schien ihn der Wald mit seiner grünen Reglosigkeit zu verschlucken, und er war erleichtert, als er wieder in der wärmenden, trüben Sonne an den Gleisen stand, die ihm inmitten dieser Wildnis etwas Zuversicht gaben. Von einem Flüßchen gab es trotz des Namens »Bitter Creek« keine Spur.

Er sah wieder auf die Taschenuhr. Den dünnen Zeigern war es gelungen, lediglich zehn Minuten vergehen zu lassen, seit er das letzte Mal nachgesehen hatte. Ziellos trat er gegen den Schotter auf dem Gleis und überlegte, was er tun würde, falls er bei Einbruch der Dunkelheit immer noch allein wäre. Der Wald würde ihm wohl einen gewissen Schutz vor dem Wind gewähren, doch störte ihn die Vorstellung, daß vielleicht auch andere Wesen zwischen den Bäumen Zuflucht suchten. Von Bären und Wildkatzen hatte Will gesprochen. Matthew hoffte wieder, daß der alte Mann übertrieben hatte. Immerhin hatte er Streichhölzer in der Tasche, und Holz gab es genug. Wenn nötig, konnte er ein Feuer neben dem Gleis anzünden und das Ende der Nacht dort abwarten. Wenn es sein mußte, konnte er auch noch zusätzliche Kleidung aus seinem Koffer anziehen...

Er hörte ein Knirschen auf dem Schotter hinter sich und erwartete fast, als er sich jäh umdrehte, einem der Wesen aus Wills Geschichten gegenüberzustehen. Statt dessen kam ein Mann auf ihn zugeritten, zwei weitere Pferde trotteten an Stricken hinterher. Zehn Fuß weit von ihm entfernt brachte er sein Pferd zum Stehen.

Matthew sah zu ihm auf, hin- und hergerissen zwischen Mißtrauen und Erleichterung. Der Mann trug eine schwere Lederjacke, die am Kragen und an den Ärmeln mit tiefbraunem Pelz besetzt war. Er hatte einen schwarzen weichen Filzhut tief in die Stirn gezogen. Das gegerbte Gesicht, vom Hut beschattet, war an Augen und Mund mit Falten überzogen, doch lag eine eigenartige Zeitlosigkeit darin, so daß der Mann Ende Vierzig oder auch Anfang Sechzig sein konnte. Das Haar, das über seinen Kragen fiel, hatte die Farbe verblichener Knochen.

»Donovan?«

»Ja.«

»Sie sind zu jung«, sagte der Mann einen Augenblick später.

»Mein Name ist Matthew Donovan. Mein Vater Simon ist zu krank, um selbst zu kommen.« Der Mann starrte ihn eine Zeitlang mit einem schwer zu deutenden Ausdruck an.

»Dann steigen Sie auf.« Er wies mit dem Kopf auf das kleine schwarze Pferd, das geduldig hinter ihm wartete.

»Und meine Sachen ...«

»Darum kümmere ich mich.« Behende schwang sich der Mann vom Pferd, hievte Matthews Koffer auf den Rücken des Packpferdes und verschnürte die unförmige Last geschickt.

»Es tut mir leid, ich hatte keine Ahnung, daß wir zu Pferd reisen würden«, fühlte er sich gezwungen zu sagen, dann wünschte er, er hätte nichts gesagt, weil seine Stimme in der Stille dünn und angespannt klang. Der Mann zuckte nur mit den Achseln und hob den anderen Koffer auf den Rücken des Ponys. Es schnaubte vor Entrüstung, aber rührte sich nicht. Die Umhängetasche wurde hinten am Sattel des Schwarzen befestigt.

Der Mann saß wieder auf seinem Pferd, noch ehe Matthew sich bewegen konnte, und es blieb ihm nichts übrig, als unter den wachsamen Augen des anderen unbeholfen auf den Schwarzen zu klettern. Matthew konnte sich nicht erinnern, wann er das letzte Mal geritten war, bestimmt nicht mehr seit seiner Jugend. Es dauerte ein wenig, bis er den schweren Mantel um sich gebreitet hatte, und als er aufsah, wendete der Mann gerade seinen Rotschimmel und warf ihm die Zügel des Schwarzen über den Kopf des Pferdes zu. Matthew griff danach, und es gelang ihm, das Pferd einigermaßen unter Kontrolle zu bringen, ehe der Rotschimmel sich am Gleis entlang fortbewegte und das Packpferd hinterhertrottete. Erst jetzt bemerkte er das Gewehr, das der Mann quer über dem Rücken trug.

Als sie in den Weg einbogen, kam er schließlich darauf, den Mann nach seinem Namen zu fragen. »Joseph.« Weder ein Nachname noch irgendein Hinweis, daß eine längere Unterhaltung gewünscht sei.

Trotz des holprigen Weges – oder vielleicht gerade deswegen und wegen der langsamen Gangart, die er erforderlich machte – entdeckte sein Körper nach und nach die Mechanismen des Reitens wieder. Der Schwarze war eine zuverlässige Kreatur, ganz offensichtlich zufrieden, dem Packpferd willig zu folgen. Auf geraden Strecken setzte Matthew versuchsweise Fersen und Zügel ein, und obwohl das Tier in halbherzigem Protest die Ohren anlegte, hielt es an oder fiel in trägen Trab, je nachdem, was er befahl. Vielleicht würde der Ritt doch nicht so schlimm werden, dachte er, obwohl er ahnte, welchen Muskelkater er ihm bescheren würde.

Der Pfad führte erst beständig aufwärts und dann viel steiler abwärts. Nachdem sie eine Stunde geritten waren, lichtete sich der Wald, und sie erreichten eine Wiese. Das Gras war verdorrt, es gab keine Spur von Grün mehr, nur eine matte graubraune Schattierung. Die andere Seite des Tals lag bereits im Schatten, und die Sonne am diesigen Himmel stand gerade über dem höchsten Gipfel der fernen Berge.

Der Weg führte sie über die Wiese hinweg durch spärliche Baumbestände und schließlich an einem Flußufer entlang. Das Wasser stand sehr niedrig, als dünner silberner Schleier strömte es über das steinige Bett. Es war gar kein so unwirtlicher Ort, dachte Matthew. Im Sommer mußte es recht friedlich hier sein, und sogar jetzt war der Ort von einer seltsamen, trostlosen Schönheit beseelt. Immer wieder rechnete er damit, um eine Kurve zu biegen oder aus den Bäumen hervorzutauchen und auf eine Hütte zu stoßen, die sie erwartete. Aber der Untergrund begann wieder unerbittlich anzusteigen, so daß er Josephs Rücken eine Frage zuwarf. »Wie weit ist es noch?«

Der Mann blickte zurück, eigentlich zum ersten Mal, seit sie ihre Reise angetreten hatten. »Noch ein Stück.« Verärgert wollte er noch eine genauere Antwort verlangen, aber die unnahbare Stimme ließ ihn verstummen. An sich machte es ihm keine besondere Mühe, sich ruhig zu verhalten, da er an Einsamkeit gewöhnt war. Es machte ihm allerdings Mühe, sich ruhig zu verhalten, wenn er unzählige, unbeantwortete Fragen auf dem Herzen hatte, doch er konnte sich beherrschen.

Sie waren in den Schatten eines Berges gelangt, und seine Kälte erschien ihm wie ein Vorgeschmack darauf, wie die Nacht hier wohl sein mußte. Bestimmt würden sie Sidonies Zuhause vorher erreichen, überlegte er und klammerte sich unvernünftigerweise an diesen Gedanken, bis sie den Rand des Waldes erreichten, der den Bergkamm vor ihnen verdeckte. Nachdem sie einige Meter in den Wald hineingeritten waren, bog Joseph in einen kaum sichtbaren Seitenpfad ein, der in eine kleine Lichtung mündete. »Wir kampieren hier«, sagte er, und Matthew glaubte zu bemerken, wie die Spur eines Lächelns über die Lippen des Mannes huschte.

»Schön«, zwang er sich zu sagen, als wäre es seine Lieblingsbeschäftigung, auf dem Boden zu schlafen, noch dazu in dem abgelegensten Wald, der sich finden ließ. Alles in allem konnte es nicht viel unbequemer sein als einige der Betten, in denen er selbst gelegentlich gelandet war. Behutsam stieg er von dem Schwarzen ab und zuckte unwillkürlich zusammen, als er das Ziehen in seinen Oberschenkeln spürte.

Nachdem er Josephs Beispiel gefolgt war und seinem Pferd Sattel und Zaumzeug abgenommen hatte, stellte er verwundert fest, daß der Mann keines der drei Tiere festband. »Laufen sie nicht weg?«

»Mein Pferd läuft nicht weg. Wenn das eine nicht wegläuft, tun die anderen es auch nicht.«

Nachdem Matthew sich erfolglos angeboten hatte zu helfen, suchte er sich den bequemsten Fleck auf dem Boden, den er finden konnte, wobei er wieder dankbar für den dicken Mantel war, und beobachtete, wie Joseph Holz sammelte und ein Feuer anzündete. Aus seinem Gepäck kamen zwei Bündel zum Vorschein, und als Matthew seines öffnete, entdeckte er ein großes Stück Geflügelfleisch und zwei dicke Scheiben Brot. Joseph reichte ihm seine Feldflasche, die – im Gegensatz zu der von Will – nur Wasser enthielt.

Sie aßen schweigend, dann warf Joseph ihm eine Decke zu und machte alle Anstalten, sich schlafen zu legen. Matthew sah auf die Uhr. Es war erst acht. Er konnte sich nicht vorstellen, wachzuliegen und Geräuschen zu lauschen, die er weder dem Feuer noch den Pferden zuordnen konnte. »Sind wir hier denn sicher?« fragte er.

»So sicher wie anderswo.«

»Im Zug habe ich einen Mann getroffen, der erzählte, er wäre früher in dieser Gegend als Fallensteller unterwegs gewesen. Er sagte, es gäbe hier Bären und Wildkatzen.«

»Die gibt es hier«, gab Joseph zu. »Auch Wölfe.«

»Er sagte, es gäbe auch noch andere Dinge.« Matthew sah, wie der Mann kurz aufblickte und ihn mit seinen grauen Augen eine Weile musterte.

»Die auch.«

»Arbeiten Sie für Sidonie Moreau?«

»Manchmal.«

»Was ist sie für ein Mensch?« Die Frage war vielleicht unverschämt, aber er konnte sie nicht unterdrücken, zumal er damit lediglich riskierte, daß Joseph sich weigerte, weiter zu sprechen, und das schien ohnehin unvermeidlich. Die Antwort war ein zurückhaltendes Achselzucken. »Mein Vater hat sie gekannt, das war vor zwanzig Jahren«, fuhr Matthew unbeirrt fort. »Er hat mir ein wenig von ihr erzählt. Wurde sie in dieser Gegend geboren?«

»Nein.«

»Wie lange kennen Sie sie schon?«

»Weiß nicht. Fast mein ganzes Leben.«

»Dann kannten Sie sie, als sie noch jung war. Hat sie sich sehr verändert?«

Es entstand ein langes Schweigen. Joseph starrte in das Feuer. »Nicht besonders«, sagte er schließlich. »Sie weiß, dies ist unser Land, auch wenn die Regierung sagt, es gehöre ihr. Sie bezahlt angemessen für die Arbeit, die wir tun. Sie nimmt nichts, ohne zu fragen. Wir können uns nicht über sie beschweren.«

Seit er aus dem Wald aufgetaucht war, hatte er nicht soviel gesprochen. Matthew drängte weiter. »Wir? Gibt es hier in der Nähe eine Stadt?«

»Die Häuser meiner Sippe. Wir wohnen hier draußen.« Matthew stellte sich ein ganzes Dorf vor, das so schweigsam wie Joseph war, und unterdrückte ein Lächeln. Geschwätzigkeit war also kein Charakterzug der Menschen im Norden, Will war wohl eine Ausnahme. Er konnte sich nicht vorstellen, daß Joseph mit sich selbst sprach. »Morgen geht es früh los. Am besten schlafen wir jetzt.«

Das war eine Abfuhr, ohne Zweifel. Matthew fand sich damit ab, er versuchte zu schlafen und redete sich dabei eher verzweifelt ein, daß, wenn Joseph keine Angst vor Bären, Wildkatzen und Wölfen hatte, auch er keine Angst zu haben brauchte.

Zu seiner Überraschung war sein nächster klarer Gedanke, daß es Morgen war und ihm der Rücken schmerzte.

8. Kapitel

Am nächsten Tag versiegelten Wolken den Himmel, sie verdeckten die Berge und drohten mit Regen. Entgegen Josephs Vorhersage, daß das Wetter sich halten würde, bis sie ihr Ziel erreicht hatten, begann es am späten Nachmittag zu regnen. Matthew war dankbar, daß sie im Schutz der Bäume ritten, die den leichten, aber eisigen Nieselregen einigermaßen abhielten. Er hatte keine Ahnung, wohin ihr Weg führte, er hatte nur den Eindruck, daß sie in westlicher Richtung ritten. Die Grenzsteine, die möglicherweise existierten, waren in Nebel gehüllt, und über ihm war nichts zu sehen als Äste und Regen.

Das Grau vermischte sich allmählich ins Schwarze, und die Schatten zwischen den Bäumen verdunkelten sich bis zur Undurchdringlichkeit. Matthew ritt mit hochgezogenen Schultern gegen das beständige Tropfen des Regens an. Seine Finger lagen wie taub auf den Zügeln. Josephs hellbraune Jacke schien der einzige helle Gegenstand im Wald zu sein, und er heftete verkrampft die Augen darauf. Der Mann drehte sich kein einziges Mal um; das goldbraune Rechteck, das durch die schwarze Linie des Gewehrs zweigeteilt wurde, war der prägende Eindruck, den Matthew von ihm hatte. Unentschlossen dachte er darüber nach, ihn zu fragen, wie weit sie noch reiten mußten, aber er ließ es bleiben, denn er konnte die Standardantwort »noch ein Stück« nicht mehr hören.

Schließlich lichtete sich der Wald und entließ sie auf einen Wiesenstreifen. Matthew sah vor sich etwas glänzen und rieb sich den Regen aus den Augen. In der zunehmenden Dunkelheit konnte er die vor ihm liegende Landschaft nicht in allen Einzelheiten erkennen, aber es bestand kein Zweifel daran, daß der Schein ein erleuchtetes Fenster war. Er sackte in den Sattel zurück, erleichtert, daß er die Nacht doch nicht in triefnassem Elend auf schlammigem Boden verbringen mußte. Plötzlich kümmerte ihn der Grund für Sidonie Moreaus Einladung nicht mehr im geringsten. Wenn sie Rache nehmen wollte, dann hätte er es dabei zumindest warm und trocken.

Dann erregte etwas anderes seine Aufmerksamkeit, ein schimmerndes Licht, wo nichts als Dunkelheit hätte sein sollen. Er starrte wieder nach vorn und blinzelte gegen den Regen. Das Schimmern verwandelte sich in Wasser, auf dem sich ein mattes Licht spiegelte. Das Haus lag auf der anderen Seite eines Flusses, dachte er zuerst, dann sah er, daß das Wasser dafür zu weit reichte. Also ein See und das Haus auf der anderen Seite. Dennoch führte Joseph sie genau geradeaus, ohne nach rechts oder links abzubiegen, was notwendig gewesen wäre, wenn sie um den See herumreiten wollten. Vielleicht verläuft der Weg direkt am Wasser entlang, sagte sich Matthew, um die plötzliche Übelkeit zu unterdrücken, die in seinem Magen wühlte. Der Weg verlief ein wenig nach rechts, und er fühlte eine Woge der Erleichterung. Der Richtungswechsel verschaffte ihm eine bessere Sicht auf die vor ihm liegende Landschaft, und die Erleichterung verlor sich wieder. Das Licht rührte gar nicht von anheimelnden Fenstern her, wie er zunächst angenommen hatte, sondern von einer Laterne, die am Ende eines Holzstegs aufgestellt worden war. Gerade als ihm diese Tatsache bewußt wurde, gelangten sie auf eine kleine Anhöhe, und er sah das diesseitige Gegenstück zu dem Steg nicht mehr als dreißig Fuß von ihnen entfernt. Dort brannte kein Licht, aber ein kleines Boot schaukelte auf dem bewegten Wasser.

Eine Insel. Das Haus lag auf einer Insel. Er dachte die schrecklichen Worte oder sagte sie laut, da Joseph ihm einen kurzen, durchdringenden Blick zuwarf. Matthew hatte es nicht für möglich gehalten, daß er sich noch kälter oder elender fühlen könnte, als er es schon tat. Das Gefühl von Kälte in seinen Fingern und seiner Haut war jetzt nichts im Vergleich zu der eisigen Furcht in seinem Herzen. Er saß wie angefroren auf dem Rücken des Schwarzen, während Joseph die Taschen ablud und die Segeltuchplane vom Ruderboot herunterzog. Das Pferd bewegte sich ungeduldig unter ihm, doch diesmal war er nicht in der Lage zu tun, was von ihm erwartet wurde.

Joseph hatte seine Sachen verstaut und richtete sich auf. »Kommen Sie.«

»Warum warten wir nicht bis zum Morgen?«

»Bei diesem Wetter? Die Herrin hat gesagt, sie will Sie heute abend dahaben. Ich muß noch weiter. Kommen Sie.« Als Matthew sich nicht rührte, kam Joseph heran und stellte sich neben den Kopf des Schwarzen. »Das ist der einzige Weg. Wir haben keine andere Wahl. Keiner von uns.« Hinter der harten Wahrheit der Worte nahm Matthew zum ersten Mal eine Spur von Gefühl wahr. Keine Wut oder Verachtung, wie er es vielleicht erwartet hätte, sondern Mitgefühl.

Er holte tief Luft und zwang sich, abzusteigen und sich auf die Beine zu stellen, die durch das Reiten und die Anspannung wie Gummi geworden waren. Er sagte kein Wort – es gab nichts zu sagen –, während er Joseph zur Anlegestelle folgte. Das Boot schaukelte in seiner Verankerung und wurde von den Wellen gegen den Steg geworfen. Seine Taschen waren vom Regen dunkel geworden. Er schöpfte Atem und stieg in das Boot.

Sein Körper erinnerte sich, so wie er sich ans Reiten erinnert hatte. Panisch und mit rumorenden Eingeweiden gelang es ihm doch, das Gleichgewicht zu halten und den Sitz zu finden. Das Boot bebte, als Joseph einstieg. Matthew schloß die Augen und klammerte die Finger um die Kante des Holzsitzes. Die Dunkelheit hinter seinen Lidern war jedoch unerträglich, sie rief die Erinnerung an schwarzes Wasser wach, das über seinem Kopf zusammenschlug, und er öffnete die Augen wieder.

Trotz des stürmischen Seegangs ruderte Joseph mit gekonnter Leichtigkeit. Matthew konnte ihr Ziel nicht sehen, nur die Linie des schwindenden Ufers. Er konzentrierte den Blick auf den Steg und die wartenden Pferde, die den Kopf unter dem elenden Regen gebeugt hatten, und schluckte die aufsteigende Übelkeit herunter. Die Erinnerungen schwanden ein wenig, sanken in die tieferen Regionen seines Gedächtnisses zurück, wohin er sie verbannt hatte. Es war nicht sein Schicksal zu ertrinken, sagte er mit soviel Überzeugungskraft, wie er nur konnte, zu sich selbst. Wenn es sein Schicksal gewesen wäre zu ertrinken, dann wäre es schon vor zwölf Jahren passiert.

Nach einer Ewigkeit war es vorbei. Sie erreichten den gegenüberliegenden Steg, und er kletterte dankbar an das sichere Ufer. Joseph warf seine Taschen heraus und begann, das Boot zu wenden. »Gehen Sie den Pfad dort hinauf«, war seine letzte Anweisung.

»Auf Wiedersehen. Vielen Dank.« Joseph ließ die Ruder kurz los und hob grüßend die Hand, dann wandte er alle Aufmerksamkeit wieder dem Boot zu. Matthew stand einen Augenblick lang auf dem Steg und beobachtete, wie das kleine Boot sich gegen die Wellen stemmte, dann sammelte er seine Taschen ein und eilte durch die Büsche oberhalb des Stegs den Steinplattenweg entlang.

Der Pfad weitete sich zu einer Terrasse, und wenig später stand er vor der Eingangstür, einer massiven Holztür mit vernieteten Beschlägen. Darüber baumelte eine Laterne, und in der Mitte hing ein eiserner Türklopfer in Form einer Rose. Er ließ eine Tasche fallen, strich sich das triefnasse Haar aus der Stirn und griff nach dem Türklopfer. Noch ehe er ihn berühren konnte, schwang die Tür nach innen auf.

Einen Moment lang konnte er nichts als eine schlanke Gestalt erkennen, die sich gegen das Licht abzeichnete. »Guten Tag«, sagte er. »Mein Name ist Matthew Donovan. Ich bin der Sohn von Simon.«

»Wo ist Ihr Vater?«

»Er war nicht kräftig genug, um die Reise anzutreten. Ich komme an seiner Stelle.« Das dunkle Schimmern verwandelte sich in eine Frau. In dem trüben Licht hatte er nur einen flüchtigen Eindruck von schwarzem Haar, das aus einem schmalen Gesicht zurückgebunden war, dunklen Augen und düsterer, unförmiger Kleidung, die glatt an ihr herunterhing. Genau wie sein Vater gesagt hatte.

Genau wie sein Vater gesagt hatte ...

»Wer sind Sie?« Die Worte waren ausgesprochen,

noch ehe sein müdes Hirn die offensichtliche Antwort begreifen konnte.

»Kommen Sie bitte herein«, sagte sie, als hätte er nicht gefragt. »Ich habe Sie nicht den ganzen Weg hierherkommen lassen, damit Sie dann auf der Türschwelle ertrinken.« Dankbar und ohne auf seiner Frage zu beharren, trat er in den Vorraum, wo er tropfend auf dem glänzenden Holzboden stehenblieb.

»Wo ist Ihre Mutter?«

»Meine Mutter... ist auch krank.« Sie schloß die hohe Tür und drehte sich zu ihm um. »Es tut mir leid, daß das Wetter so unangenehm war. Sie sind sicherlich müde. Ich werde Ihnen Ihr Zimmer zeigen, dann können Sie sich umziehen. Im Speisesaal steht ein warmes Mahl bereit, falls Sie hungrig sind.«

Sie bückte sich, um eine der Taschen aufzuheben, und trug sie mühelos an ihm vorbei. Er griff nach seinem übrigen Gepäck und folgte ihr. Er gewann einen flüchtigen Eindruck eines großen leeren Raumes, der vom Feuer eines mächtigen steinernen Kamins an der Wand erleuchtet wurde, dann führte sie ihn die breite Holztreppe hinauf, die rechts des Vorraums lag. Oben beleuchteten Lampen den schattenhaften Treppenabsatz. Zu seiner Rechten verlor sich ein langer Gang ins Dunkle. »Das Haus steht größtenteils leer«, sagte sie, als ob sie seinen neugierigen Blick in den Korridor bemerkt hätte.

»Wie lange wohnen Sie schon hier?«

Die schwarzen Schultern zuckten so nichtssagend wie Josephs. »Schon eine Weile. Hier ist Ihr Zimmer. Leider gibt es keine Waschgelegenheit, aber zwei Türen weiter ist ein komplettes Bad. Ja, es gibt dort auch fließend Wasser«, ergänzte sie und beantwortete damit die Frage, die er aus Höflichkeit nicht gestellt hatte.

Sie öffnete die Tür und trat beiseite, damit er vor ihr in das Zimmer gehen konnte. Im Kamin loderte ein Feuer, das flackerndes Licht an die holzvertäfelten Wände warf. Das andere Ende des Zimmers schien sich in einer Art Sechseck über die rechtwinkligen Grundrisse des Hauses hinaus auszudehnen. Die Fenster wurden von schweren Vorhängen aus verschossenem, burgunderroten Samt bedeckt, die die düstere Nacht aussperrten. Am Kamin standen zwei Ohrensessel. Rechts und links des Baldachinbettes, dessen schwere Brokatvorhänge zurückgezogen waren, standen Schränke aus glänzendem Holz. In der Luft lag ein Anflug von Kälte und ein flüchtiger Geruch von Kiefernholz, als sei der Raum längere Zeit gelüftet worden, um die letzten Spuren von Muff und Staub zu vertreiben. Matthew ließ das Gepäck fallen und hielt seine tauben Finger an die Flammen.

»Ich hoffe, daß Sie sich hier wohl fühlen. Sie können gern ein Bad nehmen – das Wasser ist heiß. Kommen Sie herunter, sobald Sie fertig sind.«

Die Worte, so höflich und unpersönlich wie die eingeübte Begrüßung eines Hotelangestellten, ließen ihn herumfahren. Sie war schon aus der Tür und wollte sie gerade zuziehen. »Warten Sie. Sie haben mir Ihren Namen noch nicht gesagt.«

»Sidonie«, sagte sie mit einem Lächeln. »Ich heiße Sidonie.«

9. Kapitel

Der Lampe im Badezimmer fehlte es an Öl, aber was für eine Erfindung auch immer das Wasser beheizte, sie funktionierte zufriedenstellend. Matthew lag im Glanz des Kerzenscheins da und ließ die wohlige Wärme langsam in seinen frierenden, schmerzenden Körper dringen. Es mußte einen guten Eindruck gemacht haben, dachte er, wie er mit wirrem Haar und auf die Teppiche tropfend dagestanden hatte. Es war eigentlich ganz gut, daß ihm nicht die ältere Sidonie aufgemacht hatte. Auch wenn sein durchnäßter Zustand vielleicht ihr Mitleid erregt hätte.

Er dachte an die junge Frau, die sich um ihn gekümmert hatte. Zu seiner Überraschung fiel es ihm schwer, sich ihr Gesicht zu vergegenwärtigen. Durch langjährige Übung in Schulen, Ateliers und beim Skizzieren auf der Straße hatte er Erfahrung darin gesammelt, Gesichtszüge zu rekonstruieren, indem er in kürzester Zeit das Wesentliche eines Gesichts herausfand. Zwar hatte ihn erst seine anfängliche, unsinnige Schlußfolgerung erschreckt, es sei dieselbe Frau, die sein Vater gekannt hatte, aber dann war er in erster Linie damit beschäftigt gewesen, warm und trocken zu werden. Dennoch müßte er eigentlich mehr zustandebringen als eine verschwommene Vorstellung von schwarzer Kleidung und einer strengen Frisur. Ein unauffälliges Wesen hatte sein Vater sie genannt. Zumindest zu Anfang, verbesserte er sich und erinnerte sich dabei an den seltsamen Klang in Simons Stimme, mit der er sie zu dem Zeitpunkt beschrieb, als er sie besser kennengelernt hatte. Ganz unmißverständlich hatte es einen Unterton von Faszination und Wärme gegeben, der die ansonsten nüchterne Schilderung durchzog. Was auch immer am Ende geschehen war, Sidonie Moreau hatte noch immer einen Einfluß auf seinen Vater, der beunruhigender war als alle Schuldgefühle wegen seiner Untreue oder seines unlauteren Handelns.

Dieser Gedanke verunsicherte Matthew. Mühsam entzog er sich der Umarmung des Wassers und wikkelte sich in das Handtuch, das er auf dem Ständer neben der Wanne fand. Er fuhr sich mit der Hand durch das feuchte Haar, dann über das Kinn mit den zwei Tage alten Bartstoppeln. Er sollte sich rasieren, im Kopf hörte er schon Gabriels tadelnde Stimme. Diesmal hatte sein Bruder recht. Es war für alle wichtig, daß er einen guten Eindruck machte. Er sah sich nach einem Spiegel um und war überrascht, keinen zu finden. Auch eine gründliche Suche in den Schubladen des Schränkchens unter dem Waschbecken förderte nichts zutage. Vielleicht war es ganz gut so – in dem trüben Licht hätte er sich bestimmt in den Hals geschnitten.

Zehn Minuten später wagte er sich aus dem Zimmer, in frischer Kleidung und halbwegs vorzeigbar. In der Tür zögerte er einen Augenblick und spähte in die dunkle Flucht des Flures hinein. Wie lange stand dieses Haus wohl schon? fragte er sich. Wenn Sidonie Moreau es gekauft oder geerbt hatte, dann brauchte sie sicherlich nichts von dem dürftigen Vermögen der Donovans. Wegen seiner Abgeschiedenheit war es vielleicht kein begehrenswertes Zuhause, und die Errichtung war aus demselben Grund ohne Zweifel sehr kostspielig gewesen. Die Holzböden, die getäfelten Wände und das solide Mobiliar – alles sah nach Qualität und handwerklichem Können aus. Die Kosten für die Beschaffung von Steinen, Holz und Arbeitskräften mit der Eisenbahn mußten horrend gewesen sein.

Er ging die Treppe hinunter und sah in ein weites Vestibül, wie man es für gewöhnlich in alten Schlössern fand. Die gewölbte Decke erhob sich über zwei Stockwerke und verlor sich im Dunkel. Die Wände aus elfenbeinfarbenem Putz, in dem sich schwere Balken kreuzten, waren durch Wandbehänge belebt, und die dicken Teppiche verliehen dem Boden Wärme. Zwei Sessel und eine Sitzbank schienen sich um den hohen Kamin zu kauern. Die beiden Fensterreihen an einer Seite spiegelten das hohe Gewölbe. Unentschlossen stand er einen Augenblick lang in der Mitte des Raumes. Außer dem Knistern des Feuers und dem schwachen Regenprasseln auf der Terrasse hörte er nichts.

»Hallo?« Seine Stimme hallte zu ihm zurück, zaghaft und dünn.

»Hier bin ich.« Er drehte sich um und sah die junge Sidonie in einer Tür stehen. »Bitte kommen Sie in den Speisesaal. Sind Sie hungrig?«

»Völlig ausgehungert«, gab er zu, und sie lachte leise.

»Ich nehme an, Josephs Rationen sind alles andere als ausreichend.«

»Was es zu essen gab, schmeckte zwar sehr gut. Nur war er leider nicht der Meinung, daß man mehrmals essen sollte. Tatsächlich ißt er noch seltener als er spricht.«

»Er ist einigermaßen schweigsam.«

»Allerdings. Aber das ist vielleicht eine nützliche Eigenschaft für einen Bediensteten.« Matthew ging hinter ihr her in den Speisesaal.

»Er ist kein Bediensteter. Aber es ist trotzdem eine wertvolle Tugend.« Er hörte sie wieder lachen. »Ich weiß. Es ist wohl ziemlich beeindruckend. Insbesondere, wenn es nur für einen ist.« Matthew nickte, und ihm wurde bewußt, daß er die lange glänzende Tafel angestarrt hatte, an der bestimmt mehr Personen Platz fanden, als er im ganzen kannte. An einem Ende war ein Gedeck vor einem Kerzenständer aufgelegt.

»Warum nur für einen?« fragte er, nachdem er ihre letzten Worte schließlich aufgenommen hatte.

»Ich habe schon gegessen.«

»Aber Sie werden sich doch wenigstens zu mir setzen, oder?«

»Wenn Sie es wünschen«, sagte sie und setzte sich auf den Platz ihm gegenüber. Silberne Servierplatten wurden aufgedeckt, und dampfendes Gemüse und mehrere dicke Bratenscheiben kamen zum Vorschein. Allein der Duft raubte ihm fast die Sinne, und er vergaß beinahe die Notwendigkeit, einen guten Eindruck zu machen. Als er nach den ersten berauschenden Bissen aufsah, ruhte Sidonies Blick auf ihm. Er brachte ein schiefes, entschuldigendes Lächeln zustande und verzehrte den Rest zusammen mit dem schweren Rotwein, den sie ihm eingoß, mit mehr Anstand.

»Ich hoffe, Ihr Zimmer gefällt Ihnen«, sagte sie nach einer Weile.

»Es ist wunderschön. Allerdings habe ich keinen

Spiegel gefunden. Ansonsten wäre ich höflich genug gewesen, mich zu rasieren, das müssen Sie mir glauben.«

»In diesem Haus gibt es keine Spiegel. Das ist eine Eigenart«, die Pause war so kurz, daß er glaubte, sie sich eingebildet zu haben, »meiner Mutter.«

»Ich habe keinen mitgebracht. Ich hatte befürchtet, ich würde ihn auf der Reise zerbrechen.«

»Vielleicht können Sie einen im Dorf kaufen.«

»In Josephs Dorf?«

Sie nickte. »Ich werde ihn oder Helen fragen, das ist das Mädchen, das hier saubermacht.«

»Joseph erzählte mir, dieses Land würde Ihrer Mutter gehören«, sagte er vorwitzig und schob gleichzeitig den Teller weg, um Platz für den Zuckerkuchen zu machen, der die Mahlzeit abschloß. Er sah hoch und fing ihr Nicken auf.

»Meine Familie hat es vor vielen Jahren geerbt, als der ursprüngliche Besitzer starb. In der Kanne ist noch Kaffee, wenn Sie möchten.« Er nahm davon, und die heiße süße Flüssigkeit schmeckte nach Zuhause und dem Leben, das er in der Stadt zurückgelassen hatte. Es hatte den Anschein, als läge diese Welt viele Meilen und viele Jahre hinter ihm. Der Gedanke beunruhigte ihn, er lehnte sich zurück und sah die junge Sidonie wieder an, dieses Mal war er entschlossen, sie so einzufangen, wie sie war, und vor seinem geistigen Auge festzuhalten.

Unter dem halbmondförmigen Haaransatz verjüngte sich ihr Gesicht an den Schläfen, erweiterte sich kurz zu den Backenknochen und verengte sich dann zum Kinn hin in auffälliger Weise. Ihre Augenbrauen waren so schwarz wie ihr Haar und leicht gebogen. Er konnte die Farbe der Augen darunter nicht ausmachen, nur daß sie dunkel waren. Ihre Nase war gerade, ihr Mund blaß und breiter, als man in dem schmalen Gesicht erwartet hätte. Sie besaß die sanfte, glatte Haut eines jungen Mädchens, aber er glaubte nicht, daß sie viel jünger sein konnte als er. Sie war nicht schön. In einem überfüllten Café würde sich niemand nach ihr umdrehen. Und doch hatte sie *irgend etwas* an sich. Er konnte es nicht bestimmen, konnte nicht einmal festlegen, was ihn auf die Idee gebracht hatte, trotz allem wußte er, daß es existierte, nicht greifbar und doch faszinierend. Vielleicht hatte sein Vater dasselbe gefühlt – bei Sidonies Mutter. Es war kein beruhigender Gedanke.

Ihr Kopf neigte sich ein wenig, als hätte seine eingehende Musterung sie verlegen gemacht. »Sidonie. Das ist ein ungewöhnlicher Name.« Er sagte das, um überhaupt irgend etwas zu sagen, und schon bereute er es.

»Sie meinen, es ist ungewöhnlich für eine Tochter, nach ihrer Mutter benannt zu werden.«

»Das auch.«

»Keiner Ihrer Brüder ist nach Ihrem Vater benannt?« Die Betonung machte eine Frage daraus, aber fast unmerklich.

»Nein. Woher wissen Sie, daß ich Brüder habe?«

»Ihr Vater hat von seiner Familie gesprochen, ein wenig zumindest.«

»Hat er das?« Er konnte die Schärfe in seinem Tonfall nicht unterdrücken, doch anscheinend bemerkte sie es nicht.

»Warum sind Sie gekommen und nicht einer von den anderen?«

»Mein ältester Bruder hat Familie und muß sich um seine Geschäfte kümmern. Mein anderer Bruder hatte eigene Angelegenheiten zu regeln.«

»Und Sie hatten nichts zu erledigen? Keine Familie?«

»Ich lebe allein. Ich bin Künstler. Bei mir gab es nichts, was ich nicht für eine Weile verlassen konnte.«

»Ach so.« Sie lächelte und lehnte sich im Stuhl zurück. »Dann sind Sie also das schwarze Schaf der Familie.«

»Ich bin in dieser Angelegenheit der Vertreter meines Vaters.«

»Fühlen Sie sich nicht gleich angegriffen. Ich habe nicht angenommen, daß man Sie geschickt hat, um Sie los zu sein. Oder um mich zu beleidigen, beziehungsweise uns.« Ihre Worte, die sie leise mit einem amüsierten Unterton gesprochen hatte, machten ihm bewußt, daß er sich verkrampft hatte. »Was für Kunst machen Sie?«

»Ich bin Maler. Ich hoffe Gelegenheit zum Malen zu finden, während ich hier bin. Wenn Ihre Mutter keine Einwände hat.«

»Das kann ich mir nicht vorstellen. Es steht Ihnen frei, jeglicher Inspiration nachzugehen, die Sie hier finden können.«

»Das ist sehr freundlich. Und auch vielen Dank für das Abendessen. Es hat sehr gut geschmeckt.«

»Ich kann kochen, wenn es notwendig ist.« Ihre Antwort traf ihn unvorbereitet, die Worte gaben ihm zu verstehen, daß er sie auf irgendeine Weise angezweifelt hatte. Er glaubte eigentlich nicht, daß sein Kompliment das nahegelegt hatte, aber er war müde, und seine Konzentration ließ langsam nach. Noch dazu konnte er ein unhöfliches Gähnen nicht unterdrükken. Sidonie erhob sich von ihrem Stuhl. »Sie haben einen langen Tag gehabt, so wie ich Joseph kenne. Sie sollten schlafen gehen.«

»Ich glaube, das ist ein guter Vorschlag«, sagte er.

Sie begleitete ihn bis zum Fuß der Treppe. »Wird es Ihrer Mutter morgen besser gehen?«

»Das kann ich nicht sagen. Ich werde Ihnen morgen ... tagsüber leider nicht ... zur Verfügung stehen, aber ich bitte Sie, sie nicht zu stören.«

»Natürlich nicht. Wo liegt ihr Zimmer?«

»Vermeiden Sie einfach alle abgeschlossenen Räume«, sagte sie, als wäre das eine Antwort. »Sie können sich umsehen, wenn Sie wünschen, aber bedenken Sie, dies ist ein altes Haus. Viele Bereiche sind nicht sicher und daher verschlossen.«

»Natürlich. Gute Nacht, Miss Moreau.«

»Gute Nacht, Mr. Donovan.« Wir sind so höflich zueinander, dachte Matthew halb belustigt, als er die Treppe hinaufging. Als ob mein Vater ihrer Mutter überhaupt nichts angetan hätte. Als wäre ich hier freiwillig zu Besuch, anstatt genötigt worden zu sein.

Als er oben ankam und zurückblickte, war sie verschwunden. Er stand einen Moment lang da und sah in den leeren Raum. In der beklemmenden Stille hörte er gedämpft das Klappern von Geschirr, als käme es von weit her. Das einfache, heimische Geräusch hatte eine seltsam beruhigende Wirkung.

In seinem Zimmer konnte er nur den Wind hören. Er wollte erst die Vorhänge zurückziehen, um zu sehen, was vor seinem Fenster lag, doch so voller Wärme und gutem Essen, wie er war, hatte er keine Lust, der Dunkelheit ins Angesicht zu schauen. Er packte die Sachen aus, die unwiderruflich knittern würden, aber ließ den Rest im Koffer, als ob er damit seine baldige Abreise sicherstellen könnte.

Als er es sich in dem riesigen Bett bequem machte, ließ er die Vorhänge offen, um das letzte Licht des erlöschenden Feuers einzulassen. Er überlegte, was er erfahren hatte und wie er jetzt vorgehen sollte. Wenn die ältere Sidonie krank war, so war das vielleicht eine Erklärung dafür, warum sie plötzlich auf Ereignisse zurückkam, die schon zwei Jahrzehnte zurücklagen. Ihr Zustand mußte trotz der scheinbaren Sorglosigkeit ihrer Tochter ernst sein. Sonst wäre sie bestimmt in der Lage gewesen, anwesend zu sein und ihn zu begrüßen, zumal sie annehmen mußte, daß es Simon war, der zu Besuch kam. Würde das Herannahen des Todes sie eher rachsüchtig oder versöhnlich stimmen? Er hoffte natürlich auf letzteres, aber konnte nichts daraus folgern, solange er ihr nicht begegnet war.

Dann gab es noch ihre Tochter. Keiner von ihnen war je auf die Idee gekommen, daß Sidonie Moreau eine Familie haben könnte. Schließlich hatte sich ihr Nachname nicht verändert. Peter würde die Existenz einer unehelichen Tochter ohne Zweifel als Rechtfertigung für seine Überzeugung betrachten, daß Sidonie Moreau eine Frau mit zweifelhaftem Lebenswandel war. Matthew mußte bei dem Gedanken unwillkürlich grinsen und fuhr dann fort, die Fragen sorgfältig zu erwägen, die die Situation aufwarf. Wer war der Vater der jungen Sidonie? Und wo war er jetzt? Hatte sie ihr Leben lang an diesem einsamen Ort gelebt? Die eigenartige Förmlichkeit ihres Auftretens, ihre Erscheinung, die der Erinnerung seines Vaters an ihre Mutter entsprach, legte diese Möglichkeit nahe. Dennoch lag ein fast unmerkliches Gebaren in ihrem Benehmen ebenso wie in ihrer Erscheinung, was die Vermutung nahelegte, daß der äußere Anschein irreführend sein könnte.

Egal was sie war, er wagte nicht, sie mißzustimmen, für den Fall, daß dies die Entscheidungen ihrer Mutter bezüglich seines Vaters beeinflussen könnte. Er war sich außerdem ziemlich sicher, daß er ihr nicht trauen konnte, unabhängig davon, wie unparteiisch sie vielleicht erschien.

Als er sich auf die kühlen Kissen zurücklegte und spürte, wie die Müdigkeit sich schwer auf seine Glieder legte, fragte er sich, ob er die Tür abschließen sollte. Die Frage war noch ungeklärt, als der Schlaf ihn übermannte.

10. Kapitel

In den späten Nachtstunden hatte es aufgehört zu regnen, sogar der Wind hatte sich gelegt und fegte nicht mehr durchs Tal. Die dunklen Gänge des Hauses lagen still da. Die Dielen knarrten nicht unter ihren nackten Füßen. Die Tür bewegte sich lautlos unter ihren Fingern. Sie lächelte, fast hatte sie erwartet, sie abgeschlossen vorzufinden. Nicht, daß es eine Rolle gespielt hätte, denn es gab kein Zimmer in diesem Haus, in das sie nicht eintreten konnte.

Das einzige Licht war das schwache Glimmen der Glut im Kamin. Auch das spielte keine Rolle, sie konnte gut genug sehen. Sie spürte die sanfte Liebkosung der Teppiche an ihren Fußsohlen, während sie sich auf das Bett zubewegte. Die schweren Vorhänge waren zurückgezogen, und sie betrachtete den Schlafenden.

Damit hatte sie nicht gerechnet. Sie hatte angenommen, daß entweder Simon ihrer Aufforderung nachkommen würde oder überhaupt keiner. Es war ihr nie in den Sinn gekommen, er könnte einen seiner Söhne schicken. Sie hatte auch nicht erwartet, daß er ihnen sogar die Wahrheit sagen würde. All ihre Pläne setzten von Anfang bis Ende voraus, daß es Simon sein würde, der in diesem Bett schlief. Jetzt waren alle Hebel, die sie in Bewegung setzen wollte – Schuld und Ehrgefühl und die Erinnerung an frühere Leidenschaft – nutzlos geworden.

Du könntest ihn nach Hause schicken, dachte die Beobachterin. Verlange ein Zeichen der Buße von seinem Vater und laß ihn gehen, gesund und unangetastet. Es wird noch andere Gelegenheiten geben, ein anderes Mal. Du hast Zeit genug.

Sie hockte sich neben das Bett, die Bewegung war nicht mehr als ein gleitender Schatten, schwärzer als der Rest. Der schlafende Mensch rührte sich. Seine Atmung stockte kurz. Sie erstarrte, so reglos wie die Stille selbst, und wartete. Er bewegte sich nicht noch einmal, da ihr neugieriger Blick nicht mehr in seine Träume drang.

Er lag auf der Seite und hatte die Decken hochgezogen, um die Kälte abzuwehren. Sein ausgebreitetes Haar, das für einen Stadtmenschen ziemlich lang war, wäre anderen Augen einfach als schwarz erschienen, denn die Farbe war in der Dunkelheit nicht wahrnehmbar. Doch sie sah altes Eichenholz, Seehundsfell und das sanfte Braun von Gewürznelken darin. Sein Gesicht war lang und schmal, seine Haut besaß die Blässe eines Menschen, der mehr an die Nacht als an den Tag gewöhnt war. Über den großen Augen zuckten fein geäderte Lider. Eine Hand war aus den schützenden Decken hervorgerutscht, und sie konnte seltsame Schwielen auf seiner saubergebürsteten Haut erkennen. Sie holte Luft und atmete dabei den kaum merklichen Geruch von Öl und Terpentin, Seife und Schweiß ein.

Sie stellte sich vor, wie sie am Fenster stand und ihn wegreiten sah, während ihre Träume in ihrem Mund zu Staub und Asche wurden.

Es mußte nicht das Ende ihrer Pläne sein. Wenn die Köder, auf die sie sich verlassen hatte, wirkungslos waren, dann mußte sie auf andere zurückgreifen. Wenn sie auch älter und grausamer waren, daran konnte sie nichts ändern.

Oh, Simon, wärst du doch gekommen, dachte sie, während sie auf das schlafende Gesicht zwischen den Kissen starrte. Aber wenn du es nicht tun willst, dann muß er es tun.

Wenn er nur nicht so schrecklich, schrecklich jung wäre.

11. Kapitel

Als Matthew aufwachte und die Vorhänge an den Fenstern zurückzog, stellte er erstaunt fest, daß die Sonne bereits deutlich über den Bergen stand, auch wenn sie nur als blasser Lichtfleck durch die Wolken schien. In dem dunklen Schlafzimmer war er zweimal an die Oberfläche des Wachseins gestoßen und dann wieder in den Schlaf zurückgesunken, ohne sich auch nur umzudrehen. Jetzt, als er über den See blickte, vermutete er, daß es fast Mittag sein mußte. Ein plötzliches Knurren in seinem Magen bestätigte diese Vermutung, noch ehe er seine Uhr hervorgeholt hatte.

Eine Viertelstunde später ging er die Treppe hinunter und erinnerte sich an Sidonies Hinweis, daß sie tagsüber nicht anwesend sein würde. Er bemerkte, wie erstaunlich begierig er war, das Haus gerade ohne ihre verwirrende Gegenwart zu erkunden, aber er gestand sich ein, daß er in der Küche anfangen mußte. Einen Augenblick lang stand er im Vestibül. Im Kamin flackerte bereits ein Feuer, das ein wenig Wärme verbreitete. Trotz der Fenster, die den Vorraum und die gegenüberliegende Wand säumten, wirkte der Raum trüb und düster. Er hatte einen Anschein von Traurigkeit, als hätte der Erbauer sich als Kontrast zu der dunklen Erhabenheit helle Aufmachungen und fröhliche Bewohner vorgestellt, und beides hatte sich nicht eingestellt. Oder aber sie hatten einmal existiert und waren nun verschwunden und hatten nur das gespenstische Gerüst zurückgelassen, das sie ursprünglich mit Leben ausfüllen sollten.

Sein Magen beschwerte sich erneut und vertrieb seine düsteren Gedanken. Wo hätte ein Architekt in einem solchen Haus die Küche plaziert? In der Nähe des Speisesaals schien eine vernünftige Vermutung zu sein. Zumindest wußte er, wo dieser lag. Er ging zu der geschlossenen Tür herüber und schob sie auf.

Am anderen Ende des Saales stand eine Frau. Einen Moment lang dachte er, es sei die jüngere Sidonie, aber dann sah er sie deutlich. Ihr Gesicht war breit und gebräunt, ihre Wangen waren durch Narben von Kinderkrankheiten gezeichnet. Das Haar hatte sie unter ein rotes Kopftuch gesteckt, aber ein paar Strähnen hatten sich gelöst und lagen wie schwarze Fäden auf ihrer Haut. Sie trug ein verblichenes blaues Kleid unter einem dicken, leuchtendroten Wollpullover.

»Guten Morgen.« Ihr Kopf nickte erwidernd, aber sie rührte sich nicht. Sie stand einfach am anderen Ende der großen Tafel still da und umklammerte den Wischlappen. Matthew ging auf sie zu, er war fest entschlossen, keine Gelegenheit verstreichen zu lassen, um mehr über seine seltsame Umgebung und seine geheimnisvollen Gastgeberinnen herauszufinden. »Sie müssen Helen sein. Ich bin Matthew Donovan.« Sie nickte wieder. »Das wußten Sie schon?«

»Jopseph hat gesagt, daß Sie angekommen sind.«

»Dann kennen Sie Joseph?« fragte er, ihm war bewußt, wie töricht die Frage war, aber er nahm es in Kauf, wenn sie nur weiterredete.

»Mein Onkel.« Als er näher bei ihr stand, sah er, daß

sie jünger war, als er zunächst angenommen hatte, nicht älter als siebzehn.

»Arbeiten Sie jeden Tag hier?«

»Normalerweise macht das meine Mutter. Sie ist krank, deshalb komme ich.«

»Sie und Ihre Mutter, Sie machen Ihre Arbeit wirklich gut. Hier ist alles sehr sauber.« Ihr Blick, der sich auf die Höhe seiner Brust gehoben hatte, fiel wieder auf den Tisch.

»Bin letzte Woche jeden Tag gekommen, um zu putzen«, gab sie zu.

»Wie oft kommen Sie sonst?«

»Einmal im Monat.«

»Und in der übrigen Zeit erledigt Miss Moreau alles allein?« Sie sah ihn kurz mit einer Mischung aus Unverständnis und Furcht an, dann zuckte sie mit den Schultern.

»Möchten Sie ein Mittagessen? Joseph hat gesagt, ich soll für Sie kochen, wenn Sie möchten.«

»Danke, ist nicht nötig. Darum kann ich mich selbst kümmern... obwohl ich denke, ich sollte erst frühstücken, bevor ich zu Mittag esse.« Der schwache Witz entlockte ihr keine Reaktion, bis auf das verlegene Auf-der-Stelle-Treten. Ihr Bedürfnis, wieder allein zu sein, war offensichtlich. »Wie komme ich denn zur Küche?« Sie deutete auf eine Tür an der gegenüberliegenden Wand. Als er an der Tür war, fiel ihm wieder der Spiegel ein. »Ich muß mir einen Spiegel kaufen. Kann ich im Dorf einen bekommen? Oder kann ich Ihnen Geld geben, und Sie bringen mir einen mit, falls Sie morgen wiederkommen?«

»Einen Spiegel?« stammelte sie und sah ihn wieder verängstigt an.

»Ja. Miss Moreau meinte, man könnte möglicherweise einen aus dem Dorf bekommen. Hier gibt es keinen, und ich muß mich dringend rasieren.« Er rieb sich mit der Hand über das Kinn.

»Ich werde Joseph fragen«, sagte Helen schließlich.

»Das ist sehr freundlich.« Genau in dem Moment, als sich die Tür hinter ihm schloß, hörte er, wie sie aus dem Saal eilte. Die merkwürdige Begegnung hatte einen Teil der Unruhe heraufbeschworen, die das Tageslicht vertrieben hatte. Sie hatte ruhig, wenn auch schüchtern gewirkt, bis er die Rede auf Sidonie gebracht hatte. Konnte es sein, daß sie dem Mädchen Gewalt angetan hatte? Sie sah nicht aus wie eine, die ihre Bediensteten schlug. Genauso wenig sah Joseph aus wie einer, der zuließ, daß seine Familie schlecht behandelt wurde. Alles, was er so zurückhaltend über die ältere Sidonie gesagt hatte, legte nahe, daß er sie respektierte. Vielleicht bezog sich dieser Respekt nicht auf ihre Tochter.

Sein Magen knurrte wieder, er sah sich um und schob die nutzlosen Spekulationen beiseite. Das Auffälligste in der Küche waren ein großer, schwarzer Herd und ein weiterer Kamin. Durch die gegenüberliegenden Fenster fiel schwaches Licht ein. Es reichte aus, um die Schränke zu durchsuchen und den Eingang zur Speisekammer und zum Kühlraum zu finden, die seitlich an das Haus angebaut waren. Offensichtlich war ein Vorrat an wichtigen Nahrungsmitteln vorhanden, die frisch aussahen und kürzlich gekauft worden waren.

Da er zunächst damit beschäftigt war, Schinken und Ei für sein Frühstück zuzubereiten, bemerkte er erst, als er mit dem Teller in der Hand dastand, was an dem Raum ungewöhnlich war. Es gab keinen Tisch. Keinen Platz zum Essen für die Bediensteten – oder für irgend jemanden, der nicht an dem einschüchternd langen Tisch in dem anderen Raum essen wollte. Er sah sich wieder um. Die Küche war sauber und adrett, abgesehen von der Unordnung, die er selbst verursacht hatte, aber sie strahlte keine Wärme aus, noch schien sie regelmäßig benutzt zu werden. Sie war auf ihre Art ebenso förmlich wie der Speisesaal, als würde sie nur zu besonderen Anlässen genutzt oder als diene sie lediglich zum Vorzeigen.

Irritiert ging er in den Speisesaal, zog alle Vorhänge auf und setzte sich so nah wie möglich ans Fenster. Da er den Teller nicht auf Helens sorgfältig polierten Tisch stellen wollte, balancierte er ihn auf den Knien, während er auf die wolkenverhangenen Berge starrte. Es sah aus, als würde es bald regnen. Wenn er das Haus von außen erkunden wollte, dann tat er es am besten so bald wie möglich. Der Gedanke war überraschend angenehm. So wenig er die Vorstellung mochte, das ganze Wasser um sich herum zu betrachten, so wenig reizvoll war die Vorstellung, das Innere des Hauses zu erforschen, wenn Helen ihn wie ein verschüchtertes Reh mied.

Als er nach draußen trat, spürte er, daß die Luft ein wenig von der Kälte verloren hatte, die ihn auf der Reise am Tag zuvor taub gemacht hatte, dennoch konnte er Mantel und Handschuhe gut gebrauchen. Er sah sich auf der Terrasse um. Sie war mit Granitplatten ausgelegt, die durch welke Grasreste eingefaßt wurden, die sich einen Weg zwischen den Steinen gebahnt hatten und so ein Muster bildeten. Entlang der Mauer zu seiner Rechten war wahrscheinlich einmal ein Garten gewesen, aber jetzt war er voller verwilderter Rosensträucher, die hoch genug wuchsen, um die Fenster teilweise zu verdecken. Auf der anderen Seite der Terrasse fiel der Boden zum Wasser hin ab, und er hatte eine gute Sicht auf See und Berge.

Matthew ging bis an das Ende der Steinplatten und drehte sich um, um einen ersten richtigen Blick auf das Haus zu werfen. Die drei Stockwerke aus grauem Stein wirkten so uralt und massiv wie einer der Berge. Das Dach, das mit dunkelgrauen Schindeln bedeckt war, fiel zu starken Dachvorsprüngen ab, die über die wenigen kleinen Fenster des oberen Stockwerks hinausragten. An jeder Ecke des Hauses waren Türme, deren Spitzen das Dach des Hauptgebäudes wie Gefechtstürme überstiegen. Im zweiten Stockwerk des linken Turms machte er sein Schlafzimmer aus, da er die Vorhänge wiedererkannte, die er morgens offengelassen hatte. Als er sich nach rechts bewegte, fiel sein Blick flüchtig durch eins der Fenster im Erdgeschoß auf Bücherregale. Das mußte einer der Räume sein, die vom Vestibül abgingen, vermutete er, sehr wahrscheinlich eine Bibliothek. Hinter einem Fenster nahm er eine Bewegung wahr und erschrak, ehe er erkannte, daß es Helen sein mußte, die noch beim Saubermachen war. Durch die Fenster zu seiner Linken konnte er nur die düsteren Umrisse von Möbeln sehen.

Von der Terrasse zweigten zwei Wege ab. Einen erkannte er als denjenigen, den er vom Anlegeplatz aus genommen hatte, also folgte er dem anderen. Er verlief zwischen Kiefern, die die Sicht auf das Haus und den See verdeckten, und dann mündete er in einer weiten Fläche, wo der Granit ein natürliches Plateau bildete. Von dem offenen Gelände aus ergab sich ein neuer Blick auf das Haus.

Direkt vor ihm wurde eine weitere hohe Fensterfront sichtbar, einige Fenster boten eine klare Sicht auf einen großen leeren Raum, der in einer der anderen Turmausdehnungen endete. Jedes Fenster war von hölzernen Fensterläden eingerahmt, deren rauchfarbener Lack hier und da abblätterte. Einige Fenster waren verschlossen, so daß das Haus aussah, als besäße es viele Augenpaare, einige waren geschlossen, andere zwinkerten ihm zu, und wieder andere beobachteten ihn interessiert.

Neugierig geworden, näherte sich Matthew dem Haus, wobei der Fels unter seinen Füßen wieder anstieg. Verwildertes, dichtes Gestrüpp hinderte ihn, nah genug heranzukommen, um genauer in den seltsamen Raum hineinspähen zu können. Also ging er wieder auf den Weg zurück. Mehrere gesprungene Steinstufen führten ihn hinter einer anderen Reihe verbogener Kiefern auf eine weitere Terrasse.

Er wendete sich zurück, um den leeren Raum noch einmal zu betrachten. Dort, wo die Mauer wieder gerade wurde, war eine Glastür. Er wölbte die Hände über die Augen, lehnte sich dagegen und spähte hinein. Die Decke des Raumes war weiß gestrichen, mit einer zarten Spur von Blau. Sie schien sich himmelwärts zu heben, obwohl er wußte, daß sie nicht höher sein konnte als Speisesaal und Küchc. Aufwendige Stuckarbeiten umgaben den Raum oberhalb der Fenster, und er konnte den Glanz einer verblaßten Vergoldung darauf sehen. Ein Ballsaal, dachte er, gerade als ihm einfiel, daß dieser Raum ein hervorragendes Atelier abgeben würde. Offensichtlich wurde er nicht benutzt, und die riesigen Fenster bedeuteten ausreichend natürliches Licht für seine Arbeit. Matthew versuchte die Tür zu öffnen, entdeckte, daß sie verschlossen war, und ging weiter, um seine Erkundungen fortzusetzen. Hinter dem Ballsaal waren zwei verhangene Fenster, dann ging er wieder am Vestibül vorüber. Obwohl er wußte, daß auf der anderen Seite nur der Speisesaal und die Küche lagen, ging er den Weg weiter entlang und entdeckte eine verstaubte, unbenutzte Glasveranda dahinter.

Der letzte Teil des Pfades führte ihn um die südöstliche Achse des Hauses und brachte ihn auf den Weg zurück, dem er vom Anlegeplatz aus gefolgt war und der öfter benutzt zu werden schien. Einen Augenblick lang stand er auf dem Weg und überlegte, ob er seine Besichtigung mit Anlegeplatz und See nicht doch jetzt bei Tageslicht fortsetzen sollte. Kurze Zeit später aber war er wieder auf dem Weg zur Terrasse auf der Vorderseite. Das Haus war größer, als er es sich am vorherigen Abend vorgestellt hatte, und er staunte über die Anstrengungen und die Ausgaben, die in seine Errichtung hineingesteckt worden sein mußten. Die übertriebene Konstruktion faszinierte ihn, und er fragte sich, wer ein solch extravagantes Herrenhaus an einem so entlegenen Ort gebaut haben konnte – und aus welchem Grund.

Im Vorraum angekommen, entdeckte er einen Mantelstock, der ziemlich ungeschickt an einer Wand befestigt war. Ein Mantel mit Pelzkragen hing bereits dort. Er streifte seinen Mantel ab und hängte ihn dazu.

Als er in die Eingangshalle trat, überlegte er, wohin seine Erkundungen ihn als nächstes führen sollten. Nach links oder rechts, nach oben oder unten? Schließlich entschied er sich, bei seinem Schlafzimmer zu beginnen und sich von dort aus bis zu dem Raum vorzuarbeiten, der ihn am meisten interessierte.

Die meisten Räume im zweiten Stock – abgesehen von seinem Schlafzimmer und dem Badezimmer – waren verschlossen. Diejenigen, die sich öffnen ließen, sahen nicht so aus, als wären sie in letzter Zeit bewohnt worden. Auf verstaubten Betten lagen zusammengerollte Matratzen, und offene Kleiderschränke entblößten ihr leeres Inneres. Auf halbem Wege den Gang entlang kam er an einer Treppe vorbei, die sowohl auf- als auch abwärts führte. Am Ende des Flures gab es eine weitere schmale Treppe, die nur nach oben führte. Er stieg langsam hinauf und bemerkte, daß die Luft mit jedem Schritt kälter zu werden schien. Es war hier oben wesentlich dunkler, die einzige Lichtquelle war ein kleines Fenster hoch oben im Treppenschacht, und er wünschte, er hätte eine Lampe mitgebracht.

Als er oben ankam, stand er auf einem schmalen Treppenabsatz, vor ihm lag ein Gang, und hinter ihm führte ein langer Flur zurück zur Vorderseite des Hauses. Nach kurzem Zögern wählte er den zweiten Gang. Der Boden war reichlich mit Staub bedeckt. Offensichtlich zählten Helen und ihre Mutter das Reinigen dieses Stockwerks nicht zu ihren Pflichten. Die innere Seite des Gangs wurde von kleinen Zimmern gesäumt, die bis auf das eine oder andere abgenutzte Bettgestell oder einzelne vergessene Stühle leer waren. Dies mußte die Unterkunft für die Bediensteten gewesen sein, dachte er und zitterte bei dem Gedanken, wie kalt es hier im Winter sein mußte.

Nach einer kurzen Inspektion kehrte er zur Treppe zurück und begab sich auf den anderen Flur. Dieser mußte über das Ende des Vestibüls hinwegführen und diente auf den oberen Etagen als einzige Verbindung zwischen den beiden Enden des Hauses. Der Durchgang war eng und dunkel, das schwache Licht vom Treppenaufgang war nicht ausreichend, um ihn bis in die letzten Winkel zu durchdringen. Matthew tastete sich im Dunkeln den Gang entlang und empfand ein unangenehmes Gefühl beim Berühren der Spinnweben, die unter seinen ausgestreckten Händen zerrissen. Er erinnerte sich an Sidonies Warnung über den verfallenen Zustand der unbewohnten Flügel des Hauses und stellte sich vor, wie er durch eine morsche Fußbodendiele auf den glänzenden Holzboden der Eingangshalle stürzte. Es war keine angenehme Vorstellung, und er war erleichtert, als er einen Gang erreichte, der das Gegenstück zu dem Gang sein mußte, den er gerade verlassen hatte. Prompt überprüfte er die Türen und entdeckte weitere leere Zimmer und zurückgelassenes Mobiliar, wobei er mehr von Instinkt als von Neugier getrieben wurde.

Er ging die andere Treppe zum zweiten Stock hinunter und entdeckte, daß dort alle Zimmer verschlossen waren. Als ihm die kranke Frau einfiel, die schlafend irgendwo im Haus lag, gab er sein Türrütteln auf und ging ganz nach unten in die Bibliothek.

Dort verweilte er ein wenig und musterte die Bücherregale. Sie enthielten eine erstaunliche Auswahl an Büchern, davon viele in Sprachen, die er nicht identifizieren konnte. Alte, in Leder gebundene Bände standen neben neueren in Leinen gebundenen. Es überraschte ihn nicht, klassische Stücke, Historien und Denkschriften zu entdecken, aber es verblüffte ihn, daß es auch ein Regal mit den neuesten und umstrittensten Romanen gab. Falls er warten mußte, bis die ältere Sidonie sich erholt hatte, dann hatte er zumindest keinen Mangel an Lesestoff.

Ein offener Bogengang führte in ein Wohnzimmer. Verglichen mit dem kärglichen, verlassenen Charakter des übrigen Hauses, ähnelte dies einer luxuriösen Gartenlaube. Die Sofas und Sessel sahen bequem und einladend aus. Auf einem kleinen Tisch, der in die Verlängerung gestellt worden war, standen einige Pflanzen in Terrakottatöpfen. Im Sonnenlicht sahen ihre grünen Blätter und Stengel erstaunlich saftig und lebensprühend aus. Sie waren das erste Anzeichen von Leben, das er in diesem Haus entdeckt hatte, und er hielt sich noch eine Weile bei ihnen auf, strich mit den Fingern an einem Blatt entlang und stocherte in der feuchten Erde. Er wußte nur sehr wenig über Pflanzen, aber aus dem weniger dekorativen Aussehen der meisten schloß er, daß es eher Kräuter als Zierpflanzen sein mußten.

In dem kleinen Kamin war Holz aufgeschichtet und wartete nur darauf, angezündet zu werden. An der Stelle, wo die Sonne den dicken Teppich berührte, leuchtete er rot und bernsteinfarben. Regale säumten die Wände ringsum, einige enthielten Bücher, andere eine merkwürdige Ansammlung von Zierat. Eine zerbrochene Vase, deren zersplitterte Einzelteile sorgfältig um den unversehrten Fuß herum angeordnet waren, löste Erinnerungen daran aus, wie er als Kind die gesammelten Antiquitäten seines Vaters sorgfältig untersucht hatte. Einige verstreute Münzen trugen Konterfei und Beschriftung, die er nicht kannte. Außerdem gab es ein kleines Gefäß aus Alabaster, dessen Farbe, die in zickzackförmigen Mustern an den Seiten aufgetragen war, allmählich verbleichte. Eine Gliederpuppe lehnte ihren geschnitzten Kopf an die Wand, ihre Holzbeine waren nach vorn hin ausgestreckt. War es ein Götzenbild, fragte er sich, oder ein Kinderspielzeug? Es gab noch weitere Pflanzen, einige sogar mit Blüten, die sich zu engen, verborgenen Knospen eingewickelt hatten, andere, deren Duft fein und verlokkend in der Luft hing.

Unter einem Fenster stand ein kleiner Schreibtisch. Matthew ging zu ihm herüber. Es gab Anzeichen dafür, daß er benutzt wurde – Kratzer im Holz, eine alte verbrannte Stelle –, aber er war leer. Mit einem verstohlenen Blick auf die Tür griff er nach der obersten Schublade. Sie öffnete sich mit einem Quietschen, das gefährlich laut klang. Innen drin war lediglich eine kleine Sammlung von Briefpapier und Umschlägen. Ohne das Papier zu berühren, wußte Matthew, wie es sich anfühlen würde, denn Sidonies Brief steckte noch immer in der Jackettasche über seinem Herzen.

Er schloß die Schublade und ging zurück in die Eingangshalle. Der Bibliothek gegenüber führte eine Tür in einen Raum, der voller mit Laken bedeckter Möbel und voller Spinnweben war. Eine seltsame Form weckte seine Neugier, er lüftete das Laken und entdeckte eine vergoldete Harfe. Als er die Saiten vorsichtig berührte, hallte ein kratziger, schiefer Ton durch den Raum. Er ließ das Laken fallen und ging weiter. Der nächste Raum war offensichtlich seit vielen Jahren mit Fensterläden verschlossen. Eines der Fenster war zerbrochen, und das Glas lag noch halbverborgen im Staub.

Er verließ den Raum durch die Tür am anderen Ende des Musikzimmers. Dies mußte das Zimmer neben dem Ballsaal sein, beschloß er, genau jenes, bei dem die Vorhänge ganz dicht zugezogen waren. Als er dort eintrat, bemerkte er, daß es sich um eine Galerie handelte, die dazu diente, den künstlerischen Geschmack des Besitzers und seinen Spürsinn für Investitionen zu präsentieren. Selbst in dem matten Licht konnte er erkennen, daß nur wenige Gemälde an der Wand hingen. Daß es früher einmal wesentlich mehr gegeben haben mußte, ließ sich aus der eigenartigen, unsymmetrischen Weise schließen, in der die übriggebliebenen aufgehängt waren, und aus den dunklen Flecken, die noch nicht von der Sonne verblichen waren und die Wände wie einfarbige Gemälde musterten.

Matthew zog die Vorhänge zurück und drehte sich neugierig um, um die Gemälde zu betrachten, die die Auslese überlebt hatten. Es waren einige Landschaftsmalereien dabei, nichts, was in irgendeiner Weise außergewöhnlich schien, zwei Jahrhunderte alte aristokratische Porträts und eine eher zeitgenössische Ausführung. Letztere fiel ihm ins Auge, und er trat näher heran, um sie genau zu studieren. Die Pinselführung war gut und die Schattierung des Gesichts ganz ausgezeichnet. Nach einer kurzen Begutachtung der Maltechnik ging er einen Schritt zurück, um das Gemälde an sich zu untersuchen. Es stellte einen Mann des letzten Jahrhunderts dar, der mit einem Hemd mit hohem Kragen und einer figurbetonten Jacke bekleidet war. Ein leuchtendroter Tropfen stellte eine rubinrote Schmucknadel dar, die glänzend aus seinem schwarzen seidenen Halstuch ragte. Er konnte Anfang Vierzig sein und hatte ein schmales, listiges Gesicht. Um seinen Mund zogen sich grimmige, verbitterte Falten, und in den tiefliegenden Augen lag ein Anflug von Wahnsinn. Vielleicht hatte der Künstler nur zuviel Weiß benutzt, dachte Matthew, dann sah er wieder die vielschichtige Modellierung des Lichts auf dem Hals und entschied, daß der unbekannte Maler genau gewußt haben mußte, was er tat. Er bückte sich, um eine Signatur zu finden, konnte jedoch keine entdekken.

Wer konnte es sein? Der Erbauer des Hauses oder ein Vorfahr? Eine Ähnlichkeit mit Sidonie konnte er nicht feststellen, höchstens vielleicht in der Linie der Wangenknochen.

Mit einem letzten Blick auf das geheimnisvolle Gemälde zog er die Vorhänge wieder zu. Jetzt blieb nur noch ein Raum übrig. Er spürte plötzlich eine kaum zu unterdrückende Begierde und legte die Hand auf den Griff der Tür zum Ballsaal. Als er ihn drehte, erwartete er fast, daß die Tür versperrt sein und ihm den Eintritt zu dem Ort verwehren würde, der ihn am meisten interessierte. Sie öffnete sich mit einem leisen Seufzen. Zwei Stufen führten auf den geräumigen, leeren Boden hinunter. Er hatte einen Marmorboden erwartet, ohne sich zu überlegen, wieviel es gekostet hätte, ihn an diesen abgelegenen Ort zu schaffen. Statt dessen stieß er auf Holzbretter, die in unterschiedlichsten Schattierungen gemustert waren, von weißlicher Kiefer bis zu dunkelstem Mahagoni. Angesichts von Staub und Vernachlässigung sah der Saal jetzt glanzlos aus, aber Matthew stellte sich vor, daß er früher einmal wunderschön gewesen sein mußte.

Dies war ein weiterer Raum, mit dessen Säuberung sich Helen und ihre Mutter offensichtlich nicht aufgehalten hatten, stellte er fest. Spinnweben verschleierten eine Ecke und hingen wie gespenstische Bänder von der hohen Decke herab. Auch die Fenster konnten eine gründliche Reinigung vertragen, aber das Licht, das sie einließen, war hinreißend. Selbst jetzt, wo der Himmel wolkenverhangen war, erreichte es den ganzen Raum. Die Westlage bedeutete, daß es morgens dunkel sein würde, aber eigentlich war er immer einer gewesen, der spät aufstand. Er war darin geübt, bis in den Abend hinein zu arbeiten und sich von Erinnerung, Phantasie und künstlichem Licht leiten zu lassen.

Er holte tief Luft, als er sich in einem langsamen Kreis durch den Raum bewegte. Er durfte es sich nicht zu sehr wünschen. Es würde ihn von dem eigentlichen Grund ablenken, weswegen er hier war. Vielleicht war er nicht lang genug hier, um ihn nutzen zu können. Aber er wollte ihn *auf jeden Fall*. Er machte sich nichts aus Staub und Spinnweben, noch aus der Kälte der Luft, die ohne Zweifel von keinem Feuer vertrieben werden konnte. Alles, was er brauchte, war eine Staffelei. Er hatte keine, aber irgendwo auf dieser Insel würde es schon ein paar Sachen geben, um eine zu bauen.

Jetzt im Moment brauchte er noch nicht einmal das. Ein Stuhl aus dem Musikzimmer und sein Skizzenbuch würden ausreichen. Er nahm sich keine Zeit, um darüber nachzudenken. Wenige Augenblicke später zeichnete er den Ausblick auf den See durch die schmutzigen Fenster, wobei er die Unvollkommenheiten und Mängel, die eine klare Sicht verhinderten, mit in das Bild einbaute.

Das Licht wanderte über die Terrasse und die Hügel. Die Sonne verwandelte die Wolken in eine Palette aus Rottönen, die mit Spuren von Orange und einem Hauch von Purpur schattiert war. Matthew bemerkte die Taubheit in den Fingern, den Schmerz in den Schultern und stand auf, um seine verkrampften Muskeln zu lockern. Am Ufer des Sees bewegte sich etwas, und er trat näher an die Fenster heran. Er spähte nach der schmalen Gestalt, die in einen schweren Mantel gehüllt war, und erkannte das leuchtendrote Flattern eines Kopftuchs. Es war Helen, die zurück ins Dorf ging. Er beobachtete, wie sie sich vom Wasser wegbewegte und schließlich hinter einer Baumreihe verschwand. Sie lief schnell und mühelos, als gäbe es dort einen

Weg. Wenn sich das Wetter aufhellte, würde er morgen vielleicht versuchen, das Dorf ausfindig zu machen.

Dieser praktische Gedanke löste ein Hungergefühl in ihm aus. Seit dem Frühstück gegen Mittag hatte er nichts mehr gegessen, und jetzt dämmerte es schon. Den ganzen Tag lang hatte er nichts von einer der beiden Sidonies gesehen oder gehört. Sie stünde nicht zur Verfügung, hatte die Tochter gesagt. Er überlegte zum ersten Mal, was das bedeuten konnte. Es besaß dieselbe Mehrdeutigkeit wie der Brief ihrer Mutter. Hatte sie das Haus verlassen? Wenn ja, wohin war sie gegangen?

Er unternahm einen rastlosen Rundgang durch die leeren Räume der unteren Etage. Er hörte kein Geräusch außer seinen Schritten. Unruhe beschlich ihn wieder, er schürte das Feuer im großen Kamin und ging dann in die obere Etage.

In seinem Schlafzimmer stand er einen Moment lang am Fenster, wo er bemerkte, daß der östliche Himmel schon bedrohlich dunkel und sein Spiegelbild deutlicher war als die Berge in der Ferne. Er zog die Vorhänge zu und machte sich daran, im Kamin Holz und anderes Material für ein Feuer aufzuschichten. Er stellte dabei fest, daß er viel zu hungrig war, um auf Sidonies Rückkehr zu warten. Er würde sich in dieser leeren, hohlen Küche ein Abendessen zubereiten und es in der widerhallenden Einsamkeit des Speisesaals zu sich nehmen. Wenn sie bis Mitternacht nicht aufgetaucht war, würde er nachsehen, was sich mit den Türschlössern anfangen ließ. Früher hatte es in seinem Zuhause kein einziges Schloß gegeben, das ihn davon abhalten konnte, in einen Raum einzudringen, wenn er wollte. Er konnte sich nicht vorstellen, daß diese hier anders waren.

Er hockte sich an den kalten Kamin, bemerkte die Stille des Hauses und dachte plötzlich an Wills Geschichte von dem erfrorenen Fallensteller. Er merkte, wie er die Luft anhielt, und meinte, den entfernten Widerhall einer Stimme zu hören, die etwas über einen langsamen Tod in den Armen des Winters in den Bergen murmelte. Es war nur der Wind in den Bäumen, sagte er sich, oder das Ächzen der Dielen und Steine in dem alten Haus.

Er unterdrückte ein Zittern und richtete seine Gedanken wieder auf praktische Dinge. Er zog seine staubige Kleidung aus und ging ins Bad, um sich die Hände zu waschen, die mit Farbe und Ruß beschmiert waren. Als er sich so ansehnlich fühlte, wie es ohne einen Spiegel zur Prüfung seiner äußeren Erscheinung möglich war, ging er in sein Zimmer zurück.

»Da sind Sie ja.« Die Worte schienen aus der Luft zu kommen. Ein gräßlicher Angstschauder überlief ihn, und er drehte sich schnell um. Ein Schatten bewegte sich, und er sah, wie das blasse Oval von Sidonie Moreaus Gesicht in der Dunkelheit jenseits des Scheins des Feuers körperlos schwebte. Noch eine Bewegung, und das flackernde Glühen fiel auf die schwarzen Falten ihres Kleides, als sie auf ihn zu trat. »Es tut mir leid, daß ich so lange nicht zu Ihrer Verfügung stand. Hoffentlich hatten Sie einen interessanten Tag. Sind Sie hungrig?«

Die freundlichen Worte überfluteten ihn, als ob sie versuchten, das hämmernde Klopfen seines Herzens zu beruhigen. Der nüchterne, höfliche Tonfall ihrer Stimme stellte sein Gleichgewicht wieder her. Sie war nicht wie ein Gespenst aus der Dunkelheit erschienen. Das Geräusch ihrer Schritte auf der Treppe war einfach nicht durch die verschlossene Tür des Badezimmers gedrungen. Er atmete aus, und es gelang ihm, sich innerlich über seine eigenen Wahnvorstellungen zu amüsieren. Er war hungrig – und müde. Kein Wunder, daß seine Phantasie durch die merkwürdige Atmosphäre des Hauses und die herannahende Nacht erregt worden war.

Er brachte ein Lächeln zustande und ebenfalls höfliche Worte, dann folgte er ihr die Treppe hinunter, wobei er sich der Dunkelheit bewußt war, die sich außerhalb des Scheins ihrer Lampe zusammenschloß und die Welt hinter ihm verschlang, während sie hinuntergingen.

12. Kapitel

»Ich habe die Frau kennengelernt, die hier saubermacht. Oder zumindest ihre Tochter«, sagte Matthew und sah von seinem Teller zu Sidonie auf, die ihm gegenüber saß. Wieder hatte sie gesagt, sie hätte bereits gegessen, aber sich bereit erklärt, ihm beim Essen Gesellschaft zu leisten. »Ich habe sie nach dem Spiegel gefragt, und sie wollte sich bei Joseph danach erkundigen. Sie wirkte ziemlich schüchtern. Sogar verängstigt.«

»Das liegt wohl daran, daß sie nicht an Fremde gewöhnt ist.«

»Sie sagte, sie käme nur einmal im Monat. Es ist bestimmt viel Arbeit, wenn man sich um ein Haus von dieser Größe allein kümmern muß.«

»So schwer ist das nicht. Der größte Teil ist unbewohnt.«

»Das habe ich bemerkt.« Er nahm noch einen Schluck Wein. »Wie geht es Ihrer Mutter?«

»Ich denke, es geht ihr ein wenig besser.«

»Wann werde ich mit ihr sprechen können?«

»Das liegt an ihr.«

»Je eher ich sie sehen kann, desto eher können wir diese Sache ins reine bringen.«

»Ich bin nicht davon ausgegangen, daß Sie es eilig

haben, in die Stadt zurückzukehren. Der Brief sagte doch, daß Sie sich auf einen längeren Aufenthalt gefaßt machen sollten.«

»Das weiß ich.« Er legte die Gabel mit einem klappernden Geräusch hin, das durch den Raum hallte. »Es tut meinem Vater sehr leid, was damals passiert ist. Er möchte die Sache wiedergutmachen. Deshalb bin ich gekommen. Aber es ist schwer, dies umzusetzen, solange ich nicht weiß, was genau Ihre Mutter von uns will.« Die Sätze beinhalteten eine Frage, aber falls sie sie herausgehört hatte, zog sie es vor, sie zu übergehen.

»Ich bin sicher, daß sie das noch deutlich machen wird. In der Zwischenzeit sollten Sie versuchen, die Zeit zu genießen. Haben Sie heute gemalt?«

»Ich habe ein paar Bleistiftskizzen gemacht, aber vor allem habe ich den idealen Platz zum Malen gefunden, wenn Sie mir erlauben, den Ballsaal zu benutzen.«

»Natürlich. Brauchen Sie sonst noch irgend etwas?«

»Eine Staffelei, einen Stuhl. Einen Hammer und Nägel zum Rahmen. Ich nehme an, man kann diese Dinge im Dorf bekommen.«

»Ich denke, oben könnte eine Staffelei sein. Ich glaube, die Tochter des ursprünglichen Besitzers hat ein wenig gemalt. Bestimmt gibt es oben einige Stühle. Unten am Anlegeplatz ist ein Lagerschuppen und eine Werkstatt. Sie können gern alles benutzen, was Sie dort finden.«

Da ihn der Gedanke reizte, einen Blick auf die anderen Räume des Hauses zu werfen, überredete er sie, die Suche sofort zu beginnen. Mit der Lampe in der Hand führte sie ihn die Treppe hinauf zu dem Schlafzimmerflügel, der gegenüber seinem eigenen lag.

»Hier müßte es sein«, sagte sie, blieb vor der Tür stehen und reichte ihm die Lampe zum Festhalten, während sie einen Schlüsselbund aus ihrer Tasche zog. Matthew stellte fest, daß es weniger Schlüssel als verschlossene Türen gab. Mit jedem einzelnen Schlüssel mußte sich also mehr als eine Tür öffnen lassen.

Die Tür sprang nach innen auf, und ein Geruch nach Staub und muffiger Luft strömte heraus. Sidonie nahm die Lampe und hielt sie in die Dunkelheit hinein. »Ja, hier ist es.« Er folgte ihr, während sie sich einen Weg durch die abgedeckten Möbelstücke bahnte, die als sperrige Hindernisse herumstanden. An der Rückseite des Raumes sah er die verräterischen Umrisse von Leinwänden, die an der Wand lehnten. Sie zogen ihn magisch an, und einen Augenblick später hockte er bereits daneben und drehte sie in das Licht der Lampe, die Sidonie auf einen verstaubten Tisch gestellt hatte. Er sah, daß Leinwand und Holz teilweise durch Fäulnis und Schimmel angegriffen waren, aber den größten Teil konnte man sicherlich noch verwenden. Bei diesem Gedanken kamen ihm Gewissensbisse; er plante bereits, die Leinwand zu übermalen, noch ehe er das Werk betrachtet hatte, das sie bereits bedeckte.

Er kippte das Bild, das er aus dem Dunkel hervorgezogen hatte, und betrachtete es. Es war ein Stilleben, gut gemacht, aber ohne besondere Originalität. Die Farbschicht war dünn und rissig, als hätte die Malerin Bedenken gehabt, ausreichend Pigment zu benutzen und damit dem Bild Substanz zu verleihen. Durch die Risse konnte er die Linien ihrer ursprünglichen Skizzen schwach erkennen. Das Bild wirkte wie eine Übung, die ohne innere Überzeugung und Interesse ausgeführt worden war. Das nächste Bild war beeindruckender: eine Landschaft, die die Anlegestelle und die Berge im Hintergrund darstellte.

Als er das dritte Gemälde umdrehte, hörte er Sidonie etwas sagen, aber ihre Worte drangen nicht zu ihm. Es war kein richtiges Porträt, dachte er, denn dafür war es auf irgendeine Weise zu übertrieben. Eine Frau saß auf einem Stuhl, die weißen Hände auf dem Schoß, die Füße waren genau nebeneinander gestellt. Ein weites schwarzes Kleid bedeckte sie vom Hals bis zu den Knöcheln. Der Künstler in ihm registrierte automatisch, daß der Faltenwurf des Kleides ungeschickt ausgeführt worden war. Ein Streifen Rot auf ihrem Schoß erregte seine Aufmerksamkeit, und er sah, daß die kleinen Hände ein blutverschmiertes Messer festhielten. Das Gesicht der Frau, das leicht geneigt war, wurde von wallendem, ebenholzfarbenem Haar umrahmt, das sich mit der dunklen Farbe ihres Kleides vermischte. Die schwarzen Augen schauten streng nach vorn und sahen den Betrachter direkt an, die dünnen roten Lippen waren zu einem Lächeln gebogen. Sie sah böswillig und selbstzufrieden aus.

Die Perspektive stimmte nicht, der Hals war ungeschickt ausgeführt, und das Gesicht wirkte insgesamt nicht menschlich, aber eine Sache war dennoch eindeutig. Die Frau auf dem Gemälde hatte eine bemerkenswerte Ähnlichkeit mit Sidonie.

Ein Schatten fiel über die Leinwand, und Matthew zuckte zusammen. Sidonie trat einen Schritt zur Seite, um wieder Licht auf das Bild fallen zu lassen, und musterte es über seine Schulter hinweg. »Ich habe die Staffelei gefunden«, sagte sie nach einer Weile.

»Dieses Gemälde...«

»Hat Ähnlichkeit mit mir. Das hatte ich schon ganz vergessen.« Es entstand eine längere Pause. Sie bückte sich, um es genauer betrachten zu können, dabei fiel ihre Hand auf seine Schulter. Seine Muskeln verkrampften sich unwillkürlich, und die Hand hob sich wieder. »Das war meine Großmutter.«

»Aber...«

»Das ist eine lange Geschichte. Ich werde sie Ihnen erzählen, wenn Sie möchten, aber nicht hier. Nehmen Sie alles mit, was Sie eventuell brauchen können, und wir gehen an einen gemütlicheren Ort.« Matthew durchstöberte die übrigen Leinwände, wählte die im besten Zustand aus, um sie vielleicht noch einmal verwenden zu können, und ging dann nach ihr aus dem Raum. Das unheimliche Porträt nahm er mit dem Rest mit, es war zwischen zwei harmlosen, laienhaften Landschaftsbildern eingeklemmt.

Er hatte angenommen, sie würde das Wohnzimmer wählen, doch statt dessen führte sie ihn zu den zwei Sesseln am großen Kamin. Er lehnte die Leinwände an die Wand, während Sidonie noch zwei Holzscheite auf das Feuer legte.

»Der Mann, der dies Haus erbaute«, begann sie, »war sehr reich und zweifellos sehr verschroben. Ich nehme an, das ist schnell zu erkennen. Er war der einzige Erbe des väterlichen Vermögens, das sogar noch heutzutage beträchtlich gewesen wäre. Trotz seiner Wunderlichkeit war er ein gerissener Geschäftsmann, der sein Vermögen zu vergrößern verstand. Er hatte spät geheiratet und hatte ein Kind, eine Tochter. Den meisten Menschen brachte er Abneigung und Mißtrauen entgegen, aber den wenigen, die er liebte, bot er Treue und Schutz.

Mit zunehmendem Alter gewann er mehr und mehr die Überzeugung, daß die Welt ein schrecklicher und gefährlicher Ort sei. Nach und nach fing er an, seine

Bindungen an diese Welt abzuschneiden. Er verkaufte sein Unternehmen, sein großartiges Herrenhaus in der Stadt und den prächtigen Sommersitz am Meer. Er lebte in dem Glauben, seine einzige Hoffnung auf Glück und der einzige Weg, Sicherheit für seine Familie zu garantieren, bestehe darin, sich fernab aller Welt eine Festung zu bauen.«

»Dieses Haus«, ergänzte Matthew, und sie nickte. »Wie hat er das bewerkstelligt? Die Kosten müssen enorm gewesen sein.«

»Sie waren höher, als er erwartet hatte. Es dauerte drei Jahre, bis das Haus fertiggestellt war. Ein Eisenbahnanschluß wurde quer durch die Berge nach Norden hin verlegt, um über die Hauptlinie Güter hierherzuschaffen. Vom Ende des Gleises aus wurden sie auf Rollwagen über den letzten Gebirgskamm und bis hinunter zum See transportiert. Eine Brücke wurde zur Insel herüber gebaut. Als die Arbeit beendet war, ließ er das Gleis, das zur Hauptlinie führte, wegreißen und die Brücke zerstören. Er, seine Frau und seine Tochter, die beide nur widerwillig folgten, kamen hier im Sommer an, und keiner von ihnen hat die Insel mehr verlassen.

Natürlich war das damals eine große Sensation. Seine Bekannten aus der besseren Gesellschaft glaubten, er sei verrückt geworden. Sie warteten auf Einladungen, um sich seinen sinnlosen Prachtbau anzusehen, aber sie wurden niemals eingeladen. Er tauchte nie mehr in der Stadt auf. Durch den Bau des Hauses hatte er einen derart großen Teil seines Vermögens verloren, daß er nicht mehr zu den reichsten Männern des Landes zählte, obwohl er noch immer sehr wohlhabend war. Nach einigen Jahren hatten die meisten Leute ihn vergessen oder hielten ihn für tot.

Doch sein großartiger Zufluchtsort entpuppte sich als Illusion. Während des zweiten Jahres, das sie in dem Haus verbrachte, starb seine Frau an Lungenentzündung. Also lud er jemand anderen ein, um in seinem Exil Gesellschaft zu haben; die Frau, die vormals seine Geliebte gewesen war. Sie waren vom Wesen her verwandt, beide lebten auf ihre Weise von der Menschheit zurückgezogen. Die Abgeschiedenheit und Nüchternheit des Ortes waren ihr angenehm. Seine Tochter, die jetzt Anfang zwanzig war, hatte keine Chance. In jenem Winter verschied auch sie.

Der Einsiedler lebte noch fünf Jahre, ehe der Wahnsinn, der bereits sein ganzes Leben lang gelauert hatte, ihn übermannte und er sich im See ertränkte. Er überließ das Haus und alles, was von seinem Vermögen übriggeblieben war, seiner Geliebten.«

»Ihrer Großmutter«, vermutete Matthew. Sidonie nickte. Er beugte sich nach vorn und starrte eine Weile ins Feuer. Die Geschichte verbreitete eine phantastische Atmosphäre, die durch die stille, öde Dunkelheit der Halle um sie herum noch verdichtet wurde. Er vermutete, daß es noch mehr zu erzählen gab, aber war sich nicht sicher, ob sie es absichtlich ausgelassen hatte oder einfach nicht mehr wußte. Instinktiv blickte er auf das unheilvolle Porträt, das zwischen den anderen Gemälden an der Wand versteckt war. »Die Tochter muß sie gehaßt haben. Woran ist sie gestorben?«

»Constance? Ich glaube, sie hatte die Schwindsucht.«

»Wie hieß Ihre Großmutter?« fragte er und sah zu ihr hinüber. Die Kopfstützen des Sessels warfen einen Schatten auf ihr Gesicht, und er sah nur die Rundung einer Wange und das Funkeln eines Auges.

»Sidonie«, antwortete sie einen Augenblick später.

»Das hätte ich mir denken können. Blieb sie nach dem Tod des alten Mannes hier wohnen?«

»Ja. Sie unternahm viele Reisen, aber sie kehrte immer wieder hierher zurück.«

»Und Ihre Mutter tat dasselbe?« Er sah ihr Nicken. »Der Mann, der das Haus erbaut hat – war das Ihr Großvater?« Sie zuckte mit den Achseln. Auch wenn es wie eine beliebige Geste aussah, so wußte er doch, es bedeutete, daß dieses Thema nicht besprochen wurde, egal, wie er danach fragte. Er vermutete, daß das auch für jede andere Frage galt, die ihre Abstammung betraf. »Ich habe in der Galerie ein Porträt gesehen. Ist er das?« Sie nickte. »Was ist mit den übrigen Gemälden dort geschehen?«

»Sie wurden verkauft oder an Museen gegeben. Sie haben keine Meisterwerke verpaßt, das kann ich Ihnen versichern, obgleich es einen recht schönen Desjardins und einen ungewöhnlichen Giardello gab.«

»Sie hatten einen Giardello?« wiederholte er und sah ihre Zähne beim Lächeln blitzen.

»Ja. Das Gemälde ging an ein Museum. Es war doch eine Schande, daß es hier vermodern sollte, wo es nur von Krähen und Eichhörnchen bewundert werden konnte.«

Sie hatte recht, obwohl er nicht sicher war, ob er sich hätte überwinden können, einen Giardello abzugeben. Er dachte an die wenigen übriggebliebenen Gemälde, die vergessen und ungesehen in der Galerie hingen.

»Fühlen Sie sich nicht einsam hier?« fragte er.

Sie drehte ihr Gesicht in den Schatten. »Manchmal.« Es war eine Stimme, die er zuvor noch nicht gehört hatte, nicht der ruhige, distanzierte Ton, der ihr für gewöhnlich eigen war, sondern ein schneidender, voll eisiger Schärfe und voller Leid.

»Sie sollten das tun, was Ihre Mutter getan hat«, sagte er, ohne nachzudenken. Die Zweideutigkeit seiner Worte wurde ihm bewußt, aber er fuhr fort: »Dort jenseits des Tals gibt es eine völlig andere Welt. Sie sollten sich das ansehen. Sie sind viel zu jung, um sich hier einmauern zu lassen.«

Das Lachen aus dem Dunkel ihres Sessels ließ ihn schaudern. »Ich bin etwas älter, als Sie vielleicht denken. Aber ich danke Ihnen für Ihre Anteilnahme.«

»Ich will ja nur sagen, daß ich weiß, was es bedeutet, gezwungen zu sein, zwischen dem zu wählen, was man braucht, und dem, was andere von einem erwarten. Ihre Mutter zu respektieren, bedeutet nicht, daß Sie Ihr Leben für sie opfern müssen.«

»Die Gefahr besteht nicht.« Sie bewegte sich im Sessel und ihr Gesicht tauchte wieder im Licht auf, ausdruckslos und gefaßt. »Ist das die Art und Weise, wie Sie Ihren Vater respektieren? Indem Sie gegen etwas verstoßen, anstatt es zu befolgen?« Matthew verkrampfte sich, ihre Bemerkung hatte Erinnerungen an frühere Auseinandersetzungen in ihm wachgerufen, an alte Wunden, die er seinem Vater zugefügt hatte, aber auch an Wunden, die ihm zugefügt worden waren.

»Ich lebe, so wie ich es will«, antwortete er nach einer Weile, seine Stimme war dabei so förmlich wie ihre Gesichtszüge. »Mein Vater heißt nicht notwendigerweise alles gut, was ich tue, aber er muß es immerhin akzeptieren.«

»Wie leben Sie denn?« Die Frage verwirrte ihn einen Moment lang. Es mußte sich auf seinem Gesicht widergespiegelt haben, denn sie lächelte ein wenig, und ihr Gesichtsausdruck wurde weicher. »Es stimmt«, gab Sidonie zu, »daß ich manchmal an der Welt vorbeilebe. Also erzählen Sie mir von Ihrer Welt.«

Während das Feuer niederbrannte und die Nacht voranschritt, erzählte er von seinem Leben. Er erzählte ihr von seinem kalten Zimmer mit dem Oberlicht, das das Licht besser einfing als jeder Ort, an dem er zuvor gelebt hatte. Er erzählte ihr von den Cafés und den Bars, von Jack und André und Paul (aber nicht von Allegra, obwohl er nicht wußte, aus welchem Grund). Er erzählte ihr davon, wie die Stunden unter seinem Pinselstrich verflogen, von der Freude, seine Bilder an der Wand einer Galerie zu sehen, und von dem Schmerz, zur gleichen Zeit ihre Mängel zu bemerken. Er erzählte ihr von Gabriel und Peter und Simon.

Als er schließlich gähnte und auf die Uhr sah, war es fast ein Uhr früh. »Ich muß mich entschuldigen. Ich hatte nicht vorgehabt, so drauflos zu reden. In der Regel erzähle ich nicht so ausschweifend«, sagte er.

»Ich hatte danach gefragt. Es war überhaupt nicht ausschweifend. Aber es ist schon spät, und wir sollten uns noch Gesprächsstoff für morgen aufbewahren.«

»Morgen sind Sie an der Reihe, mir die Geschichte Ihres Lebens zu erzählen.« Sie lachte. Es war nicht der Ton, der ihn zuvor hatte erschaudern lassen, doch unter der Maske von Jugend und Leichtigkeit spürte er einen dunklen, spöttischen Klang, der ihn verwirrte.

»Ich werde morgen wieder bis zum Abend fort sein«, sagte sie, als sie ihm die Lampe für seinen Weg durch den dunklen Gang des zweiten Stocks gab.

»Wohin gehen Sie? Wo kann man wohl in dieser Gegend hingehen?« Sie lächelte und schüttelte den Kopf. »Fragen Sie mich morgen noch einmal.«

»Werden Sie es mir dann sagen?«

»Vielleicht. Fragen Sie, und Sie werden sehen.«

»Wird Ihre Mutter...?«

»Morgen abend, Mr. Donovan.«

»Schon gut. Bis morgen abend – Sidonie.«

Als er oben auf der Treppe stand, sah er zurück in die Halle. Trotz der Dunkelheit konnte er die Gestalt sehen, die am Feuer kauerte. In dem flackernden Licht bewegte sich ein weißes Rechteck. Schuldbewußt und entmutigt zugleich wandte er sich schnell wieder ab, so daß er nicht sah, wie Sidonie das Bild ihrer Großmutter betrachtete, deren Namen sie trug.

13. Kapitel

Die Tür des Ballsaals schloß sich mit einem leichten Quietschen hinter ihm. Matthew stand einen Augenblick lang in der dunklen Galerie. Das Licht seiner Lampe streifte die übriggebliebenen Gemälde, und sie erwachten schattenhaft, halb sichtbar zum Leben.

Er blinzelte in die düsteren Tiefen des Raumes und betrachtete die Bilder. Sie waren ihm so wenig verständlich wie der Grund seines Hierseins. Sidonie war weiterhin den Tag über verschwunden und tauchte bei Anbruch der Dämmerung wieder auf, um sein Abendessen zu kochen und ihm gegenüber am Tisch zu sitzen, während er aß. Trotz ihrer Unterhaltungen schien er nur wenig mehr über sie zu wissen als am Anfang. Es gab kein Lebenszeichen von ihrer Mutter. Er fragte sich, ob die Tochter den ganzen Tag in dem verschlossenen Zimmer ihrer Mutter verbrachte. Diese Vermutung machte einigen Sinn, aber ließ bohrende Fragen unbeantwortet. Gab es in einem jener verschlossenen Zimmer noch eine Küche? Er war die stillen Gänge mehr als einmal abgegangen und hatte niemals ein einziges Geräusch gehört noch irgendwelche Essengerüche wahrgenommen.

Helen, die gekommen war, um ihr Putzritual wieder aufzunehmen, war kein bißchen mitteilsamer als bei ihrer ersten Begegnung. Sie hatte auch vergessen oder es versäumt, sich nach dem Spiegel zu erkundigen.

Er verbrachte die Stunden, indem er im Ballsaal arbeitete, er wollte die Gelegenheit nicht ungenutzt verstreichen lassen. Ein Großteil der Arbeit diente der Vorbereitung: er holte die größeren Leinwände, die er mit heruntergebracht hatte, und bereitete sie vor, kratzte die Farbe von denen ab, die von der Tochter des Hauserbauers bemalt worden waren. Er machte einige Fortschritte bei einem kleineren Gemälde, das sich auf die Bilder seiner Zugreise stützte. Seine Skizzen waren ausreichend, um seiner Erinnerung den notwendigen Anstoß zu geben, und da seine Werke für gewöhnlich nicht streng gegenständlich waren, ergänzte seine Phantasie, was noch fehlte.

Doch jetzt, da dieses Gemälde vollendet war, kämpfte er mit dem nächsten, seine Finger weigerten sich zu übertragen, was in seinem Kopf vorging, vielleicht weil die gedankliche Vision noch nicht deutlich genug war. Was auch immer der Grund war, es machte keinen Sinn, die Arbeit fortzusetzen. Sehr wahrscheinlich würde er nur seine Farben verschwenden, statt einen künstlerischen Durchbruch zu erleben. Mit einem Gefühl der Erleichterung ließ er das Problem im Ballsaal hinter sich zurück.

Über die Galerie schlenderte er in die Eingangshalle, stand kurze Zeit unentschlossen da und überlegte, was er tun sollte. Er hatte Sidonie seit dem Abendessen nicht mehr gesehen, und er war sich nicht sicher, ob er in der Stimmung für eines ihrer rätselhaften Gespräche war. Diese Unterhaltungen schienen immer mehr Fragen aufzuwerfen als zu beantworten und ließen ihn in einer Mischung aus Faszination und Enttäuschung zurück. Vielleicht war es am besten, sich einfach in der Bibliothek ein Buch auszuwählen und sich in sein Zimmer zurückzuziehen. Einer dieser skandalösen, zeitgenössischen Romane, die er dort gesehen hatte, war vielleicht genau das richtige, um ihn von seinen Gefühlen, von Langeweile und Unruhe, abzulenken.

Die Tür zum Wohnzimmer zeichnete sich durch den schwachen Schein einer Lampe ab, und eine andere Lampe brannte auf einem der Tische in der Bibliothek. Das Feuer bestand nur noch aus Glut. Mit einem schuldbewußten Blick auf die Wohnzimmertür trat er vorsichtig auf die Regale zu und setzte seine Lampe neben der anderen ab. Irgend etwas bewegte sich am Rande seines Blickwinkels, und der unwillkürliche Satz, den sein Herz machte, ließ ihn erstarren.

»Es tut mir leid, daß ich Sie erschreckt habe«, sagte Sidonie leise. Matthew erkannte sie jetzt deutlich, sie saß zurückgezogen im Sessel am erlöschenden Feuer. Ihr Gesicht wirkte in der Dunkelheit sehr weiß. Er erinnerte sich an den Abend, an dem sie scheinbar aus der Dunkelheit seines Zimmers heraus plötzlich in Erscheinung getreten war, und dachte, daß sie das trotz all ihrer Entschuldigungen zu einer Angewohnheit werden ließ. Er entschied aber, daß es vielleicht unvorsichtig wäre, sie auf diese Tatsache hinzuweisen.

»Ich hätte genauer hinsehen sollen«, sagte er. »Ich dachte, das Zimmer sei leer.« Der Ärger darüber, bei dem Versuch erwischt worden zu sein, ihre Gesellschaft zu umgehen, ließ die Worte schroffer klingen als beabsichtigt. Wenn sein Tonfall sie gekränkt hatte, so zeigten ihre blassen Züge das allerdings in keiner Weise.

»Haben Sie Ihre Arbeit für heute beendet?« fragte sie höflich.

»Ja. Es ist doch schwerer, als ich erwartet hatte, Landschaften aus der Erinnerung zu malen. Ich brauche etwas Konkreteres.« Er machte eine Bewegung, um im Regal nach dem Buch zu suchen, das ihn überhaupt erst in diese unangenehme Falle geführt hatte. »Vielleicht würden Sie ja für mich Modell stehen.«

»Ich glaube nicht, daß das eine gute Idee ist.« Er schaute sie an und fing gerade noch ihr rätselhaftes Lächeln auf. »Sehen Sie sich das Erbe an, das meine Großmutter hinterließ, als sie so einem Vorschlag zustimmte.«

»Ich bin ein besserer Maler als Constance.«

»Davon bin ich überzeugt«, erwiderte sie lachend. »Die entscheidende Frage ist, ob ich ein besseres Objekt abgeben würde als meine Großmutter.«

»Ich würde Ihnen versprechen, daß Sie nicht mit einem Messer in der Hand Modell stehen müßten.«

»Ist das wahr? Ich fürchte, ich muß trotzdem ablehnen.« Er wandte seine Aufmerksamkeit wieder den Büchern zu, und nach einer Weile fragte sie: »Wonach suchen Sie?«

»Ich dachte, ich hätte dieses Buch von Richardson gesehen«, gab er zögernd zu, er war über seine Verlegenheit verärgert. »Das eine, das vor mehreren Jahren auf den Index gesetzt wurde.«

»O ja, daran erinnere ich mich. Es muß hier irgendwo stehen.« Sie erhob sich, stellte sich neben ihn und betrachtete die Buchreihen. Einen Augenblick später zupfte sie ein leuchtendrot eingebundenes Buch aus dem Regal und reichte es ihm. »Es ist schon interessant... obwohl der Autor der Ansicht zu sein scheint, daß diese Epoche die Freizügigkeit erst erfunden und er eine Art Neuland erschlossen hätte, das sich kein Künstler der letzten dreitausend Jahre auch nur hätte vorstellen können.«

»Ich denke, jedes Zeitalter ist dieser Ansicht. Niemand möchte wahrhaben, daß die Menschen der Antike in diesen Dingen schon so ausgereift waren wie wir. Oder auch so menschlich«, sagte Matthew mit einem Lächeln. »Das Bild, wegen dem ich von der Kunsthochschule geflogen bin, war verglichen mit Deridians Fresken vollkommen harmlos. Wie ich gehört habe, braucht man ein Zeugnis moralischer Anständigkeit oder aber eine Menge Geld, um einen Blick darauf zu erhaschen.« Er sah von dem Buch in seinen Händen auf die anderen Bände, die die Regale füllten. »Haben Sie diese Bücher alle gelesen?«

»Die meisten.«

»Sogar die in anderen Sprachen?«

Sie nickte und schien sich über seine Verblüffung zu amüsieren. »Alles, was man braucht, um eine neue Sprache zu erlernen, ist Zeit, und davon habe ich mehr als genug.«

»Mein Vater sagte, daß Ihre Mutter eine überragende Begabung für Sprachen hatte. Vielleicht haben Sie sie geerbt.«

»Ja, vielleicht.«

»Was lesen Sie gerade?« fragte er, als er das Buch in ihren Händen bemerkte und sich wunderte, wie sie bei so mattem Licht überhaupt lesen konnte. Sie hielt den Buchdeckel ins Lampenlicht. *»Das Lied der Sirenen«,* las er laut. »Von Lucien de Nunques.«

»Er war ein Dichter.« Matthew hatte noch nie von ihm gehört, doch er nahm an, daß Jack und Paul ihn kannten. Es konnte auch sogar sein, daß sie ihn vielleicht zitiert hatten. Viele Unterhaltungen mit Jack und Paul gingen in rauschhafte Orgien über, die mit Zitaten von zunehmend unbekannteren Schriftstellern gespickt waren. Matthew hatte schon vor längerer Zeit gelernt, wann er aufhören mußte zuzuhören. Sidonie schien sein Schweigen für Interesse zu halten.

»Die Anwort des Rätsels werd' bald ich schon wissen,
Die Wahrheit im Lied der Sirenen wird leben,
Und während mein Herz harrt dem letzten Erbeben,
So treib' ich und träume von süßscharfen Küssen«,

zitierte sie, ohne einen Blick auf die Seiten zu werfen. Matthew vermutete, daß es keine besonders gute Dichtung war, aber das letzte Bild war auf eine eigenartige Weise unwiderstehlich. Er glaubte, in ihrer ruhigen Stimme den Unterton von etwas herausgehört zu haben, das entweder ein Versprechen oder eine Warnung gewesen sein konnte.

Er sah sie an und wollte eine bedeutungslose, höfliche Bemerkung machen, doch ihre Augen trafen sich für einen Augenblick. Plötzlich wurde ihm mit einem Schlag bewußt, wie nah ihr Körper dem seinen war. Er hatte das schwindelerregende Gefühl, in die dunklen Tiefen ihrer Augen hineingezogen, von ihrem hungrigen, sinnlichen Licht verschlungen zu werden. Dieses Licht schien aus dem Bogen ihrer Wangenknochen hervorzuschimmern, aus der Rundung ihrer leicht geöffneten Lippen, und er fragte sich, wie er jemals der Meinung gewesen sein konnte, sie sei nicht schön.

Das blaue Licht in ihren Augen... Die Stimme seines Vaters hallte in seinen Ohren wider und ließ die Hand erstarren, die er angehoben hatte, so daß sie ganz nah an ihrem Kinn schwebte. Sidonie neigte den Kopf, als wolle sie ihre Wange der dargebotenen Liebkosung zuwenden. Er spürte, wie sein Körper sich nach vorn neigte, sein Kopf sich zu ihr beugte.

Sie schloß die Augen.

Matthew blinzelte. Sie stand ein paar Meter von ihm entfernt, den Gedichtband preßte sie eng an ihre Brust. »Ich glaube, ich sollte jetzt gute Nacht sagen.« Die Worte schienen einen Moment lang in der Luft zu schweben, dann ging sie hinaus und verschwand in der Halle. Er lehnte sich gegen das Bücherregal und holte tief Luft.

Seine Phantasie mußte ihm einen Streich gespielt haben, dieses seltsame Licht in ihren Augen, diese heftige erotische Ausstrahlung, die für kurze Zeit von ihr auszugehen schien. Er erinnerte sich an Simons Beschreibung von der hintergründigen, wechselhaften Anziehungskraft ihrer Mutter. *Er* fühlte sich nicht von ihr angezogen. Dessen war er sich ziemlich sicher. Der flirtende Unterton, der bei ihren Gesprächen manchmal mitschwang, wurde durch Langeweile und Einsamkeit hervorgerufen. Was soeben geschehen war, was immer es auch war, rührte von derselben Quelle her.

Für sie war er etwas Neues. Sie war jung und eine Frau und sein einziger, wirklicher menschlicher Kontakt. Es wäre ungewöhnlich, wenn ihr Zusammensein unter diesen Umständen nicht von einer gewissen Spannung durchzogen wäre.

Was auch immer der Grund war, es bestand kein Anlaß, es auszuleben. Wenn sie es taten, würde das die ohnehin schon vielschichtige Situation nur noch komplizierter machen, sagte er sich streng. Sidonie schien ebenso zu denken. Es wäre für alle Beteiligten am besten, wenn sie beide das Geschehene einfach vergessen würden.

Als er zu dieser vernünftigen Schlußfolgerung gekommen war, richtete er sich auf. Er hatte bereits einen Schritt von den Regalen weg getan, ehe ihm das Buch in seinen Händen wieder einfiel.

Der Autor scheint der Ansicht zu sein, daß diese Epoche die Freizügigkeit erst erfunden hätte...

Hastig schob er das Buch in das Regal und griff nach dem ältesten, harmlosesten Band, den er finden konnte. Zwar würde er wahrscheinlich weniger interessant sein, dachte er, doch auch weitaus weniger gefährlich.

14. Kapitel

Matthew saß auf den Stufen an der Anlegestelle und starrte auf den ruhig daliegenden See und die Landschaft dahinter.

Zwei Regentage hatten ihn im Haus eingeschlossen. Er war erleichtert, wieder draußen zu sein, die kühle, frische Luft einzuatmen und die Sonne überraschend warm auf seinem Gesicht zu spüren. Es war eine Helligkeit in der Luft, die der Dunkelheit des Hauses und der Geheimnisse, die es in sich barg, zu trotzen schien.

Er sah auf das Skizzenbuch, das offen auf seinem Schoß lag. Die Seite war voll mit Bildern von Sidonie, die er aus der Erinnerung gezeichnet hatte. Es waren nur flüchtige Studien, aber man konnte sie erkennen. Er hatte die eigenartige Neigung ihrer Augen eingefangen, die Linie ihrer Nase und ihres Mundes. Doch irgend etwas stimmte daran nicht. Ihr Körper war realistisch wiedergegeben, aber er schien immer noch wie eine Maske. Es paßte nicht zu der Struktur der Knochen, die er darunter lauern fühlte. Es liegt nur daran, daß du dich auf dein Gedächtnis verläßt, sagte er zu sich und versuchte sich nicht an die Schwierigkeiten zu erinnern, die er anfangs gehabt hatte, als er ihr Bild vor seinem geistigen Auge festhalten wollte, oder an die Verwandlung, die ihn am Abend zuvor vorübergehend verwirrt hatte.

In seinen Skizzen gab es keinen Hinweis auf diese verblüffende Schönheit, dennoch konnte er sie nicht ganz vergessen, und ihre Merkwürdigkeit vermehrte sein Unbehagen noch mehr. Selbst wenn er nüchtern nachdachte und seine Unruhe außer acht ließ, war seine Situation besorgniserregend. Es war so gut wie sicher, daß er hier gefangen war, es sei denn, er konnte die Hilfe von Joseph oder jemand anderem aus dem Dorf erbitten oder erkaufen, um zur Bahnlinie zu gelangen. Der vorsichtige Respekt des Mannes vor der Frau, die die Insel besaß, machte solch einen Handel jedoch unwahrscheinlich. Er vermutete, daß er gezwungenermaßen wahrscheinlich in der Lage wäre, den Weg auch zu Fuß zurückzulegen. Er könnte es vielleicht sogar schaffen, ohne irgendeiner der unzähligen Gefahren zum Opfer zu fallen, die Will beschrieben und Joseph bestätigt hatte.

Dieser Plan setzte allerdings voraus, daß er den See überqueren konnte.

Er sah auf das Ruderboot, das ans Ufer gezogen und umgekippt worden war, um es vor Regen zu schützen. An jeder Anlegestelle gab es ein Boot, bemerkte er, so daß es theoretisch möglich war, die Insel jederzeit zu erreichen – oder zu verlassen. Der See war deutlich ruhiger als am Abend seiner ersten Überfahrt. Es würde kein großes Problem sein, das Ruderboot aufzurichten, es ins Wasser zu schieben und zum Festland hinüberzurudern.

Es würde überhaupt kein großes Problem sein... abgesehen von der Tatsache, daß er bis vor vier Tagen seit mehr als zehn Jahren nicht mehr in einem Boot gesessen hatte. Er war nie schwimmen gegangen oder hatte Wasser unter sich gehabt, es sei denn, er überquerte eine Brücke. Selbst dann achtete er darauf, niemals nach unten zu blicken, aus lauter Angst davor, was er vielleicht im dunklen Glanz des Wassers sehen könnte. Aus lauter Angst davor, was sein Hirn aus den Tiefen seiner schuldbeladenen Erinnerung heraufbeschwören könnte.

Wenn du es jetzt nicht tun kannst, flüsterte eine Stimme in ihm, wie willst du dann wissen, ob du es jemals tun kannst? Wenn du es nicht tun kannst, dann bist du hier wirklich gefangen.

Matthew sah auf die Skizzen in seinem Schoß. Er fühlte, wie die geringe Kontrolle, die er über die Situation gehabt hatte, sich verlor. Nichts war nach Plan verlaufen. Er hatte die ältere Sidonie Moreau noch immer nicht kennengelernt. All seinen Fragen und Erkundigungen nach ihren Motiven war die Tochter mit Ausflüchten und Achselzucken begegnet. Er fühlte, daß eine Falle auf ihn wartete, eine Spirale aus schwarzem Haar und verschleierter Schönheit, die bereits seinen Vater umgarnt hatte, aber scheinbar konnte er sich nicht dagegen wehren und trieb unaufhaltsam auf sie zu. Sogar Linien und Formen schienen sich außerhalb seiner Kontrolle zu befinden, dachte er, während er mit dem Finger über die Linie eines Wangenknochens fuhr, die nicht exakt getroffen war.

Er schloß das Skizzenbuch, stopfte es in die geräumige Tasche und schritt zum Ruderboot hinunter. Ein Ruck, und es drehte sich um, noch ein Ruck, und es schaukelte auf den sanften Wellen, die an das Ufer plätscherten. Ehe er seine Meinung ändern konnte, saß er darin und hantierte ungeschickt mit den Rudern.

Es war nicht so schlimm, wie er befürchtet hatte. Er ließ den Blick zwischen dem Haus und der entfernten Anlegestelle schwenken, um zu verhindern, daß er ins Wasser sah. Das Boot ließ sich in dem ruhigen Wasser leicht lenken, aber Rudern und Steuern hielten Körper und Geist ziemlich beschäftigt. Dunkle Erinnerungen rührten sich in seinem Unterbewußtsein, wallten auf, aber kamen nicht an die Oberfläche. Dennoch war er dankbar, als er die Anlegestelle erreichte und das sichere Holz unter seinen Füßen spürte. Er blieb dort für kurze Zeit hocken und wischte sich den eisigen Schweiß von der Stirn, ehe er das Boot vertäute und aufstand.

Er hatte bewiesen, daß er es schaffen konnte, aber er mußte zugeben, daß er es nicht eilig hatte, die Erfahrung zu wiederholen. Jetzt, wo er am Ufer war, sollte er die Gelegenheit ergreifen, um Josephs Dorf ausfindig zu machen. Wenn er einmal dort war, konnte er einen Spiegel kaufen und seine bisher fruchtlosen Versuche fortsetzen, mehr Informationen über die Moreaus zu erhalten.

Er konnte den Weg, der nach links führte, deutlich sehen und folgte ihm. Nach einer Viertelstunde war der See hinter den Bäumen verschwunden, und er ging einen Bach entlang. Der Weg verlief durch Wald und Wiese und führte nach Westen auf das Ende des Tals zu. Matthew zwang sich, seine Konzentration ganz auf den Weg zu richten; er wollte nicht das Risiko eingehen, sich zu verlaufen, nur weil er nicht aufgepaßt hatte.

Nach einer Stunde sah er eine dünne Rauchfahne, die sich über den entfernten Bäumen erhob. Die Erleichterung beschleunigte seinen Schritt, und wenige Augenblicke später bog er auf dem Weg um eine Ecke und sah die ersten Hütten, hörte das erste Geschrei von Kindern und das Bellen von Hunden.

Das Dorf war auf einer ausgedehnten Lichtung angesiedelt, die diesseits des Flusses lag. Es schien keine besondere Anordnung für die Siedlung zu geben, abgesehen von einem groben, schlammigen Weg, der anscheinend eine Art Hauptstraße bildete. Im Feld zu seiner Rechten graste eine Pferdeherde. In ihrer Mitte sah er einen jungen Mann, der ihn beobachtete.

Das warme Wetter schien die Bewohner des Dorfes nach draußen gelockt zu haben, genau wie ihn. Er konnte eine kleine Gruppe von Kindern am Fluß spielen sehen, mehrere große Hunde liefen zwischen ihnen hin und her. Die Veranden der ersten Häuser, an denen er vorbeikam, waren leer, aber weiter die Straße hinunter konnte er Gestalten entlanglaufen sehen. Er hielt sich weiter an die Hauptstraße, denn er verließ sich darauf, daß, wenn es irgendeine Form von Geschäft oder Handelsniederlassung an diesem Ort gab, sie dorthin führen müßte.

Drei Häuser weiter stand eine Frau auf der Veranda und schüttelte eine Decke aus. Er sah die eigenartige Überraschung in ihren Augen, als er vorüberging, und nickte ihr höflich lächelnd zu. Zwei kleine Jungen stürmten um die Ecke der nächsten Hütte und kamen im Matsch rutschend vor ihm zum Stehen. Ehe er etwas sagen konnte, hatten sie ihre Fassung wiedergewonnen, rannten weiter und schrien in einer Sprache, die er nicht verstand.

Ihre Reaktion brauchte ihn nicht zu überraschen, sagte er zu sich. Er glaubte nicht, daß Sidonie Moreau oft Besuch bekam. Es war unwahrscheinlich, daß einfach irgendwelche Fremde aus dem Wald herausspazierten. Dennoch fühlte er eine Mischung aus Verlegenheit und Verwundbarkeit, als er weiterging und bemerkte, wie die Vorhänge hinter manchen Fenstern zuckten und wie die Leute, die er sah, ihn schweigend anstarrten.

In der Mitte des Dorfes angelangt, erkannte er schließlich ein Gesicht. Helen saß mit einer Gruppe von Frauen auf einer Veranda. Sie betrachtete ihn mit der seltsamen Mischung aus Schüchternheit und Furcht, mit der er inzwischen rechnete. Er zwang sich, bis an die Ecke der Veranda heranzugehen und zu lächeln. »Guten Morgen.« Ihre Antwort bestand aus einem Gemurmel und einem kurzen Nicken.

Er betrachtete die anderen Frauen auf der Veranda. Zwei davon waren alt, scheinbar älter als jeder alte Mensch, den er jemals gesehen hatte. Ihre Köpfe waren mit Tüchern bedeckt, und ihre Körper waren in mehrere Schichten aus Pullovern und langen Röcken gehüllt. Ihre Gesichter waren wie Landschaften von Falten und Schatten gezeichnet und von Runzeln, die sich fächerförmig um schwarze Augen und schmale Münder ausbreiteten. Sie betrachteten ihn mit offensichtlicher Neugier.

Die anderen Frauen, die auf der Veranda saßen, waren erheblich jünger. Eine blickte ihn mit matronenhafter Verachtung an und wendete ihre Aufmerksamkeit wieder der Näharbeit auf ihrem Schoß zu. Die andere warf eine Strähne ihres langen braunen Haars zurück und lächelte.

»Mein Name ist Matthew Donovan. Ich bin im Moment im Haus am See zu Besuch.« Die lächelnde Frau beugte sich zu ihren zwei älteren Nachbarinnen herüber und sagte etwas, was er nicht verstehen konnte. Zwei schwarze Augenpaare musterten ihn, zwei bedeckte Köpfe nickten. Matthew schaute Helen an, die seinem Blick wieder auswich. »Es war so ein schöner Tag, da dachte ich, ich versuche mal, das Dorf ausfindig zu machen.«

Eine der alten Frauen sprach in gebieterischem Ton, und Helen murmelte etwas zurück. Er vermutete, daß es die Übersetzung war. Er betrachtete die Frau, während sie zuhörte. Ihr Gesicht war faszinierend, voller Linien und Schatten, gleichzeitig durch die dunkle Lebhaftigkeit ihrer Augen beseelt. Er legte die Hand auf das Skizzenbuch. »Würden Sie mir erlauben, Sie zu zeichnen? Sie alle?« Helen übersetzte diese Frage noch widerstrebender.

Unter den Frauen brach eine kurze Diskussion aus. Matthew riet, daß die nähende Matrone dagegen war, die lächelnde Frau dafür und daß die beiden älteren Frauen das letzte Wort hatten. Die alte Frau sah ihn wieder an und sagte etwas. »Mutter Norit möchte Ihre Skizzen sehen, und dann wird sie entscheiden«, sagte Helen.

Unter normalen Umständen betrachtete Matthew sein Skizzenbuch als etwas Privates, das er nur mit denen teilte, denen er am meisten vertraute. Auf eine Art und Weise war es sein Tagebuch. Was würde diese alte Frau, die zweifelsohne ihr Leben lang in diesem oder einem ähnlichen Dorf gewohnt hatte, von seinen Skizzen von der Stadt, von seinen Freunden, von seinen Modellen halten? Aber wenn er sie in diesen Seiten aufnehmen wollte, hatte er keine andere Wahl, soviel stand fest.

Widerwillig reichte er es Helen, die es an die Stammesmütter weitergab. Er sah, wie sie die Seiten durchblätterten, erhaschte flüchtige Blicke auf seine Skizzen, ehe sie umgeblättert wurden. Ein- oder zweimal hielten sie inne und starrten eine ganze Weile auf eine

Seite oder sahen auf und musterten ihn. Schließlich wurde das Buch geschlossen und Helen mit einer weiteren Anweisung zurückgegeben. »Mutter Norit sagt, es geht in Ordnung, aber wenn die Skizzen gut gelingen, dann müssen Sie ihr eine abgeben.«

»Das ist fair.« Er öffnete den Mantel und setzte sich auf die Veranda nah bei Helens Füßen. Der Winkel war nicht ideal – er mußte zu den Frauen aufsehen, die auf Holzstühlen saßen –, aber das Licht war gut und die Zusammensetzung interessant. Er bemerkte, daß ihre Augen auf ihn gerichtet waren, und machte sich an die Arbeit. »Würden Sie mir ihre Namen sagen?« fragte er Helen.

»Das ist Hannah«, sagte sie kurz darauf und zeigte auf die Matrone. Die Frau runzelte die Stirn und sah wieder auf ihre Arbeit. »Neben Mutter Norit sitzt Mutter Rachel. Das daneben ist Rebeke.« Matthew fing ihr Nicken auf, als er von dem Blatt hochsah.

Unter den Strichen seines Stifts nahmen sie allmählich Gestalt an: Hannahs Profil mit dem strengen Mund und der gebogenen Nase, Mutter Norit, die eine geschnitzte Pfeife rauchte, Mutter Rachels knochige Hände, die sich über die dunklen Felle auf ihrem Schoß bewegten, Rebekes Halbschuh, der aus ihrem langen Rock hervorsah, als sie die Beine übereinanderschlug.

Die Stimme von Mutter Rachel und Rebekes schallendes Gelächter holten ihn wieder zurück. Er blickte Helen fragend um eine Übersetzung an, aber das Mädchen wurde nur rot und sah weg. Er vermutete, daß ein Witz auf seine Kosten gemacht worden war.

»Sie ist zu schüchtern«, sagte eine Stimme, er schaute auf und sah, daß sich Rebeke vorbeugte, um ihn anzuschauen. Sie lächelte wieder, die Augen waren amüsiert zusammengekniffen, ihre Finger glitten durch den Schleier aus Haaren, der über ihre Schulter gefallen war.

»Werden Sie es mir denn sagen?« Sie redete mit Mutter Rachel, die lachte und eine Hand auf den Mund legte.

»Sie sagt, daß ich es entscheiden muß.«

»Also?« Er begann eine kleine Skizze auf der Seite des Blattes, um ihre neue Haltung einzufangen, die Ellbogen auf die Knie gestützt, das Kinn ruhte auf ihren Händen, während sie ihn anschaute. Sein Stift umriß die vollen Lippen ihres Mundes, der von Lachfalten umsäumt war, die leicht gebogene Nase, die dunklen Augenbrauen.

»Ich denke… ja.« Ihre Augen blitzten zu Helen hinüber, und ihr Lächeln verwandelte sich in ein Grinsen. »Mutter Rachel sagt, daß die Alte bei Männern einen guten Geschmack hat. Sie sagt, daß sie vielleicht auch in die Stadt gehen sollte, um sich irgendwann einen zu besorgen.«

Matthew richtete den Blick auf das Skizzenbuch, um sein Erstaunen zu verbergen. Nach einer Weile fand er eine Antwort und sah auf. »Sagen Sie Mutter Rachel, daß die Stadt zwar voll von jungen Männern ist, die ältere Frauen zu schätzen wissen, aber ich nicht glaube, daß auch nur einer von ihnen gut genug für sie wäre.«

Rebeke übersetzte, und die Frauen brachen in Gelächter aus. Sogar Hannahs Lippen zuckten. »Wenn sie in der Stadt ältere Frauen mögen, dann sollte ich vielleicht dorthin gehen«, sagte Rebeke.

»Ich glaube, auch für Sie wäre keiner von ihnen gut genug.« Seine Antwort, nachdem sie übersetzt worden war, löste erneutes Glucksen aus und ein breites, schwerfälliges Lächeln von Rebeke. »Wußten Sie schon, daß die ältere Miss Moreau krank ist?« Er sah, wie ihr Blick zu Mutter Norit hinüberflog und wie der Spaß aus ihren Augen verschwand. Rebeke schüttelte den Kopf. »Kommen sie jemals hierher?« Sie schüttelte wieder den Kopf und beschränkte sich darauf, seine Frage zu übersetzen.

Matthew blätterte die Seite um und begann eine neue Skizze. Als er wieder aufschaute, fing er Mutter Norits Blick auf. Zu seiner Überraschung war aller Humor aus ihrem Gesicht verschwunden und einem Ausdruck von Mitgefühl und Kummer gewichen. Während er weiterarbeitete, setzte er noch zweimal an, Fragen über die Moreaus zu stellen, erntete aber nur Achselzucken und nichtssagende Reaktionen. Schließlich gab er es auf und richtete alle Konzentration auf seine Arbeit.

Als er fertig war, stand er auf und reichte Mutter Norit das Skizzenbuch. Sie betrachtete die beiden Zeichnungen und zeigte sie den anderen. Schließlich lächelte sie und deutete auf die zweite. Als er nickte, riß sie das Blatt aus dem Buch und legte es auf ihren Schoß. »Vielen Dank.« Als er sein Skizzenbuch zurückbekam und die Veranda hinabging, erinnerte er sich an den Hauptgrund seines Ausflugs und schaute Helen an. »Haben Sie vielleicht einen Spiegel auftreiben können?« Sie schüttelte verwirrt den Kopf. Matthew hörte Mutter Norits scharfe Stimme, dann Helens Antwort. Es folgte ein kurzer Wortwechsel, der größtenteils aus Anweisungen der älteren Frau und dem Schweigen der jüngeren bestand, dann stand Helen auf und ging in die Hütte. Als sie wieder auftauchte, hörte Matthew hinter sich eine Stimme.

»Was tun Sie denn hier?« Er drehte sich um und sah

Joseph mit gewohnt mißbilligendem Blick mit großen Schritten auf sich zukommen.

»Ich habe einen Spaziergang gemacht.«

»Weiß sie, daß Sie hier sind?«

»Keine Ahnung. Spielt das eine Rolle?« Er versuchte, seine Stimme ruhig und besonnen klingen zu lassen, während er sein Skizzenbuch in die Tasche steckte. Er sah, wie Joseph zur Veranda und der dort versammelten Frauenrunde blickte. Mutter Norit sagte etwas und Helen machte einen Schritt nach vorn, wobei sie etwas mit den Händen umklammerte. Joseph widersprach, und das Mädchen erstarrte. Mutter Norit steckte die Pfeife in den Mund und schloß die Augen. Rebeke machte eine auffordernde Geste in Helens Richtung, und diese ging bis an die Ecke der Veranda und streckte die Hände aus. Matthew sah, daß sie einen alten, fleckigen Spiegel in der Hand hielt.

»Von Mutter Norit.« Er blickte die alte Frau an und sah das Funkeln eines halbgeöffneten Auges. Das Geld, das in seiner Tasche steckte, fiel ihm ein, aber dann entschied er, daß sie es bestimmt als Kränkung auffassen würde. Er nahm den Spiegel und verbeugte sich ein wenig.

»Danke, Mutter.« Die einzige Erwiderung war ein Ring aus Rauch, der aus ihrer Pfeife schwebte. Er wandte sich Joseph zu. »Ich mache mich jetzt auf den Rückweg.« Als er an ihm vorbeiging, hielt der Mann mit ihm Schritt.

»Sie können jederzeit wiederkommen«, rief eine Stimme hinter ihm, und als er sich umdrehte, sah er Rebeke, die am Pfosten der Veranda lehnte. Er winkte und ließ sich von Joseph bis an die Grenze des Dorfes begleiten.

»Was hatten Sie vor?« fragte Joseph.

»Die Damen hatten mir freundlicherweise erlaubt, sie zu zeichnen.« Er fing den überraschten Blick des Mannes auf. »Ich habe um einen Spiegel gebeten, damit ich mich rasieren kann.«

»Vielleicht sollten Sie mir den besser zurückgeben.«

»Warum? Braucht Mutter Norit ihn denn?« Er hatte ein schlechtes Gewissen. Das Dorf war schließlich kein Ort, der reich an materiellen Gütern war. Vielleicht hatte er die Geste der alten Frau falsch verstanden. Nach einer Weile schüttelte Joseph langsam den Kopf.

»Nein. Wenn sie ihn gegeben hat, hat sie ihn gegeben. Aber sie mag keine Spiegel.« Nachdem Matthew sich darüber Klarheit verschafft hatte, wer nun gemeint war, nickte er.

»Das hat sie erwähnt ... aber sie hat gesagt, ich solle mich im Dorf danach erkundigen. Das habe ich jetzt getan.« Sie gingen eine Weile schweigend weiter.

»Warum haben Sie meine Großmutter gezeichnet?«

»Mutter Norit?« Er nickte, und Matthew dachte einen Augenblick nach, bevor er antwortete. »Weil sie ein interessantes Gesicht hat.« Joseph schnaubte verächtlich. »Das gilt für alle. Ich habe mich nicht über sie lustig gemacht. Ich habe eine der Skizzen dort gelassen – Sie können selbst sehen. Außerdem«, sagte er abschließend, ohne sich zurückhalten zu können, »haben sie einen ausgezeichneten Geschmack.« Joseph stieß wieder einen ungläubigen Laut aus und blinzelte zum Himmel.

»Wird bald dunkel. Ich bring' Sie zurück.«

»Nein, danke. Ich finde mich allein zurecht«, behauptete Matthew beharrlich. Er mußte darüber nachdenken, was im Dorf geschehen war, mußte die wenigen Hinweise deuten, die er bekommen hatte, und dafür mußte er allein sein. Joseph zuckte mit den Schultern und ging noch ein paar Meter mit ihm weiter bis an die Ecke des Weges.

»Gehen Sie direkt zurück. Wird bald dunkel, und sie wird schon warten.« Aus irgendeinem Grund klang diese Verabschiedung wie eine Warnung.

Matthew beschleunigte den Schritt, er ließ seine Augen die Markierungen wiederfinden, die er sich auf dem Hinweg gemerkt hatte, während seine Gedanken abschweiften. Auch wenn die Frauen deutlich besser gelaunt waren als Joseph, so waren sie doch nicht mitteilsamer gewesen, was die Moreaus betraf. Keine hatte die Furcht gezeigt, die er manchmal in Helens Augen wahrnahm, aber es hatte dieses beunruhigende Mitleid in Mutter Norits Augen gegeben. Er war sich ziemlich sicher, daß sie, ebenso wie Joseph, Dinge wußten, die sie nicht preisgeben wollten.

Mutter Rachels Bemerkung über »die Alte« stellte ebenfalls ein Rätsel dar. Es mußte sich auf die ältere Sidonie beziehen, obwohl er vermutete, daß sie viele Jahre jünger sein mußte als Mutter Rachel. Die Andeutung, er sei in irgendeiner Weise mit der unsichtbaren Miss Moreau liiert, war ebenso rätselhaft. Hatte sie in der Vergangenheit hier Liebhaber gehabt? Oder ihre Tochter? Hätten sie angesichts seines Alters nicht vermuten müssen, daß er der Freier der Tochter war und nicht der Mutter? Die ältere Sidonie mußte Anfang Vierzig sein, während die jüngere nicht älter als zweiundzwanzig sein konnte, trotz ihrer eigenartigen Bemerkung neulich abend. Sie konnte nicht älter sein, als ihre Mutter gewesen war, als sie sich für das Seminar seines Vaters eingeschrieben hatte.

Plötzlich blieb er stehen, entsetzt über seine eigene Blindheit. Alle Fragen, die er sich über die Motive der älteren Sidonie und die Herkunft der jüngeren Sidonie gestellt hatte, führten unerbittlich zu einer Schlußfolgerung. Diese Schlußfolgerung führte unausweichlich zu einer anderen heiklen Frage: Wußte die jüngere Sidonie Bescheid? Wenn sie es wußte, dann bekam alles, was bisher geschehen war, insbesondere letzte Nacht, eine entschieden unheilvolle Bedeutung. Wenn sie es nicht wußte, dann wurde sie in einer Art und Weise benutzt, die ihr – und vielleicht allen anderen – nur großen Schmerz bereiten konnte.

Den restlichen Weg bis zur Anlegestelle rannte er.

15. Kapitel

Sidonie spürte, daß er nicht im Haus war. Dennoch öffnete sie langsam und vorsichtig die Geheimtür, die aus ihrer Kammer führte, und glitt in das verdunkelte Zimmer. Die langen Jahre der Einsamkeit hatten sie achtlos werden lassen, und jetzt, wo das Haus nicht mehr leer war, mußte sie sich zwingen, zu ihrer früheren Vorsicht zurückzukehren.

Sie ging durch die Galerie und öffnete die Tür zum Ballsaal. Auf der Staffelei stand eine Leinwand, die mit einem Tuch bedeckt war; andere Leinwände standen entlang einer Wand. Als sie den Raum in der letzten Nacht inspiziert hatte, hatten sie genau so dagestanden. Sie bemerkte, daß es auf der Terrasse keine Regenspuren gab. Das Wetter mußte sich also gebessert haben, und er war nach draußen gegangen, um zu malen. Sie sah direkt auf das Abendrot, einen dünnen roten Streifen, gegen den sich die entfernten Berge abzeichneten, und war erleichtert, wie wenig traurig es sie stimmte. Es machte ihr Spaß, sich diesen Prüfungen zu unterziehen, festzustellen, ob ihr Wesen sich verändert hatte. Über die Jahre hatte es sich tatsächlich verändert – aber sie täuschte sich nicht darüber hinweg, daß die Veränderungen nichts anderes waren als die natürlichen Folgen des Alterns.

Sie zündete im großen Kamin ein Feuer an, dann ging sie in die Küche und überlegte, was sie zu essen machen sollte. Auch das Kochen war erst eine Prüfung gewesen und eine Überlebenskunst, aber inzwischen genoß sie es als etwas Besonderes, das zu seltenen Gelegenheiten von ihr verlangt wurde. Zwar verschaffte ihr das Essen selbst keine Sättigung, aber sie liebte die anderen Empfindungen, die es auslöste: den berauschenden Geruch von Gewürzen, die weiche Masse von Teig zwischen ihren Händen, das lebhafte Farbenspiel auf einem Teller.

Sie sah im Vorrats- und im Kühlraum nach und entdeckte dort einen Fasan. Joseph hatte ihr also einen Teil seiner Jagdbeute vorbeigebracht. Sie mußte sich bei nächster Gelegenheit dafür bedanken. Sie entschied, daß der Vogel in ein oder zwei Tagen besser abgehangen sein würde, und wählte die nötigen Zutaten für ein anderes Gericht aus.

Während sie in der Küche beschäftigt war und dabei instinktiv auf die Eingangstür achtete, dachte sie über Matthew Donovan nach. Sie glaubte nicht, daß er sich noch viel länger hinhalten ließ. Sie würde ihm die Wahrheit bald sagen müssen. Vor allem nach dem Ausrutscher von gestern Abend. Auch wenn die Wahrheit ausgesprochen war, würde sie diese Falle vermeiden müssen. Ihn zu verführen, wäre ein leichtes aber es würde ihr niemals geben, was sie brauchte.

Sie hätte das Versteckspiel nie so weit treiben dürfen. Es war nur einem Zufall zu verdanken, daß sie die Wahrheit nicht von Anfang an aufgedeckt hatte. Da sie Simon erwartet hatte, war sie so aufgetreten, wie er sie in Erinnerung haben mußte. Nachdem der erste Fehler einmal gemacht war, war es einfacher, das Versteckspiel fortzuführen.

Du lügst dir etwas vor, schalt sie sich selbst. Es war nur deshalb einfacher, weil du ein Feigling bist. Du hast Angst vor den unvermeidlichen Herausforderungen, die vor dir liegen. Du hast Angst, daß alles schiefgehen und so enden wird, wie es bei den anderen geendet hat. Ein Teil von ihr hatte sogar Angst davor, was sie in seinen Augen sehen würde, wenn sie ihm die Wahrheit sagte. Diese Erkenntnis überraschte sie. Sie hatte schon so lange mit dem gelebt, was sie war, hatte gesehen, wie es sich als sinnliche Begierde und Entsetzen in mehr Gesichtern widerspiegelte, als sie zählen konnte. Ein weiteres Augenpaar sollte ihr nichts ausmachen.

Es war dieses verfluchte Gemälde, sagte sie sich. Sie hatte es nie gemocht. Sie wollte nicht glauben, daß sie so aussah. Obwohl es natürlich sehr wahrscheinlich war, daß sie so aussah.

Als sie sich bückte, um das Essen in den Ofen zu schieben, hörte sie die Tür. Sie schloß die Ofentür und lehnte sich einen Augenblick dagegen, sie fühlte, wie die Hitze langsam in ihren Körper eindrang. Sie hörte, wie die Schritte in der Mitte der Halle innehielten und sich dann auf die Treppe zubewegten. Sie wartete, bis die Schritte verhallt waren, dann verließ sie die Küche und ging ins Wohnzimmer. Feigling, sagte sie wieder zu sich, als sie wie jeden Abend Feuer und Lampen anzündete.

Wenige Minuten später erschien Matthew in der Tür. Vermutlich hatte er sich umgezogen, denn jetzt trug er die schwarze Jacke wie jeden Abend. Sein Gesicht hatte einen strengen, verschlossenen Ausdruck, der nahelegte, daß das Maskenspiel so gut wie zu Ende war. »Guten Abend«, sagte sie freundlich, es tat ihr leid, egal, wie feige es war, daß Freundlichkeit ohne Zweifel bald nicht mehr den Ton bestimmen würde. Er nickte zur Begrüßung und setzte sich in den Sessel ihr gegenüber. »Sind Sie an Land gegangen?«

»Ja.«

»Sie sollten darauf achten, daß Sie vor dem Dunkelwerden zurück sind. Man kann sich abends im Wald schnell verlaufen. Sie müssen vorsichtig sein.« Die Reaktion auf diese Warnung lag irgendwo zwischen Achselzucken und Nicken. »Haben Sie etwas Interessantes erlebt?«

»Ja. Ich bin im Dorf gewesen.«

»Oh.« Ein Knoten zog sich in ihrer Brust zusammen. Sie hatte nicht vorgehabt, es zu verbieten, weil sie bezweifelte, daß er hingehen würde, und weil sie wußte, daß sie ihn nicht davon abhalten konnte, zumindest nicht tagsüber. Irgend etwas war dort offensichtlich geschehen, trotz der Tatsache, daß die meisten Dorfbewohner nur ihre eigene Sprache beherrschten und die stillschweigende Übereinkunft wahrten, wie es schon ihre Eltern getan hatten.

»Ich habe eine faszinierende Gruppe von Frauen kennengelernt, die mir erlaubt haben, sie zu zeichnen. Eine von ihnen, Mutter Norit, hat mir sogar einen Spiegel gegeben.« Sie entspannte sich ein wenig. Mutter Norit war eine weise Frau; sie würde wissen, daß man Spiegel vermeiden konnte. »Sie haben sie gut erzogen.«

»Erzogen? Ich werde kaum jemanden erzogen haben. Glauben Sie denn, daß man so jemanden wie Mutter Norit ›erziehen‹ kann?«

»Sie reden nicht über Sie.«

»Es sind eben zurückgezogen lebende Menschen. Sie gehen davon aus, daß ich genauso wenig über sie schwatze.«

»Dennoch ist es erstaunlich, was man alles aus dem schließen kann, was die Leute nicht sagen, aus den Fragen, die sie nicht beantworten.«

»Was haben Sie denn daraus geschlossen?«

»Jeder spricht nur von einer Person, nie von zweien. Niemand weiß, daß Ihre Mutter krank ist. Niemand scheint sich darum zu kümmern, nicht einmal Sie. Es ist sehr verwirrend, und äußerst praktisch, daß Sie beide den gleichen Namen tragen.« Er beugte sich im Sessel nach vorn. »Sidonie, ich möchte diese Sache klären. Was auch immer Sie verlangen, ich... meine Familie... wir möchten es Ihnen geben. Es besteht kein Grund, mich ständig irrezuleiten. Ist es nicht an der Zeit, daß Sie mir sagen, um was es hier wirklich geht?«

Sie stand auf und ging ans Fenster. Sie konnte die Dunkelheit draußen nicht sehen, nur die Dunkelheit drinnen. Sie legte die Hände an den Nacken und begann, ihr Haar aus dem strengen Zopf zu lösen. »Ich heiße Sidonie Moreau. Vor zwanzig Jahren war ich die Studentin Ihres Vaters und seine Geliebte. Er hat seinen Namen auf meine Arbeit gesetzt. Diese Arbeit hat ihm alles gegeben, was er heute besitzt. Er verdankt alles mir. Und jetzt fordere ich diese Schuld ein.« Sie sagte die Worte, ohne sich umzudrehen, und betrachtete sein Spiegelbild im Fenster.

»Zwanzig Jahre...« Seine Stimme verlor sich, und es herrschte Schweigen. Draußen hob sich der Wind. Sie konnte das Rascheln der welken Blätter auf der Terrasse hören. Sie realisierte, daß er ihr nicht glaubte. Er hielt sie für verrückt. »Wo ist Ihre Mutter?«

»Unter der Erde.«

»Das dachte ich mir.« Sie sah, wie er aufstand und einen unbeholfenen Schritt auf sie zumachte. Bleib weg, dachte sie unwillkürlich, sie wollte den Augenblick herauszögern, wollte, daß er die Wahrheit von ihr erfuhr und nicht durch ein Fenster, das alles im Raum widerspiegelte – nur sie nicht. »Ich verstehe, wie verbittert Sie darüber sein müssen, was mein Vater getan hat«, fing er an. Sie konnte aus seinem Tonfall die vorsichtige, besorgte Freundlichkeit von jemandem heraushören, der mit einem Geistesgestörten umging, der harmlos sein konnte oder auch nicht. »Er hat Ihre Mutter betrogen, das weiß ich. Welche Unannehmlichkeiten sie später in Kauf nehmen mußte wegen dem... was passiert war... kann ich nur vermuten. Aber ich kann verstehen, warum Sie vielleicht meinten, ihre Stelle einnehmen zu müssen, um Gerechtigkeit für sie zu erlangen. Mein Vater, meine Familie ist bereit, die Sache wiedergutzumachen. Bitte, sagen Sie mir einfach, was Sie verlangen.«

Seine Worte, das Zugeständnis rissen an ihrem Inneren, und ihre Antwort fand ihren Ausgang in einem gequälten Schrei. »Ich verlange...« Die Erinnerung an ein anderes Versprechen schnürte ihr den Hals zu. Sie legte die Hand auf den Mund, um die Worte nicht herauszulassen. »Ich bin nicht, was Sie denken«, brachte sie schließlich hervor.

»Ich weiß, wer Sie sind«, sagte er, seine Stimme war angespannt, als sei sie zwischen Wut und Mitleid hin- und hergerissen. Sie sind die Tochter der Geliebten meines Vaters. Sie sind meine Schwester.«

Sie hörte das seltsame Geräusch, das sie hervorbrachte, ein unterdrücktes Lachen, das verbittert und roh geworden war. Es gab ihr die Kraft, die Augen zu schließen und den falschen Glanz abzustreifen, den sie seit seiner Ankunft getragen hatte, um die Illusion zu zerstören, die wie eine nicht passende Maske über ihr lag. »Ich bin nicht Ihre Schwester«, sagte sie leise. »Ich bin die Schwester von nichts, was nicht schon gestorben und Tausende Male verfault ist. Wenn Sie wissen wollen, wer ich bin, dann schauen Sie hin.«

Sie drehte sich um und trat in das Licht des Feuers, den Schein der Lampen. Seine Augen weiteten sich, sein Gesicht erbleichte. Der Sessel hinter ihm verhinderte seinen instinktiven Rückzug, aber er tastete sich daran vorbei. Der Kaminsims brachte ihn zum Stehen. »Das bin ich wirklich. Ich lebe seit mehr als zweitausend Jahren. Als Kind habe ich die Sprache gesprochen, die Ihr Vater sich so ernsthaft zu verstehen bemühte. Ich habe ihn aufgesucht, damit ich die Sprache noch einmal hören konnte, um das Leben atmen zu können, das ich vor so langer Zeit verloren hatte.« Sie hielt inne, um gegen den unerwarteten Schmerz anzukämpfen, den die Worte auslösten, und rief sich angestrengt ihr Ziel in Erinnerung und die Druckmittel, die sie einsetzen mußte, um es zu erreichen. »Aber er hat mich betrogen. Jemand muß dafür bezahlen. Es sieht so aus, als wären Sie das.«

Seine Hand fuhr durch die Luft, auf der Suche nach dem Schürhaken, der am Kamin lehnte. Sie blieb stehen. »Was verlangen Sie?« brachte er hervor, als seine Finger sich um das Eisen schlossen.

»Was stand in meinem Brief?«

»Daß mein Vater kommen und bei Ihnen bleiben sollte.« Unter der Furcht in seinen Augen sah sie Bestürzung und noch etwas anderes, etwas Unnahbares und Abschätzendes, das sie in all den Augen, in all den Jahren niemals gesehen hatte.

»Dann ist es also das, was ich verlange. Da er nicht selbst gekommen ist, sind Sie es, der hierbleiben muß, bis ich sage, daß Sie gehen dürfen. Sie dürfen tun und lassen, was Sie wollen, solange Sie diesen Ort nicht verlassen. Es wird Ihnen nichts geschehen.«

»Und das soll alles sein?«

»Nur noch eine Sache. Jede Nacht werde ich Ihnen eine Frage stellen. Es ist Ihnen freigestellt, was Sie antworten – aber ich muß die Frage dennoch stellen.«

»Wie lautet die Frage?«

Sidonie sah ihn an, sie versuchte, eine feste Stimme zu bewahren, den rohen Schrei zu vergessen, der noch immer erstickt in ihrem Hals steckte. »Wollen Sie mir Ihr Blut zu trinken geben, auch wenn Sie daran sterben müssen?«

»Nein!« Die Antwort kam schnell, voll instinktiver Abscheu. Es tat weh, obwohl sie gewußt hatte, daß es unvermeidbar war, und obwohl sie wußte, daß sich diese Antwort noch unzählige Male wiederholen würde, ehe es zu Ende war.

»Na schön. Das war es also.« Sie setzte sich wieder hin und lehnte sich im Sessel zurück. Matthew blieb dort stehen, wo er war, den Schürhaken hoch erhoben, zum einen als Bedrohung, zum anderen, als ob er vergessen hätte, daß er ihn noch in Händen hielt.

»Warum verlangen Sie mein Blut?«

»Weil ich davon lebe. Weil ich so bin.«

»Ein Vampir.«

»Ja.« Der Ausdruck auf seinem Gesicht, ungläubig, verängstigt und berechnend gleichzeitig, brachte sie fast zum Lachen. Aber es lag keine Komik in ihrer Situation, absolut nicht. »Selbst wenn ich Ihnen sage, Sie sollen es nicht tun, werden Sie zweifellos törichte Dinge versuchen, zum Beispiel zu fliehen oder danach zu trachten, mich mit Pflöcken und Kreuzen zu töten. Ich kümmere mich nicht um Kreuze, und ich schlafe nicht so tief, daß Sie mich mit einem Pflock überraschen könnten. Wenn Sie versuchen, diesen Ort zu verlassen, werde ich Sie zur Strecke bringen. Es gibt keinen Zufluchtsort, den Sie vor Sonnenuntergang erreichen könnten. Selbst wenn es Ihnen gelingen würde zu entkommen, würde ich Ihren Vater einem Skandal aussetzen, dem schlimmsten, den ich bewirken kann. Er ist alt und gebrechlich – wer weiß, was ihm solch eine Schande vielleicht antut?«

»Ich würde *Sie* bloßstellen.«

»Und wer würde Ihnen glauben? Ich habe Beweise für meine Behauptungen. Wie würden Sie Ihre beweisen? Die Menschen glauben nicht an Vampire. Sie werden denken, daß Sie verrückt sind. Es gibt Regeln für dieses Spiel, das wir spielen – sie sind zu Ihrem Schutz da. Wenn Sie mich angreifen, gelten die Regeln nicht mehr. Ist das klar?«

»Überhaupt nicht. Aber ich nehme die Warnung an.« Er bemerkte den Haken in seiner Hand und ließ ihn fallen. Polternd fiel er auf den Steinboden. Er trat hinter den Sessel und bewegte sich auf die Tür zu.

»Sie dürfen gehen, wenn Sie es wünschen. Ich habe gesagt, daß Sie tun und lassen dürfen, was Sie wollen, daß Ihnen nichts geschehen würde. Das meine ich auch so.«

»Warum sollte ich Ihnen jetzt glauben, wenn alles andere, was Sie mir bisher gesagt haben, eine Lüge war?« Er stand mit dem Rücken an den Bücherregalen, als fürchtete er, daß sie einen Satz nach vorn machen und seinen Hals aufreißen würde, wenn er ihr nur die Gelegenheit dazu gab. Sie betrachtete ihn mit trauriger, spöttischer Miene.

»Ich habe Sie nicht angelogen. Ich habe Sie nur Ihre eigenen Schlußfolgerungen glauben lassen.«

»Und das soll die Wahrheit sein? Oder werden Sie

sich in zwei Nächten wieder verwandeln, in etwas noch viel ...« Seine Stimme verlor sich.

»Scheußlicheres? Ungeheuerlicheres?« ergänzte sie, sie war überrascht, daß die Worte bitterer schmeckten, als sie es in Erinnerung hatte. »Ich versichere Ihnen, schrecklicher als jetzt wird es nicht werden.« Sie sah, wie er sich allmählich in die Tür hineinschob. Er würde nicht vor ihr weglaufen, aber er konnte nicht anders, als langsam und schleichend vor ihr zurückzuweichen. Sie spürte eine Mischung von Gefühlen in sich aufwallen: Mitleid, Ungeduld und unvernünftige Enttäuschung. »Gehen Sie«, sagte sie streng und sehnte sich plötzlich danach, allein zu sein. »Gehen Sie.«

Seine Silhouette glitt durch die Tür und war verschwunden. Sie hörte seine Schritte auf der Treppe, das entfernte Zuschlagen seiner Tür. Einen Augenblick lang glaubte sie, auch das Zuschnappen des Schlosses hören zu können.

Sidonie sah auf das Feuer. Sie fand, daß es nicht besonders schlimm gelaufen war. In der Vergangenheit war es häufig viel schlimmer gelaufen. Eine Woge sinnloser, schmerzhafter Lust zu lachen brandete in ihr auf, und sie biß sich auf die Lippen, um nicht wieder rauh aufzulachen. Es spielte keine Rolle, wie es angefangen hatte. Es würde schlimm enden, vielleicht für sie beide. Bestimmt, sogar ganz bestimmt, für ihn.

16. Kapitel

Matthew lehnte sich mit dem Rücken an die Tür und holte tief Luft. Bestimmt war es sinnlos, die Tür zu verschließen, aber er konnte nicht anders. Er konnte es genauso wenig unterlassen, die Tür abzuschließen, wie er im Wohnzimmer hätte bleiben können.

Er durchquerte den Raum, riß die schweren Vorhänge auf und starrte aus dem Fenster. Zum ersten Mal war der Mond durch die Wolken hindurch sichtbar. Das Licht streifte den See, doch es konnte die Dunkelheit unterhalb des Fensters nicht durchdringen. Er dachte an seine Erkundung der Insel. Zwei Stockwerke unter ihm lag ein mit dornigem Gestrüpp überwucherter Garten und das Granitgestein der Insel. Wenn er sich nicht traute, es über die Treppe zu versuchen und dabei womöglich entdeckt zu werden, gelang es ihm vielleicht, herunterzuspringen oder zu klettern, ohne sich zu verletzen. Von dort aus konnte er über den See rudern.

Was würde er dann tun? Zum Dorf laufen? Aber dort wußten sie, wer Sidonie war. Sie hatten eine Art Übereinkunft mit ihr getroffen, soviel war sicher. Sie würden sich nicht in ihre Angelegenheiten einmischen, was für Angelegenheiten dies auch immer waren. Wenn er in den Wald floh, fand er vielleicht den Weg zurück zur Bahnstation. Vielleicht könnte er der Verfolgung entkommen, den Zug erreichen und zur Stadt zurückkehren. Er könnte jedem, der es hören wollte, die Wahrheit sagen.

Doch wer würde ihm glauben? Es würde leicht sein, ihn zu diskreditieren, ihn als mittellosen Bohemien zu brandmarken, als überspannten Künstler oder als Irren, der sich von Drogen und Alkohol verleiten ließ. Sidonie würde sich in ihre Maske aus unauffälliger Höflichkeit hüllen, die Geschichte von dem Unrecht erzählen, das ihrer imaginären Mutter widerfahren war, und sowohl das Ansehen seines Vaters wie auch sein eigenes zerstören. Wenn sie behauptete, Beweise zu besitzen, dann verfügte sie ohne Zweifel tatsächlich darüber. Ohne Zweifel hatte sie ebenfalls Beweise für die Existenz ihrer geheimisvollen Mutter. Die Erfahrungen aus zweitausend Jahren – seine Gedanken strauchelten kurz über diese Worte – hatten sie sicherlich klug und gerissen werden lassen. Vielleicht aber verzichtete sie auf solch eine raffinierte Rache und brachte sie einfach beide um.

Und wenn er weglief und *nicht* entkam? Dann müßte er bestimmt sterben.

Matthew schloß die Vorhänge. Noch war er nicht bereit zu sterben. Er ging zum Kamin, sein Körper reagierte instinktiv auf die Kälte im Zimmer. Während er Feuer machte, erkannte er ein weiteres Motiv – den uralten, primitiven Instinkt des Menschen, dem die Flammen als Zuflucht vor der Dunkelheit und als Schutz vor den Ungeheuern der Nacht dienten. Würde das Feuer ihn am Leben erhalten?

Er dachte darüber nach, was er über Vampire wußte, was nicht viel mehr war als ein wildes Durcheinander aus volkstümlichen Redeweisen und Groschenromanen. Sie hatten keine Seele, deshalb konnte man sie nicht im Spiegel sehen. Das schien soweit zu stimmen, ebenso wie die Geschichte, daß sie während des Tages vor der Sonne geschützt schlafen mußten. Er hatte Sidonie niemals tagsüber gesehen. Sie hatte gesagt, Kreuze könnten ihr nichts anhaben, hatte aber durchblicken lassen, daß ein Pflock durchs Herz sie töten würde. Was war mit Feuer? Wenn er das Haus bis auf die Grundmauern niederbrennen würde, würde sie das zerstören? Es schien eine plausible Vermutung zu sein, aber voller Unwägbarkeiten. Das Gebäude bestand größtenteils aus Stein. Wenn sie in einem geschützten Bereich schlief, würde dieser vielleicht nicht zerstört. Wenn er das Haus niederbrannte und sie überlebte, würde sie ihn bestimmt umbringen.

Was verlangte sie? Wenn es lediglich sein Blut, sein Leben war, warum hatte sie es sich nicht gleich in der ersten Nacht genommen? Warum diese Täuschung und die wiederholten Beteuerungen, daß ihm nichts geschehen würde? »Sie müssen bei mir bleiben, bis ich sage, daß Sie gehen dürfen.« Diese Worte deuteten an, daß er dieser Situation vielleicht unversehrt entkommen konnte, doch ihre Worte konnten auf genau so spitzfindige Weise täuschend sein wie alles andere, was sie tat. Was wäre, wenn sie ihm niemals erlaubte zu gehen?

Irgend jemand wird nach mir sehen, sagte er zu sich. Vater wird auf Nachricht warten. Gabriel und Peter mußten sich doch an die Anweisungen des Briefes erinnern können. Selbst hier mußte es Aufzeichnungen über Grundbesitz geben. Sie werden es schaffen, das Haus aufzuspüren. Sie werden mich finden, wenn ich lang genug am Leben bleibe.

Bei dem Gedanken an seine Familie fühlte er, wie ein bitteres Lachen in seiner Kehle aufstieg. Er hatte sich für so gescheit gehalten, die vermeintliche Wahrheit erkannt zu haben. Er hatte geglaubt, sie wäre seine Halbschwester. Er hatte sich mit dem Gedanken gequält, ob sie es bereits die ganze Zeit gewußt hatte oder ob sie eine unschuldige Schachfigur im Spiel ihrer Mutter war. Er war bereit gewesen, den Versuch zu unternehmen, sie zu akzeptieren.

Fast hätte er sie geküßt ... Sein Lachen verwandelte sich in ein Schaudern.

Als es an der Tür klopfte, bewegte er sich ruckartig vom Feuer weg. Er hörte ihre Stimme. »Ich stelle Ihr Abendessen vor die Tür. Falls Sie hungrig sind.« Am liebsten hätte er gelacht, als er die ruhigen, vernünftigen Worte hörte. Dann herrschte längeres Schweigen. Er rührte sich nicht. Kurze Zeit später glaubte er einen schwachen Schritt zu hören, dann hörte er nur noch das Knistern des Feuers.

Er wartete zehn Minuten, ehe er die Tür vorsichtig öffnete. Der Gang lag dunkel und ruhig da. Auf dem Boden stand ein Tablett mit einem abgedeckten Teller und einer Flasche Wein. Er holte es in das Zimmer und schloß die Tür wieder ab.

Das Essen schmeckte gut, der Wein sogar noch besser. Er saß auf dem Boden, mit dem Rücken an einen Stuhl gelehnt, und verzehrte die Mahlzeit; er war ein wenig überrascht, daß er überhaupt noch Appetit hatte. Er leerte ein Glas nach dem anderen von der dunklen, roten Wohltat. Der Wein sah aus wie Blut, dachte er, innerlich lachend, und trank ihn trotzdem.

Als das letzte Glas fast leer war, schloß er die Augen und lehnte den Kopf gegen den Sessel. Er fühlte sich müde und leer. Seine Gedanken schweiften ab von praktischen Überlegungen und Mutmaßungen. Die Szene entfaltete sich wieder vor seinen Augen, distanziert, als sei es eine von Gabriels Theaterinszenierungen. Sidonie, mit offenem schwarzem Haar, in dem Moment, in dem sie sich ins Licht drehte...

Als sie sich ihm zugewandt und ihr wahres Gesicht gezeigt hatte, war er zu überwältigt gewesen, um noch denken zu können, aber sein künstlerisches Unterbewußtsein hatte ihre neue Erscheinung umbarmherzig untersucht und sie seinem Gedächtnis unauslöschlich eingeprägt: Die dunkle Woge ihres Haares so schwarz, daß sie fast schon blau war, wie Tinte oder Öl oder die tiefsten Tiefen des Meeres. Die Haut so unglaublich glatt, wie über Fleisch gegossener Honig, in ihrem eigenen Licht glühend. Die indigofarbenen Augen, fast so dunkel wie das Haar, die Pupillen mit Gold betupft, wie Azur. Die Art und Weise, wie sie sich bewegte, jede Geste wie ein Pinselstrich von unübertrefflich glattem Fluß, wie das Fließen ungebrochener Linien.

Man konnte sie nicht für menschlich halten. Der Bogen ihrer Wangenknochen war zu übermäßig, die Verengung ihres Kinns zu abrupt. Ihr Mund war so breit, daß er reptilienhaft gewirkt hätte, wenn ihre Lippen nicht so üppig gewesen wären. Das dreieckige Gesicht besaß eine reine, raubtierhafte Schönheit, wie die gleichmütige, fremdartige Eleganz einer Gottesanbeterin.

Es juckte ihn in den Fingern, jedes Detail ihrer Erscheinung einzufangen. Selbst in dem Moment, als seine Hände nach dem Skizzenbuch griffen, schreckten seine Gedanken vor dem zurück, was unter all dieser schlangenhaften Schönheit verborgen lag. Sein ästhetischer Sinn konnte nicht anders als schreckliche, unmenschliche Schönheit zu sehen; die übrigen Sinne wußten, daß dort nur Schrecken war. Alles an ihr deutete auf den Tod hin. Die schönen Knochen ihres Gesichtes waren die eines Totenschädels; die seltsamen Augen so kalt wie Stein; das Lächeln das eines Tieres mit leuchtenden Reißzähnen und lauerndem Hunger.

In einem abrupten, verzweifelten Zug leerte er das letzte Glas Wein. Wenn er sich mit Alkohol berauschte, würde er am nächsten Morgen vielleicht entdecken, daß alles nur ein wahnsinniger, trunkener Traum gewesen war.

17. Kapitel

Er brauchte fast den ganzen Tag, um die Schlösser all der verriegelten Räume zu öffnen. Er ließ nach, dachte er. Zugegeben, er hatte nicht vor Mittag angefangen, als er schließlich mit einem Kater aufgewacht war, aber noch vor zehn Jahren hätte er die Arbeit in der Hälfte der Zeit bewerkstelligen können. Allerdings war das Schlimmste, das er vor zehn Jahren befürchten mußte, eine weitere Moralpredigt seines Vaters gewesen oder der Ärger des Freundes, in dessen Zimmer er eingedrungen war. Jetzt konnte sein Schicksal erheblich unangenehmer ausfallen.

Du hast keine andere Wahl, sagte er zu sich, als er sich in den letzten Schlafzimmern umsah. Egal, was sie gesagt hat, du hast keine andere Wahl, als es zu tun.

Er hatte jede Menge faszinierender Dinge in den verschlossenen Räumen gefunden. In einem hatte er einen Schrank voller Kleidung entdeckt: Abendanzüge, schwere Mäntel mit Pelzkragen, bestickte Westen, grobe Baumwollhemden. Neugierig hatte er eines der Jacketts anprobiert und festgestellt, daß es ihm leidlich gut paßte. Der Schnitt war schon vor etwa hundert Jahren aus der Mode gekommen, aber der Stoff war noch in gutem Zustand. Widerwillig hängte er es wieder zurück. Wie überdrüssig er auch seiner eigenen dürftigen Garderobe war, es wäre wohl kaum taktvoll, sich aus einem Vorrat zu bedienen, von dessen Existenz er nichts wissen sollte.

In anderen Räumen fand er altes Mobiliar, staubbedeckte Lampen und Skulpturen, Kisten mit vergilbten Zeitungen und Schriftwechseln, mehrere Gemälde von beachtlicher Qualität und mehr als eine Schmuckschachtel. Er bestimmte Zimmer, von denen er glaubte, daß sie der Frau des Erbauers und ihrer Tochter gehört hatten, aber es blieb ein Geheimnis, wer die anderen bewohnt haben könnte.

Sidonie fand er nicht.

Wenn es ihm gelang, schloß er die Türen wieder hinter sich, aber mehrere blieben störrisch offenstehen, als warteten sie nur darauf, ihn zu verraten. Als es dämmerte, ging er in den Ballsaal und ertappte sich dabei, wie er mechanisch anfing zu malen, obwohl er wußte, daß er das Gemälde, das er begonnen hatte, ruinieren würde; doch er konnte nicht anders. Egal, wie schlecht er es ausführte, vom Malen verstand er jedenfalls etwas.

Kurz nach Sonnenuntergang hörte er Schritte auf der Galerie. Er drehte sich nicht um, er wollte den Augenblick hinauszögern, der bestätigen würde, daß die letzte Nacht mehr als ein schrecklicher Traum gewesen war. »Guten Abend.« Ihre Stimme war unverändert, still und sogar ein wenig scheu. Es lag eine furchtbare Ironie darin, daß ihr Klang keinen Schrekken verbreitete, sondern nur die angenehme Erinnerung an Essen, Unterhaltung und menschlichen Kontakt.

Er legte den Pinsel zur Seite, wandte sich zur Tür und wußte, es war kein Traum. Die falsche Sidonie war verschwunden, ihre braven schwarzen Kleider hatte sie gegen ein kräftig kobaltblaues Samtkleid ausgetauscht. Ihr offenes Haar war länger, als er gedacht hatte. Sie machte eine Bewegung nach vorn, sie wollte in den Ballsaal eintreten.

»Nicht...«, sagte er, ohne nachzudenken. Sie hielt inne, einen Fuß schon auf den Stufen.

»Darf ich hereinkommen?«

»Habe ich eine Wahl?«

»Natürlich.«

»Dann bitte nicht. Ich arbeite am liebsten ungestört«, fügte er unwillkürlich hinzu, als wäre sie eine ganz normale Frau, die er befürchtete gekränkt zu haben. Der Fuß hob sich und verschwand wieder unter dem Kleid.

»Ich verstehe. Ich werde nicht ohne Ihre Erlaubnis eintreten... niemals«, sagte sie und lächelte mit geschlossenem Mund. Matthew zwang sich, ihren Mund nicht zu betrachten, er hätte zwangsläufig nach einem Anzeichen für die spitzen Eckzähne gesucht, die dort lauerten. »Ich nehme an, das bedeutet auch, ich soll nicht mehr für Sie Modell stehen.«

»Ja.« Sie scherzte, dachte er, sie versuchte ihn zu beruhigen. Eine Woge der Wut wallte in ihm auf, sie glaubte offensichtlich, er ließe sich leicht besänftigen. »Es wäre so, als müßte ich in die Sonne starren.« Er wollte etwas Boshafteres, weniger Mehrdeutiges sagen, doch er konnte nicht lügen, wenn es um seine Kunst ging.

Er sah ihre Augen zur Seite gleiten, dorthin, wo die Bilder der toten Constance standen. »Nun gut«, sagte sie nach einer Weile. »Vielleicht ist es so am besten. Ich denke nicht, daß ich von Künstlern zufriedenstellend behandelt worden bin.«

»Dann lassen Sie mich gehen.«

»Sie vergessen, daß ich nicht an Ihrer Malerei interessiert bin, sondern an Ihrem Blut.« Das Lächeln kam wieder zurück, als hätte sie keineswegs gerade von seinem Tod gesprochen. »Sind Sie hungrig? Möchten Sie etwas essen?«

»Sie möchten mir etwas zu essen machen?«

»Warum nicht? Ich koche gern, und Sie müssen etwas essen. Wenn ich vorgehabt hätte, Sie zu vergiften, hätte ich es bereits getan, das versichere ich Ihnen.«

»Was ist mit Ihnen? Sind Sie nicht hungrig?« Er wollte die Worte zurückrufen, sobald er sie ausgesprochen hatte, aber die Herausforderung war nun über seine Lippen gekommen, und jetzt konnte er nicht klein beigeben. Er begegnete ihrem Blick so standhaft wie möglich.

»Schrecklich«, sagte sie, ihre Stimme klang seltsam und trocken. »Aber Sie sind nicht in Gefahr. Ich werde später essen.«

Ihm blieb nichts übrig, als ihr zu trauen, zumindest in dieser Angelegenheit. »Ich würde gern etwas essen. Danke.« Mit einem kurzen Nicken verschwand sie aus der Türöffnung. Er atmete tief aus und spürte, wie sein Puls sich verlangsamte. Er sah das Gemälde auf der Staffelei wieder an, aber die flammenhaften Formen der herbstlichen Bäume waren nicht stark genug, um ihr blauschwarzes Bild in seinem Kopf auszulöschen.

Leise fluchend nahm er die Leinwand von der Staffelei und lehnte sie zum Trocknen an die Wand. Morgen würde er die Farbe abkratzen und von neuem beginnen. Entmutigt ließ er sich daneben auf dem Boden nieder, holte sein Skizzenbuch hervor und blätterte darin auf der Suche nach Inspiration.

Die Zeichnungen der falschen Sidonie erregten seine Aufmerksamkeit. Er starrte sie eine Weile an, jetzt sah er deutlich, warum sie ihn nicht zufriedengestellt hatten. Die Augen waren falsch, ebenso der Mund und die Linie der Wangenknochen. Er hatte menschliches Fleisch über unmenschliche Knochen gemalt, und es paßte nicht zusammen. Wenn er die Lügen abstreifte, dann verliefen die Linien so… und so…

Sidonies Stimme an der Tür riß ihn von den zornigen, schwarzen Linien der Skizze weg. Schuldbewußt klappte er das Skizzenbuch zu und folgte ihr in den Speisesaal.

Alles sah aus wie an den bisherigen fünf Abenden. Ein einzelner Platz war gedeckt, Kerzen auf der Tafel und den Anrichtetischen, eine Karaffe mit Wein neben dem kristallenen Kelch. Alles schien wie bisher zu sein, und doch hatte sich alles, was eine Rolle spielte, gewandelt. Sidonie saß ihm gegenüber, der schlanke Stiel eines Weinglases drehte sich zwischen ihren Fingern. In dem Kristallglas bewegte sich ein Rest Weißwein wie ein winzigkleines zitronengelbes Meer.

Matthew aß schweigend, das blasse Fleisch des Fisches teilte sich unter seinem Messer. Ihm fielen die Räume ein, die er nicht mehr hatte abschließen können, und er fragte sich, ob sie über seine Erkundungen Bescheid wußte. Es gab keine Anzeichen, daß sie wütend war, aber vielleicht war das wieder eine Täuschung, die nur dazu diente, ihn in Sicherheit zu wiegen. Als er aufblickte, sah er, wie sie einen kleinen Schluck Wein nahm. »Ich wußte gar nicht, daß Vampire Wein trinken.« Es war das zweite Mal, daß er das Wort laut ausgesprochen hatte; es klang noch immer seltsam und phantastisch.

»Wenn wir möchten, können wir kleine Mengen trinken. Für uns hat das nicht viel Geschmack. Nur sehr wenig hat für uns Geschmack.«

»Ich bin überrascht, daß Sie Lust hatten, kochen zu lernen.«

»Es ist eine nützliche Fähigkeit, insbesondere für eine Frau, die sich allein durchs Leben schlagen muß. Essen schafft sinnliche Freuden, die über den Geschmack hinausgehen... aber es ist eine Verschwendung, in ihnen zu schwelgen, wenn niemand die Kreationen anschließend ißt.«

»Wenn es keinen Geschmack für Sie hat, warum trinken Sie dann?«

»Damit Sie sich wohler fühlen«, gab sie zu. Matthew schaute überrascht auf und fing ihr reumütiges Lächeln auf. »Ich nehme an, es hat nicht funktioniert.«

»Nein. Vermutlich sollte ich dankbar dafür sein, daß Sie besorgt sind... auch wenn ich hoffe, Sie vergeben mir, wenn ich es nicht bin.«

Sie machte eine bestätigende Geste. »Ich bin nicht mehr in Übung. Es ist schon lange her, daß ich einem Fremden gegenüber so erschienen bin, wie ich wirklich bin.«

»Wie lange?« fragte er, teils aus aufrichtiger Neugier, teils um sie dazu zu bringen weiterzusprechen. Wenn er zu überleben hoffte, mußte er soviel wie möglich über sie erfahren. Außerdem fiel es ihm viel schwerer, schweigend mit ihr dazusitzen, als sich zu unterhalten.

»Eine lange Zeit.«

»Sind Sie dem Erbauer des Hauses so erschienen?« Sie nickte. »Also wußte er die ganze Zeit, was Sie waren.«

»Von Anfang an. Unsere Beziehung begann zehn

Jahre, bevor das Haus gebaut wurde. Christian war ein sehr unglücklicher Mensch. Schon immer. Wir hatten ähnliche Interessen. Unsere Einsamkeit ergänzte sich, kann man sagen. Oder, um es weniger selbstlos auszudrücken, unsere Bedürfnisse ergänzten sich. Ich brauchte Blut und er einen Grund, um sich zu verachten. Nachdem seine Frau gestorben war, lud er mich ein, hier bei ihm zu leben.«

»Haben Sie seine Tochter umgebracht?« fragte Matthew mit schonungsloser Offenheit und sah, wie ein Schatten über die glatte, fremdartige Ebene ihres Gesichts huschte.

»Ja«, sagte sie nach einer Weile. »Es war nicht meine Absicht, aber ich tat es. Sie war krank und schwächer, als ich vermutet hatte.«

»Wußte er es?«

»Er ahnte es. Er hat mich niemals gefragt. Ich habe niemals etwas gesagt.« Sie nahm noch einen Schluck Wein. Matthew goß sich noch ein Glas ein, er ahnte, daß er nichts mehr trinken sollte, und war gleichzeitig sicher, daß er es doch tun würde.

»Dann haben Sie das Kind Ihres Geliebten getötet, und er fragte niemals danach. Er ließ Sie weitere fünf Jahre hier bei sich wohnen, und dann hinterließ er Ihnen sein ganzes Vermögen. Wie praktisch für Sie.« Er erwartete irgendeine Reaktion von ihr, sei es Wut über seine Mutmaßungen oder Schmerz über die Brutalität seiner Worte. Sie drehte nur das Weinglas zwischen ihren Fingern und begegnete seinem Blick ernst.

»Zu diesem Zeitpunkt hatte Christian bereits den Kampf um seine geistige Gesundheit verloren. Er verabscheute sich wegen unzähliger eingebildeter Verbrechen. Seine Beziehung zu mir und der Mord an

Constance stellten lediglich zwei weitere Verbrechen dar. Er sah sich selbst als die Schlange in seinem eigenen Paradies. Er hatte dem Zufluchtsort Unheil gebracht, den er gebaut hatte, um dem Unheil zu entkommen. Der Tod seiner Frau bewies das. Er wollte nicht, daß ich ging, weil ich ihn täglich an seine eigene Verderbtheit erinnerte. Und natürlich, weil ich ein Grund war, warum er sich nicht davon lossagen mußte. Durch mich konnte er sowohl seine Sündhaftigkeit als auch seine Opferrolle pflegen. ›Mein böser Engel‹, nannte er mich immer. Ich ging nicht weg, weil ich einen Schutz vor der Welt und die Aussicht auf ein Zuhause und ein Vermögen brauchte, das eines Tages mir gehören würde. Und er hatte niemanden sonst, der sich um ihn kümmerte. Während der letzten Monate hat er kaum gegessen oder das Bett verlassen.«

»Ist er wirklich ertrunken?« fragte er vorsichtig, er hatte die Distanziertheit wahrgenommen, die sich in ihre Stimme eingeschlichen hatte und einen Schatten auf ihre Augen warf. Sie erzählte nicht so sehr ihm die Geschichte, vielmehr erinnerte sie sich selbst daran, und wenn er den Zauber zerstörte, der sie bannte, würde sie sich vielleicht weigern zu antworten oder anfangen zu lügen. Langsam schüttelte sie den Kopf.

»Nein. Er wollte, daß ich ihn tötete. Die endgültige Bestrafung, sagte er. Er bot mir seinen Hals ein letztes Mal, und ich...« Sie blinzelte einmal, und die Verträumtheit in ihren Augen verblaßte. »Ich legte seinen Körper in den See und richtete es so ein, daß William, Josephs Urgroßvater, ihn finden würde. Zu diesem Zeitpunkt konnte niemand mehr sagen, wie er gestorben war. Noch hatte sich irgendwer jemals bemüht zu fragen.«

Er fing den Hinweis, den wichtigen Schlüssel zu der

Geschichte auf und überlegte sich, ob er ihm nachgehen sollte. Vielleicht wäre es besser abzuwarten, aber er mußte es einfach wissen. Wenn er Stunden oder Tage damit verbrachte, darüber nachzugrübeln, dann wurde er vielleicht wahnsinnig. »Haben Sie die ganzen Jahre über sein Blut getrunken?« Sie nickte. »Dann ist es also nicht unbedingt tödlich?«

»Nein. Das ist die Wahrheit, Matthew. Es bringt auch den Tod. Ich bringe auch den Tod. Das ist die Wahrheit. Wenn Sie ja sagen, kann ich nicht versprechen, wie es ausgehen wird.«

»Ich habe nicht vor, ja zu sagen«, sagte er bestimmt, und sie setzte das Glas ab, mit dem sie gespielt hatte.

»Wenn Sie mit dem Essen fertig sind«, begann sie, ihre Stimme war jetzt sachlich und energisch, »sollten Sie ins Wohnzimmer gehen. Im Schreibtisch finden Sie Papier. Sie sollten an Ihre Familie schreiben und ihr sagen, daß es Ihnen gutgeht und daß Sie eine Weile hierbleiben werden.«

Matthews Glas klang dumpf gegen das glänzende Holz, da er es mit mehr Wucht absetzte als beabsichtigt. Der Gedanke daran, höfliche, nichtssagende Lügen zu schreiben – und damit eine seiner wenigen Rettungsmöglichkeiten abzuschneiden –, wühlte seinen Magen auf. »Und wenn ich es vorziehe, es nicht zu tun?«

»Möchten Sie denn, daß Ihr Vater und Ihre Brüder sich unnötigerweise Sorgen um Sie machen? Sich soviel Sorgen machen, daß sie sich gezwungen sehen, ihre eigene Sicherheit aufs Spiel zu setzen, indem sie hierherkommen und Sie suchen?« fragte Sidonie, als sie mit dem schmutzigen Geschirr in Händen dastand. Der Gegensatz zwischen der einfachen, häuslichen Tätigkeit und der Drohung, die sich hinter ihrer

Stimme verbarg, ließ ihm einen Schauer über den Rücken fahren.

»Wollen Sie damit sagen, daß sie sich in Gefahr bringen würden?«

»Ich will sagen, daß dies eine gefährliche Gegend ist. Es wäre für alle Beteiligten sehr viel einfacher, wenn Sie diesen Brief schreiben würden.« Er seufzte und gab auf, da er wußte, sie hatte recht. Sein Vater wartete sicherlich darauf, bald etwas von ihm zu hören. Wenn er sich nicht mit ihnen in Verbindung setzte, würden sie kommen und ihn suchen, und dann würde genau das, was er beabsichtigt hatte, vielleicht ihren Tod bedeuten.

»Ich nehme an, Sie werden den Brief zuerst lesen?« sagte er matt, als er sich vom Stuhl erhob.

»Ich denke, das wäre klug.«

Im Wohnzimmer brannte ein Feuer, und die Öllampe auf dem Schreibtisch leuchtete. Matthew setzte sich hin und öffnete die Schublade, von der er wußte, daß sie Briefpapier enthielt. Neben der Lampe lag eine Feder in einer Elfenbeinhalterung. Er schaute von dem weißen Blatt auf dem dunklen Holz zu dem Fenster vor sich, aber fand dort keine Antworten, nur sein Spiegelbild. Kurze Zeit später fing er zu schreiben an.

Lieber Vater... Ich bin wohlbehalten bei Miss Moreau angekommen... es ist sehr schön hier... sie hat mich gebeten zu bleiben... bin zuversichtlich, daß alles geklärt werden kann... Die Sätze klangen wie die eines gehorsamen, aber widerwilligen Kindes, das an einen Verwandten schrieb. Er bemerkte es, konnte es aber nicht ändern. Simon hatte nur sehr wenige Briefe von ihm erhalten, also würde er vielleicht nicht merken, wie eigenartig dieser klang. Er kritzelte seine Unter-

Kleidung, die ich gestern abend trug, und dem Kleid, das ich jetzt trage – aber Sie sehen ihn vielleicht unterschiedlich.«

»Sehen Sie so wirklich aus?« fragte Matthew schnell, er bemerkte beunruhigt, daß er lieber nicht darüber nachdachte, wie ihr Körper überhaupt aussehen könnte.

»Ich glaube, ja. Sie müssen daran denken, ich habe mich seit zweitausend Jahren nicht gesehen, daher kann ich nicht sicher sein. Mein Aussehen hat sich stark verändert, seit ich mein Spiegelbild das letzte Mal gesehen habe.« Sie hielt inne, ihre Augenbrauen zogen sich nachdenklich zusammen. »Ich habe schon viel länger so ausgesehen wie jetzt, und dennoch ist mein sterbliches Gesicht das einzige Gesicht, an das ich mich erinnere. Ich glaube, manchmal vergesse ich, daß ich nicht mehr so aussehe.«

»Wie haben Sie denn ausgesehen?« fragte er, trotz seiner bösen Ahnungen war er fasziniert.

»Ich war ein wenig kleiner. Mein Haar war schwarz, aber dicker, nicht so glatt. Es kräuselte sich, wenn es regnete. Mein Gesicht...« Ihre Finger hoben sich und strichen über ihre Wangenknochen. Ihre Stimme hatte wieder diese verträumte Distanziertheit angenommen, die er schon zuvor bemerkt hatte. »Mein Gesicht war runder. Es gab jemanden, der mich immer deswegen neckte, indem er mich ›Mondgesicht‹ nannte...« Sie blinzelte zweimal, und ihre Hand fiel wieder in den Schoß zurück. »Es ist schwer, sich zu erinnern. Es ist sehr lange her.«

»Warum haben Sie sich verändert?«

»Ich bin nicht sicher. Ich weiß nur, daß alle meine Artgenossen sich mit der Zeit immer ähnlicher werden, unabhängig von unserer jeweiligen Herkunft.

Was die bewußten Veränderungen angeht, so mache ich das nur, um dem jeweiligen Zeitalter oder einer Rolle, die ich spielen muß, Genüge zu tun. Um unsichtbar zu sein und als sterblich zu gelten. So dachte ich, zum Beispiel, daß mein Aussehen von vor zwanzig Jahren wahrscheinlich keine Probleme verursachen würde.« Ihr Lächeln war teils amüsiert, teils spöttisch. »Darin habe ich mich getäuscht.«

Plötzlich keimte ein schrecklicher Verdacht in Matthew auf. Noch als er ihn beiseite schieben wollte, wurde ihm bewußt, daß er schon den ganzen Tag wie eine giftige Pflanze in seinem Hinterkopf gewesen war, die darauf lauerte, aufzublühen. Es stimmte nicht, er täuschte sich, sagte er sich grimmig. Es war nicht möglich. Welche Verbrechen und Treuebrüche auch geschehen waren, es war einfach nicht möglich.

Er drehte sich von Sidonie weg und starrte den Brief an, der auf dem Schreibtisch lag. Er konnte ihr die Frage nicht stellen, deren Antwort er so dringend brauchte. Wenn er sie fragte, würde sie seine schuldbewußten, geheimen Zweifel erkennen, und das wäre unerträglich. Selbst wenn er sie fragte, konnte er ihren Antworten niemals trauen, nicht, wenn er solch eine mächtige Waffe in ihre Hände legen würde, mit der sie ihn quälen konnte.

Er mußte schwer schlucken, dann stand er auf. »Ich denke, ich nehme mir ein Buch aus der Bibliothek und ziehe mich zurück, wenn das erlaubt ist.«

»Natürlich ist das erlaubt«, sagte sie mit einem Anflug von Resignation in der Stimme. »Sie können tun und lassen, was Sie wollen.«

»Danke. Gute Nacht.« Er war schon an der Tür zur Bibliothek, als ihre Stimme ihn einfing und dort festhielt, während er an ihr vorbeisah.

»Matthew, wollen Sie mir Ihr Blut zu trinken geben, auch wenn Sie daran sterben müssen?«

»Nein.« Er schüttelte den Kopf.

»Gute Nacht«, sagte sie, und er floh erlöst durch das düstere Zimmer und schnappte sich im Vorbeigehen eine Handvoll Bücher aus den Regalen. Er betete, daß sie seine Aufmerksamkeit lang genug in Anspruch nehmen würden, um wenigstens für heute nacht ihre schreckliche Frage und seine quälenden Gedanken zum Schweigen zu bringen.

18. Kapitel

Er wachte erschrocken auf und stellte fest, daß er schweißgebadet zwischen den Laken lag. Sein Magen spielte verrückt. Matthew stand schwankend auf und taumelte durchs Zimmer. Kurze Zeit rüttelte er vergeblich an der Tür, ehe er bemerkte, daß sie verschlossen war. Ungeschickt drehte er den Schlüssel herum und schwankte über den Gang.

Er erbrach sich zusammengekrümmt über der Toilette in der Dunkelheit. Dann lehnte er sich gegen die Wand, die Arme um den Bauch geschlungen. Er hatte geglaubt, die Nachtangst und die Übelkeit lägen längst hinter ihm. Er glaubte, sein Leben vor langer Zeit von ihnen befreit zu haben. Schon als Jugendlicher hatte er angefangen zu trinken, um nachts schlafen zu können und um einen Grund für die Übelkeit zu haben, die ihn so oder so überkam. Andere Exzesse folgten: Drogen, Sex, Nächte, in denen er nicht schlief, Tage, an die er sich nicht erinnerte. Als er aus diesem Dunstschleier aufgetaucht war und sich von dem Abgrund wegzerrte, ehe die Sirenen der Vergessenheit sein Talent auf ihren Felsen zerstören konnten, wie sie das Talent von unzähligen vor ihm zerstört hatten, waren die Alpträume verschwunden.

Er trieb mitten im Eis... Kälte drang langsam tief in

seine Glieder... ein Tropfen Blut fiel mit einem Flüstern nieder... Er schauderte, stellte sich mühsam auf die Beine und stützte sich dabei schwerfällig auf das Waschbecken. Seine tastende Hand fand den Wasserhahn, und er tauchte zuerst die Hände, dann den ganzen Kopf unter das eiskalte Wasser. Wieder einigermaßen geistesgegenwärtig bewegte er sich vorsichtig zurück in den Gang. Es war sehr dunkel hier in der Mitte des Hauses. Am Ende der Eingangshalle konnte er an der Stelle ein schwaches Glühen ausmachen, wo das Feuer im großen Kamin noch immer brennen mußte. Instinktiv trottete er auf das Licht zu, er wollte nicht in sein kaltes, stilles Zimmer zurückkehren.

Vom obersten Ende der Treppe aus konnte er sehen, daß die Halle leer war. In dem erlöschenden Feuer brach ein Holzscheit zusammen, und für kurze Zeit sprühten Funken. Er hörte das Knarren der Eingangstür und trat automatisch zurück. Aus der Dunkelheit sah er eine schmale Gestalt in die Halle gleiten. Es war Sidonie. Sie hatte ihr Samtkleid gegen eine männlichere Kleidung ausgetauscht, und ihr Haar war wieder zurückgebunden. *Ich werde später essen...* Sie war auf der Jagd gewesen, wobei er nicht raten wollte, welche Beute sie wohl in der Wildnis finden könnte. Auf halbem Wege zur Tür der Bibliothek blieb sie stehen. Matthew sah, wie sie über die Schulter zurückschaute, ihr Blick war auf die Stelle gerichtet, an der er stand. Der Schein des Feuers streifte seitlich ihr Gesicht, Schatten und Licht offenbarten mit grausamer Klarheit den Schädel unter der goldenen Haut.

Nach einer Weile drehte sie sich um und verschwand jenseits der Glut des Feuers. Er atmete aus, wich vom Gang zurück und tastete nach seiner Zimmertür. Nachdem er wohlbehalten dort angekommen war und die Tür verriegelt hatte, zündete er die Lampen an und las, bis der Schlaf ihn Stunden später wieder übermannte.

Als er gegen Mittag in die Küche kam, nachdem er sich durch ein Bad und eine Rasur erfrischt hatte, stieß er auf Helen, die in einer Ecke saß und einen Fasan rupfte. Nach einem erschrockenen Blick neigte sie den Kopf und zerrte wieder heftig an den Federn. »Guten Morgen«, sagte er freundlich, trotz der plötzlichen Wut, die in ihm aufstieg. Er schürte den Holzofen und setzte den schweren Eisenkessel darauf. »Wie geht es denn allen? Mutter Norit? Joseph?«

»Es geht ihnen gut.«

»Das ist schön. Ich nehme an, daß sie sich alle von der lustigen Unterhaltung neulich erholt haben.« Er beobachtete, wie sich ihre Finger um den Hals des toten Vogels klammerten. »Es war bestimmt komisch. Mir die Erlaubnis zu geben, zu zeichnen, Witze zu machen... als wäre ich hier ein Gast.« Er fand eine Tasse und eine Teedose im Schrank. »Sie wissen doch, was sie ist, nicht wahr? Sie wissen alle Bescheid.« Sie nickte kurz und krampfartig. »Ich werde hier sterben. Sie wird mich umbringen. Aber ich bilde mir nicht ein, daß Ihnen das irgend etwas ausmacht.«

Sie antwortete nicht, sah nicht einmal auf, und Matthew hatte einen Augenblick lang Mitleid mit ihr. Welche Abkommen ihre Ahnen auch immer mit Sidonie getroffen hatten, es war kaum ihre Schuld. Es waren die anderen, über die er wirklich wütend war; Joseph, die alten Frauen mit ihren frechen Witzen und Geschenken, Rebeke mit ihrem koketten Lächeln. Kein Wunder, daß das Mädchen scheinbar so schreckliche Angst vor Sidonie hatte und sogar vor ihm selbst. Er wußte, daß sie keine Schuld traf, aber das hinderte ihn nicht daran, wütend zu sein, eine Wut, die zum Teil dadurch genährt wurde, daß ihm die Vorstellung peinlich war, diesen Nachmittag unwissend genossen zu haben.

»Wofür sind Sie hier noch zuständig, außer saubermachen und Fasanen rupfen?« Die Fragen riefen lediglich einen völlig verwirrten Blick hervor. »Machen Sie auch die Wäsche?« Nach einem Zögern nickte sie. Matthew ging auf sein Zimmer, sammelte die getragenen Hemden zusammen, streifte die Laken vom Bett und ging wieder in die Küche zurück, wo er sie auf den Boden vor ihre Füße warf. »Können Sie sie morgen zurückbringen?« Sie nickte. Er hatte Gründe, die über eine kleinliche Rache hinausgingen. Je mehr Zeit er mit dem Mädchen oder jemandem aus dem Dorf verbrachte, desto mehr Gelegenheit hatte er vielleicht, etwas über Sidonie zu erfahren. Vielleicht gelang es ihm sogar, jemanden dazu zu bringen, ihm zu helfen. Es waren alles vernünftige Gründe, und doch beschönigten sie das bittere Vergnügen nicht, das er in dem Augenblick empfand, in dem er mit einer kindischen Geste seine schmutzige Wäsche vor ihre Füße schleuderte.

Der Kessel pfiff und lenkte ihn ab. Als er den Tee und so etwas wie ein Mittagessen zubereitet hatte, war Helen mit dem Fasan fertig und verschwand mit seiner Wäsche. Seufzend ging er in den leeren Speisesaal und setzte sich dort hin. Während er aß, dachte er über die vergebliche Suche vom gestrigen Tag nach. Er hatte herausgefunden, daß Sidonie in keinem der verschlossenen Räume schlief. Es war möglich, daß einer dieser Räume ein verstecktes Geheimzimmer oder eine Kammer in sich barg, aber er war nicht in der Stimmung, die Schlösser heute wieder zu öffnen. Bisher hatte er noch keinen Eingang zu einem Keller oder einem Dachboden gesehen. Es war naheliegend, daß ein Haus von dieser Größe entweder das eine oder das andere besaß. Ein Keller war unwahrscheinlich, denn das Haus war auf Felsen gebaut, aber ein Dachboden war gut möglich. Er seufzte und gestand sich ein, daß der Eingang wahrscheinlich in einem der oberen Zimmer war, die er bei seiner flüchtigen Suche besichtigt hatte.

Wo konnte sie sonst noch liegen? War es möglich, daß es überhaupt nicht im Haus war? Seine Erkundung der Insel war alles andere als gründlich gewesen. Es könnte irgendwo eine Gruft oder eine Höhle versteckt sein, insbesondere am nördlichen Ende. Er blickte aus dem Fenster. Es regnete nicht, auch wenn der Himmel ein einziges, eintöniges Grau war. Jetzt war vielleicht die beste Gelegenheit.

Zwei Stunden später kehrte er kalt und dreckig zum Haus zurück, er mußte sich eingestehen, daß, wenn Sidonie einen Schlafplatz außerhalb des Hauses besaß, er nicht in der Lage war, ihn zu finden. Er gönnte sich erneut ein langes Bad, er war der Meinung, daß man ihm wenigstens die Behaglichkeit und das heiße Wasser schuldig war. Mit einer weiteren Tasse Tee, um die Hände zu wärmen, ging er in den Ballsaal und betrachtete den Schaden, den er seinem Gemälde am Abend zuvor zugefügt hatte.

Es war nicht mehr zu retten, wie er vermutet hatte. Er verbrachte einige Zeit damit, seine Skizzen zu begutachten, und trug mehrere halbherzige Farbtupfer auf die nächste Leinwand auf, ehe er sich eingestand, daß die Landschaften, die ihn noch vor zwei Tagen begeistert hatten, ihn jetzt gelangweilt und unzufrieden zurückließen. Irgend etwas lauerte in ihm, das irgendwo in seinem Unterbewußtsein Form annahm. Gelegentlich entstand ein Bild auf diese Art und Weise. Das Gemälde nahm in den dunkelsten Bereichen seines Bewußtseins Gestalt an, glitt dann an seinen Nerven entlang und übertrug sich so auf seine Finger, als wären sie ein Handschuh, den das Gemälde trug, um seine Vision deutlich zu machen. Er malte dann wie wahnsinnig, wie besessen, bis das Skelett der Sache auf der Leinwand war. Handwerkliches Können und Intelligenz kamen nie vor diesem Zeitpunkt wieder zum Vorschein, sondern erst dann, wenn es ihnen frei stand, sich an die Beurteilung und die Verfeinerung zu begeben.

Er starrte auf die Leinwand mit ihren verkümmerten Linien und der unbeholfenen Formgebung. Es lag irgend etwas darin, irgend etwas, das nichts mit den Bergen und Bäumen zu tun hatte, die er eigentlich hatte zeichnen wollen. Wenn er seiner geistigen Vorstellung erlaubte, sich vom Fokus zu lösen, dann sah er eine nach unten führende Linie, die wie ein Eiszapfen aussah, der von einem Dach stürzte. Die Bäume, die er gestaltet hatte, wurden zu Säulen aus verzerrtem Licht, die nach oben ragten, um dem Eiszapfen zu begegnen.

Alles weiß bis auf das Blut... er trieb mitten im Eis... Kälte drang langsam tief...

Seine Hand zuckte, formte die Gipfel der Berge in eine Gewölbedecke um, die von zerklüfteten Eisbrokken durchbohrt wurde. Sein Pinsel fand die Linien eines Vestibüls aus Frost und Schatten. Er beugte sich näher heran, seine Augen folgten den Fingern mehr, als daß sie sie führten.

Ich werde das nicht malen, sagte er sich immer wieder. Es ist nur eine Zeichnung, nichts weiter. Wenn ich damit fertig bin, werde ich die alten Linien darunter finden und die Leinwand mit brennend herbstlichen Blättern, dunkler, brauner Erde und grünen, dichten Kiefern bedecken.

Er hielt inne, als das Licht schwächer geworden war und er Lampen brauchte, um die Arbeit fortzusetzen. Mit einem Gefühl der Erschütterung erkannte er, daß er bereits den Grundanstrich aufgetragen hatte, den ersten Weißton mit Blau schattiert.

Vorsichtig bedeckte er die Leinwand mit einem Tuch und wischte die Hände an einem Lappen ab. Er ging in die Eingangshalle zurück und bewegte dabei die Schultern, um die Verspannung im Rücken zu lösen. Jetzt, wo seine Hände nicht länger besessen waren, waren sie kalt. Während er sich an den Kamin hockte und an der Stelle Holzscheite aufschichtete, wo ihre Vorgänger glimmende, zersplitterte Spuren hinterlassen hatten, fragte er sich, ob Sidonie bereits aufgestanden war. Der Gedanke schnürte ihm den Hals zu, irgend etwas zwischen seinen Rippen preßte sich zusammen und wand sich heftig.

Wenige Augenblicke später bekam er die Antwort, da sie die Treppe vom Westflügel herunterkam. Angesichts ihrer Erscheinung spürte er einen kurzen ungläubigen Schock. Sie ließ ihn auf der Stelle erstarren, als hätte sie die Macht wie die mythische Medusa, Männer in Stein zu verwandeln. Ein Teil von ihm dachte noch immer, daß sie so aussehen müßte wie am ersten Abend. Selbst der Teil seiner Gedanken, der die Wahrheit kannte, schien das Ausmaß der Veränderung auf gewisse Art zu unterschätzen – er war nie darauf gefaßt, wie fremdartig und gefährlich sie wirklich war. Sie trug ein Bündel Kleidung unter dem Arm.

Als er aufstand, warf sie es ihm vor die Füße. Bestürzt erkannte er die Sachen, die er am Tag zuvor entdeckt hatte. »Ich dachte, einiges davon könnte Ihnen vielleicht passen. Was für eine angenehme Überraschung, daß die Tür bereits offen war«, sagte sie. Für wenige Momente war er wie gelähmt, er war nicht in der Lage, ihren Worten irgend etwas zu entgegnen. »Ich habe Sie gewarnt. Ich habe Ihnen gesagt, Sie sollten nicht versuchen, mich zu finden. Ich dachte, Sie wären intelligent genug, mir zu gehorchen. Ich hätte es mir denken sollen.«

»Was haben Sie denn von mir erwartet?« fragte er. »Mich einfach hinzulegen und zu sterben, weil Sie es sagen?«

»Ich erwarte, daß Sie vernünftig sind!«

»Ich *bin* doch vernünftig! Wenn ich aufgeben würde, ohne zu kämpfen, dann wäre ich unvernünftig. Wenn Ihnen das nicht paßt, dann töten Sie mich doch jetzt auf der Stelle.« Er fühlte, wie ein verkniffenes, bösartiges Lächeln seine Lippen spannte. »Sie können es nicht, nicht wahr? Was auch immer ich tue, wenn Sie mich jetzt töten, dann bekommen Sie nicht, was Sie möchten.«

Sidonie sah ihn einen Moment lang an, blaugoldene Augen, nicht deutbar. Ihr eigenes Lächeln war langsam und träge wie eine sich windende Schlange. Dieses Mal gab sie sich keine Mühe, das scharfe Glänzen ihrer Zähne zu verbergen. Sie schritt über die verstreuten Sachen hinweg und stellte sich vor ihm hin, ihr Körper war nur Zentimeter von seinem entfernt. Matthew zwang sich, sich nicht zu bewegen oder wegzusehen. »Das ist wahr. Es stimmt, wenn ich Sie umbringen würde, würde es mir vielleicht leid tun. Aber Sie, Sie wären trotzdem tot.« Ihre Hand hob sich und schwebte ganz nah an seinem Gesicht, als wollte sie seine Wange mit dem Rücken ihrer Finger berühren. Er konnte nicht anders; sein Kopf drehte sich ruckartig von der angedrohten Berührung weg, seine Augen schlossen sich unwillkürlich. Er hörte ihr leises, trauriges Lachen. »Los, ziehen Sie sich um. Die rote Brokatweste und das schwarze Jackett könnten Ihnen passen.«

Ihre Stimme klang weit entfernt. Als er die Augen öffnete, hatte sie sich wieder hinter den Sessel gestellt. »Das ist alles?« fragte er, überrascht, daß sie ihre Überlegenheit und die ganze Auseinandersetzung so schnell aufgegeben hatte.

»Was gibt es noch zu sagen? Sie werden weiterhin meinen Rat mißachten, und ich kann Sie nicht daran hindern. Wenn Sie es zu weit treiben und ich beschließe, Sie umzubringen, dann können Sie mich nicht daran hindern.« Sie lächelte, diesmal mit geschlossenen Lippen, als könnte das die grausame Gleichung verschleiern, die sie aufgestellt hatte. Zu seiner Überraschung empfand Matthew diese barsche Zusammenfassung der Wahrheit als tröstlich. Zu wissen, wo er stand, verlieh ihm inmitten der Zweifelhaftigkeit seiner Situation ein gewisses Maß an Kontrolle.

Er kam zu dem Schluß, daß sie recht gehabt hatte, was die Weste und das Jackett anging, während er sich in dem kleinen Oval von Mutter Norits Spiegel betrachtete, der auf dem Toilettentisch auf der anderen Seite seines Zimmers stand. Er könnte fast für einen aus Gabriels Clique durchgehen, zumindest aus der Entfernung. War es möglich, dies zu seinem Vorteil zu nutzen? fragte er sich. Wenn seine äußere Erscheinung für Sidonie eine Rolle spielte, dann konnte er sie mühelos vernachlässigen. Konnte er sie so stark anwidern, daß sie ihn gehen ließ? Es schien ein weit hergeholter Einfall zu sein, auch wenn er sicherlich nicht weiter hergeholt war als einige der anderen Pläne, die er in Betracht gezogen hatte. Doch die entscheidende Voraussetzung dafür war eher unwahrscheinlich. Was Sidonie von ihm wollte, lag in ihm… es war unwahrscheinlich, daß das Äußere für sie von großer Bedeutung war.

Er schauderte instinktiv bei dem Gedanken, strich sich mit den Händen über das Haar, knöpfte das Hemd bis zum Hals zu und ging nach unten.

19. Kapitel

An diesem Abend war das Kleid schwarz und der Wein rot. Er beobachtete, wie Sidonie das Glas an die Lippen setzte, sah die kaum merkliche Bewegung ihres Halses beim Schlucken. Sein eigener Hals schnürte sich zu.

Sie setzte den Kelch ab und lehnte sich im Stuhl zurück, eine Hand glitt nach oben, wo sie gedankenlos die Kette streichelte, die um ihren Hals lag. Sie war golden und hatte die Form eines Halsbandes aus Dornen. Zwischen den Stacheln waren blaue Perlen verstreut, wie kobaltblaues Blut. Matthew konnte die Schatten auf ihrer Haut sehen, Spitzen aus dunklerem Gold über dem Bogen ihrer Schlüsselbeine. Er fragte sich, ob sie den Stich dieser Spitzen, wie winzige Pflöcke gegen ihre Haut, wohl spüren konnte.

Sie fing sein unverhohlenes Starren auf, er sah weg und trank hastig einen Schluck Wein. Die Flüssigkeit schmeckte warm und kräftig und hatte einen süßen Nachgeschmack. Eine Frage kam ihm in den Sinn, und er stellte sie schnell, um seine Unbehaglichkeit angesichts ihres forschenden Blicks zu überdecken. »Trinken Sie lieber Rotwein als Weißwein?«

»Wegen der Farbe?« fragte sie und griff so die Linie seines Gedankengangs auf. »Nein. Es *sieht* nur *so aus* wie Blut.« Sie lächelte ihn ein wenig an. »In dem Raum hinter der Vorratskammer ist ein Weinlager. Sie können mal einen Blick darauf werfen, wenn Sie interessiert sind, selbst etwas auszusuchen. Mir schmeckt schließlich alles gleich.«

»Ich bin auch nicht gerade ein Kenner«, gab Matthew zu. »Ich trinke alles, was billig ist oder was ein anderer gerade gekauft hat. Wenn es sich nicht um meinen Bruder Gabriel handelt, können sie sich gewöhnlich auch nichts Besseres leisten als ich.«

»Sie haben Gabriel sehr gern, oder?« Die Frage überraschte ihn. Einen Moment lang sah er sie an und überlegte, warum sie das sagte. »Nein, vermutlich ist es besser, Sie sagen nichts«, sagte sie leise in das Schweigen hinein. »Ich könnte es irgendwie gegen Sie verwenden. Ich könnte ihm etwas antun.«

»Würden Sie das tun?«

»Ich würde gern nein sagen... aber es wäre eine Lüge. Ich bin alt und verzweifelt. Ich könnte alles tun.«

»Was wollen Sie von mir?« fragte er, von ihren rätselhaften Bemerkungen abwechselnd verwirrt und aufgebracht.

»Ich will, daß Sie mir Ihr Blut zu trinken geben, auch wenn Sie daran sterben.«

»Das werde ich nicht tun.«

Sidonie zuckte leicht mit den Achseln, und die Dornen um ihren Hals verschoben sich. »Dann wäre das also für heute geklärt.« Als könnte man es jemals vergessen, dachte Matthew. Als würde es den Rest des Abends erträglicher machen, wenn man das Ritual frühzeitig vollzog.

Zu seiner Überraschung war es so. Zu wissen, daß die Frage gestellt worden und seine Antwort gegeben war, schien der Atmosphäre ein wenig von der Spannung zu nehmen. Es war fast möglich, für eine Weile zu vergessen, was sie war, ihrer Stimme zuzuhören und sich nur die stille Frau vorzustellen, die er angefangen hatte zu mögen. Dann betrachtete er das schmale, unmenschliche Gesicht wieder und kehrte schaudernd in die Wirklichkeit zurück, während er sich insgeheim wegen seiner Bereitschaft, es zu vergessen, ein wenig verabscheute.

Als er sie fragte, warum sie vor zwanzig Jahren in die Stadt gekommen war, sagte sie nur: »Kommen Sie ins Wohnzimmer, und ich werde es Ihnen erzählen.« So landete er schließlich doch wieder in dem feuerbeschienenen Zimmer, entgegen seinem Entschluß, ihre Gesellschaft so früh wie möglich zu verlassen. Sie führte ihn zu den Regalen und zeigte auf die Keramikscherben, die verstreuten Münzen.

»Jeden Tag trug ich ein Gefäß mit so einem Muster zum Brunnen und wieder zurück. Die Münzen sind mit dem Bild des Gottes geprägt, den ich mit meiner Familie im Tempel anbetete.«

»Sie haben diese Dinge all die Jahre aufbewahrt?« fragte er und berührte die nächste Münze mit dem Finger. Sie schüttelte den Kopf.

»Ich nahm nichts aus meinem alten Leben mit in mein neues. Ich nahm gerade noch meinen Namen mit. Im Laufe der Jahrhunderte habe ich fast alles, was ich besaß, häufiger verloren, als ich zählen kann. Ich erwarb diese Dinge mit Christians Geld von einem Antiquitätenhändler. Ich kaufte sie, um eine Möglichkeit zu haben, mich zu erinnern.«

Sie nahm eine der Keramikscherben und legte sie in die gewölbte Hand. Ein Finger verfolgte das schwarze Muster, das auf dem Ton schwach sichtbar war. Matthew konnte ihren Gesichtsausdruck, der hinter dem

Schleier ihrer Haare verborgen lag, nicht erkennen. »In einer der Zeitschriften, die ich abonniert hatte, las ich von Ihrem Vater. Ich wußte, daß er Zugang zu den Schriftrollen von Aquitanien hatte. Seit zweitausend Jahren hatte ich niemanden in meiner Muttersprache reden hören. Diese Schriftrollen und Gebrauchsgegenstände wie diese sind alles, was mir von dem geblieben ist, was ich einmal wußte. Neue Städte wurden gebaut, Jahrhundert um Jahrhundert, über der Stadt, in der ich geboren wurde. Ich brauchte...« Ihre Stimme verlor sich einen Moment, und sie legte die Scherbe ins Regal zurück. Dünne Finger strichen ihr Haar zurück, und sie sah ihn an. »Ich wollte nach Hause, auf welchem Weg auch immer.«

Es lag Trostlosigkeit in ihrer Stimme, und Kummer schien auf dem faltenlosen Gesicht zu lasten. Er sagte sich, daß er sich nur einbildete, menschliche Gefühle auf einem Gesicht zu sehen, das nicht menschlich war, daß diese scheinbare Verwundbarkeit wahrscheinlich nichts anderes war als ein Versuch, ihn dazu zu bringen, sich ihr auszuliefern. Aber er stellte fest, daß er keine der anklagenden Fragen stellen konnte, die ihre Geschichte aufwarf.

Sidonie machte einen Schritt von den Regalen weg und setzte sich in ihren gewohnten Sessel. Sie nahm das lilarote Umhängetuch, das über die Rückseite gelegt war, und hüllte es um ihre Schultern, als könnte sie in irgendeiner Weise die Kälte spüren. »Man hatte mir das Lesen niemals richtig beigebracht«, sagte sie. »Als ich mich verwandelte, konnte ich nur wenige Worte in meiner eigenen Sprache erkennen. Ich hatte diese nur gelernt, um... jemanden zu beeindrucken. Aber in den dazwischenliegenden Jahren habe ich eine Menge gelernt. Dieses Wissen und das wenige, das mir beigebracht worden war, reichten aus, um die Schriftrollen zu übersetzen.«

»Und doch ließen Sie meinen Vater denken, er hätte es getan.«

»Ich hatte kein Interesse an wissenschaftlicher Ehre. Ich wollte nur mit der Welt in Berührung kommen, die ich verloren hatte. Ihr Vater ist ein hervorragender Wissenschaftler; er hätte die Antwort schließlich auch allein gefunden.«

»Es ging Ihnen überhaupt nicht um die Anerkennung, oder? Es war nur eine List, um mich hierherzulocken.«

»Es war eine List, um Ihren Vater hierherzuholen«, verbesserte sie. »Und unabhängig davon, ob es für mich eine Rolle spielte oder nicht, war es nicht gerechtfertigt, was Simon getan hat. Er hat meine intellektuelle Arbeit gestohlen. Wenn ich kein Vampir wäre, würde es vielleicht eine große Rolle für mich spielen.«

Matthew lehnte sich an den Kaminsims, er spürte die Hitze des Feuers auf der Rückseite seiner Beine. Er wollte sich nicht hinsetzen, da das eine Ungezwungenheit voraussetzte, die er nicht fühlte. Es gab noch immer unbeantwortete Fragen. Er war sich nicht sicher, ob er den Mut hatte, sie zu stellen. Sidonie gab freiwillig nichts von sich preis, und die Wut des Augenblicks, die er ihr gegenüber fühlte, da sie ihn in die Enge trieb, lockte ihm die Worte aus dem Mund. »Warum haben Sie ihn verführt?«

»Habe ich das denn?« Ihre Stimme klang leise und spöttisch. »Hat er das gesagt?«

»Mein Vater ist zu sehr Gentleman, um Sie zu beschuldigen.«

»Aber jetzt, wo Sie mich gesehen haben, ist es für

Sie ganz klar, daß ich die Schuldige sein muß.« Sie schüttelte das Tuch ab und strich mit den Händen über das wirre Gehänge aus Gold an ihrem Hals. Matthew nahm den Streifen aus bernsteinfarbener Haut darunter wahr und die Weise, in der das schwarze Kleid scheinbar ganz außen auf ihren Schultern schwebte, als könnte es jeden Moment herunterrutschen. Er erinnerte sich an das bezaubernde Leuchten in ihren Augen von dem Abend in der Bibliothek. Die Hitze des Feuers wurde plötzlich zu stark. Er trat hinter den leeren Sessel zurück. Er lehnte sich auf die Rückseite und konzentrierte sich auf den Zorn, den ihre Anschuldigung in ihm erregte.

»Wollen Sie meinen Vater beschuldigen, daß er Sie verführt hat?« fragte er und vergaß dabei, daß er früher einmal ein böses Vergnügen daran gefunden hätte, die Heuchelei seines Vaters zu entlarven.

»Muß denn jemand schuld sein?« entgegnete Sidonie. »Kann man nur Verführer sein oder verführt werden? Wenn Sie mit einer Frau zusammen sind, was von beidem sind Sie dann?«

»Diese Sache hier hat überhaupt nichts mit mir zu tun.« Sie lächelte, als würde sie sich über seine Heftigkeit lustig machen, und er fühlte eine Woge aus Wut gemischt mit Verzweiflung. Er empfand es als einen schrecklichen Eingriff, daß sie von seinem Privatleben sprach und ihm dabei in Erinnerung rief, was er für immer verlieren würde, wenn er hier starb.

»Nun gut«, sagte sie schließlich. »Ich werde Ihnen die Wahrheit sagen – Sie brauchen mir nicht zu glauben, wenn Sie nicht wollen. Es war nicht meine Absicht, eine Beziehung mit Ihrem Vater anzufangen. Es ist einfach passiert. Ihr Vater begehrte mich, aus welchen Gründen auch immer. Ich hatte Heimweh nach der Welt, die ich verloren hatte, ich war glücklich, mit einem kleinen Teil von ihr wieder in Berührung gekommen zu sein. Ich war einsam.«

Und hungrig? Waren Sie hungrig? Er hörte die Worte, entfernt und verzerrt, und einen Moment lang glaubte er, sie laut ausgesprochen zu haben. Aber er hatte es nicht getan, konnte es nicht tun, nicht ohne Gefahr zu laufen, daß sich das schwarze Wasser, das er lauern spürte, über ihm schloß.

»Ich nehme an, wir sollten dankbar sein, daß Sie damals weggegangen sind.« Die Worte schienen ungefährlich zu sein, Worte, die ausgesprochen werden konnten, ohne eine Welle in der dunklen Strömung hervorzurufen, die tief in ihm dahintrieb.

»Es schien das Einfachste zu sein. Solche Sachen werden erst unangenehm, und dann gehen sie schlimm aus.« Ihre Lippen verzogen sich zu einem schiefen Lächeln. »Unabhängig davon, ob Vampire mit im Spiel sind oder nicht.« Matthew dachte an die wenigen Male, bei denen er sich auf eine Beziehung mit einer Frau eingelassen hatte, die an einen Ehemann oder einen Geliebten gebunden war, und mußte zugeben, daß sie recht hatte. »So, jetzt wissen Sie die Wahrheit. Sie können es glauben oder auch nicht. Es ist Ihnen freigestellt, einen von uns zu beschuldigen, wie es Ihnen beliebt.«

Eine instinktive Entgegnung formte sich auf seiner Zunge: Es ist nicht mein Vater, der mich umbringen will. Er schluckte sie herunter und richtete sich auf. »Ich denke, ich werde noch ein wenig malen, bevor es zu spät wird.«

»In der Küche sind mehr Lampen, falls Sie noch welche brauchen«, erwiderte Sidonie, ihre Stimme war so kühl wie seine. Als er von der Türöffnung aus zurückblickte, hatte sie das Buch vom Tisch genommen und begonnen zu lesen.

Er brauchte noch mehr Lampen und mehr Abstellmöglichkeiten für sie. Aus den verlassenen Räumen holte er sich Stühle und beschloß, am nächsten Tag einige höhere Ständer aufzutreiben. In der Unordnung der verschlossenen Räume mußte es doch irgend etwas geben, was er gebrauchen konnte. Einen Moment lang überlegte er, ob er Sidonie nach den Schlüsseln fragen sollte, dann ließ er den Gedanken fallen. Er würde die Schlösser aufbrechen und die Türen offenstehen lassen.

Er zog das Tuch von der Leinwand. Das Skelett des Gemäldes war deutlich sichtbar, trotz der Skizzenhaftigkeit seiner Zeichnung und der eintönigen Grundfarbe. Eine Weile stand er da und sah es an. Bilder zuckten durch seinen Kopf: die eisblaue Weiße seines Alptraums, der Streifen aus blaublutendem Gold über Sidonies Hals, der Kontrast zwischen strahlend honigfarbener Haut und schwarzem Samt. Er blinzelte und zwang sich zur Konzentration. Er hatte genug Licht, um am Hintergrund des Gemäldes zu arbeiten, beschloß er, besonders an der ausgedehnten weißen Fläche. Trotz der Eiseskälte zog er Jackett und Weste aus und rollte die Ärmel des Hemdes auf.

Die allabendlichen Vorbereitungen zum Malen, das Zusammenholen von Palette und Pinseln, Farben und Verdünner hatten etwas Tröstliches an sich. Er arbeitete lange Zeit, er saß auf einem Stuhl nah der Leinwand und trug die dicke weiße Farbe auf. Er erwog jedes Detail der Maltechnik genau und gründlich. Wenn sein Kopf mit den Problemen des Malens beschäftigt war, gab es keinen Platz mehr für andere Gedanken.

Schließlich hörte er ein schwaches Klopfen an der

verschlossenen Tür. Er richtete sich auf und spürte plötzlich die Spannung in den Schultern und das Stechen in den Augen. Er bedeckte das Gemälde und öffnete die Tür. Sidonie stand in Stiefeln, Männerkleidung und einem langen weiten Mantel da. »Ich dachte, daß Sie hier drin vielleicht eingeschlafen wären«, sagte sie, als wollte sie sich rechtfertigen. »Es ist schon sehr spät.«

Matthew wollte es abstreiten, dann gähnte er stattdessen. »Wohin gehen Sie?«

»Ich habe zu tun.«

»Sie gehen auf die Jagd.«

»Ja, wenn Sie möchten, daß ich offen bin. Ich gehe auf die Jagd. Soll ich Ihnen sagen, worauf ich Jagd mache?«

»Nur zu.«

»Rotwild, Kaninchen, was ich finden kann.« Als sich ihre Augenbrauen zu einem Stirnrunzeln zusammenzogen, wußte er, daß er seinen instinktiven Abscheu nicht hatte verbergen können. »Wenn Sie das stört, brauchen Sie nur ein bestimmtes Wort zu sagen, und ich bleibe hier.«

»Und dann essen Sie näher zu Hause?« führte er den Satz für sie zu Ende. »Nein, danke. Ich habe mir sowieso nie viel aus Rotwild und Kaninchen gemacht.« Diese Bemerkung vertrieb die Falten von ihrer Stirn.

»Legen Sie sich schlafen, Matthew. Wenn Sie so weitermachen, werden Sie bald meinen Rhythmus nachahmen und den ganzen Tag schlafen. Wann wollen Sie dann nach meinem Schlafplatz suchen?« Kurze Zeit glaubte er, daß ihre frühere Auseinandersetzung wieder aufbrechen würde, doch ihr Ton war nicht verletzend, es war eher ein Scherz als Spott.

»Wenn Sie darauf bestehen«, sagte er mit einem widerwilligen Lächeln. Sie drehte sich um, dann sah sie über die Schulter zurück.

»Gute Nacht. Angenehme Träume.«

Er fühlte, wie das Lächeln auf seinem Gesicht verblaßte. Er schloß die Tür und lehnte die Stirn dagegen. Er war erschöpft. Er konnte fühlen, wie die Müdigkeit an seinen Gliedern zerrte, seine Augenlider niederdrückte. Vielleicht reichte es aus, um zu schlafen. Es war zuviel verlangt, wenn er hoffte, daß seine Träume angenehm sein würden. Er mußte darauf vertrauen, daß er zu müde war, um überhaupt zu träumen.

20. Kapitel

Arael Arel Dabria Dara Farris Gabriel Geron Hamal Hariel Javan Kadi Lailah Michael Miri Neria Orel Pariel Raphael...

Die unleserliche Handschrift verzerrte sich mehr und mehr. Matthew blinzelte und rieb sich die staubtrockenen Augen. Vorsichtig blätterte er die knisternden Seiten des Tagebuchs um, ließ seinen Blick über die Muster aus verblaßter Tinte gleiten und suchte nach einer Spur von Sinn inmitten all diesen Wahnsinns.

Ich höre meine Wände, meine wunderschönen harten Wände aus süßem Stein. Sie sagen meinen Namen...

Er hatte das Tagebuch in dem benachbarten Schlafzimmer gefunden. Er hatte vorgehabt zu malen, das frühe Nachmittagslicht auszunutzen, aber festgestellt, daß er weder in der Lage war, den Palast aus Eis weiterzuführen, noch dazu, ihn zu übergehen. Lange Zeit stand er vor der Leinwand. Er konnte spüren, daß innerhalb des Gemäldes Formen darauf lauerten, freigelegt zu werden, und war sich nicht sicher, ob er dem nachgehen wollte – oder ob es überhaupt seine eigene Entscheidung war.

Aber es gab Dinge, für die er sich entscheiden

konnte. Er erinnerte sich an Sidonies Bemerkung über seine Suche nach ihrem Schlafplatz. Er hatte noch nicht alle Möglichkeiten ausgeschöpft. Obwohl es hellichter Tag war, nahm er eine Lampe und wagte sich die Treppe hinauf.

Dieses Mal verlief seine Erkundung entspannter. Er sah nicht mehr ständig auf die Uhr vor lauter Angst, daß die staubige Luft der Räume ihn in eine Falle lokken und die Dunkelheit hereinbrechen würde, ohne daß er es merkte. Sidonie wußte, daß er suchen würde. Sie würde ihn vielleicht wegen seines Ungehorsams umbringen ... aber sie hatte sowieso vor, ihn umzubringen, was hatte er also zu verlieren?

Wie zuvor fand er zwar nichts von Wert, doch unzählige interessante Dinge. Nachdem er auf Wände geklopft und Decken voller Spinnweben eingehend untersucht hatte, ließ er sich von den seltsamen Schätzen, die er in jedem Raum fand, ablenken. Er las mehrere Briefe an die unglückselige Constance von einer Freundin aus der Stadt, die ihre Abwesenheit von glanzvollen Bällen und anderen Vergnügungen beklagte. In einer Kammer fand er eine Auswahl an Manschettenknöpfen, die über den Boden verstreut waren. Golden, silbern, mit Diamanten und Rubinen besetzt, alle trugen die Initialen »AS«. Er fragte sich, wem sie gehört hatten, doch fand keine weiteren Hinweise. Die Hemden, die wie reglose Gespenster in diesem Kleiderschrank hingen, waren allerdings besonders edel, so daß er ein oder zwei von ihnen herausnahm und zu den buntgemischten Kleidungsstücken steckte, die er erbeutet hatte.

Zuletzt fand er das Zimmer, das das Gemach des Hausherrn gewesen sein mußte. Er hatte es bei der ersten Durchsuchung ausgelassen, da es den Eindruck machte, schon seit Jahrzehnten nicht mehr bewohnt zu sein. Eine dicke Staubschicht bedeckte Boden und Mobiliar, einschließlich des mit Schnitzereien verzierten Bettes, das das Zimmer dominierte. Matthew unterdrückte ein Niesen, als er in das Meer von Staub eintrat. Christian mußte hier geschlafen haben; der seltsame, wahnsinnige Christian, der dieses ungeheure Gefängnis für sich gebaut und seine Familie dazu verurteilt hatte, mit ihm darin zu sterben. Sidonie hatte jede Verantwortung für seinen Wahnsinn abgestritten, aber er stellte sich trotzdem Fragen. Wie konnte jemand mit ihr leben, ohne in den Irrsinn getrieben zu werden? Ihre bloße Existenz schien jegliche Ordnung und Vernunft zu bedrohen.

Er streckte die Hand aus und berührte einen der Bettpfosten. Seine Finger kamen staubverschmiert zurück. Er ging näher heran und betrachtete die Muster, die in das Holz geschnitzt waren. Unter der Schicht aus dünnem Grau konnte er Rosen sehen, die sich um den Pfosten wanden. Er ließ seinen Finger über die sich wölbenden Formen gleiten und spürte einen plötzlichen Stich. Er zog die Hand zurück und entdeckte einen Tropfen Blut an seinem Finger. Der Künstler hatte nicht auf die Dornen verzichtet. Sie lauerten wie Zähne unter der Staubhülle. Er dachte an die goldenen Dornen, die Sidonie um ihren schmalen goldenen Hals getragen hatte, und ein Schauder lief ihm über den Rücken.

Er hielt die Lampe hoch und sah sich wieder um. Ein schwer faßbarer Hauch von Krankheit und Verderbtheit schien dem Geruch von Verfall und Vernachlässigung beigemischt zu sein, den er aus den anderen Räumen bereits kannte. Christian war in diesem Bett gestorben, erinnerte er sich aus Sidonies Erzählung.

Innerhalb dieser Mauern war er dahingesiecht, in den Wahnsinn abgeglitten und hatte dann seinen Hals dem bösen Engel angeboten, den er hierhergebracht hatte.

Matthew drehte sich um, er hatte es plötzlich eilig, das Zimmer zu verlassen. Ein Gegenstand, der unter dem Staub auf dem Nachttisch begraben war, fiel ihm ins Auge, und er hielt inne. Er nahm das Buch und schüttelte den Staub ab. Die Seiten schlugen auf und enthüllten ein filigranes Muster aus verblaßter Tinte.

Ich beobachte wie die Sonne den Boden streift und wünsche mir sie würde sich beeilen beeilen damit sie bald wiederkommen kann...

Es waren Christians Aufzeichnungen. Matthew schlug das Buch zu, riß sich von der Staubwolke los, die vor seinem Gesicht aufstieg, und eilte mit dem Buch in der Hand aus dem Zimmer. Er schloß die Tür hinter sich und holte tief Luft. Nach der muffigen, uralten Stickigkeit des Krankenzimmers, des Totenzimmers empfand er die kühle Luft auf dem Gang als angenehm.

Er lehnte sich einen Moment lang gegen die Wand. Sein Mund schmeckte nach Staub. Er hatte den Eindruck, als hätte er stundenlang gesucht, als hätten die lange versiegelten Räume die Augenblicke verschlungen, als seien sie gierig nach dem geringsten Maß an Zeit, das ihnen vergönnt war. Er hatte eine Wahnvorstellung von dem Haus, daß es um ihn herum wuchs, Zimmer um Zimmer, so daß er niemals alle erforschen konnte. Mit einem Schaudern richtete er sich auf und eilte nach unten.

Matthew blätterte die Seiten langsam um. Aus den Eintragungen schloß er, daß das Tagebuch einige Zeit nach der Fertigstellung des Hauses einsetzte. Zunächst stieß er kaum auf Interessantes. Oft waren es nur endlose Listen von Materialien und Kosten des Hausbaus. Viele dieser Aufstellungen wurden mehr als einmal wiederholt, als wären sie Zauberworte, die erforderlich waren, damit die Steine zusammenhielten, das Dach unbeschädigt blieb. Dann begann sich der Tonfall der Listen zu verändern. Sie listeten nicht mehr Steine und Dollar auf, sondern weniger Gegenständliches: die Namen der Engel, eine Litanei begangener Verbrechen und Sünden.

Constances Tod war ihm nur einen kurzen Satz wert, dann wurde er mit in die Zauberformel aufgenommen, ein weiterer schwarzer Fleck auf der Seele des Rezitators. Wenn Abschnitte gemacht wurden, waren sie unverständlich. Die Zeichensetzung verschwand, verwandelte Sätze in nichts anderes als Litaneien. Matthew mußte sich eingestehen, daß vieles von dem, was Sidonie erzählt hatte, wahr zu sein schien. Christian haßte sich mit einem fast selbstgefälligen Ekel. Er war außerdem vollkommen wahnsinnig.

Gerade kommt sie wieder was wird sie sein sie trägt zwei Masken und ich weiß nie weiß nie welche es sein wird die die Tür öffnet aber ich hoffe oh ich hoffe es ist der Engel der böse Engel mit einem Mund so breit wie der Himmel der Nacht…

Diesmal war es die andere die Schwester die Mutter der Barmherzigkeit die das Essen bringt das in meinem verfaulten Mund verdirbt die den Abfall wegträgt den mein stinkender Körper ausstößt die den Dreck von meiner verderbten Haut wäscht

Es sah so aus, als hätte sie auch darüber die Wahrheit gesagt. Sie hatte den kranken und sterbenden Mann gepflegt. Er erinnerte sich an den Verfall seiner Mutter. Selbst zu Anfang hatte er es gehaßt, sie in ihrem Zimmer zu besuchen, ihr schmales, verzehrtes Gesicht zu sehen und den süßen, spöttischen Geruch ihrer Krankheit zu riechen. Es waren Schwestern dagewesen, die ihr den Schweiß von der Haut wischten, die ihre Hand hielten, wenn sie sich in der Nacht hin und her warf und vor sich hin murmelte. Am Ende hatten sie – namenlose, gesichtslose Wesen, die er immer nur als austauschbare, weißgekleidete Gestalten sah – seine Mutter weggeholt und ins Sanatorium gebracht. Ein Telegramm, das ihren Tod mitteilte, war alles, was von dort aufgetaucht war.

Sie hat gesagt sie kommt wieder und ich muß mich daran festhalten ich muß daran glauben mich warten zu lassen ist eine Qual mich warten zu lassen ist die Hölle aber wo bin ich sonst als in der Hölle und deshalb muß ich darauf warten warten warten daß sie zurückkommt und alles von sich wirft ihre

Seide
Federn
Pelze
Schichten
Haut

meine Schlangenkönigin meine Wolfsliebe meine Gottesanbeterin mein böser Engel mit den Flügeln eines Raben und ich höre ihre Schritte auf dem Gang das süße Knarren meines süßen Holzes das Holz das mich liebt mich liebt und sie kommt zurück zu mir mit ihren überfluteten Augen ihrem schwarzen Netz aus Haaren ihrer bernsteinfarbenen Haut und ihrem Mund ihrem

brennenden Mund ihren Eiszähnen und es gibt Qualen so heftig du kannst nicht anders als beten daß sie nicht aufhören daß sie niemals aufhören und ich bin verdammt jenseits aller Hoffnung auf Erlösung und nur mein böser Engel wird mich umarmen mit ihren
Armen
Fingern
Schenkeln
Mund
Ihrem breiten und hungrigen Mund

Matthew schloß das Buch. Staub wirbelte durch die Luft und tanzte in den letzten Strahlen des Sonnenlichts. Er sah sie nicht, sah nur einen Mann, der in diesem dornigen Bett kauerte, mit schwieligen Händen emsig kritzelte, das graue Haar ein fettiges Gewirr über dem getrübten Gesicht. Er hörte das Kratzen des Federkiels und dann das schwache Geräusch des Schrittes. Der Mann sah auf, die Augen glühten hungrig, ihr Weiß erschreckend hell. Seine Zunge, ein fleischiger Wurm, wand sich zwischen seinen Lippen. Matthew schüttelte das Phantasiebild aus dem Kopf und ging durch den Raum.

Er blieb vor der verhüllten Leinwand stehen, dann zog er das Tuch weg. Er wußte, was dort darauf lauerte, den Raum in der Mitte des Gemäldes auszufüllen. Er sah das Schwingen der Rabenflügel, so schwarz wie das Eis weiß war. Er schnappte das Skizzenbuch und hockte sich vor die Staffelei. Seine Finger griffen nach einem Stift und begannen, an einer vorbereitenden Zeichnung zu arbeiten. Er hatte diese Linien schon einmal gezeichnet, er kannte sie, hatte sie unter Lügen begraben gesehen und hatte sie bereits einige Seiten zuvor zum Leben erweckt.

Als es zum zweiten Mal an die Tür klopfte, blinzelte er und sah sich um. Das Licht war fast verschwunden. Er warf einen Blick auf die Skizze in seiner Hand. Die Flügel formten einen Bogen über der schmalen, schwarzgekleideten Gestalt. Ihre Hände waren zusammengepreßt, eine Geste, die zugleich ehrfürchtig und raubtierhaft war. Das dreieckige Gesicht war nur schwach skizziert, aber er wußte, was dort hingehörte. Er konnte den eigenartigen Bogen der Wangenknochen und die Linie der langgezogenen Oberlippe sehen.

Ihr breiter und hungriger Mund...

Es klopfte noch einmal. Er schlug das Skizzenbuch zu und öffnete die Tür. Sidonie stand in der Galerie, in düsteren, zimtfarbenen Samt gekleidet. Sie war ein Engel mit Ungereimtheiten, dachte er, wobei ihm der Gedanke gleichzeitig lächerlich erschien. Das Wort rief bei ihm immer eine Palette blasser Farben hervor: weiße Haut, graues Haar, silbergraue oder eisigblaue Augen. Trotz der Veränderungen, die ihr vampirisches Wesen unterhalb ihrer Haut bewirkt hatte, besaß sie noch immer einige Züge der östlichen Wüste, fest eingeprägt in ihrer honiggetönten Haut und der schwarzen Woge ihrer Haare.

Wieder trug sie eine ausgefallene Halskette. Diese bestand aus großen Bernsteinstücken, glatt, aber unregelmäßig geformt, die wie Tropfen auf ihrer Haut lagen. In der Mitte der Kette hing ein Teil länger herunter als die übrigen. In dem goldenen Harz konnte er die dunkle Form eines gefangenen Insekts erkennen.

Sie lächelte ihn mit geschlossenem Mund an. »Möchten Sie etwas essen?«

»Ja. Danke.« Behutsam schloß er die Tür hinter sich. Ihr Lächeln verstärkte sich, und er sah, wie ihr Blick auf seine Füße fiel. Er blickte herunter und bemerkte, daß die Aufschläge seiner Hose mit Staub bedeckt waren. Instinktiv sammelte er seine Kräfte, um ihrem Zorn zu begegnen.

»Wollen Sie mir Ihr Blut zu trinken geben, auch wenn Sie daran sterben müssen?« fragte sie leise.

»Nein«, antwortete er, er war sich nicht sicher, ob er verärgert oder amüsiert darüber sein sollte, daß sie zu glauben schien, seine rasche Zustimmung zum Abendessen ließe sich auf jegliche andere Frage übertragen. Zu seiner Überraschung zuckte sie mit den Schultern und sagte nichts mehr, nicht einmal als sie in dem stillen Speisesaal saßen und sie ihm beim Essen zusah.

»Im Zug habe ich einen Mann getroffen«, begann Matthew vorsichtig und dachte an Wills Geschichte, »der sagte, er wäre vor vielen Jahren in dieser Gegend als Fallensteller unterwegs gewesen. Er hat mir eine seltsame Geschichte erzählt von einem Mann, den er fast tot im Wald gefunden hatte und der über Kälte und Eis phantasierte, es würde das Leben aus ihm saugen. War das vielleicht ein Bekannter von Ihnen?«

»Das kann schon sein. Es kann auch das Delirium eines sterbenden Mannes gewesen sein. Die Kälte hat eine seltsame Wirkung auf den menschlichen Geist.«

»Sein Name war Mike.«

Ihre Schultern hoben sich zu einem Zucken. »Es tut mir leid. Ich frage nicht immer nach ihren Namen.« Er spürte die gleichgültigen Worte wie einen eisigen Wind, der seinen Nacken streifte. Er setzte das Glas ab und schaute sie an. Der Kerzenschein flackerte über ihr Gesicht und hinterließ Schatten, die ihre Augen verbargen, während sie die Holzmaserung betrachtete, die ihre Finger auf der Tafel nachzeichneten.

»Wie viele Menschen haben Sie ermordet?« Er erwartete, daß sie über seine Frage und die Wortwahl zornig sein würde. Sie sah auf, und ein Winkel ihres Mundes zuckte.

»In zweitausend Jahren? Sie erwarten sicher nicht, daß ich genau gezählt habe?«

»Nun gut. Wie viele im letzten Jahr?«

Nach einer Weile sagte sie: »Vier.«

»Nur vier?« wiederholte er ungläubig. Sie lachte, stand auf und beugte sich vor, um das Geschirr abzuräumen.

»Enttäuscht Sie das? Es tut mir leid, aber es waren nur vier. Der Rotwildbestand ist allerdings nicht mit eingerechnet.«

»Wenn es nur vier waren, wenn Rotwild auch den Zweck erfüllt, warum bin ich dann hier?« Sie hielt an der Küchentür inne und sah zu ihm zurück.

»Schicksal?«

»Ich glaube nicht an das Schicksal«, sagte Matthew und dachte an seine Alpträume, seine halbausgesprochenen Ängste. Er wußte, es war mehr als nur Schicksal, was er fürchtete und zurückwies. Fiel Strafe auch unter Schicksal – oder unter Gerechtigkeit? Er fing gerade noch Sidonies seltsamen Blick auf, ehe sie sich wegdrehte.

»Ich auch nicht«, hörte er sie sagen, als sich die Tür hinter ihr schloß. Lange Zeit saß er in dem leeren Saal, dann beugte er sich vor, um die Kerzen auszublasen. In der Dunkelheit überlegte er, was er tun sollte. Er könnte sich für den Rest des Abends im Ballsaal verbarrikadieren und weiter in Christians wahnsinnigen Rasereien lesen. Er könnte sich ein anderes, weniger verstörendes Buch aussuchen, um sich abzulenken, und sich auf sein Zimmer zurückziehen.

Matthew stand auf und ging in die Küche. Sie war leer. Dann trat er in die Bibliothek und blieb am Eingang zum Wohnzimmer stehen. Sidonie stand an dem Tisch vorm Fenster, ihre Finger bewegten sich über die Kräuter und Pflanzen, die dort standen. Er bemerkte, daß einige zu winzigen weißen Blüten aufgeblüht waren, die einen unerwartet starken, süßen Duft verströmten. Sie arbeitete sehr konzentriert, pflückte welke Blätter ab und klopfte die feuchte Erde in den Töpfen fest. Es war eine Tätigkeit, die so wenig zu ihrem Wesen paßte, wie ihre Erscheinung zu Christians Bild von ihr als einem Engel paßte.

»Das ist Basilikum«, sagte sie nach einer Weile, und ihre Finger streiften ein großes Blatt. »Hier ist Koriander und Schnittlauch und Minze. Es ist schwer, sie während der kalten Wintermonate durchzubringen, deshalb muß ich sie sorgfältig beobachten.«

»Warum bemühen Sie sich? Sie können sie doch nicht schmecken, zumindest haben Sie das gesagt?«

»Sie aber«, sagte sie. »Und sie sind alles, was mir von der Sonne geblieben ist.«

»Vermissen Sie die Sonne? Erinnern Sie sich überhaupt nach so langer Zeit noch daran?«

»Ich weiß nicht. Ich denke ja ... aber vielleicht sind es nur meine Träume, an die ich mich erinnere, nicht die Realität.« Sie blickte ihn kurz an, dann beugte sie den Kopf wieder über den Kräutergarten. Er bemerkte, daß sie nur seine zweite Frage beantwortet hatte. Dann fiel ihm ein, was ihn zu ihr getrieben hatte, die Frage, die von ihren letzten Worten im Herausgehen ausgelöst worden war.

»Sie sagten, Sie glauben nicht an das Schicksal? Woran glauben Sie dann? Oder gibt es nach zwei Jahrtausenden nichts mehr, woran man glauben könnte?«

»An Gott oder den Teufel, meinen Sie?« Er nickte. Sie schaute auf das vertrocknete Blatt hinab, das in ihren Händen zerbröselte. »Ich versuche nicht an Dinge zu glauben, die jenseits von mir liegen. Ich habe Götter angebetet, als ich noch sterblich war, und sie haben mich nicht beschützt. Und dennoch...«

»Dennoch?«

»Sie könnten behaupten, daß die alten Sagen wahr sind und daß das Fehlen meines Spiegelbildes das Fehlen einer Seele signalisiert. Wenn ich keine Seele haben soll, setzt das voraus, daß Seelen existieren. Wenn die Seele existiert, dann existiert vielleicht auch ein Schöpfer. Also sehen Sie«, ihre Finger hielten kurz in der Bewegung inne, »es ist oftmals ebenso schwierig, nicht an etwas zu glauben, wie es schwierig ist, auf etwas zu vertrauen.«

»In den alten Sagen heißt es auch, daß Vampire Dämonen sind, Diener des Teufels.«

»Ich bin dem Teufel niemals begegnet.« Ihre glatten Gesichtszüge verkrampften sich einen Moment lang, eine Trübung, die so kurz war, daß er dachte, er hätte sie sich nur eingebildet. »Oder zumindest hat er niemals beansprucht, der einzige zu sein. Ich habe das Böse kennengelernt – aber nicht alles kam von meiner Art.« Einen Moment lang sprach keiner von beiden. »Was ist mit Ihnen?« fragte Sidonie schließlich.

»Ich war derjenige, der in der Kirche die ganze Zeit damit verbrachte, die Glasfenster und Heiligenfiguren zu betrachten, und der den Predigten überhaupt nicht zuhörte. Vermutlich bedeutet das, daß alles, woran ich wirklich glaube, die Kunst ist. Obwohl ich vielleicht doch besser hätte aufpassen sollen«, fügte er hinzu. »Dann wüßte ich jetzt wenigstens, wie man betet.«

Sidonie kniff eine welke Blüte von einer der Pflanzen ab. Die Bewegung ihrer schmalen Finger vor dem grünen Hintergrund ließ ihn an eine dünnbeinige Gottesanbeterin denken, die sich zwischen den Blättern bewegte. »Andere haben auch gebetet«, sagte sie leise. »Es hat nie einen Unterschied gemacht.«

21. Kapitel

Als Matthew am nächsten Morgen erwachte, wußte er, daß er fliehen mußte.

Alpträume hatten seinen Schlaf zunichte gemacht. Sein Kopf war voll wirrer Erinnerungen: Er lag unter einer Decke aus Staub, er hörte das widerhallende Geräusch von Schritten, die näher kamen, und ein Schatten von großen schwarzen Flügeln fiel über sein Gesicht. Die übrigen Einzelheiten waren verschwommen, aber er wußte, daß sie in seinen Gemälden sichtbar werden würden, ob er es wollte oder nicht. Das war mit ein Grund dafür, warum er gehen mußte. Wenn er dablieb, würde er schließlich seine Kunst genauso sehr fürchten wie seine Träume. Wenn er dablieb, würde ihre kalte Verderbtheit seine Finger versteinern lassen.

Er mußte schnell handeln, dachte er, während er im Speisesaal saß und seine Handflächen gegen die heiße Kaffeetasse drückte. Auf den Gipfeln der Berge lag bereits Schnee, und er wußte nicht, wie lange es dauern würde, bis er auch das Tal bedeckte. Es brachte keinen strategischen Vorteil, wenn er wartete. Wenn Sidonie einmal wußte, daß er weggegangen war, würde sie ihm folgen, unabhängig davon, ob er heute oder an einem anderen Tag losginge. Seine einzige Hoffnung bestand darin, daß der Vorsprung, den er im Laufe eines Tages gewinnen konnte, ihm ermöglichen würde, die Bahnlinie zu erreichen, ehe sie ihn stellen konnte.

Er wußte, daß für seine Flucht ein Preis zu bezahlen war. Vielleicht würde sie ihre Drohung wahrmachen und seinen Vater bloßstellen. Das konnte er nicht verhindern. Er würde sich einfach damit auseinandersetzen müssen, wenn es soweit war. Schließlich war Simon sein Ansehen sicherlich nicht mehr wert als das Leben eines Sohnes – selbst wenn er das »schwarze Schaf« in der Familie war.

Allerdings spielte es am Ende vielleicht keine Rolle mehr. Vielleicht würde er auf dem Weg zur Bahnlinie sterben.

Matthew setzte die Tasse mit einem klappernden Geräusch ab, das in dem leeren Speisesaal widerhallte. Wenn er wirklich gehen wollte, dann konnte er ebensogut jetzt gehen. Es war noch früh am Morgen, so daß er fast den ganzen Tag hatte. Wenn er noch eine Nacht blieb, würde Sidonie seine Absicht möglicherweise durchschauen und ihn davon abbringen.

Die Vorbereitung dauerte nur kurze Zeit. Er nahm nur seine Umhängetasche mit, in die er zusätzliche Kleidung gegen die Kälte gepackt hatte, sein Skizzenbuch und einige Lebensmittel aus der Küche. Er ruderte schnell über den See, er fürchtete, daß Joseph oder Helen jeden Moment aus dem Wald auftauchten. Er wußte nicht, ob sie irgendwelche Schritte unternehmen würden, um ihn an der Flucht zu hindern, aber zog es vor, es gar nicht erst darauf ankommen zu lassen. Beide Boote waren jetzt an der Anlegestelle auf dem Festland, aber er wußte, daß er sie damit nicht lange aufhalten konnte. Im Zuge seiner Erkundung der Insel hatte er ein Ersatzboot und ein Kanu im Lagerraum entdeckt. Jetzt war ihm klar, daß er sie hätte zerstören sollen, doch es war ihm ebenso klar, daß er nicht wagte zurückzugehen.

Nachdem er einige Augenblicke unruhig überlegt hatte und sich verfluchte, daß er sich auf dem Hinweg wegen Regen und Kälte zu elend gefühlt hatte, um auf die Route zu achten, fand er den vermeintlich richtigen Weg. Er war sich leidlich sicher, daß die Bahnlinie östlich des Tals lag; solange er sich also in dieser Richtung bewegte, mußte er schließlich darauf stoßen. Mit raschem Schritt machte er sich auf den Weg.

Eine Stunde später mußte er anhalten und auf einem umgestürzten Baumstamm seitlich des Pfades ausruhen. Er schwitzte unter seinem schweren Mantel, und er hatte starke Seitenstiche. Sein Hals war trocken. Er hatte kein Wasser, da er in der Küche keine Feldflasche oder Thermosflasche hatte finden können. Bei seiner ersten Durchreise waren die Berge scheinbar mit Wasser gefüllt gewesen, doch bis jetzt war ihm noch nicht ein Bach aufgefallen.

Unter diesen Umständen würde er es niemals bis zur Bahnlinie schaffen. In der Stadt lief er zweimal so weit, ohne mit der Wimper zu zucken. Da er kein Geld besaß, hatte er oft keine andere Wahl, als sich zu Fuß fortzubewegen. Aber dort bewegte er sich auf Straßen und Parkflächen mit gemähtem Rasen und nicht auf rauhen Pfaden, die immer bergauf gingen. Er hatte auch die Höhe nicht eingeplant.

Also ist es schwerer, als du erwartet hast, gestand er sich ein. Was schlägst du jetzt vor? Zurückgehen? Darauf zählte sie ohne Zweifel, sie nahm an, daß ihr Opfer nicht die Ausdauer haben würde, die Anstrengungen der Reise zu ertragen, und in die zweifelhafte

Sicherheit ihres lauernden Netzes zurückflüchten würde.

Der Gedanke trieb ihn wieder auf die Beine. Diesmal schlug er eine langsamere Gangart ein, und es vergingen immerhin zwei Stunden, bis er wieder anhalten mußte. Als es dämmerte, hatte er keine Ahnung mehr, wo er sich befand, abgesehen von der Tatsache, daß der Sonnenuntergang in seinem Rücken bedeutete, daß er sich noch immer in östlicher Richtung bewegte. Bei Anbruch der Nacht kamen alle Gedanken zurück, die er während des Tages erfolgreich verdrängt hatte. Er erinnerte sich an Wills Geschichten von Raubtieren und Josephs beiläufiger Bestätigung. Er hatte keine Waffen und glaubte nicht, daß er sich überhaupt traute, ein Feuer anzuzünden, weil er ja wahrscheinlich verfolgt wurde.

Er lief, solange es einigermaßen hell war. Die Nacht brach herein, ohne daß der Mond aufging, und als er zum dritten Mal über eine Wurzel gestolpert war, gestand er sich ein, daß er nicht weiter konnte. Nach einiger Überlegung kam er zu dem Schluß, daß er sich unterhalb der Baumreihe, die eine offene Lichtung säumte, ein wenig sicherer fühlte als entweder im tiefsten Wald oder auf offener Flur. Mit dem Rücken an einen Baum gelehnt, den Mantel eng um sich gehüllt, aß er etwas und versuchte zu entscheiden, ob es besser war, sich schutzlosem Schlaf hinzugeben, oder die ganze Nacht wachzubleiben und zu riskieren, daß die Erschöpfung am nächsten Tag seinen Gang verlangsamte.

Er hatte nicht einmal bemerkt, daß er eingeschlafen war, bis er mit einem Schaudern erwachte. Einen Moment lang wußte er nicht, wo er war, und glaubte, die in Schwarz und Silber getauchte Landschaft, die ihn umgab, nur zu träumen. Der Mond war aufgegangen, voll und leuchtend, und er konnte die düsteren Schatten der Bäume sehen, die sich über ihm wölbten. Seufzend spürte er, wie sehr sein Körper schmerzte, und lehnte den Kopf wieder gegen den Baumstamm.

Ein Heulen ertönte. Ein zweites Heulen folgte. Bei dem Geräusch überlief es ihn eiskalt. Es klang ausgesprochen wild, wunderschön und unbarmherzig. Eine Weile saß er wie erstarrt da. Das Geräusch ertönte wieder, diesmal viel näher. Die Panik trieb ihn auf die Beine. Wie verhielt man sich, wenn man von Wölfen aufgespürt wurde? fragte er sich. Wegrennen? Stehenbleiben? Auf einen Baum klettern? Beten?

Als der erste Wolf zwischen den Bäumen auf der anderen Seite der Lichtung hervorbrach, rannte er los.

Die Nacht schien vor Geräuschen zu explodieren: das triumphierende Geheul, die knirschenden Blätter unter seinen Füßen, sein mühsames Keuchen. Er rannte blindlings durch den Wald, die Arme gegen die Zweige gerichtet, die ihm ins Gesicht peitschten. Fast wäre er gegen einen Baum gestoßen, im letzten Moment wich er aus, so daß seine Schulter den Stamm rammte. Schwankend stolperte er über einen abgebrochenen Ast und kroch auf Händen und Knien in den Blättern weiter. Im Gestrüpp neben ihm bewegte sich etwas. Das Mondlicht streifte das feurige Leuchten zweier Augen, und er hörte das schwere, feuchte Lechzen des Tiers.

Der Schrecken trieb ihn wieder auf die Beine, er stürzte sich nach vorn und gelangte auf eine kleine Lichtung. Er blieb taumelnd stehen, als er die Umrisse wahrnahm, die sich vor ihm durch das verdorrte Gras bewegten. Vier Wölfe, deren Pelz im Mondlicht silbern glänzte, liefen über das offene Feld vor ihm. Er sah ihre roten, lechzenden Zungen, das Glühen ihrer Augen, während sie ihn beobachteten. Er sah hinter sich und entdeckte zwei weitere Wölfe, die aus dem Wald hervorbrachen und sich auf die Hinterteile hockten. Die dunklen Schlitze ihrer Mäuler schienen zu lächeln.

Er machte einen Schritt auf die Lichtung und hörte ein leises Knurren. Die Wölfe hatten sich im Gras niedergelassen. Er schluckte mühsam, drückte seine Tasche gegen die Brust und machte noch einen Schritt vorwärts.

Der größte von ihnen, ein schweres, breitschultriges Tier, erhob sich und fletschte die Zähne. Matthew erstarrte. Hinter sich hörte er einen gedämpften Schrei. Die leuchtenden Augenpaare starrten jetzt an ihm vorbei. Er drehte sich langsam um und sah eine dunkle Gestalt, die sich von den Bäumen löste und ins Mondlicht trat.

Sie war für die Jagd gekleidet. Der Pelz an ihrem Kragen und den Aufschlägen ihres Mantels schien im Mondlicht in demselben silbrigen Glanz wie der Pelz der Wölfe. Ihr Haar war zurückgebunden, kein Schatten verbarg die fremdartige Architektur ihres Gesichts. Er konnte keinen Ausdruck darin lesen, nicht einmal Zorn.

»Matthew.« Ihre Stimme war nicht aufschlußreicher als ihr Gesicht. Er sagte nichts, ihm fiel nichts ein, was er hätte sagen können; nichts konnte die Dinge, die gleich passieren würden, in irgendeiner Weise aufhalten. Sie ging zu ihm, und er zwang sich, ihrem Blick standzuhalten. Einen Moment lang streifte das Mondlicht ihre Augen, und er war überrascht, darin nichts anderes als matte Resignation zu lesen. »Es ist ein weiter Weg zurück«, sagte sie schließlich. »Wir sollten losgehen.«

Matthew stand reglos da. Die Wölfe erhoben sich und beäugten ihn. Er seufzte und schulterte seine Tasche. »Wie haben Sie mich gefunden?«

»Die Wölfe waren nicht abgeneigt, Jagd zu machen«, sagte sie und forderte ihn mit einer Handbewegung auf, ihr in den Wald vorauszugehen. Das Wolfsrudel bewegte sich um sie herum und begleitete sie zum Weg. »Sie sind ein bißchen enttäuscht, daß sie ihre Beute nicht töten durften, deshalb würde ich Ihnen nicht raten, wieder wegzurennen.«

Er dachte daran, wie lange er dafür gebraucht hatte, diesen Punkt zu erreichen – und wie wenig Zeit sie gebraucht hatte. Vage Erinnerungen an Geschichten aus der Kindheit kehrten zurück, es waren verzerrte Spuren, die ihre Art in der Geschichte der Menschheit hinterlassen hatte. Besaß sie die Fähigkeit zur Verwandlung? War sie einer der Wölfe gewesen, die ihn zur Strecke gebracht hatten? Er kam zu dem Schluß, daß er kaum etwas zu verlieren hatte, wenn er fragte. Sie erwiderte kurz angebunden: »Wohl kaum. Ich mußte es in diesem Körper tun, der glücklicherweise viel stärker als Ihrer ist.« Ihr Tonfall machte deutlich, daß sie kein Interesse an einer weiteren Erörterung des Themas hatte.

Zwischen den Bäumen konnte er nicht gut genug sehen, um dem Weg zu folgen. Sidonie nahm seine Hand in ihre kalte Hand und führte ihn. Irgendwo auf der dunklen Reise stellte sie ihm die Frage, und er lehnte ab. Sonst sagte sie nichts. Als sie wieder ins Mondlicht traten, waren die Wölfe verschwunden. Er zog seine Hand aus dem eisigen Griff ihrer Finger. Sie sah ihn einen Moment lang an, dann bedeutete sie ihm mit ausgesuchter Höflichkeit, wieder die Führung zu übernehmen.

Mit schmerzenden Füßen schleppte er sich mühsam vorwärts. Er war sich sicher, daß es unmöglich war, das Haus vor Morgengrauen zu erreichen. Wenn sie es nicht schafften, dann würde sie ihn alleinlassen müssen oder Gefahr laufen, sich der Sonne auszusetzen. Alles, was er zu tun hatte, war, Zeit zu gewinnen...

Er blieb stehen und setzte sich dann seitlich des Weges nieder. Er brauchte sein mühsames Atmen oder die Seitenstiche nicht vorzutäuschen. Einen Augenblick lang stand sie über ihm, dann hockte sie sich neben ihn. »Wenn Sie nicht weitergehen«, sagte sie leise, »muß ich Sie den restlichen Weg zurück tragen.« Fast hätte er gelacht. Er war einen halben Kopf größer und eine beträchtliche Anzahl Pfunde schwerer als sie. Dann rief er sich in Erinnerung, daß sie eine Strecke, für die er den ganzen Tag gebraucht hatte, in nur wenigen Stunden zurückgelegt hatte.

»Ich habe den ganzen Tag gebraucht, um hierhin zu laufen«, sagte er trotzig. »Ich kann nicht bis zum Morgengrauen den ganzen Weg zurücklaufen.« Er sah ihr Achselzucken, und dann schlossen sich ihre Finger um seinen Arm. Die Berührung rief ein Schaudern in ihm hervor, und er war wieder auf den Beinen, ehe er Zeit zum Nachdenken gefunden hatte. »Ich laufe.«

Ungeachtet der Tatsache, daß es unmöglich war, erreichten sie das Haus noch vor Morgengrauen. Jedesmal, wenn er strauchelte, brachte Sidonie ihn unerbittlich wieder auf die Beine. Jedesmal, wenn sein Schritt sich verlangsamte, nahm sie seine Hand und zog ihn hinter sich her. Er hatte keine andere Wahl, als immer weiterzulaufen, trotz seiner mit Blasen bedeckten Füße und seiner bleiernen Glieder.

Schließlich stolperte er ins Haus und brach auf der

Treppe zusammen. Sidonies Stimme erreichte ihn von sehr weit weg. »Wenn Sie das noch einmal machen, werde ich die Wölfe rufen und Sie zur Strecke bringen – und keiner von uns wird enttäuscht werden. Ist das klar?« Es gelang ihm, mit schwerem Kopf zu nicken, aber er sah sie nicht an.

Als etwas seinen Knöchel berührte, öffnete er die Augen. Sie kniete auf dem Boden und band seine Schuhe auf. Als er sich widersetzen wollte, zog sie den ersten gerade ab. Sogar in dem schwachen Licht konnte er das Blut sehen, das seinen Fuß bedeckte. Beide hielten kurz die Luft an. »Gehen Sie nach oben«, sagte sie mit zugeschnürter Kehle. »Ich bringe Ihnen etwas für die Blasen und gegen den Schmerz.«

»Ich komme schon zurecht«, sagte er und griff nach dem Geländer, um sich auf die Beine zu ziehen, er war verärgert, daß sie Mitleid und Betroffenheit gezeigt hatte, und gleichzeitig war er sich ihrer Gefühlsregung bewußt.

Die Treppe hinaufzugehen, bereitete ihm noch mehr Schmerzen, als er für möglich gehalten hatte. Oben angekommen, hätte er fast aufgegeben und wäre am liebsten über den Gang zum Badezimmer gekrochen, aber der widerspenstige Kern in ihm lehnte das ab, solange sie es hätte sehen können. Als es seinen zitternden Fingern gelungen war, die Lampen anzuzünden, entdeckte er, daß seine Füße nicht so schlimm verletzt waren, wie er befürchtet hatte. Zwar waren beide Blasen an den Fersen aufgeplatzt, doch es blutete nur eine.

Als er die wunden Stellen abwusch, hörte er ein Klopfen an der Tür. Die Tür war verschlossen, aber er öffnete sie nicht. »Matthew?«

»Es geht mir gut. Gehen Sie weg.«

»Ich lege das, was ich an Medizin habe, vor die Tür. Machen Sie jetzt keine Dummheiten.« Vergiften Sie nicht Ihr Blut, dachte er. Das meinte sie eigentlich. Sterben Sie nicht an etwas, was ich nicht beeinflussen kann. Er sagte nichts, und einen Augenblick später hörte er das Knarren der Dielen, als sie wegging.

Vor der Tür fand er auf einem Tablett Verbandszeug, eine undefinierbare Salbe und eine Flasche Brandy. Er behandelte seinen verletzten Fuß und humpelte zurück ins Schlafzimmer, wo er die Flasche Brandy musterte. Vermutlich war sie auch eine Art Medizin. Bestimmt würde sie ausreichen, um den Schmerz zu betäuben und ihn zum Schlafen zu bringen.

Die schweren Vorhänge hielten das kommende Morgengrauen draußen, und er goß sich in der Stille ein Glas ein und erhob es zu einem wortlosen, spöttischen Toast auf die Dunkelheit, die ihn umgab.

22. Kapitel

Er war zu betrunken, um zu malen. Er wußte immer, wann er diesen Punkt erreichte, irgendein Rest von Verstand, der zu stark war, um sich vom Alkohol verführen zu lassen, ließ ihn immer innehalten, kurz bevor er die falsche Linie zog, die falsche Farbe mischte. Er sah auf die Weinflasche auf dem Tisch neben sich. Sie war fast leer.

Sie hätte dir niemals erlauben sollen, dich selbst zu bedienen, dachte Matthew verbittert. Es sei denn, sie hoffte die ganze Zeit darauf, es würde dich so sehr schwächen, daß du ihr in einem Anfall von betrunkener Verwirrung nachgeben würdest. Morgen abend würde er nicht noch einmal denselben Fehler machen, beschloß er und vergaß dabei der Einfachheit halber, daß er diesen Beschluß bereits fünf Nächte hintereinander gefaßt hatte.

Mit der üblichen Gründlichkeit reinigte er umständlich die Pinsel, dann setzte er sich auf den Stuhl und betrachtete das neue Gemälde.

Vor drei Tagen hatte er den Eispalast mit dem Engel abgeschlossen, oder war es vor zwei Tagen gewesen? Allmählich verlor er die Übersicht. Er hatte es zum Trocknen vorsichtig gegen die andere Wand gelehnt, wobei die bemalte Seite nach innen gewendet war.

Nachdem es vollendet war, hatte er noch einmal versucht, zu der vernachlässigten Landschaft zurückzukehren. Es hatte nicht funktioniert. Diesmal verwandelte sich das, was ein hoher, schlanker Baum werden sollte, in etwas anderes. Er nahm noch einen Schluck Wein und warf einen Blick auf das halbfertige Bild.

Der Hintergrund war schwarz, mit Rot und einem feinsten Hauch Purpur vermischt. Rechts der Mittellinie war das einzige wirkliche Objekt auf der Leinwand. Aus dem Baum war eine Frauenfigur geworden, die sich eng in ein Leichentuch gehüllt hatte. Er hatte nichts bis auf die erste Farbschicht aufgetragen, und der Faltenwurf des Stoffes war nur skizziert, ebenso wie die entfernte Andeutung eines Gesichts mit den starren Linien eines Schädels. Mehrere gelbe Striche bezeichneten die Stelle, an der die Halskette den Hals der Figur umgeben würde, die Stacheln ihrer dornigen Pracht waren in Rot getaucht.

Er sah an der Leinwand vorbei auf das Modell, das er zusammengestellt hatte. In einem der Zimmer auf dem obersten Flur hatte er eine Schneiderpuppe entdeckt, in einem anderen den dünnen Stoff, den er darumgewickelt hatte. Er mußte zugeben, daß es keine Entsprechung für ein lebendes Modell war, doch es würde für die technisch anspruchsvolle Aufgabe ausreichen, die Schattierung für den Faltenwurf des Leichentuchs vorzunehmen. Er schwang sich schwerfällig auf die Beine, ging zu der kopflosen Figur und rückte dabei mechanisch eine verschobene Falte zurecht, die ihm ins Auge gesprungen war. Das Gewebe war so alt, daß er glaubte, es könnte durch seine Berührung zerreißen. Es mußte einmal weiß gewesen sein, doch jetzt hatte es die Farbe von Elfenbein. Gebrauch oder Alter hatten es außerdem verschlissen und verliehen ihm eine Durchsichtigkeit, die für ein echtes Modell keine Bedeckung gewesen wäre. So wie es war, enthüllte es nur den tiefen Riß in der Mitte des Puppenrumpfes und eine Figur, die an den Hüften endete. Wenn er wollte, daß das Gemälde auch die Einzelheiten der weiblichen Form wiedergab, dann mußte er sie aus der Erinnerung oder aus seiner Vorstellungskraft schöpfen.

Der Gedanke brachte ihn zum Lachen, als er sich vorbeugte, um die Lampen zu verdunkeln, die er sorgfältig auf Tischen und Pflanzenständern um die Figur herum verteilt hatte. Es war sein Glück, daß er über eine gute Erinnerungsgabe und eine noch bessere Vorstellungskraft verfügte... sonst wäre er gezwungen gewesen, Sidonie darum zu bitten, doch für ihn Modell zu stehen. Allerdings würde sie sich ohne Zweifel genauso wenig aus diesem Porträt machen wie aus dem, das die unglückselige Constance angefertigt hatte.

Plötzlich hatte er eine Vision von Sidonie: Sie war wie die Toten aus früheren Zeiten in hauchdünne Gaze gewickelt, das seltsame Leuchten ihrer Haut war durch das Leichentuch hindurch sichtbar, der Schädel seines Gemäldes saß auf ihrem Hals. Der Gedanke rief eine grausige Erregung in ihm hervor, eine Mischung aus Furcht und Faszination. Er holte tief Luft. Ich bin betrunken, sagte er ernsthaft zu sich selbst. Ich bin betrunken, und das ist nicht Sidonie auf dem Gemälde. Auf diesem nicht und auf keinem anderen.

Er löschte auch die übrigen Lampen aus. Zu Anfang hatte er es beunruhigend gefunden, nachts im Ballsaal zu malen. Der Schein der Lichter mußte durch die breiten Fenster im ganzen Tal sichtbar sein. Er fühlte sich so verwundbar und bloßgestellt, bis er sich erinnerte, daß das wahre Ungeheuer in dieser Wildnis sich mit ihm in einem Haus befand. Jetzt blickte er nie mehr in die Dunkelheit jenseits der Fensterscheiben und kümmerte sich nicht um das, was sich möglicherweise draußen bewegte.

Matthew schloß die Tür zum Ballsaal hinter sich und stand dann einen Augenblick lang in der dunklen, leeren Eingangshalle. Auf dem Boden vor Sidonies Wohnzimmer konnte er einen Lichtstrahl sehen. Sie schien die meiste Zeit dort zu verbringen, zumindest solange er sich noch im Erdgeschoß aufhielt. Manche der Geräusche, die er nachts hörte, legten die Vermutung nahe, daß sie durch das Haus ging, wenn sie glaubte, daß er schlief. Er war sich sicher, daß sie wußte, daß er einige Zimmer geplündert hatte, um sein Atelier zu bestücken, aber sie erwähnte es nie. Obwohl er ihr niemals mehr dabei begegnet war, wußte er, daß sie jede Nacht für mehrere Stunden das Haus verließ, um die Tiere zu jagen, die sie am Leben hielten.

Er wunderte sich darüber. Keine einzige Geschichte, die er jemals über Vampire gehört hatte, beinhaltete diese Möglichkeit. Wenn sie sich von Tierblut ernähren konnte, warum brauchte sie dann seines? Doch jede Nacht, wenn sie ihm die Frage stellte, konnte er nur das eine antworten. Manchmal stellte sie sie während des Essens, und ihr Tonfall war so beiläufig, als erkundigte sie sich, wie ihm der Fisch oder der Fasan schmeckte. Manchmal erschien sie an der Tür zum Ballsaal. Einmal war er direkt nach dem Malen zu Bett gegangen, und sie hatte vor der Tür gestanden und ihn gefragt.

Am besten bringe ich die Sache gleich hinter mich, dachte er, so daß er die restliche Nacht friedlich verbringen konnte, soweit das möglich war. Er ging zur Tür des Wohnzimmers. Sidonie saß am Schreibtisch. Wenn sie so mit gesenktem Kopf dasaß und das herabfallende Haar ihr Gesicht verbarg, wirkte sie sterblich. Als er ihren Namen sagte, drehte sie sich zu ihm um, und die Menschlichkeit verschwand.

»Das war's für heute«, sagte er. »Ich gehe zu Bett. Nein, ich werde Ihnen mein Blut nicht zu trinken geben.« Sie erhob sich ein wenig aus dem Stuhl, auf ihrem Gesicht, das niemals durch Falten geprägt sein würde, spiegelten sich flüchtig Bestürzung und Betroffenheit in Form von Falten wider. Das war ein Rückschlag für sie, dachte er mit einem plötzlichen unbesonnenen Triumphgefühl.

»Matthew...«

»Nein. Das war's. Nein. Gute Nacht.« Er drehte sich schnell von ihr weg, fand seine Beherrschung wieder und zwang sich, langsam durch die Eingangshalle zu gehen, damit es nicht so aussah, als fürchtete er, daß sie hinterherkäme. Er gelangte ungestört bis zur Treppe, dann bis oben ins zweite Stockwerk. Am Geländer drehte er sich um und sah zurück. Die beleuchtete Türöffnung war leer. Er grinste, vollführte eine übertriebene Verbeugung vor dem unsichtbaren Publikum und ging in sein Zimmer.

Dort angekommen, verblaßte das Triumphgefühl. Er saß im Halbdunkel vor der Asche des erloschenen Feuers und wünschte, er hätte noch eine Flasche Wein aus der Vorratskammer mitgebracht. Er täuschte sich selbst, wenn er glaubte, daß seine winzigen Siege – die aufgebrochenen Zimmer, die Tatsache, daß er ihr schonungslos vor Augen führte, was sie war, wenn sie versuchte, ihre Andersartigkeit zu verdrängen, selbst die Gemälde – irgend etwas bedeuteten. Sogar die Suche nach ihrem Schlafplatz, die er nur noch in völlig planloser Weise fortführte, war zum Scheitern verurteilt. Selbst wenn er sie finden würde, war er nicht sicher, ob er die erforderliche Hinrichtung ausführen könnte. All seine Handlungen waren nichts weiter als die aufmüpfige Auflehnung eines Schuljungen, Gesten des Trotzes gegenüber der brutalen, unbarmherzigen Autorität der Wirklichkeit.

Er würde nie mehr nach Hause fahren. Er könnte sie jede Nacht abweisen, bis er ein alter Mann wie sein Vater war, aber sie würde ihn niemals gehen lassen. Nach dem Debakel seines mißglückten Versuchs wußte er, daß Flucht nur Selbstmord bedeuten würde; keine Rettung. Er würde alt werden und an diesem öden Ort sterben. Zwischen diesen kalten Mauern würde er nach und nach dahinsiechen. Er würde nie mehr in einem Café sitzen oder mit Freunden lachen oder den Platz zwischen seinen dünnen Laken wärmen, indem er seinen Körper an einem anderen rieb. Er würde unzählige Bilder malen, die kein Mensch jemals sehen würde, bis er eines Tages auf die Leinwand starren und einfach nichts mehr kommen würde, absolut nichts.

Er schloß die Augen und lehnte seinen Kopf zurück gegen den Stuhl. In der Stadt hatte er seine Isolation sehr geschätzt. Er hatte sich für einen Einzelgänger gehalten, zum einen von Natur aus und zum anderen als Ergebnis schmerzlich erfahrener Lehren, daß zu großes Vertrauen auch riskant sein konnte. Die vielen Stufen zu seinem Dachzimmer machten ihm nichts aus, da sie zur Folge hatten, daß weniger Leute ihn belästigten. Er ließ oft ein oder zwei Tage verstreichen, ohne ein menschliches Gesicht zu sehen, und es bereitete ihm Vergnügen. Jetzt war ihm klar geworden, wie tiefgehend er sich mißverstanden hatte. Er pflegte seine Einsamkeit, da er sie beenden konnte, wann immer er wollte. Er konnte Stunden der Abgeschiedenheit genießen, da die Stadt außerhalb seiner Fenster wartete. Jetzt, wo er sich in der denkbar größten Abgeschiedenheit befand, konnte er sie nicht ertragen. Er hatte sie ausgehalten, da er nicht gewußt hatte, wie schrecklich sie war. Er hatte sich der Illusion hingegeben, daß der Ballsaal sein Zufluchtsort war und daß die dortige Einsamkeit ihm Schutz gewährte. Wenn das so war, dann sollte er jetzt dort sein. Er sollte dort schlafen und dort essen und seinen Fuß niemals über die Grenzen setzen, die Sidonie versprochen hatte, nicht zu verletzen.

Er tat es nicht, und dies nicht nur, weil es unbequem und schwierig gewesen wäre. Er tat es nicht, da er es nicht ertragen konnte, den Kontakt zu jemand anderem aufzugeben, selbst wenn dieser andere die Person war, die ihn gefangen hielt. Er brauchte diese Stunden im Speisesaal, die Gespräche im Wohnzimmer. Er brauchte ihre täuschende Stimme und ihr ungeheuerliches, wunderschönes Gesicht.

So würde sie ihn am Ende für sich gewinnen, dachte er verzweifelt. Das war seine Schwäche. Er brauchte sie, da er es nicht ertragen konnte, allein zu sein. Bei dieser Erkenntnis überlief es ihn kalt.

Wein, er brauchte unbedingt Wein. Wenn er auch nur teilweise nüchtern einschlief, würde er in schrecklichen Träumen ertrinken. Er hatte geglaubt, daß die Alpträume das Schlimmste wären, aber er hatte sich geirrt. Ein- oder zweimal war er – aufgerüttelt und mit schmerzendem Körper – aus Träumen aufgewacht, die er sich kaum in Erinnerung rufen konnte, doch was er sich in Erinnerung rief, war schon schlimm genug. Auch wenn er den gesamten Weinvorrat des Hauses benötigte, um diese Träume unter Kontrolle zu halten, würde er ihn bis auf den letzten Tropfen leeren.

Er hatte sich schwankend erhoben, ehe er registrierte, daß er wieder die Treppe hinuntergehen und an dem lockenden Lichtstrahl ihres Zimmers vorbeigehen müßte, um an den Wein zu gelangen.

Dann erinnerte er sich an das Nethys.

Er nahm seine Umhängetasche und wühlte in ihren Tiefen nach der kleinen Dose, die seine Freunde ihm geschenkt hatten. Als er sie öffnete, fiel das Glasgefäß in seine Hand. Sogar in dem matten Licht schien es einen kräftigen, dunklen Glanz zu besitzen. Es war ein sattes Kobaltblau, das in seinem Phantasiebild bebte, er sah das Blau der Steine in Sidonies Dornenhalskette, ihren goldschillernden Augen.

Du kannst damit deine Träume sehen... Er wollte nicht die Dinge sehen, die seinen Schlaf zerrütteten. Er brauchte keine Droge, um sie zu sehen, er brauchte nur die Augen zu schließen. Vielleicht war es kontrollierbar. Vielleicht konnte er beschließen, von seinem alten Leben zu träumen, und die Droge würde ihn in dieses Leben hineinversetzen. In den verräucherten Dunst einer Bar, in die Gemütlichkeit eines Freundeskreises, in das warme Wiegen eines Körpers in seinen Armen, während schmachtende Musik um sie herum erklang. Das war es sicherlich, was sie mit Träumen meinten. Eine Droge, die einem nur das zeigte, wovor man Angst hatte, würde sich nicht verkaufen.

Er zündete die Lampe auf dem Frisiertisch an und holte Mutter Norits Spiegel hervor. Er würde ausreichen, um darauf Reihen aus indigofarbenem Pulver zu streuen. Mit zitternden Händen klopfte er das Rauschgift auf die gesprenkelte Oberfläche. Er hatte davon gehört, daß es auch über andere Wege in die Blutbahn eindringen konnte, Wege, die noch größere Genüsse versprachen, aber er hatte keine Nadel und bezweifelte, daß er sie richtig hätte gebrauchen können, hätte er eine gehabt. Das Pulver zu inhalieren, mußte genügen.

Er glitt vorm Kamin auf die Knie und legte den Spiegel auf den niedrigen Tisch neben dem Sessel. Mit großer Vorsicht beugte er sich vor, wobei er sich seiner betrunkenen Unbeholfenheit bewußt war, und inhalierte das Pulver erst durch das eine Nasenloch, dann durch das andere. Er rieb sich die Nase mit der Rückseite der Hand, setzte sich zurück und wartete darauf, daß die Träume kamen.

Nichts geschah. Es gab kein Hochgefühl. Die Welt löste sich nicht auf, um ihn in die Seifenblase eines seligen Tagtraums zu hüllen. Es gab nicht einmal unheimliche Anzeichen von den Ängsten, die er befürchtet hatte. Nach einem Augenblick begann er zu lachen. Paul und die anderen waren betrogen worden, hatten irgendein wertloses Pulver gekauft anstelle des sagenhaften Nethys. Es ging also doch nur mit Wein.

Er tastete nach der Ecke des Sessels, zog sich auf die Beine und nahm die Lampe, die ihn auf der Reise durch das dunkle Haus leiten sollte. Er bewegte sich so leise wie möglich und schritt vorsichtig die Treppe hinunter in die Eingangshalle. Der Lichtstrahl aus dem Wohnzimmer war nicht matter geworden, und er beobachtete ihn aufmerksam, während er allmählich auf den Speisesaal zuging.

Jemand sagte seinen Namen. Er blieb stehen, seine Augen waren auf das Licht gerichtet. Er konnte niemanden sehen. Sidonies Umriß erschien nicht in der Türöffnung.

Es kam noch einmal, das flüsternde Seufzen einer Stimme, die ihm vertraut erschien, gerade jenseits des Erinnerungsvermögens. Sie kam nicht vom Wohnzimmer her, sondern von der großen verschlossenen Tür hinter ihm.

Joseph oder ein anderer aus dem Dorf mußte draußen vor der Tür stehen und ihn rufen. Er drehte sich um und trat in den Vorraum. Er hörte es noch einmal, zwar verzerrt, doch unverkennbar sein Name. Der Riegel vor der Tür glitt lautlos zurück, und dann stand er draußen in der kalten Nachtluft. Er hielt die Lampe hoch und spähte über die mondbeschienene Terrasse.

»Matthew ... Matthew ...«

Es war mehr als eine Stimme, obwohl sie so stark ineinander übergingen, daß sie scheinbar wie ein einziger Ton klangen. Angesichts des Klangs erfüllte ihn ein schreckliches Sehnen. In den einfachen Silben konnte er Sehnsucht und Freude, Lachen und die süßen, feinen Klänge der Lust hören. Plötzlich erschien ihm die Nacht sehr hell. Jedes Blatt, jeder Fels war in Silber getaucht. Er setzte die Lampe ab und ging auf den Weg zu, der zur Anlegestelle führte.

Hier, hier, dachte er jedesmal, wenn er auf dem Weg um eine Kurve wankte, es muß hier sein. Die Erwartung trieb ihn vorwärts, seine Arme waren gegen die wuchernden Äste ausgestreckt, die versuchten, ihn zurückzuhalten. Wenn er seinen Namen hörte, war er jedesmal sicher zu wissen, wessen Stimme es war, doch das Wissen schien sich aufzulösen, ehe er sich darauf besinnen konnte.

Die Bäume verschwanden, und er stand oben auf

der Anlegestelle. Der See war mit einer brennendblauen Schwärze überzogen, als würde er von seiner tiefsten Stelle aus erleuchtet, die viele Kilometer unter der Oberfläche lag. Bei dem Klang seiner Füße auf den hölzernen Stufen spürte er ein entferntes Pochen der Angst, doch das Blau linderte die Angst und kühlte seine hitzige Erregung.

Am Ende des Steges blieb er stehen. »Matthew... Matthew... komm herab... komm herab...« Er sah in das Wasser zu seinen Füßen herunter. Die Dunkelheit unterhalb der Oberfläche teilte sich in große Wellen, wie Vorhänge, die von einer Bühne zurückgezogen werden. Er konnte geradewegs bis auf den Grund sehen. Dort war ein Kanu, es lag auf den Felsen, als wartete es darauf, daß er einstieg.

»Komm herab...« Die Stimmen hallten wider und wiederholten sich, einzelne Klangelemente sonderten sich ab. Er konnte die Stimme eines alten Mannes hören, gebrochen und heiser. Das eine war ein zischendes, verführerisches Seufzen, die Stimme aus seinen Träumen, die sein Herz in Honig und Samt hüllte. Das letzte war die Stimme eines kleinen Jungen.

»Komm herab...« Die ersten beiden Stimmen wurden immer schwächer. Ein Gesicht schimmerte in dem Licht unter dem Wasser. Matthew spürte, wie etwas in ihm aufbrach, und dann war der Schmerz ein Fluß, der durch ihn strömte und sein Herz durchspülte, während er einen Ausgang suchte. Sein Mund formte einen Namen, den er seit über einem Jahrzehnt nicht mehr laut ausgesprochen hatte.

»Ich habe auf dich gewartet«, sagte das Gesicht, und das Wasser teilte sich und hob das Kanu an die Oberfläche. »Steig ein.«

Da erkannte Matthew, daß der reißende Strom ihn

ertränken, seinen Mund mit salzigen Tränen verstopfen, ihn in der kalten Wahrheit versenken würde, die er so lange verdrängt hatte. Er konnte es nicht länger hinauszögern. Das war also der Grund, warum er in diese kalte, öde Wildnis gekommen war, in ein von Wasser umgebenes Gefängnis. Nicht um durch den Kuß eines Vampirs zu sterben, sondern indem er endlich die Wahrheit annahm, die Schuld, vor der er so lange weggelaufen war. Die Richtigkeit, die Unvermeidbarkeit dieses Schrittes machte keine Entscheidung mehr erforderlich.

»Ja«, sagte er leise, »ja.«

Er machte einen Schritt nach vorn.

23. Kapitel

Der Stein war so groß wie ihre Hand, ein grobes, beruhigendes Gewicht auf der Innenseite ihrer Hand. Die ursprünglich runde Form des Steines war in zwei Hälften geschnitten worden, um das Kristallnest in seinem Inneren offenzulegen. Sidonies Finger streichelten die glattgeschliffene Oberfläche, eine uralte Geste unbewußten Genusses.

Sie starrte auf das Fenster, wobei sie den Widerschein des Zimmers auf der Glasscheibe nicht sah.

Es lief nicht schlecht, sagte sie wieder zu sich selbst. Das war zu erwarten gewesen. Sie hatte es schon häufiger gesehen. Dieses Wissen schien es jedoch nicht leichter zu machen, dabei zuzusehen, wie es wieder passierte, zuzusehen, wie die dunklen Halbmonde unter Matthews Augen sich vertieften, zuzusehen, wie sein Gesicht bleich und dünn wurde. Sie vermutete, daß er nichts zu sich nahm bis auf die Mahlzeiten, die sie ihm zubereitete. Sie wußte, daß er viel zuviel trank. Er war allmählich nachlässig geworden, was sein Äußeres anging, sein Haar war glatt und ungepflegt geworden, und er rasierte sich nicht mehr.

Jede Nacht schloß er sich in den Ballsaal ein und malte. Zumindest nahm sie an, daß er das tat. Sie hatte nur den Geruch von Terpentin, der auf seinen

Händen und seiner Kleidung zurückblieb, auf den sie ihre Vermutung stützen konnte. Sie hatte ihr Versprechen, den Ballsaal nicht zu betreten, gehalten, wenngleich sie mehr als einmal in den Stunden, nachdem er schließlich zu Bett gegangen war, an der Tür gestanden und die geheimnisvollen Formen und Schatten darin betrachtet hatte. All seine vollendeten Gemälde waren mit der Vorderseite zur Wand gestellt, und sie hatte nicht die geringste Ahnung, wovon er sich zum Malen inspirieren ließ. Die seltsame Ansammlung von Tischen, Stühlen und der Schneiderpuppe schien Kreis um Kreis um seine Staffelei zu ziehen, als ob diese wirre Anhäufung ihn irgendwie schützen könnte.

Jede Nacht begab er sich später zur Ruhe, bis sie fast annehmen konnte, daß sein Rhythmus nach und nach den ihren nachahmte, so wie sie vorhergesehen hatte. Er sagte ihr, daß er immer noch am frühen Nachmittag aufstehen würde, um das natürliche Licht zu erhaschen. Es war so, als fürchte er sich davor zu schlafen, selbst in den Stunden, in denen sie hilflos und er sicher vor ihr war.

Es war entgegen ihren besten Absichten geschehen. Sie hatte mit äußerster Anstrengung versucht, ihn nicht mehr als nötig zu erschrecken, obwohl sie wußte, daß sie ihn in ein vor Entsetzen stammelndes Wesen hätte verwandeln können, wenn sie gewollt hätte. Sie hatte keinerlei Schritte unternommen, um ihn zu verführen, obwohl sie auch das hätte tun können, ungeachtet des Anflugs von Furcht, sogar von Abscheu, die sie spürte, wenn er sie ansah. Blut, das sie durch eine dieser beiden Methoden gewann, wäre nicht gut für sie; das hatte die Erfahrung sie gelehrt.

Weißt du denn, ob Blut, das du durch irgendwelche

anderen Methoden gewinnst, anders sein wird? fragte eine spöttische Stimme. Woher willst du wissen, daß es einen Unterschied machen würde, selbst wenn du das Blut von Gott trinken könntest.

Ihre Finger umklammerten den Briefbeschwerer in ihrer Hand. Sie mußte so weitermachen, als wäre es möglich. Sie mußte den Weg wählen, so gut sie konnte. Sie hatte sich von den letzten Spuren menschlichen Blutes befreit, indem sie sich seit Monaten nur von Tieren ernährte. Sie machte von keiner ihrer übernatürlichen Kräfte Matthew gegenüber Gebrauch, außer in der Nacht seiner fehlgeschlagenen Flucht. Sie würde sich darauf verlassen müssen, daß solche Maßnahmen ausreichten.

Sie hörte etwas und spürte, wie sich ihr Rücken versteifte. Sie hörte keinen Laut, bis auf einen Holzscheit, der im Feuer etwas abrutschte. Dennoch hatte sie es gehört, einen dumpfen Schlag, wie das Schließen einer großen Tür. Sie legte den Briefbeschwerer hin und trat in die Eingangshalle. Nichts bewegte sich... doch, irgend etwas hatte sich bewegt. Sie ging in den Vorraum und zog die schwere Tür auf.

Eine Lampe stand auf den Steinplatten der Terrasse. Sidonie sah um sich, keine Spur von Matthew. Warum sollte er nach draußen gegangen sein? Und wenn er einmal draußen war, warum hatte er die Lampe stehengelassen? Schwaches Mondlicht leuchtete hinter Wolkenfetzen hervor, und obwohl es für ihre Augen die Terrasse mit Licht überflutete, war es für einen Sterblichen doch nicht genug.

Hatte er noch einen Fluchtversuch unternommen, trotz der bitteren Lehren des letzten Mals? Wenn es so war, dann mußte der Entschluß aus alkoholisiertem Optimismus und nicht aus Vernunft geboren sein. Es war Wahnsinn zu versuchen, nachts zu fliehen, und das wußte er auch. Sie fühlte resignierte Wut in sich aufsteigen. Sie würde ihn finden und zurückholen müssen, ehe er sich irgendwelchen Schaden zufügte.

Sie ging den Weg hinunter und fragte sich, ob er Zeit gehabt hatte, die Insel zu verlassen. Wenn es so war, dann würde sie das Kanu hervorholen müssen, das sie im Lagerschuppen verstaut hatte. Sie war nicht in der Stimmung zu schwimmen und nicht gerade für eine Verfolgung gekleidet. Mit Glück würde ihn dieser Versuch von dem Drang zu fliehen heilen, und sie wäre nicht von jetzt an mehr genötigt, ihn in seinem Zimmer einzuschließen.

Als sie um die letzte Kurve des Weges bog, blieb sie abrupt stehen. Das ausgegossene Mondlicht enthüllte die Gestalt, die am Ende der Anlegestelle stand und in das Wasser hinunterstarrte. Er machte keinen Schritt auf das Boot zu, das am Ufer lag. Sie atmete langsam aus. Dann war es also nichts weiter als Platzangst und Elend, dachte sie und trat in den dunklen Schutz der Bäume zurück. Sie würde ihn beobachten, um sicherzugehen, daß es sich nicht in eine Flucht verwandelte, aber er sollte niemals wissen, daß sie es tat.

Dann machte er einen Schritt vom Steg herunter.

Einen Augenblick war sie wie erstarrt. Sie hörte das Spritzen des Wassers, als es ihn umschloß. Kein Aufschrei, kein Geräusch des Kampfes oder des Schocks, wie es bei der Berührung von so kaltem Wasser zu erwarten gewesen wäre. Es war nicht die Flucht, die sie erwartet hatte, erkannte sie, sondern die allerletzte Flucht.

Im Handumdrehen war sie am Ende des Steges angelangt und sprang ins Wasser, ohne dem Gewicht ihres Samtkleides Beachtung zu schenken. Sogar für ihren unmenschlichen Körper war der See bitter kalt. Sie öffnete die Augen und spähte in die schwarzen Tiefen. Hierhin gelangte nur der schwächste Schimmer des Mondlichts, aber es reichte für sie aus, um unter ihr den weißen Glanz seines Hemdes zu sehen, der reglos zum unsichtbaren Grund des Sees herabsank.

Sie tauchte tiefer und griff nach seinem Arm, ihre Finger krallten sich in den Stoff seines Hemdes. Es reichte aus. Sie zerrte ihn nach oben und durchbrach die Oberfläche, einen Augenblick bevor ihr Griff seinen Kopf aus dem Wasser heraushob. Sie hatte Zeit zu bemerken, daß er nicht atmete, dann konzentrierte sie sich darauf, ihn und sich selbst auf die Anlegestelle zu schleppen. Es kostete sie übermenschliche Stärke, aber schließlich hockte sie neben seinem auf dem Bauch liegenden Körper und klopfte mit der Hand auf seinen Rücken.

Vorsichtig, dachte sie abwesend, sonst brichst du ihm die Rippen. Sie wußte, daß Sterbliche Mittel dafür hatten, sich von dieser Art Schicksal zu erretten, und sie verfluchte sich dafür, daß sie sie nie erlernt hatte. Wenn er starb, war sie vielleicht in der Lage, ihn zu retten... doch nur, indem sie ihren eigenen Fluch an ihn weitergab. Tot oder nicht tot, es bedeutete, daß sie versagt hatte. Wenn er starb, dann hatte sie ihn umgebracht, so sicher, als hätte sie das Blut aus ihm gesaugt.

Schließlich krampfte sich sein Körper zusammen, und Hustenanfälle peinigten ihn. Sie beugte sich über ihn und strich die durchnäßten Strähnen seines Haars mit unbeholfenen Händen zurück. Seine Augen waren geöffnet, doch er schien sie nicht zu sehen. Als sie seinen Namen sagte, schien sein Blick etwas klarer zu werden, doch er tat nichts weiter, als sich zitternd vor ihr wegzudrehen.

Sie mußte ihn zurück ins Haus schaffen, bevor die Kälte zustande brachte, was dem Wasser nicht gelungen war. Das triefendnasse Kleid behinderte sie zwar, doch sie nahm ihn auf die Arme und trug ihn den Pfad hinauf. Er widersetzte sich nicht, dafür war sie ihm dankbar. Ebensowenig half er ihr, als ob seine Passivität ihre Berührung aufheben könnte.

Sein Zimmer war dunkel und kalt. Sie setzte seinen schlaffen Körper in den Sessel und hockte sich an das Feuer, um es wieder zu entfachen. Als es loderte, drehte sie sich wieder zu ihm um. Er hatte die Arme um seinen zitternden Brustkorb geschlungen, und ein Anschein von Leben war in seine Augen zurückgekehrt. Sein Haar klebte an Kopf und Hals. Sidonie strich das nasse Gewirr ihrer eigenen Haare aus dem Gesicht, wobei ihr bewußt wurde, daß ihr Kleid auf den Teppich tropfte. Sie hockte sich auf die Knie neben dem Sessel. »Matthew?« Er blinzelte, als wolle er seine Augen von Wasser befreien, und sah sie an.

»Sidonie?« Es war ein ersticktes Flüstern, ungläubig und bestürzt.

»Ja. Du bist in den See gefallen«, sagte sie, instinktiv hatte sie ihn geduzt. Das Zucken seines Mundes entlarvte die Lüge. Sie beachtete es nicht und bückte sich, um ihm die Schuhe auszuziehen.

»Ich wäre ertrunken.« Die Worte waren in einem anklagenden Tonfall gesprochen, obwohl sie nicht sicher war, ob er ihr für seinen möglichen Tod die Schuld gab oder dafür, daß es ihm nicht gelungen war.

»Du bist aber nicht ertrunken«, entgegnete sie. »Jetzt müssen wir zusehen, daß diese nasse Kleidung von deinem Körper kommt, bevor du dir den Tod holst.«

Sie erkannte das seltsame Geräusch, das er machte, als Lachen. »Ich habe mir bereits den Tod geholt... oder er hat mich geholt.« Es stimmte, gestand sie sich ein, doch sie ignorierte es. Sie kämpfte mit den Knöpfen seines Hemdes. Als ihre Hände ihn berührten, schauderte er zurück. Sie setzte sich auf die Fersen, sie war erschüttert, wie abgrundtief er sie verabscheute und welchen unerwarteten Schmerz es ihr bereitete.

»Es tut mir leid, daß meine Berührung dich ekelt«, sagte sie mit so fester Stimme wie möglich. »Es tut mir leid, daß soviel Blut an meinen Händen klebt. Aber ich möchte dir nur helfen.«

Irgend etwas zuckte über sein Gesicht, irgendeine Gefühlsregung, die sie nicht deuten konnte. Es war ein Durchbrechen der Ausdruckslosigkeit, aber sie mißtraute ihm, sie war sich bewußt, daß das, was auch immer ihn zum Wasser getrieben hatte, ihn noch nicht losgelassen hatte. Er verlagerte sich im Sessel, richtete sich langsam auf, und seine Hände, die er schützend vor seiner Brust gekreuzt hatte, fielen herab. Sidonie streckte zögernd die Hände aus, sie war nicht sicher, ob seine Geste Zustimmung bedeutete oder nicht.

Er fing ihre Finger in seinen ein und hielt ihre Hände fest, die Innenflächen zum Feuer gewandt. »Deine Hände...« Er blickte auf sie herab. »All die Menschen, die durch diese Hände gestorben sein müssen.« Er hob den Blick und starrte in ihr Gesicht, ohne zurückzuschrecken. Sie spürte den Blick, das Gewicht dieses Blicks auf ihrer Haut und den ganzen Weg hindurch bis auf ihre Knochen. »Und dieser Mund...« Seine Finger hoben sich, um die Linie ihrer Lippen nachzuzeichnen. »Von diesem mörderischen Mund umgebracht.«

»Ja.« Das Flüstern schien schrecklich laut in der Stille.

»O Gott, dein Mund...« Dann beugte er sich vor und küßte sie mit plötzlicher, schockierender Heftigkeit. Sein Mund schmeckte nach Wein und nach etwas anderem, Dunklerem. Sein Gewicht, als er aus dem Sessel sank, ließ sie beide auf den Boden in ein Gewirr von nasser Kleidung stürzen. Sie hörte ein Geräusch, wie wenn Glas splittert, aber sie konnte nicht feststellen, ob es real oder eingebildet war. Sie spürte das Blut in ihrem Kopf tosen. Sie war nicht sicher, ob es ihr eigenes war oder seins. Das hier sollte eigentlich nicht passieren, dachte sie matt, doch sie wußte, sie wollte nicht, daß es aufhörte. Entschlossenheit und Zurückhaltung verschmolzen zu einem plötzlichen Ausbruch der Begierde, die den Verstand mit blindem Drang überschwemmte. Das Verlangen brach wie eine tiefe Wunde in ihr auf.

Als sie wieder auftauchte, lagen sie ausgestreckt auf dem Teppich, sein Körper neben ihrem. Seine Hände hatten sich in dem nassen wirren Knäuel ihrer Haare festgeklammert. Als er ihren Mund losließ, zog er ihren Kopf – zu ihrem Entsetzen – an seinen Hals. Seine Haut fühlte sich unter ihren Lippen kühl an, doch sie konnte die flüssige Hitze darunter spüren, die durch seinen Körper pulsierte. Einen Augenblick lang konnte sie an nichts anderes denken, als in dieses wartende Feuer einzutauchen und all ihren Hunger, all ihre schmerzende Einsamkeit wegzubrennen.

Es ist nicht richtig... es ist nicht richtig... Ein Anflug von Vernunft durchdrang den dunklen Bann ihrer

Triebe. Sie wehrte sich gegen seine Umarmung, löste sich von ihm und bewegte sich weg, so daß sie über ihm kniete. Matthew öffnete die Augen, doch sie konnte nichts in ihnen lesen. »Mach weiter«, flüsterte er und riß seinen Kragen vom Hals. Der Pulsschlag war deutlich, flatterte unter der Haut, als sehnte sich das Blut danach, freizukommen. Sie leckte sich die Lippen und schluckte das feuchte Verlangen, das sich in ihrem Mund sammelte, herunter.

»Matthew...«

Sein Blick schwenkte zur Seite, und sie folgte ihm. Die Trümmer von Mutter Norits Spiegel lagen an der Feuerstelle. Sie erinnerte sich an das Geräusch von splitterndem Glas. Seine Hand bewegte sich blitzschnell und erwischte eine der Scherben. Sie griff nach ihm, plötzlich war sie überzeugt, daß er sich den Hals durchschneiden würde, wie eine schreckliche Opferung, doch er wich ihrem Griff aus und setzte das zackige Glas statt dessen an sein Handgelenk. Er zuckte nicht einmal zusammen, als die Kante seine Haut teilte. »Mach weiter.« Er hob sein Handgelenk zu ihr hin. Der Schnitt war nicht tief, nur eine dünne Linie Blut. Sie konnte es riechen, reich und warm, unwiderstehlicher als das kostbarste Gewürz, als der exotischste Duft. »Mach weiter.«

Ihre Hand bewegte sich instinktiv, schloß sich um seine und zog sein Handgelenk an ihren Mund. Das Blut explodierte auf ihrer Zunge. Weit entfernt hörte sie ihr Stöhnen, dann wie er den Atem anhielt, als ihre Zähne sich in seinem Fleisch vergruben.

Wenn sie mehr als einen Schluck genommen hätte, wäre sie verloren gewesen. Sie riß ihren Mund von seiner Haut, ehe das Blut sie überschwemmen, sie in dem Genuß ertränken konnte, der ihr so lange versagt gewesen war. Sie packte sein Handgelenk mit beiden Händen und hielt es gegen ihre Brust, wo sie das Blut zwischen ihren Fingern nicht sehen konnte. »Warum?« fragte sie, ihre Stimme klang dünn und verloren. Seine Augen flackerten wieder auf. »Warum tust du das?«

»Spielt das eine Rolle?«

»Ja.«

Er runzelte die Stirn, als erforderte die Antwort eine gewisse Konzentration. »Meine Zeit ist schon lange gekommen«, sagte er schließlich. »Es ist Zeit zu sterben.«

Es war keine Hingabe, erkannte Sidonie mit bitterer Klarheit. Es war Selbstmord. In diesem Moment wußte sie, daß es nicht funktionieren würde. Sie könnte ihn völlig leer trinken, doch am Ende würde er eine leblose Hülle sein, und nichts würde sich verändert haben. Das Verlangen brüllte, daß es keine Rolle spielte, daß alles, was auf der Welt existierte, dieser Augenblick sei, dieses Gefäß voller Blut unter ihr. Wütend, von Übelkeit und Erregung aufgerüttelt, stieß sie ihn von sich, dann ließ sie auch seine Hand los.

»Sterben, das kann ich von jedem bekommen.« Sie stand auf und trat von ihm weg, sie kämpfte gegen das Zittern in ihren Knien. Seine Augen folgten ihr, verständnislos und bestürzt. »Ich werde dir Tee holen. Ich erwarte, daß du im Bett liegst, wenn ich zurückkomme.«

»Aber ...«

»Wenn du mir nicht gehorchst, werde ich dich nicht umbringen, egal, wie sehr du mich darum bittest. Ich werde dich anketten, ich werde dich einsperren, aber ich werde dich am Leben halten. Hast du mich verstanden?« Einen wilden Moment lang wollte sie ihn schlagen, um ihm die Intensität ihrer schrecklichen

Macht und ihrer Entschlossenheit einzuprägen. Doch sie wagte es nicht. Wenn sie ihn berührte, dann würde sie ihn begehren, würde seinen Körper und sein Blut begehren, und dieses Mal würde sie ungeachtet der Folgen nicht fähig sein, sich zu beherrschen. Matthew richtete sich schwankend auf und blickte in sichtlich wachsender Sorge von seinem blutenden Handgelenk auf ihr Gesicht. »Hast du mich verstanden?« Er schluckte und nickte, seine Augen waren auf die rote Linie gerichtet, die ihren Weg auf seiner Haut zeichnete.

In der Küche kämpfte Sidonie damit, die unzähligen verrückten Ängste zu unterdrücken, die ihr durch den Kopf schossen. Sie hätte ihn nicht alleinlassen sollen, diesmal würde er die Bruchstücke des Spiegels entschlossener gebrauchen, er würde die Tür verschließen und sich das Leben nehmen. Und dennoch deutete irgend etwas in seinem letzten entsetzten Blick an, daß der wie auch immer geartete seltsame Wahnsinn, der ihn überkommen hatte, allmählich verblaßte. Sie glaubte nicht, daß er wirklich sterben wollte. Sterbliche hingen mit großer Heftigkeit an ihrem Leben. Tatsächlich schien es manchmal so, als sei dies der einzige menschliche Instinkt, den Vampire behielten. Was war denn ihr Leben anderes als eine zweitausendjährige Weigerung zu sterben?

Es war der Wein, sagte sie zu sich und erinnerte sich an seinen Geschmack in ihrem Mund. Die Erinnerung brachte das Verlangen in einer Welle zurück. Sie schnappte den Kessel vom Herd, goß das heiße Wasser in eine Tasse und schluckte es mit brutaler Überlegung. Es tat weh, wenn sie sich auch nicht verbrühen konnte, doch es wusch den Geschmack seines Blutes und seines Kusses weg.

Als sie die Treppe wieder hinaufging, mit dem Tee in der Hand und nachdem sie ihr verdorbenes Kleid gegen ein anderes ausgetauscht hatte, hatte er sich hinter dem zweifelhaften Schutz der Bettvorhänge verbarrikadiert, er schlief tief und fest.

24. Kapitel

Er hatte schreckliche Träume gehabt. Matthew lag in der Dunkelheit und erinnerte sich mit erschreckender Lebhaftigkeit an das Gesicht, das ihn von der Anlegestelle herabgerufen hatte, die Empfindung des eiskalten Wassers, das sich über seinem Kopf schloß, das Gefühl, wie Sidonies Körper in seinen Armen lag. Vielleicht wirkte Nethys tatsächlich auf diese Art und Weise; es verlieh den Träumen eine innere Kraft, die so stark war, daß man glaubte, sie wirklich erlebt zu haben.

Vielleicht *hatte* er sie aber auch erlebt. Der fürchterliche Gedanke trieb ihn schwankend auf die Beine, und er zog die schweren Vorhänge zurück. Er drehte sich um und musterte das Zimmer im schwachen Sonnenlicht. Er fand keine Spur von dem zersplitterten Spiegel am Kamin. Erleichtert holte er tief Luft, dann bemerkte er das winzige Glasgefäß auf dem Nachttisch. Selbst vom Fenster aus konnte er sehen, daß es leer war. Er fluchte und packte das Gefäß, schüttelte es, um ganz sicher zu sein.

Er hatte das Rauschgift genommen, das stand fest. Möglicherweise war der Rest nichts als eine Halluzination gewesen. Doch wenn das so war, müßte Mutter Norits Spiegel auf dem Frisiertisch liegen, und das war nicht der Fall. Wenn alles nur rauschbedingter Wahnsinn gewesen war, dann dürfte kein Schnitt an seinem Handgelenk sein. Er fuhr mit dem Finger über die schmale Kruste, der Stich erinnerte ihn an den Schmerz. Mit einer Mischung aus Angst und Faszination hob er den Arm und spähte auf die Wunde, er suchte nach Spuren von Sidonies Zähnen. Rechts und links des Schnittes waren zwei winzige Kerben.

Sein Magen verkrampfte sich, und Übelkeit stieg in seiner Kehle auf. Er gelangte rechtzeitig ins Badezimmer, um sich zu übergeben. Er fühlte sich fiebrig und zitterte in der kühlen Luft, trotz des Schweißes, der glänzend auf seiner Haut stand. Er kroch zurück ins Bett und verfluchte alles; seinen Vater, seine Freunde, die Droge, Sidonie, sich selbst. Vor allem sich selbst. Er hatte seinen Selbstmord genauso verpfuscht, wie er seine Flucht verpfuscht hatte. Am schlimmsten war, daß er ihn gleich zweimal verpfuscht hatte, dachte er bitter, ehe er wieder in fiebrigen Schlaf fiel. Vielleicht mußte er sich mit der Schande einer tödlichen Lungenentzündung begnügen.

Als er Stunden später erwachte, fing alles wieder von vorn an: die Zweifel, die Bestätigung, der Brechreiz. Beim nächsten Mal blieb nur der Brechreiz übrig. Als er das Klopfen an der Tür hörte, wußte er, daß er nicht an einer bequemen Krankheit sterben würde, ob er wollte oder nicht.

»Geh weg«, sagte er zu der verschlossenen Tür. Sie öffnete sich ein wenig.

»Matthew?«

»Geh weg.«

»Wie geht es dir?« Die Tür bewegte sich noch ein paar Zentimeter. Der Strahl des Lampenlichts glitt in die Dunkelheit des Zimmers.

»Gut. Prächtig. Nie besser gefühlt. Geh weg.«

»Bist du krank?«

»Nein.« Der Lichtstreifen verbreiterte sich. »Komm nicht herein. Ich will dich nicht sehen.« Ihm war bewußt, daß er gereizt klang, aber es kümmerte ihn nicht.

»Dann schließ die Augen«, folgte die spitze Antwort, und die Tür öffnete sich ganz. Sidonie stand da, die Lampe in der einen, das Tablett in der anderen Hand. Er sah weg, doch nicht ehe er die übliche Erschütterung angesichts ihrer unirdischen Erscheinung gespürt hatte. »Ich will lediglich Feuer machen und etwas zu essen bringen. Wenn du mich nicht sehen willst, mußt du die Augen schließen.«

Einen Moment lang überlegte er, ihre Worte zu befolgen, doch zu guter Letzt gestand er sich ein, daß es kindisch wäre, selbst in seinem gegenwärtigen Zustand. Er zuckte die Achseln und lehnte sich so im Bett zurück, daß er die dunklen Muster des Baldachins über seinem Kopf eingehend betrachten konnte. Er hörte das dumpfe Aufprallen der Holzscheite auf dem Eisenrost, dann das Kratzen eines Streichholzes. Der Schein des Feuers streifte die verblaßten, üppigen Rosen über ihm.

Sidonie stellte das Tablett auf dem Frisiertisch ab und setzte sich auf die Bettkante. Als sich die Matratze unter ihrem Gewicht senkte, blickte Matthew zu ihr hin. Sie trug ein weißes Hemd, eine schwarze Hose und ein Jackett darüber. Es fiel ihm schwer, sie anzusehen, den unmenschlichen, aber unnatürlich eleganten Bogen ihrer Wangenknochen, die schmale Linie ihres Kinns, die dunklen, nicht deutbaren Augen, den breiten, blassen Mund. Dieser Mund, guter Gott, er hatte diesen Mund *geküßt*, hatte ihn an seinen

Hals gehalten. Der ungebetene Gedanke wühlte die Erinnerung an schändliche, schreckliche Lust auf. Er hatte diesen mörderischen Mund geküßt, und er hatte es sogar *genossen*. Er sah zur Seite, ehe sein Gesichtsausdruck ihn verraten konnte.

Er spürte das Gewicht ihrer kühlen Handfläche auf seiner Stirn. »Ich bin keine Expertin auf dem Gebiet der Humanmedizin, aber ich würde annehmen, daß du nicht stirbst«, sagte sie.

»Zumindest nicht an Lungenentzündung.« Die Hand zog sich zurück, und es herrschte Schweigen.

»Willst du mir dein Blut zu trinken geben, auch wenn du daran sterben mußt?«

»Nein.« Er sagte das Wort mechanisch, ohne zu zögern. Aus den Augenwinkeln sah er sie mit den Achseln zucken, dann spürte er, wie sich ihr Gewicht vom Bett erhob.

»Gute Nacht, Matthew.« Die Tür schloß sich hinter ihr. Eine Weile lag er still da und fragte sich, was sie wohl tun würde, wenn er sich weigerte, jemals wieder aufzustehen. Sich weigerte zu essen, sich um irgend etwas zu kümmern. Er hörte ihre Stimme: Ich werde dich anketten, ich werde dich einsperren, aber ich werde dich am Leben halten. Er wußte, daß sie diesen Kampf um Willensstärke gewinnen würde. Seine Schwächen würden ihn verraten, seine Unfähigkeit, Langeweile und Einsamkeit auszuhalten.

Noch immer spürte er den Sog der verführerischen, dunkelblauen Tiefen des Sees. Ob es nun eine Halluzination war oder nicht, dieser letzte Schritt von der Anlegestelle hatte schon lange auf ihn gewartet. Er hatte ihn mit Alkohol und Drogen, mit Sex und Sinnesfreuden unter Kontrolle gehalten. Als er den Geschmack an Exzessen verloren hatte, glaubte er, seine

Kunst, sein Leben würde stark genug sein, um ihn auf Dauer am Ufer zu verankern. Vielleicht wäre es so gewesen, wenn er in der Stadt geblieben wäre. Als ihm das für ihn bestimmte Ende versagt worden war, hatte er sich um ein anderes bemüht, indem er sich in die Umarmung seiner Henkerin geworfen hatte. Beides hatte er im Bann des Nethys getan – er glaubte nicht, daß er eins von beidem ohne die Droge tun könnte.

Dennoch wußte er, unabhängig davon, ob er der Lockung des Sees oder der blutigen Unterwerfung Sidonie gegenüber erlag, daß er nicht daliegen und dahinsiechen konnte. Seufzend warf er die Decken zur Seite und kletterte zitternd ins Leben zurück.

Eine Stunde später wagte er sich in die Küche hinunter. Sidonie sah er nicht. Aus ihrem Wohnzimmer kam kein Licht. Er nahm sich eine Flasche Wein und ging in den Ballsaal. Nachdem das erste vorsichtige Nippen ihn allmählich wärmte, machte er sich beim Schein der Lampen an die Arbeit.

Unter seinen Pinselstrichen hob sich die aschfahle Gestalt deutlich ab. Als er zurücktrat, um das Bild zu betrachten, fand er die Veränderungen sowohl zufriedenstellend als auch beunruhigend. Das Gemälde hatte etwas von seiner Verhaltenheit verloren und eine gewisse beladene Schärfe hinzugewonnen, die ihm auf ästhetischer Ebene gefiel. Die verhüllte Gestalt war kein drohendes Nichts mehr. Seine Pinselstriche hatten den Körper unter den gewundenen Leintüchern herausgebracht und das Gesicht von anonymer Starre in eckige Schönheit verwandelt. Auf den üppigen Mund war rote Farbe aufgetragen worden, so daß er die blutende Halskette widerspiegelte.

Kurze Zeit war er von dem Drang ergriffen, den breitesten Pinsel zu nehmen oder eines seiner Messer und die Gestalt mit der dicksten, dunkelsten Farbe, die er zusammenmischen konnte, auszulöschen. Er holte tief Luft. Das Gemälde blieb, was es war. Wenn es nicht mehr das war, was es zu Anfang gewesen war, so spielte das keine Rolle. Die Gestalt stellte niemanden dar, war nicht das Abbild irgendeiner lebenden Frau. Noch irgendeiner untoten Frau, sagte er grimmig zu sich. Wenn es Ausdruck von Schrecken, von Todesangst und ihrer Lockung ist, dann war das nur zu erwarten gewesen. Jeder Künstler in seiner Situation hätte das gemalt, es war nur natürlich.

Matthew nippte ein wenig am Wein, eine Art Toast, um den Entschluß zu besiegeln, und kehrte dann zu seinem Werk zurück. Die Falten und Schattierungen des Tuchs zu gestalten, erforderte sorgfältige, detaillierte Arbeit. Er mußte nah an der Leinwand stehen, da er sich jeweils auf eine Linie konzentrieren mußte. Bei dieser Arbeit gab es keine Zweifel, keine Notwendigkeit, sich nach dem Was oder dem Warum oder dem Wer zu fragen. Er ließ diesen Zustand so lange wie möglich anhalten.

Noch in dieser Nacht beendete er das Gemälde, er konnte nicht aufhören, selbst als sein Rücken zu schmerzen und seine Schultern sich zu verspannen begannen. Als er fertig war, bedeckte er es wieder und stürzte kurz hintereinander zwei Gläser Wein hinunter. Die Flasche nahm er mit auf sein Zimmer.

Dies wurde der Rhythmus der Nächte. Er stand immer später auf. Er hielt sich vom Speisesaal fern, und Sidonie stellte sein Abendessen vor die Tür zum Ballsaal. Er fragte sich, ob sie ihn eines Tages auffordern würde, für sich selbst zu sorgen, aber sie tat es nicht. Nur einmal sah er Helen, als sie gerade auf dem Weg zurück ins Dorf war, doch mehrmals stieß er auf saubere Wäsche vor seiner Tür. Einmal lag ein neuer Spiegel oben auf dem Stapel. Er mied Sidonie so viel wie möglich. Zu seiner Überraschung war das leichter, als er sich vorgestellt hatte. Sie klopfte an die Tür des Ballsaals, und wenn er die Tür einen Spalt breit aufspringen ließ, stellte sie die Frage. Jedesmal wies er sie zurück. Jedesmal ging sie weg. Er wußte nicht, wohin sie ging oder was sie tat.

Es fiel Schnee, der das Tal weiß bedeckte. Der See wurde grau und unruhig. Matthew ging nicht nach draußen, selbst dann nicht, wenn der Sonnenuntergang, vor dessen Rot sich die Umrisse der vereisten Bäume abhoben, ihn drängte, sein Skizzenbuch hervorzuholen. Er wußte, daß, wenn er das Haus verließe, er an der Anlegestelle landen würde.

Er begann ein neues Gemälde. Diesmal bildete er sich nicht ein, eine Landschaft ins Auge zu fassen. Ein Bild lauerte auf dem Grund seines Hirns, noch unscharf und doch schöpferisch. Wenn er vor der Leinwand stand, trat es hervor, und er ließ es gewähren. Sein Pinsel bewegte sich und zeichnete eine wellenförmige Linie, die aussah wie ein Haarschopf unter Wasser. Während er arbeitete, sah er die Farben: unzählige Schattierungen von Blau, ein Funke Rot, ein einsamer Hauch Gold, ein ertrinkendes Wimmern aus Weiß. Diesmal machte er sich nicht einmal vor, nicht zu wissen, was er gerade malte. Er wußte, daß die Farben sich in eine mörderische Sirene verwandeln würden, die sich aus einem schwarzblauen Abgrund erhob.

Wenn das Bild fertig war, würde er neues blaues Pigment brauchen. »Die erste Farbe des Schattens« hatte er es in einem seiner Aufsätze an der Kunsthochschule genannt. Genau die Farbe, die er zugunsten der leuchtenden Wärme von Rot gemieden hatte, als hätte er im Unterbewußtsein gespürt, daß die Schatten ihn eines Tages überwältigen würden.

Jede Nacht trank er, um die Träume zum Schweigen zu bringen, die dennoch kamen. Er wachte nachts mehrmals mit hämmerndem Herzen auf, krank und zitternd. Einige der Träume waren angsteinflößend, einige erotisch, andere eine gräßliche Mischung aus beidem. Er fürchtete sich vor allen.

Dann eines Abends ging er in die Vorratskammer, um eine Flasche für die Nacht auszuwählen, und entdeckte, daß die Kammer abgeschlossen war.

Er fand Sidonie lesend im Wohnzimmer vor, sie hatte es sich in einer lässigen Haltung, die er nie zuvor an ihr gesehen hatte, in ihrem Sessel bequem gemacht. Er stapfte in die Mitte des Zimmers. Sie sah auf. »Wo ist der Schlüssel zur Vorratskammer?«

»Warum? Hast du vor zu kochen?«

»Ich hätte gern Wein.« Sie kennzeichnete die Stelle in ihrem Buch, legte es beiseite und richtete sich im Sessel auf.

»Damit du dich wieder betrinken kannst und dann in den See springst? Ich habe keine Lust, noch ein Kleid zu ruinieren, wenn ich dir zu Hilfe komme.«

»Es war nicht der Wein, der mich dazu gebracht hat. Ich habe eine Droge genommen, die Nethys heißt. Ich habe nichts mehr davon, also hast du nichts zu befürchten.«

»Du trinkst zuviel.«

»Was, meinst du, soll ich denn sonst tun? Wie soll ich das sonst aushalten?« Er ballte die Fäuste, wütend über ihre Gelassenheit und seine eigene Hilflosigkeit. Nie zuvor hatte er sich auch nur vorgestellt, eine Frau zu schlagen, doch einen verrückten Moment lang wollte er ihr einen Hieb versetzen. Wenn er es tat, würde es sie soweit treiben, daß sie ihn umbrachte?

»Ich habe mein Bestes getan, um es für dich erträglich zu machen«, sagte sie nach einer Weile mit leiser Stimme. »Ich weiß nicht, was ich sonst noch tun kann.«

»Laß mich gehen.«

»Das kann ich nicht.«

»Dann laß mich trinken!« Der Schrei schien in dem kleinen Zimmer nachzuhallen. Ihr Blick fiel von ihm ab, und er sah, wie sich die Finger in ihrem Schoß wanden. Er atmete langsam, um sich zu beruhigen. »Es ist der einzige Weg, wie ich mit den Dingen leben kann, die ich weiß, den Dingen, die ich gesehen habe. Bitte, Sidonie.«

»Warum hast du gesagt, es sei Zeit für dich zu sterben?«

»Ich hatte Halluzinationen. Spielt das eine Rolle?« Er gab die Frage an sie zurück, um sie abzulenken, doch sie rief eine erschreckend lebhafte Erinnerung an das letzte Mal hervor, als er diese Worte gesagt hatte, als er auf dem harten Boden gelegen und das verführerische Gewicht ihres Körpers auf seinem gespürt hatte.

»Ja«, sagte sie, genau wie sie es in jener Nacht getan hatte.

»Das geht dich nichts an.«

»O doch, wenn du möchtest, daß ich deiner Bitte nachgebe.«

»Das ist Erpressung«, murmelte Matthew und sah, wie sich ihr Mundwinkel hob.

»Dann laß es einfach«, sagte sie und griff nach dem Buch. Er ging zum Schreibtisch und starrte auf sein Spiegelbild im Fenster. Sein Gesicht war schmal, seine

Augen hatten dunkle Ränder, sein Haar war wirr. Ein Betrunkener, dachte er verzweifelt. Ich sehe wie ein Betrunkener oder Süchtiger aus. Er überlegte, ob er versuchen sollte, ohne den Dunstschleier des Alkohols zu schlafen, und sein Herz zog sich schmerzhaft zusammen. Seine Hände packten die Rückenlehne des Stuhls vor ihm.

»Warum bin ich sonst hierher geschickt worden?« sagte er schließlich leise. Sie schwieg, als hätte sie nichts gehört.

»Ich hatte nicht angenommen, daß die Menschen der Neuzeit an das Schicksal glauben«, sagte sie. Matthew schloß die Augen und schluckte ein Lachen hinunter. Sie dachte, sie hätte eine Antwort gefunden, vielleicht würde sie jetzt nachgeben. Er hörte das Rascheln ihres Kleides, als sie aufstand. »Aber du glaubst nicht daran... das hast du mir gesagt.« Er konnte die Verwirrung in ihrer Stimme hören und wußte, daß sie sich nicht hatte täuschen lassen. »Du glaubst doch nicht im Ernst, daß dein Vater weiß, was ich bin?«

Ihre Stimme klang gedämpft, als wäre er unter Wasser. Er bemühte sich um eine Antwort. »Nein. Doch. Ich weiß nicht. Weiß er Bescheid?«

»Wenn er es gewußt hätte, hätte er dich dann hierher geschickt?« Die Frage schien lange Zeit in der Luft zu hängen. »Oh, Matthew, das darfst du nicht denken. Simon hat es nie gewußt, das schwöre ich dir.« Er spürte das Mitleid in ihrer Stimme wie ein Gewicht, das die Luft aus seinen Lungen preßte.

»Das scheint kaum möglich.«

»Es ist aber die Wahrheit.«

»Er war dein Geliebter.«

»Nur für eine Nacht. Ich habe ihn niemals die Wahrheit sehen lassen. Ich habe niemals sein Blut getrunken.« Ihre Stimme kam näher, bis er sie an seiner Schulter spüren konnte. »Er hat dich nicht zum Sterben hierher geschickt. Warum stellst du dir so etwas nur vor?«

Er fühlte sich von ihren Fragen, von ihrer Wärme an seinem Rücken in die Enge getrieben. Er drehte sich weg und schritt blindlings auf die Tür zur Bibliothek zu, deren Dunkelheit Schweigen und Frieden versprach. Sie packte seinen Arm. »Sag es mir.«

»Laß mich gehen. Du hast gesagt, ich sei frei.« Er versuchte sich zu befreien und wußte im gleichen Moment, daß er es nicht konnte, daß ihre übermenschliche Kraft ihn festzuhalten vermochte, bis die Berge ringsum zu Staub geworden waren. Zu seiner Verwunderung ließen ihre Finger ihn los.

»Warum bist du zum See gegangen? Was hast du darin gesehen, daß du sterben wolltest?« Er schritt auf die Tür zu, er hatte das Gefühl, als liefe er durch Schlamm. »Was ist das bloß, was dir soviel Schmerz bereitet?«

Er war an der Tür. Er war fast frei. Wenn er hindurchging, konnte er in seine Abgeschiedenheit zurückkehren. Er konnte lernen, sie ohne Alkohol zu ertragen. Oder vielleicht konnte er selbstgebrannten Alkohol im Dorf kaufen. Er konnte es durchhalten. Ein sprödes Lachen kratzte in seiner Kehle. Er würde durchhalten bis zu dem Tag, an dem er seine Kehle durchschnitt oder in den See ging oder sich den Zähnen der Wölfe auslieferte. Bis zu dem Tag, an dem Einsamkeit und Verzweiflung die Tür öffneten, die schon immer auf ihn gewartet hatte.

Und wenn er es ihr sagte? Würde irgend etwas anders werden? Würde sie zulassen, daß er sich im Vergessen des Alkohols ertränkte, der das Ende nur hinauszögerte, doch nicht veränderte?

Es gab nur einen Grund zum Reden; er wollte, daß sie es wußte. Vermutlich sollte er es jemandem erzählen, ehe er starb. Es hieß ja, beichten sei gut für die Seele.

»Ich hörte Stimmen, die nach mir riefen«, begann er zögernd. »Ich hörte Christian. Ich hörte deine Stimme, voller Seetang und Seide und ...« Die Worte blieben ihm im Hals stecken.

»Das war es also, was du im See gesehen hast?« fragte sie leise. »Christian? Mich?«

»Nein. Ich habe Raphael gesehen.«

»Raphael?«

»Meinen Bruder. Meinen Bruder, der ertrunken ist.«

25. Kapitel

Sidonie trat vorsichtig einen Schritt zurück. Sie hatte zweitausendjährige Erfahrung darin, die geheimen Schlüssel zu den Herzen der Sterblichen zu deuten, doch sie brauchte keinen von ihnen, um das Leid zu erkennen, das ihn umschloß. So neugierig sie auch war, sie wußte, daß sie keinen weiteren Druck mehr auf ihn ausüben durfte. Alles, was sie tun konnte, war, ihm die Gelegenheit zu geben, das zu Ende zu bringen, was er begonnen hatte.

Einen Augenblick lang verharrte er an der Tür und starrte in die Bibliothek. Schließlich trat er zurück und ging zum Kamin hinüber. Er sah sie nicht an und hockte sich nur dort nieder. Während er im Feuer stocherte, setzte Sidonie sich leise auf den Hocker neben ihrem Sessel.

Sie hatte noch nie von Raphael gehört. Sie hatte sich über Simons Leben erkundigt, bevor sie ihren Plan in Angriff genommen hatte, doch hatte nur herausgefunden, daß seine Frau tot war und seine drei Söhne erwachsen. Sie wußte, daß seine Frau in der Zeit, als sie zusammen waren, ein viertes Kind erwartet hatte, doch hatte sie angenommen, daß es zu einer Fehlgeburt gekommen war.

Für die Dauer eines Holzscheits, das vom Feuer verzehrt wurde, grübelte Matthew in Funken und Splitter hinein, dann legte er den Schürhaken hin. »Ich war fünf, als Raphael geboren wurde. Peter, Gabriel, Matthew und Raphael… Ich sollte dankbar sein, daß der Hang meines Vaters zur Bibel sich wenigstens auf einigermaßen gebräuchliche Namen beschränkte. Sonst hätte ich am Ende Ephraim oder Nehemiah anstelle von Matthew heißen können. Es hieß immer, ich sei ein kränkliches Kind gewesen. Bis ich fünf war, hatte ich eine Krankheit nach der anderen, dann beschloß vermutlich irgend etwas in meinem Körper, daß es sich doch lohnte zu leben. Von da an war ich gesund, aber ziemlich verwöhnt. Es war für mich selbstverständlich, gepflegt und gehätschelt zu werden. Ich konnte mich nicht länger darauf verlassen, daß Gabriel und Peter mich nicht schlugen, weil ich ja krank war… nicht, daß es sie vorher jemals wirklich davon abgehalten hätte.

Ich hatte absolut kein Interesse daran, daß ein jüngerer Bruder meinen Platz als Nesthäkchen der Familie einnahm. Ich beschloß, ihn zu hassen. Aber es war unmöglich, Raphael zu hassen, nachdem er dem Säuglingsalter entwachsen war. Er war hartnäckig und furchtlos, wißbegierig und aufgeweckt. Er weinte nur selten, und mit seinem Lächeln konnte er dich um den Finger wickeln. Peter und Gabriel waren natürlich der Meinung, sie seien viel zu alt, um mir irgendwelche Beachtung zu schenken, und Raphael zählte für sie noch weniger. Da sie uns nicht duldeten, war es vermutlich selbstverständlich, daß wir immer zusammen spielten. Zu meiner großen Verwunderung entdeckte ich, daß es mir gefiel, sein größerer Bruder zu sein. Für mich war es eine neue Erfahrung. Zum ersten Mal in meinem Leben war ich derjenige, der bewundert wurde und den Ton angab, anstatt der Bewunderer, der Anhänger zu sein. Ich beschwerte mich, wenn er hinter mir her trottete, aber insgeheim genoß ich es.«

Er nahm den Schürhaken, stieß einmal in die Glut und legte ihn wieder hin. Sidonie betrachtete sein Profil und versuchte in seinem Mundwinkel, in den zusammengezogenen Augenbrauen die Worte zu lesen, die er nicht aussprach.

»Aber je älter ich wurde, desto mehr wurde mir bewußt, daß der Kern dieser Genugtuung eine Angst in sich barg. Ich wußte, daß ich von meinem Sockel herunterstürzen würde, genau wie es bei Peter und Gabriel der Fall gewesen war. Ich hatte sie beide zu meiner Zeit angebetet, auch wenn es so schien, als würden wir uns Jahr um Jahr weiter auseinanderentwickeln. Peter und ich hatten nichts gemeinsam, und Gabriel mußte seine eigenen Kämpfe ausfechten. Ich wußte aus Erfahrung, daß Raphael eines Tages höher klettern, schneller rennen oder seine Additionen schneller schaffen würde als ich, und dann wäre ich nicht mehr der Heilige Matthew, der Held, der Angebetete. Dann wäre ich nur noch ein gestürztes Idol mehr. Ich würde nur noch ein weiterer älterer Bruder sein, der ihn aufgebracht und wütend machte und der sterblich war. Und ein Teil von mir nahm ihm immer noch die Kränkungen übel, die ältere Geschwister den Jüngeren zuschreiben: er durfte viel früher länger aufbleiben als ich, er durfte die Straße allein überqueren, wegen seines Alters gab ihm niemand die Schuld für irgend etwas. Die gleichen kleinlichen Beschwerden, die Peter und Gabriel gegen mich vorgebracht hatten, als ich noch der Jüngste war.

So machten wir weiter, wir liebten und haßten einander, wie das in Familien so geht. Vater wurde erfolgreich«, seine Stimme stockte einen Moment lang, doch er sah sie nicht an, »und von da an verbrachten wir jeden Sommer in einem Ferienhaus nördlich der Stadt. Es war der schönste Ort, den ich je gesehen hatte. Ich nahm immer Skizzenbuch, Pastell- oder Kohlestifte mit, ich durchwanderte die Gegend und zeichnete alles, worauf mein Blick fiel. Schon seit Jahren liebte ich es zu zeichnen, aber erst in dieser Umgebung begann ich wirklich auszuprobieren, was ich konnte. Ich verkaufte sogar ein oder zwei meiner kindlichen Landschaftsbilder auf einem Markt in der nahe gelegenen Kleinstadt.

Dann kam der Sommer, in dem ich fünfzehn war und Raphael zehn. Es war nicht so einfach gewesen wie in früheren Jahren. Peter blieb in der Stadt, um zu arbeiten. Auch Gabriel hätte es vorgezogen, dort zu bleiben, wenn auch nicht aus Liebe zur Arbeit. Ich war mehr an meiner Kunst interessiert oder daran, zum Nachbarhaus zu schleichen und einen Blick auf die Tochter des Nachbarn im Badeanzug zu erhaschen – natürlich nur für die Kunst. Ich wollte nicht mehr mit Raphael spielen, so wie es früher gewesen war. Die Spiele, mit denen wir uns einmal die Zeit vertrieben hatten, erschienen mir jetzt nur noch kindisch.

An einem Abend, mehrere Wochen nach unserer Ankunft, ließen unsere Eltern uns allein und machten einen Besuch bei Nachbarn. Gabriel verschwand auf der Suche nach seinen eigenen Abenteuern. Raphael begann mich zu drängen, mit dem Kanu auf den See hinauszufahren. In jener Nacht war Vollmond, das Wasser so glatt wie Glas. Ich hatte keine Lust dazu und sagte es auch. Er ließ nicht locker. Er bettelte und umschmeichelte mich und quengelte. Als das nicht funktionierte, behauptete er, ich sei ein Feigling. Dann sagte er, wenn ich es nicht machte, dann müßte ich andersrum sein.«

Er hielt inne und holte Luft. Sidonie sah, wie er sie zum ersten Mal anblickte, dann sah er wieder auf das Feuer. »Natürlich wußte er nicht über Gabriel Bescheid. Dafür war er viel zu jung. Ich wußte Bescheid. Es machte mir nichts aus. Ich liebte Gabriel. Aber ich wollte nicht so sein wie er. Ich war ziemlich sicher, daß ich nicht... aber jeder wußte, zu welcher Sorte Männer man Künstler im allgemeinen zählte. Ich fuhr mit Raphael auf den See hinaus, um zu beweisen, daß ich kein Feigling war. Um zu beweisen, daß ich ein Mann war. Um noch einen Tag länger sein großer Bruder zu sein.

Zuerst war ich froh, daß er mich gezwungen hatte hinauszufahren. Es war eine wunderschöne Nacht. Sogar das Wasser schien warm und einladend. Wir paddelten am Ufer entlang, bis wir außer Sichtweite des Ferienhauses in eine kleine Bucht gelangten, in der nur ein Haus stand, dessen Besitzer noch in der Stadt waren. Auf der gegenüberliegenden Seite der Bucht stand ein hoher Baum, der sich über das Wasser neigte. Die Kinder hatten an einem der höheren Äste ein Seil befestigt. Sie kletterten den schrägstehenden Baumstamm hinauf, stellten sich auf den untersten Ast, ergriffen das Seil und schwangen sich über das Wasser, und sie wetteiferten darum, wer die Schaukel am höchsten Punkt loslassen, am weitesten springen und dabei das größte Platschen verursachen konnte.

Raphael bestand darauf, daß wir zur Schaukel fuhren. Ich konnte das Seil im Mondlicht über dem Wasser baumeln sehen. Ich wollte vorbeipaddeln, als

Raphael sagte: ›Wetten, daß ich vom Kanu hochspringen und das Seil schnappen kann.‹ Wenn ich vernünftig gewesen wäre, wäre ich einfach weitergepaddelt. Aber ich war es nicht. Ich sagte, ohne nachzudenken: ›Nein, das schaffst du nicht.‹ Es gab nichts, was Raphael lieber hatte. Alles, was ihm verwehrt wurde, mußte er unbedingt haben. Die Welt hätte um uns herum untergehen können, aber Raphael würde versuchen, das Seil zu erreichen. ›Doch, ich schaffe es‹, sagte er. ›Ich schaffe es, und du schaffst es nicht.‹ Ich sagte, ich hätte keine Lust dazu, nach einem Seil zu schnappen, aber es war zu spät. Wenn ich es nicht tat, würde er mich einfach so lange einen Feigling nennen, bis ich es doch tat.

Es entsetzt mich jetzt, was für waghalsige Dinge wir damals völlig gedankenlos taten. Es war nicht mal das Gefährlichste von dem, was wir so riskierten, zumindest glaubte ich das. Doch es war gefährlich genug. Das war mir noch in dem Moment klar, als wir das Kanu unter das Seil manövrierten. Raphael legte die Regeln fest: Der Springer mußte auf dem Rand des Kanus stehen, hochspringen, um das Seil zu schnappen, und dann daran in den Baum hinaufklettern. Der andere war dafür zuständig, das Kanu ruhigzuhalten.

Als ich absprang, wußte ich, daß ich es nicht schaffen würde. Unter dem Klang von Raphaels Gelächter fiel ich ins Wasser und hievte mich dann mühsam wieder ins Kanu. Ich setzte mich auf meinen Platz, und Raphael kletterte auf die äußeren Planken. Ich hielt das Kanu so ruhig wie möglich, während er sich für den Sprung startklar machte.«

Sidonie sah, wie er die Augen schloß und die Lippen zusammenpreßte. »Das nächste, woran ich mich erinnern kann, war, daß sich das Wasser über meinem

Kopf schloß. Es war nicht mehr warm und einladend. Es war kalt und schwarz, und ich wußte, daß ich sterben würde. Ich zappelte in der Dunkelheit herum, ich war nicht einmal sicher, welcher Weg zur Oberfläche führte. Dann war ich wieder an der Luft, würgend und spuckend, mit fest geschlossenen Augen. Als ich sie öffnete, schaukelte das Kanu umgekippt vor mir. Raphael war verschwunden.

Ich tauchte immer wieder nach ihm. Schließlich kletterte ich aus dem Wasser und rannte durch den Wald zum Haus zurück, um meine Eltern zu holen. Es dauerte bis zur Morgendämmerung, bis Raphaels Körper gefunden wurde. Niemand gab mir jemals die Schuld, außer in jener ersten Nacht, in der meine Mutter in ihrem rasenden Leid all die Dinge herausbrüllte, die ich schon wußte: daß es meine Schuld wäre, daß ich es besser hätte wissen müssen, daß ich auf ihn hätte aufpassen müssen.

Meine Mutter starb ein Jahr später. Es gab einen langen Namen für die Krankheit, die sie umgebracht hatte, aber wir wußten alle, daß der wirkliche Grund ihr Gram gewesen war. Peter und Gabriel zogen zu Hause aus. Simon und ich kämpften um alles und jedes, es spielte keine Rolle, denn keiner von uns gab jemals zu, welche Vergehen wirklich zwischen uns lagen. Ich entdeckte die betäubende Wirkung von Alkohol und Drogen und von Abenteuern in fremden Betten. Schließlich gab Vater mir das Geld, um zur Kunsthochschule zu gehen und mich so gut wie möglich durchzuschlagen. Ich nehme an, er war froh, mich los zu sein, er war erleichtert, nicht mehr das Gesicht des Sohnes ansehen zu müssen, der sein jüngstes Kind und seine Frau auf dem Gewissen hatte.

Mit den Jahren wurden wir reifer und fanden ein gewisses Maß an innerem Frieden, auch untereinander. Aber wir haben es nie vergessen. Vater nicht, und ich nicht.«

Der Satz klang wie ein Punkt, wie der Schlußteil einer traurigen Musik. Er weinte nicht, obwohl seine Stimme rauh und gequält klang. Seit dem Augenblick, in dem sie den Körper seines Bruders aus dem See gezogen hatten, dachte sie, hatte er nicht mehr geweint. Sidonie spürte eine seltsame Empfindung in ihrem Hals, der ungewohnte Schmerz von heruntergeschlucktem Kummer.

Sie wußte, daß die wesentliche Wahrheit noch nicht ausgesprochen war. Er hatte das Ereignis in lebendigen Farben wiedergegeben, doch hatte die dunkle Leinwand in seinem Innersten unberührt gelassen. Er wartete darauf, daß sie ihm die hohlen und nichtssagenden Lügen des Trostes entgegenbrachte. Sie konnte die Worte fühlen, leicht und verführerisch, wie ein kleiner Betrug.

»Du hast ihn umgebracht«, sagte sie leise. Sein Kopf bewegte sich ruckartig, als hätte sie ihn geschlagen, doch er sah sie nicht an.

»Ich wußte... ich wußte, er würde es schaffen. Er würde das Seil erreichen. Ich war müde und naß und wütend, weil er mich als Versager hatte dastehen lassen. Ich wußte, er würde erfolgreich sein, und daß sich in diesem Moment alles für immer ändern würde. Gerade als er in die Knie ging, um abzuspringen, schaukelte ich mit dem Kanu. Er fiel hin und schlug auf der Kante auf. Es sollte ausreichen, um ihm den Schwung zu nehmen und das Kanu zum Kippen zu bringen. Ich wollte doch nur, daß er hinfiel, daß er versagte.«

»Aber du hast ihn umgebracht.«

»Ja. Ich habe ihn umgebracht. Ich habe meinen kleinen Bruder ermordet.« In das Schweigen hinein brach ein Holzscheit entzwei und krachte auf die Feuerstelle, das Geräusch von einstürzendem Gebälk brennender Gebäude.

»Ich spreche dich frei«, sagte sie schließlich. Mit ungläubigen Augen sah er auf und gab einen erstickten Laut von sich, der halb Lachen, halb Weinen war.

»Du sprichst mich frei?«

»Wer soll es sonst tun? Deine Familie, die die Lüge deiner Unschuld genau so sehr brauchte wie du? Ein dünnblütiger Priester eines Gottes, zu dem du dich nicht einmal bekennst? Ich bin seit zwei Jahrtausenden eine Mörderin.« Sie beugte sich vor und legte die Hände auf seine Schultern. »Mit diesen mörderischen Händen, mit diesem mörderischen Mund«, sie drückte die Lippen gegen seine Stirn, »spreche ich dich frei.«

Langsam setzte sie sich zurück und öffnete die Augen. Er starrte sie mit ausdruckslosem Gesicht an, als sei jegliche Regung ausgelöscht worden. Dann brach etwas hinter seinen Augen, und sein Mund zuckte. Flüchtig sah sie Tränen auf seinen Wimpern, ehe er sich nach vorn krümmte und sein Gesicht in ihrem Schoß vergrub.

Nun starrte sie ihn ihrerseits an, erstaunt sah sie hinunter, als sich seine Arme um ihre Taille schlangen und das erste Schluchzen ihn schüttelte. Zögernd hob sie die Hand und legte sie auf seine Schulter. Sie konnte spüren, wie Knochen und Muskeln sich bewegten, doch zu ihrer mäßigen Verwunderung erregte der Pulsschlag seines Blutes nichts in ihr als einen entfernten Widerhall des Verlangens. Ihre Hand glitt über seinen Rücken.

Es schien ihr, daß sie lange Zeit so verharrten, während er das schwarze Wasser von Schuld und Leid ausweinte, das er zwölf Jahre lang aufgestaut hatte. Ihr Mund erinnerte sich an die besänftigenden Laute des Trostes, ihre Hände entdeckten die vergessene Sprache des Beistands. Für den Augenblick schien das Blut an diesen Händen keine Rolle zu spielen.

Schließlich spürte sie, wie seine Muskeln sich anspannten, sein Kopf sich unter ihrer Hand regte, während sie sein Haar streichelte. Seine Arme fielen von ihr ab. Er setzte sich zurück und rieb sich mit den Handballen die Augen. »Es tut mir leid, ich...«, begann er mit zitternder Stimme. Er nahm die Hände von den Augen, doch sah sie nicht an. »Ich glaube, ich sollte jetzt gehen.«

Sie nickte und erkannte, daß auch sie sich wieder in ihre förmliche Distanz zurückzog, deren Schale zu dünn war, um ihre Erschütterung zu verbergen. Sie beobachtete, wie er umständlich auf die Beine kam und auf die Tür zuging, dann fiel ihr ein, daß sie ihm die Frage noch nicht gestellt hatte. Einen Moment lang lehnte sie sich dagegen auf. Es schien für beide zu grausam zu sein. Es verspottete alles, was gerade geschehen war, auf brutalste Weise, indem die Wahrheit aufgedeckt wurde – daß er kein Recht hatte, bei seiner Henkerin Trost zu suchen, und daß sie kein Recht hatte, ihrem Opfer Trost zu bieten. Doch in dieser Angelegenheit hatte sie keine andere Wahl.

»Matthew.« Er drehte sich um und sah sie an. »Willst du mir dein Blut zu –«

»Sidonie, bitte«, unterbrach er sie. »Bitte nicht. Nicht heute nacht.«

»Ich habe keine andere Wahl. Willst du mir dein Blut zu trinken geben, auch wenn du daran sterben mußt?«

»Sidonie...« Sie hörte das Flehen in seiner Stimme

und erkannte mit triumphierendem Schuldbewußtsein, daß er es nicht nur sich selbst ersparen wollte. Wenn sie ihn jetzt drängte, wo er in ihrer Schuld stand...

»Antworte, was dein Herz dir sagt«, sagte sie schließlich. »Was heute abend war, ändert nichts.«

»Nein.«

Sie atmete auf, verwirrt erkannte sie, daß sie eher erleichtert als enttäuscht war. »Vielleicht willst du mir morgen abend beim Essen Gesellschaft leisten.«

»Ja«, sagte er. »Das will ich gern tun.«

Sie beobachtete, wie er in der Eingangshalle verschwand. Nach einer Weile legte sie die Finger an ihren Mund. Sie schmeckten nach Tränen, süß und salzig zugleich. Es war fast wie Blut und doch so anders. Seit zweitausend Jahren hatte sie nicht mehr geweint, doch ihr Körper hatte sich eine verschwommene Erinnerung an diesen Vorgang bewahrt. Im Hals und hinter den Augen spürte sie einen seltsamen Schmerz. Sie schloß die Augen und wartete darauf, daß die große, sehnsüchtige Leere, die sich in ihrem Herzen aufgetan hatte, sich wieder verschloß.

26. Kapitel

Der Schnee blieb liegen. Der See fror zu. Matthew ging zur Anlegestelle hinunter, stand dort lange Zeit und sah auf die geschlossene Eisdecke. Bilder regten sich in seinem Hinterkopf: ein seltsamer blauer Schein, ein verzerrtes Gesicht, das gegen das Eis drückte. Er schauderte reflexartig. Er sah über den See hinweg und betrachtete dabei eingehend die schwarzweißen Muster, die durch die schneebedeckten Bäume gebildet wurden. Er kam zu dem Schluß, daß sie einen interessanten Ausgangspunkt für sein nächstes Gemälde darstellten. Er fragte sich, wie der Ausblick vom Ballsaal aus sein würde.

Er drehte sich um und stapfte den Weg wieder zurück. Helens und seine Fußabdrücke hatten einen schmalen Pfad in den tiefen Schnee getreten. Er vermutete, daß auch Sidonie ihn für ihre nächtlichen Jagdausflüge benutzte, obwohl er mehr als einmal einzelne Fußspuren im frischen Schnee entdeckt hatte, die in andere Richtungen vom Haus wegführten.

Als er über die Terrasse ging, blickte er nach oben. Von den Gesimsen hingen Eiszapfen wie diamantene Dolche herab. Schnee bedeckte das Dach und klebte an dem rauhen Gestein der Mauern. Die Mauern hielten vielleicht den Schnee ab, doch sie vermochten nichts gegen die Kälte. Lediglich Sidonies Wohnzimmer und die Küche schienen einige Wärme zu halten. Der Ballsaal mit seinen Glaswänden war so kalt, daß er beim Arbeiten oftmals einen Mantel trug. Er überlegte, ob er Staffelei und Farben an einen wärmeren Ort bringen sollte, doch er konnte sich nicht dazu durchringen, das Licht aufzugeben ... und seinen einzigen Zufluchtsort.

Er ging dazu über, sogar tagsüber zusätzlich zum Kaminfeuer Lampen anzuzünden und die uralten Kohlenpfannen zu benutzen, die Sidonie ihm angeboten hatte, was ihm ermöglichte, sich eine Nische zu schaffen, in der seine Finger vor Kälte nicht völlig steif wurden.

Die Kälte machte die unbewohnten Winkel des Hauses noch weniger einladend. Seit seinen anfänglichen Versuchen hatte er keine Zimmer mehr durchforscht. Er wußte, daß er es tun sollte. Er hatte noch immer nicht den Ort gefunden, an dem Sidonie schlief, wenn er auch allmählich vermutete, daß es eine Kammer mit mehr als einem geheimen Zugang sein mußte. Das Wetter lieferte ihm eine bequeme Ausrede, gestand er sich ein. Es befreite ihn von der Notwendigkeit, einer Entscheidung ins Auge zu sehen, die er nicht treffen wollte. Auch wenn er ihr Geheimnis entdeckte, würde er nicht automatisch Macht über sie haben. Er konnte sie nur zwingen, ihn freizulassen, wenn er gewillt war, dieses Geheimnis zu nutzen, um sie zu zerstören.

Er wußte nicht, ob er in der Lage war, einen Pflock in ihr Herz zu rammen. Er wollte es nicht herausfinden, da er sicher war, daß er es nicht übers Herz brachte.

Im Haus angelangt, ging er in die Küche, um eine Kanne Tee zu machen, Wärme für Magen und Hände zugleich, wenn er arbeitete. Während er darauf wartete, daß das Wasser kochte, warf er einen flüchtigen Blick in die Vorratskammer. Sidonie hatte nichts weiter gesagt, war einfach dazu übergegangen, sie wieder offenstehen zu lassen. Gewöhnlich trank er beim Abendessen ein Glas Wein. Seit der Nacht vor zwei Wochen, in der er ihr die Geschichte von Raphaels Tod erzählt hatte, trank er nur noch selten allein.

Auf den Regalen schien nur noch sehr wenig übrig zu sein, stellte er stirnrunzelnd fest. Durch hartnäckiges Nachfragen hatte er die Auskunft erhalten, daß es in nordöstlicher Richtung eine Stadt gab, die man in fünf Tagen erreichen konnte, und daß Sidonie von dort Lebensmittel erhielt, die Joseph und ihr Kräutergarten nicht hergaben. Er wußte, daß sie Joseph einmal seit seiner Ankunft dafür bezahlt hatte, in die Stadt zu reisen. Hatte sie Vorkehrungen getroffen, daß er es noch einmal tat? Vielleicht hat sie sich nicht die Mühe gemacht, flüsterte eine Stimme in seinem Kopf. Vielleicht hat sie nicht vor, noch länger Lebensmittel für einen Sterblichen zu benötigen.

Das Pfeifen des Kessels lenkte ihn von den leeren Regalen und den beängstigenden Gedanken ab. Mit Hilfe von Tee und Konzentration hielt er die Vermutungen in Schach und widmete sich ganz den vorbereitenden Skizzen für die Winterszenerie, die er als nächstes in Angriff nehmen wollte.

Sidonie erschien kurz nach Einbruch der Dunkelheit in der offenen Tür des Ballsaals. Ihr Erscheinen war für ihn zum Signal geworden, seine Farben stehenzulassen, wenn ihm danach war, und auf sein Zimmer zu gehen. Er war zufrieden mit dem Fortschritt seiner Arbeit und doch nicht unglücklich, das Bild einen Tag ruhen zu lassen, und eilte die Treppe hinauf.

In seinem Zimmer machte er Feuer, um die ärgste Kälte zu vertreiben, wusch die Farbe von den Händen und zog sich um. Er hatte die Kleiderschränke der leerstehenden Zimmer geplündert und alles eingesammelt, was ihm gefiel. Es war ebensosehr aus praktischen Überlegungen geschehen wie aus Eitelkeit, gestand er sich ein, als er sein Spiegelbild in dem neuen Spiegel musterte.

Um die Kälte von sich abzuhalten, mußte er nicht nur eines seiner eigenen Hemden tragen, sondern auch eine Weste, die seit zwanzig Jahren aus der Mode war, und ein Jackett, um das die Dandies aus der Jugendzeit seines Vaters ihn sicherlich beneidet hätten. Wenn auch einige der älteren Kleidungsstücke ausgefranst und von Motten angefressen waren, so erfüllten sie dennoch ihren Zweck, und außerdem gab es niemanden, der sich darum scherte.

Sidonie schürte gerade das Feuer im großen Kamin des Vestibüls, als er nach unten kam. Sie erhob sich und strich die Asche von ihren Händen. Ihr Kleid hatte etwa dieselbe Farbe, ein rauchgrauer Samt, der im flackernden Licht merkwürdig schillerte. Die Halskette aus Silber und Opalen sah aus, als sei sie über ihre Schlüsselbeine gegossen worden und als tropfte sie in perlenartigen Kreisen zwischen ihre Brüste.

»Das ist ein wunderschönes Stück«, bemerkte er und fragte sich, warum es ihm bekannt vorkam. Sie hatte es noch nie zuvor getragen, er hatte in der Tat noch nie gesehen, daß sie denselben Schmuck zweimal trug.

»Vielen Dank. Es ist ein Betrano. Die Kette paßt nicht ganz zu meinem Teint, aber ich erinnere mich, daß zu der Zeit gepuderte Perücken und geschminkte Haut in Mode waren.« Matthew sah wieder auf die

Halskette und wußte, warum er sie kannte. Der Name, den sie so beiläufig fallengelassen hatte, war einer der berühmtesten in der Kunstwelt. Vor zweihundert Jahren war er Bildhauer, Goldschmied und Gestalter für die reichsten Königshäuser der Welt gewesen. Den »Gebieter über die Eleganz« hatte man ihn genannt. An der Kunsthochschule hatte er die Arbeitsskizzen des Künstlers erforscht. Das Metall und die Edelsteine um Sidonies Hals mußten ein Vermögen wert sein.

»Betrano... hast du ihn gekannt?« Sie zuckte mit den Achseln, und die Opale wurden im Schein der Lampe mit blauen und roten Flammen übergossen.

»Ich bin ihm einmal begegnet. Ein äußerst unsympathischer kleiner Mann.«

»Er war ein Genie«, entgegnete Matthew, und sie lächelte.

»Das stimmt. Und trotzdem war er ein unsympathischer kleiner Mann. Nicht alle Genies sind so sympathisch wie du.«

»Ich bin kein Genie.«

»Ist das wahr? Solange du mir nicht erlaubst, deine Gemälde anzusehen und mich vom Gegenteil zu überzeugen, wirst du mir nachsehen müssen, daß ich nur das Beste von dir denke.«

»Wenn ich ein Genie wäre, würdest du mich dann gehen lassen?« Er sah, wie ihr Lächeln verblaßte, als sie wegblickte.

»Nein«, sagte sie einen Moment später. Matthew spürte ein bitteres Vergnügen, dem ein Schuldgefühl folgte, da er sie betrübt hatte. Selbst wenn ihre Antwort ja gewesen wäre, hätte es keinen Unterschied gemacht. Er war kein Genie.

»Hat Betrano die Halskette für dich entworfen?«

fragte er in das Schweigen hinein. Sie nickte. »Wußte er...«

»Was ich bin? Möglicherweise wußte er, daß ich *anders* war. Nicht ganz menschlich. Vielleicht fand ich ihn aus diesem Grund so unsympathisch. Diese Halskette ist auf ihre Art ein Fluch gewesen. Ich mußte das Land verlassen, kurz nachdem sie angefertigt worden war.«

»Warum?«

»Es war ein gewisses Aufsehen erregt worden. Der Graf, der sie für mich in Auftrag gegeben hatte, war gestorben...« Er fing den Seitenblick auf, den sie ihm zuwarf. »...Ja, ich habe ihn umgebracht. Betrano hatte Verdacht geschöpft. Es war schwer, sie all die Jahre in meinem Besitz zu behalten. Ich versuche, nicht so sehr an Dingen zu hängen. Die Wahrscheinlichkeit ist zu groß, daß ich sie verlieren werde.«

»Du hast genug davon. Auf jeden Fall genug Antiquitäten. Und Schmuck.«

»Das meiste habe ich erst im letzten Jahrhundert erworben, seitdem ich hier lebe. Einiges davon hat Christian für mich gekauft.«

»Auch diese Dornenhalskette?« fragte Matthew, und sie nickte.

»O ja. Er hatte es gern, daß ich diese Kette trug.«

»Willst du damit sagen, er hat dich dazu gebracht, sie zu tragen? Das kann ich kaum glauben. Ich kann mir niemanden vorstellen, der dich dazu bringen könnte, etwas gegen deinen Willen zu tun.«

»Wirklich?« fragte sie, dann legte sie die Hand auf die Halskette, fast, als würde sie erwarten, eine andere unter ihren Fingern zu spüren. »Ich stand in Christians Schuld, weil er mich aufgenommen hatte, weil er mir die Aussicht verschafft hatte, diesen Ort als meine Zuflucht zu gewinnen. Wenn der Preis darin bestand, Dornen aus Gold zu tragen und sein böser Engel zu sein... nun, vielleicht war beides nur angemessen.«

»Du trägst die Halskette noch immer«, sagte er, und sie lächelte traurig.

»Vielleicht ist es noch immer angemessen.« Matthew schwieg und erinnerte sich an die Gemälde, die den Ballsaal säumten und deren leere Rückseiten nach außen zeigten.

»Warum wohnst du hier so ganz allein?« fragte er, um sich von den Bildern abzulenken. »Warum lebst du nicht in der Stadt? Mit deinem Reichtum könntest du leben wie...« Er hielt inne und dachte an Allegra.

»Wie eine Königin?« beendete sie den Satz für ihn. »Wohl kaum. Aber von Zeit zu Zeit verlasse ich diesen Ort. Das letzte Mal vor zehn Jahren, allerdings war ich da nicht in deiner Stadt. Damals ging ich weiter nach Süden. Ich mietete ein Haus im besten Viertel der Stadt. Ich kaufte die Kleider, die du mich hast tragen sehen, und den passenden Schmuck dazu. Ich ging in die Oper und ins Theater. Ich führte einen Salon für Dichter und Künstler. Ich nahm mir Liebhaber und ließ sie genauso schnell fallen, wie ich mir neue Kleider anzog. Als die Saison vorüber war, verließ ich die Stadt. Vier Männer und zwei Frauen waren tot. Soll ich das wieder tun? Soll ich in die Stadt gehen und in den Cafés und Bars auftauchen, von denen du mir erzählt hast? Was denkst du, würde ich mich gut machen? Würden deine Freunde zu meinen Parties kommen? Würden sie in mein Bett kommen?«

Matthew wollte von ihr wegsehen, wollte die weiche, verführerische Melodie ihrer Stimme nicht beachten. Er stellte sie sich plötzlich in einem von Allegras schwarzen Seidenkleidern vor, die nackten Rundungen ihrer Arme und ihres Rückens, die Dornenkette um den Hals. Er stellte sich vor, wie Paul mit ihr tanzte, wie Jack sie zum Lachen brachte. Sie würden zu ihren Parties gehen, daran bestand kein Zweifel. Sie würden auch in ihr Bett kommen. Er stellte sich Andrés Gesicht vor, blutleer, aber verzückt im Angesicht des Todes. »Warum tust du das?« fragte er verärgert.

»Warum tue ich was?«

»Warum erinnerst du mich daran, daß du ein Ungeheuer bist?« Er schleuderte ihr die Worte ins Gesicht. Im Schein des Feuers glaubte er zu sehen, wie sie erbleichte. Sie blinzelte.

»Du hast recht. Für meine Zwecke wäre es nützlicher, wenn du es vergessen würdest«, sagte sie. »Soll ich dich dazu bringen?«

»Nein.« Einen Moment lang schloß er die Augen, damit er denken konnte. Die imaginäre Sidonie erschien vor seinem inneren Auge, und er öffnete sie wieder. »Ich weiß, du bist dazu in der Lage. Ich weiß nicht, warum du es nicht getan hast, aber ich danke dir dafür. Aber bitte ... versprich mir, daß du meiner Familie oder meinen Freunden keinen Schaden zufügst, was auch immer geschieht.«

Die Muskeln ihres Kiefers schienen sich zusammenzuziehen und dann zu entspannen. »Ich sollte es nicht tun ... aber ich verspreche es. Es tut mir leid, daß ich dich aus der Fassung gebracht habe. Es liegt nur daran«, sie hielt inne, und er sah die Spur eines widerwilligen Lächelns auf ihren Lippen, »daß du mich herausforderst.«

Dann laß mich doch gehen, hätte er fast gesagt, dann wurde ihm bewußt, daß die Worte durchaus unter die

Kategorie Herausforderung fallen könnten. Er hatte das Versprechen, das er wollte, vorausgesetzt, er konnte ihr vertrauen. Dafür schuldete er ihr etwas. »Dann tut es mir leid«, sagte er und sah in ihren Augen, daß sie zu schätzen wußte, daß er der Versuchung widerstanden hatte.

»Na bitte. Wir haben Entschuldigungen ausgesprochen und sie gegenseitig angenommen. Meinst du, daß wir das Abendessen ohne weitere Konflikte hinter uns bringen können?

»Ich werde mein Bestes geben, wenn du es auch tust.«

»Einverstanden.«

Der Frieden hielt während des Essens an, obwohl Matthew sich beherrschen mußte, nicht wegen der Essensvorräte nachzufragen, aus Angst davor, was sie möglicherweise aus seiner Stimme heraushörte. Als sie an der Tür zum Ballsaal erschien, mit einem Mantel über dem Kleid, und ihn einlud, einen Spaziergang über den zugefrorenen See zu machen, willigte er ein.

Die Nachtluft war zwar kühl, doch nicht schneidend, da kein Wind wehte. Der Mond stand leuchtend und silbern am wolkenlosen Himmel und sah aus wie einer der Edelsteine an ihrer Halskette. Der schneebedeckte See schien ihn als silberweißen Kreis widerzuspiegeln. Als Matthew von der Anlegestelle heruntertrat, spürte er ein kurzes Aufflackern unbestimmter Panik, die ursprüngliche Angst, das Eis würde sich unter seinen Füßen auftun und der See ihn verschlingen. Er setzte sich darüber hinweg und nahm den Gleichschritt mit Sidonie auf.

Eine Zeitlang liefen sie schweigend nebeneinander. Seine Gedanken drehten sich um die eine Frage, die er ihr nie gestellt hatte. Der Zeitpunkt, sie anzuschneiden, schien so geeignet wie jeder andere. »Wie bist du zum Vampir geworden?« Ihr Schweigen ließ ihn einen Moment lang annehmen, er hätte einen Fehler begangen, er hätte sie wieder herausgefordert.

»Einen Vampir zu erschaffen, ist eine bewußte Handlung«, sagte sie langsam. »Es reicht nicht aus, einfach gebissen zu werden. Es muß ein Austausch von Blut stattfinden. Ob wir nun Geschöpfe Gottes oder des Teufels sind, wir wurden so angelegt, daß wir die Welt nicht einfach mit unseren Gelüsten überrollen können, sondern daß wir diejenigen auswählen müssen, die zu uns gehören sollen. Ohne Zweifel müssen wir uns mehr Gedanken über unsere Fortpflanzung machen, als Sterbliche das tun. Aus Liebe und aus dem Bedürfnis nach Gesellschaft machen wir uns andere gleich.«

Sie hielt inne und blickte ihn an. »Das ist natürlich Theorie. In Wirklichkeit pflanzt sich meine Art aus Liebe und Haß, aus Einsamkeit und Machtgier fort. Doch niemals aus Nachlässigkeit. Egal aus welchem Grund, es ist immer eine bewußte Handlung.

Ich war siebzehn, als ich umgewandelt wurde. Ich war nichts Besonderes in meiner Welt, lediglich die Tochter eines mäßig erfolgreichen Kaufmanns, das vierte von sechs Kindern. Ich verfügte weder über Reichtum noch über Schönheit oder besondere Reize. Ich war einigermaßen gescheit, vielleicht zu gescheit für eine Frau zu meiner Zeit, aber das war alles. Wenn die Dinge anders gelaufen wären, hätte ich mein Leben wie jeder andere verlebt: von einigen geliebt, von vielen unbeachtet, und hätte die Freuden und Sorgen meines Lebens in meinem kleinen Teil der Welt gefunden.

All diese Umstände spielten für mich natürlich

keine Rolle. Es war das einzige Leben, das ich hatte, das einzige Leben, das ich mir vorstellen konnte, und ich liebte es. Ich war sehr glücklich in meinem Teil der Welt, egal, wie klein er war. Ich war zwei Monate zuvor mit dem Sohn eines Geschäftspartners meines Vaters verheiratet worden. Wir kannten uns seit unserer Kindheit und hatten immer gewußt, daß wir einander versprochen waren. Wir waren uns durch die Straßen gefolgt, hatten miteinander geflirtet und uns dann wieder zurückgezogen, wie Heranwachsende das tun. Er war es, der mich immer ›Mondgesicht‹ nannte und den ich mit meiner spärlichen wissenschaftlichen Bildung zu beeindrucken suchte. Als wir heirateten, waren wir eher wie Bruder und Schwester, doch das änderte sich schon bald.«

Matthew bemerkte, daß sie beim Gehen angestrengt auf den Schnee sah, als reiche ihr nächtliches Sehvermögen nicht aus, um den Weg mühelos zu finden. »Eines Tages ging ich zu den Hügeln jenseits der Stadt, um Kräuter zu sammeln. Mein Ehemann war mit seinem Vater in eine nahegelegene Stadt gereist, und ich wollte ein besonderes Mahl für seine Rückkehr zubereiten. Es war ein Fehler, daß ich allein ging, aber ich hatte mich noch nicht daran gewöhnt, im Haus der Familie meines Mannes zu wohnen, deren Mitglieder nicht alle so freundlich zu mir waren wie er, und ich sehnte mich nach ein paar Stunden des Alleinseins.

Ich war viele Male mit meiner Mutter und meinen Schwestern auf diesen Hügeln gewesen. Ich glaubte sie zu kennen. Aber das war nicht der Fall. Ich bog einmal falsch ab, und schon bald sah jeder Hügel und jedes Gestrüpp gleich aus. Die Nacht brach herein, und ich bekam große Angst vor allem, was angeblich in diesen Hügeln umherstreifte, von Räubern bis zu Geistern. Beides wäre vielleicht angenehmer gewesen als das, worauf ich gestoßen bin. Oder was auf mich stieß.

Als der Mond aufging, hörte ich den Hufschlag eines Pferdes auf dem harten Boden. Ich sah einen Mann auf mich zu reiten. Er sah nicht aus wie ein Räuber. Er sah aus wie ein Gott. Ich glaubte, daß er mich retten würde. Ich kroch aus meinem Versteck hinter den Felsen hervor und lieferte mich ihm auf Gedeih und Verderb aus.«

Ein falscher Tritt auf dem groben Schnee brachte sie kurz aus dem Gleichgewicht. Instinktiv bot Matthew ihr den Arm, als wäre es ein schöner Nachmittag auf der Strandpromenade der Stadt und er ein wohlerzogener junger Mann und sie eine junge Frau aus gutem Hause. Sie sah ihn lange Zeit mit nicht deutbarem Gesichtsausdruck an, als erwartete sie, daß er seinen Arm wieder zurückziehen würde. Als er sich nicht rührte, hakte sie sich mit der unbedeckten Hand bei ihm ein. Sie gingen weiter, und sie nahm ihre Erzählung wieder auf. »Zu jedem anderen Zeitpunkt hätte er lediglich mein Blut ausgetrunken und meinen Körper den Geiern überlassen. Doch er war wütend. Er glaubte, von einem Kaufmann in der Stadt betrogen worden zu sein. Als ich ihn darum bat, mich in das Haus meines Mannes zurückzubringen, witterte er seine Chance, Rache zu nehmen. Das hat er mir später gesagt, aber ich weiß, es war nur eine Ausrede. Er hat mich ausgesaugt, weil er ein raubgieriger Mensch ist – doch er ging grausam und raffiniert dabei vor, denn nur das bereitet ihm Genuß.

Er nahm mich mit ausgesuchter Höflichkeit zu sich auf sein Pferd. Seine Worte waren süßer als Honig. Ich dachte, nicht einmal Engel könnten ein so freundliches und schönes Gesicht haben. Ich bemerkte erst gar nicht, daß der Weg, den er einschlug, nicht zurück zur Stadt führte. Als ich es merkte, war es schon viel zu spät, als daß noch irgend jemand meine Schreie hätte hören können.

In den Hügeln gab es Ruinen. Sie wurden von allen gemieden, man sagte, es würde dort spuken. Er brachte mich zu den geplünderten Grabstätten, die im Tal dahinter lagen. Dort, zwischen den verstreut herumliegenden Knochen, nahm er mein Blut zum ersten Mal.

Drei Nächte lang hielt er mich am Leben, trank genug Blut, daß ich zu schwach war, um aus der Grabstätte zu kriechen, während er schlief, aber nicht genug, daß ich starb. Zuerst bereitete er mir sowohl Lust als auch Schmerz, doch zuletzt erschien ihm die Lust als eine zu milde Mahlzeit. Während er schlief, betete ich zu meinen Göttern, mich sterben zu lassen. Aber ich hatte nicht den Mut – oder die Aufrichtigkeit –, meinen Kopf einfach gegen die Felsen zu schlagen, bis ich eine tödliche Verletzung erlitten hätte. Von all dem abgesehen, wollte ich auch nicht wirklich sterben. Ich wollte dem Schmerz und dem Vampir entfliehen, aber ich wollte nicht sterben. In der vierten Nacht schließlich ritzte er sich das Handgelenk auf und ließ mich sein Blut trinken. Dann legte er seinen Mund zum letzten Mal an meinen Hals.«

Matthew sah, wie ihre Hand sich langsam nach oben tastete, als wollte sie ihren Hals berühren. Statt dessen legten sich ihre Finger auf die kalte silberne Kette. »Er nahm an, daß ich nach Hause zurückkehren würde, wie es die meisten frischen Vampire blindlings tun. Dort würde ich mich von meiner Familie und anderen Stadtbewohnern ernähren, bis mich irgendein grober Fehler zerstörte. Er nahm an, dies sei eine angemessene Rache, ein bösartiger Spaß. Nur ein weiteres Unheil, das seinen Gang durch die Welt kennzeichnete. Also ließ er mich dort in der Grabstätte zurück und setzte seinen Weg fort.

Als ich später in der Nacht aufwachte, peinigten schreckliche Schmerzen meinen Körper. Ich krümmte mich in der Dunkelheit, in meiner Qual zerstreute ich die zerbrochenen Knochen der Toten und schrie lautlos mit rauhem, blutendem Hals. Ich dachte, ich würde sterben – ich wußte nicht, daß ich bereits tot war. Schließlich gelang es mir, in das Mondlicht hinauszukriechen. Mein Mörder, mein Schöpfer, glaubte, daß er alles Blut aus meinem Körper herausgesaugt hätte. Er wußte nicht, daß noch eine Quelle in mir übriggeblieben war. Sie diente nicht dazu, mich zu nähren, sondern etwas anderes.«

Matthew hielt die Luft an und spürte, wie ihre Finger sich um seinen Arm klammerten. Ihr Blick blieb auf den Schnee gerichtet. »Ja, ich erwartete ein Kind. Ich wußte es nicht einmal, bis mein untoter Körper schließlich den blutigen Klumpen Leben herauspreßte, den er nicht behalten konnte. Ich betrachtete ihn im Mondschein und erkannte, was es war. Und er kannte das schrecklichste Verlangen, das ich je in meinem Leben gespürt hatte.

In diesem Augenblick wurde ich wahnsinnig. Ich weiß noch immer nicht viel darüber, was ich in jener Nacht oder in den folgenden Nächten tat. Dafür bin ich dankbar. Ich vergaß meinen Namen, mein Zuhause, alles, was ich jemals gewußt hatte. Während der nächsten Jahrzehnte spukte es wirklich in den Ruinen. Ich lebte von Ratten und Eidechsen und gestohlenen Schafen und den wenigen Sterblichen, die leichtsinnig genug waren, sich in meine Welt zu verirren.

Mit der Zeit gab es im Tal keine Lebewesen mehr, die genug Blut hergaben, um mich zu ernähren. Ich zog weiter, um eine ertragreichere Gegend zu finden. Schließlich entdeckte ich in einer der Höhlen, in denen ich Schutz suchte, einen Einsiedler, einen heiligen Mann, der den toten Sohn des neuen Gottes anbetete. Er gab mir meine geistige Gesundheit zurück – aber wenn er gewußt hätte, was ich damit anfangen würde, hätte es ihm womöglich leid getan.«

Es entstand ein längeres Schweigen. Matthew wartete darauf, daß die Geschichte weiterging, doch sie sagte nichts. »Bist du ihm jemals wieder begegnet? Dem Vampir, der dich geschaffen hat?« fragte er schließlich.

»Oh ja. Vor Jahrhunderten haben wir viele Jahre zusammengelebt.«

»Hast du ihn nicht gehaßt?«

»Natürlich. Aber die Bande des Blutes sind stärker als Haß. Sie sind stärker als Liebe. Es spielt keine Rolle, was von beidem ich für ihn empfinde. Ich bin an ihn gebunden, ebenso wie er an mich gebunden ist.«

»Es tut mir leid. Ich wollte nichts fragen, was dich quälen würde.«

»Es gibt nichts, wofür du dich entschuldigen mußt. Es quält mich nicht. Es liegt alles eine lange, lange Zeit zurück.« Ihre Stimme war ruhig, doch Matthew sah, daß sie den Kopf suchte, als sie von ihm wegsah. Er war daran gewöhnt, daß sie ehrlich war oder daß sie Ausflüchte benutzte, die scheinbar für ihn das eine und für sie das andere bedeuteten. Er glaubte nicht, daß sie ihn jemals zuvor belogen hatte.

Er blieb stehen und bemühte sich, die plötzliche

Woge des Mitgefühls, die ihn überschwemmte, zu unterdrücken. »Ich fürchte, ich bin nicht so immun gegen die Kälte wie du«, sagte er unbeholfen, er klammerte sich an eine Ausrede, um eine gewisse Distanz zwischen sie zu bringen. Sie nickte.

»Dann gehen wir zurück.«

Auf halbem Wege zum Ufer hörte er sie seinen Namen sagen und kannte die Worte, die folgen würden.

»Nein«, sagte er, ohne sie anzublicken. »Nein.«

27. Kapitel

Während Tage und Nächte vergingen, schien es Matthew, als wären die Rückseiten der Leinwände, die im Ballsaal aufgereiht waren, die einzige Zeitrechnung seines Lebens. Die Vorratskammer war wieder gefüllt, und Sidonie hatte sogar eingewilligt, einige der Malutensilien zu bestellen, die ihm allmählich ausgingen. Eine zaghafte Hoffnung begann in seinem Herzen zu keimen, der Glaube, daß er vielleicht den Frühling erleben würde.

Auch das Haus erschien ihm nicht mehr so kalt. Nachmittags, wenn die Sonne den Ballsaal erwärmte, malte er. Nachts las er in der Bibliothek oder unterhielt sich mit Sidonie in ihrem Wohnzimmer.

Es gab Stunden, in denen er nicht ans Sterben dachte. Einige davon verbrachte er sogar in Sidonies Gegenwart. Er war nicht mehr jedes Mal über ihre Unmenschlichkeit schockiert, wenn er sie sah. Es war nur noch ein Beben, das für einige Zeit nachließ und erst dann wieder aufflackerte, wenn das Licht die fremdartigen Knochen ihres Gesichts betonte oder wenn sie sich mit der fließenden Anmut bewegte, die keine sterbliche Frau je nachahmen könnte.

Trotz solcher Augenblicke gab es Zeiten, in denen er ihre Gesellschaft genoß. Wenn die Atmosphäre entspannt war, gelang es ihm, sie zu überreden, einige der Geschichten zu erzählen, die sie während der ausgedehnten Zeitspanne ihres Lebens erlebt hatte. Keine von ihnen war so schockierend und so traurig wie die ihrer Umwandlung. Er vermutete, daß sie sie ein wenig beschönigte, auch wenn sie ihm die Wahrheit über ihre Verbrechen nicht ersparte. Sie erwies sich als vollendete Erzählerin, ihre Geschichten waren voller Witz und trockenem Humor und oft von einer Weisheit durchdrungen, die sie sich im Lauf von zweitausend Jahren hart erkämpft hatte. Er stellte fest, daß er seinen Entschluß, nichts mehr über sein eigenes Leben preiszugeben, häufiger brach als daß er sich daran hielt.

Es schien leicht, die Pflöcke zu vergessen, wenn sie vor der Wärme des Feuers saßen oder im Mondschein über den zugefrorenen See spazierten. Es war leicht zu vergessen, bis zu dem Augenblick, in dem sie seinen Namen sagte und er die darauf folgende Frage kannte. Er ließ jetzt nur selten zu, daß sie sie stellte, es sei denn, sie erwischte ihn, wenn er nicht auf der Hut war. Sie schien seine wiederholte Ablehnung ohne Gefühlsregung hinzunehmen, wenngleich er ein- oder zweimal glaubte, ein Aufblitzen von Schmerz in ihren Augen gesehen zu haben. Doch vielleicht war es nur eine Täuschung, hervorgerufen durch den Schein des Feuers.

Eines Tages stand er früher als gewöhnlich auf und ging in den Ballsaal hinunter. Rastlos schwankte er zwischen verschiedenen Gemälden, allmählich ergriff ihn die Sorge, daß das Feuer der Kreativität, das seit seiner Ankunft in ihm brannte, bald erlöschen würde. Es war nicht gerade eine aufmunternde Aussicht, nicht nur, weil er wußte, daß er hier die besten Werke seines Lebens anfertigte, sondern weil er nicht wußte, wie er überleben sollte, wenn er sich nicht durch das Malen ablenken konnte. Du könntest wieder anfangen zu trinken, sagte Matthew zu sich, während er lustlos im Skizzenbuch blätterte. Oder vielleicht auch nicht, wenn er daran dachte, was beim letzten Mal geschehen war.

Er ließ die Skizzen liegen, trat ans Fenster und betrachtete die nun vertraut gewordenen Umrisse der Berge. Ein dunkler Fleck auf dem Eis erregte seine Aufmerksamkeit, und er hob eine Hand, um seine Augen gegen die Sonne abzuschirmen, und spähte nach der dort sitzenden Gestalt. Sie entpuppte sich als ein Mann, der sich in warme Felle gehüllt hatte. Es war Joseph. Seit seinem Besuch im Dorf, der eine Ewigkeit zurückzuliegen schien, hatte er den Mann nicht mehr gesehen. Er wußte, daß Joseph zum Haus kam – er aß die Kaninchen und Fische, die Sidonie von ihm kaufte –, doch in der Regel kam er frühmorgens, bevor Matthew aufstand.

Er eilte spontan zur Tür und ließ die Arbeit mit schuldbewußter Erleichterung zurück. Nachdem er sich hastig Mantel, Handschuhe und Schal angezogen hatte, verließ er das Haus und bahnte sich einen neuen Weg zur Anlegestelle hinunter.

Als er Joseph erreichte, sah der zu ihm auf. Er hielt einen Holzstock, an dem eine dünne Schnur hing, über ein Loch im Eis. Sein Bart war mit Reif bedeckt, doch der pelzgefütterte Mantel mit Kapuze sah warm aus. Er starrte Matthew einen Moment lang an, dann glitt eine Hand in seine Tasche. Sie brachte einen Lederbeutel zum Vorschein. Joseph setzte ihn kurz an die Lippen, schluckte, dann reichte er ihm den Beutel.

Matthew machte einen Schritt nach vorn und nahm

das Angebot an. Der Alkohol war warm und brennend und hatte einen Nachgeschmack, der ihm Tränen in die Augen trieb. Die Hitze schien sich in seiner Brust auszubreiten und bis in seine Knochen zu strahlen. Er gab den Beutel zurück. »Danke.« Joseph nickte, dann stand er auf und kippte die Holzkiste um, auf der er saß, so daß gerade zwei darauf Platz hatten. Er setzte sich wieder hin, ohne zu sprechen.

Matthew ließ sich auf der schmalen Kante der Kiste nieder. Das Schweigen hielt eine Weile. »Ich habe Sie länger nicht mehr gesehen.« sagte er schließlich. »Wie geht es denn?«

Joseph zuckte mit den Achseln. »Ging schon schlechter.«

»Danke für das Essen. Es muß schwer sein, genug für Sie selbst und für mich zu fangen.«

Wieder ein Achselzucken. »Sie zahlt dafür. War ein guter Winter. Jede Menge Wild, jede Menge Fisch.« Zum ersten Mal dachte Matthew daran, wie es im Winter wohl im Dorf sein mochte. Die Hütten schienen nicht viel Schutz vor der Kälte zu bieten, auch wenn sie vielleicht wärmer waren als der große Steinhaufen des Hauses. Wenn die nächste Stadt eine fünftägige Reise entfernt lag, über Wege, die bestenfalls unsicher waren, gab es nur sehr wenig Spielraum für Irrtümer, wenn der Bedarf für den Winter berechnet wurde.

»Was machen Sie in einem harten Winter?«

»Weiter weg jagen. Weniger essen.« Matthew glaubte, den Anflug eines Lächelns auf den weißgeränderten Lippen des Mannes aufgefangen zu haben. »Keiner verhungert, hier nicht. An anderen Orten ja. Hier nicht.«

»Warum nicht?«

»Wegen ihr«, sein Kopf machte eine Geste zum Haus hin, »sie läßt es nicht zu.« Matthew sah ihn an. Joseph betrachtete das Wasser, das an dem Loch im Eis leckte.

»Wollen Sie damit sagen, daß Sidonie Ihnen hilft?«

»Wenn schleche Zeiten kommen, läßt sie uns nicht verhungern. Sie hilft bei der Jagd. Sie gibt uns Geld, um Essen in der Stadt zu kaufen.« Es war naheliegend, dachte Matthew. Sie war auf die Verschwiegenheit und die Unterstützung des Dorfes angewiesen. Es war nur vernünftig, ihre Loyalität zu besiegeln, indem sie ihnen half. Was kaufte sie sich sonst noch auf diese Art und Weise? fragte er sich.

»Wie ist das«, begann er vorsichtig, »ernährt sie sich auch vom Dorf?« Josephs Schnur bewegte sich ruckartig. Der Mann kämpfte einen Moment lang dagegen an, dann zog er den Stock jäh zurück. Ein silbriger Fisch schnellte zappelnd auf das Eis. Joseph beugte sich nach unten, schlug ihm einmal mit dem Ende der Stange auf den Kopf, und er lag reglos da.

»Abendessen für heute, wenn Sie möchten«, sagte er und machte sich daran, einen neuen Köder anzubringen, eine selbstgemachte Vorrichtung, die aus einer gebogenen Gabel und undefinierbaren, glänzenden Gegenständen aus Metall zusammengeschustert war. Matthew seufzte. Es sah nicht so aus, als würde er eine Antwort auf seine Frage bekommen, doch vielleicht war das Antwort genug. Die Schnur glitt wieder ins Wasser. In der Stille glaubte er hören zu können, wie die entfernten Kiefern sich in der schwachen Brise wiegten. »Manchmal«, sagte Joseph ganz unerwartet, so daß Matthew vor lauter Überraschung aufschreckte. »Manchmal, wenn einer von den Alten lange Zeit im Sterben liegt, dann bringt seine Familie ihn zum Haus. Manchmal gehen auch andere hin. Junge Männer. Alte Männer. Auch Frauen.«

»Was geschieht mit ihnen?«

»Diejenigen, die zurückkommen, sagen nichts.«

»Und Ihre Leute... und Sie... Sie lassen das zu?« fragte Matthew, er war entsetzt über die Vorstellung einer endlosen Prozession von Opfern, die sich den Pfad zum Haus hinauf bewegte. Zwar hatte er niemanden gesehen, doch vielleicht waren sie angewiesen worden, wegzubleiben.

»Kann sie nicht aufhalten. Ist deren Entscheidung.«

»Und das spricht Sie von Schuld frei? Das rechtfertigt es?«

»Ist deren Entscheidung«, wiederholte Joseph. »Sie fragt nicht nach. Hat sie nie getan. Einige Leute... einige Leute warten ihr Leben lang auf die Wölfe. Nehme an, daß es ein leichterer Weg ist als das.«

»Das erleichtert mich ungemein. Sie wird mich umbringen. Das wissen Sie.« Joseph zuckte wieder beredt mit den Achseln, es konnte ihn verrückt machen. »Ich nehme an, Sie würden mir nicht helfen zu fliehen?« Er schüttelte den Kopf. Matthew betrachtete die grauen, düsteren Formen des Hauses und ballte Fäuste in den Taschen. »Wann reisen Sie in die Stadt, um meine Farben zu holen?«

»Wahrscheinlich nächste Woche«, sagte Joseph.

»Wenn Sie mich schon nicht mitnehmen, würden Sie wenigstens einen Brief an meinen Vater mitnehmen?« Joseph schüttelte wieder den Kopf. »Nur damit er weiß, daß ich noch lebe?« Er fing das mißbilligende Zucken von Josephs Schnurrbart auf. Er hatte die drei Briefe befördert, die Matthew auf Sidonies Geheiß hin geschrieben hatte, alle waren so höflich beruhigend wie der erste gewesen. Er hatte sogar ein oder zwei

Antworten mitgebracht. »Ich nehme an, es hat keinen Zweck, Ihnen Geld oder Sicherheit anzubieten. Das wäre für uns beide eine Kränkung. Aber Sie sollten wissen, daß Sie verantwortlich sind, wenn sie mich umbringt. Sie sind Mitwisser. Können Sie damit leben?« fragte Matthew, dann lachte er über die bittere Erkenntnis, wie sinnlos seine Bitte als auch seine Wut war. »Natürlich können Sie das. Sie müssen das schon hundert Mal gemacht haben.« Joseph wackelte mit dem Stock und sagte nichts. »Also?«

»Mußte mal gesagt werden«, sagte er schließlich. »Aber ich höre mir das nur einmal an, verstanden? Es tut mir leid. Ich mag Sie. Aber ihre Sache ist ihre Sache. Ist die Abmachung. War sie schon immer .«

»Sie haben eine Abmachung mit einem Ungeheuer getroffen.«

»Weiß nichts von Ungeheuern. Sie sind noch nicht tot, oder?« Matthew sah ihn scharf an, von den Worten alarmiert. Es lag eine versteckte Andeutung darin und in Josephs mildem Gesichtsausdruck.

»Wollen Sie damit sagen, daß noch keiner so lange überlebt hat?« fragte er vorsichtig.

»Weiß nicht. Sie hat nicht oft Gäste. Weiß nicht, wohin sie gehen, wann sie gehen. Aber keiner ist so lange geblieben wie Sie.«

»Haben Sie jemals jemanden zur Bahnlinie zurückgebracht? Oder in die Stadt?«

»Nein«, gab Joseph zögernd zu. »Aber sie kann es tun. Wenn sie will.« Er reichte den Weinschlauch herüber, und Matthew nahm diesmal einen größeren Schluck. »Paß auf, Junge. Will nicht, daß sie sagt, ich hätte dich wieder zum Trinker gemacht.«

»Wieder zum ...?« setzte Matthew verblüfft an. »Verdammt. Helen, nehme ich an.«

»Sie redet. Sie ist noch jung.«

»Sie können es mir kaum vorwerfen, oder?« Joseph schnaubte und schüttelte den Kopf.

»Nein.« Die Angelschnur bewegte sich, und einen Augenblick später gesellte sich ein weiterer Fisch zu dem ersten. »Möchten Sie mal versuchen?« Matthew zuckte mit den Schultern, dann lächelte er, als er bemerkte, wie sehr die Geste der von Joseph ähnelte. Er nahm den Stock und wartete, während der andere Mann den Köder anbrachte. Mit leisem Platschen fiel er ins Wasser. »Wackeln Sie einfach ein bißchen hin und her.«

Eine Weile saßen sie schweigend da. Matthew hielt den Stock in Bewegung und bewegte auch die Füße. Seine Zehen waren allmählich taub geworden. »Wie geht es Mutter Norit und den anderen?« fragte er.

»Soweit ganz gut. Kommen Sie ins Dorf und sehen Sie nach.«

»Lieber nicht. Alle wissen Bescheid.«

»Es kümmert sich keiner darum«, erwiderte Joseph in dem Augenblick, als der Stock in Matthews Hand einen Ruck machte. Die nächsten Minuten waren damit ausgefüllt, den Fisch aus dem Wasser zu ziehen. Matthew beschloß, gar nicht erst zu versuchen, Josephs Tötungsmethode nachzuahmen, und gab den Stock zurück. »In zwei Wochen feiern wir die Wintersonnenwende. Schönes Fest. Sie können vorbeikommen, wenn Sie wollen.«

»Sie meinen, wenn ich noch am Leben bin.«

»Wenn Sie wollen«, wiederholte Joseph. Matthew stand auf und stampfte auf das Eis, um wieder Gefühl in seinen Füßen zu bekommen. »Nehmen Sie den Fisch.« Joseph spießte das Tier mit einem Stock durch die Kiemen auf und hielt es ihm hin. »Jemals einen zubereitet?« Matthew schüttelte den Kopf. Josephs Zähne blitzten einen Moment lang auf. »Sie weiß, wie es geht.«

»Dann lasse ich sie es machen. Danke.«

Dieses Mal erwartete er das Achselzucken, doch nicht den ernsten Blick, der seinem begegnete. »Wölfe sind keine Ungeheuer. Sind nur Wölfe. Können nichts dafür. Ist ihre Natur.«

»Vielleicht stimmt das. Aber ist es ein Trost für das Rotwild, das zu wissen?«

»Weiß nicht«, gab Joseph zu. »Vielleicht.«

Matthew schüttelte den Kopf und ging zurück zum Haus, den Fisch hielt er behutsam an dem Stock fest. Als er den Ballsaal erreichte und aus dem Fenster sah, war Joseph immer noch dort. Fast wollte er schon winken, dann bemerkte er, daß der Mann ihm den Rücken zukehrte. Er ließ die Hand sinken.

28. Kapitel

»Hat er wirklich so ausgesehen?« fragte Matthew und hielt die Lampe hoch, damit der Schein ganz auf das Gemälde von Christian fiel. Die weiße Farbe in den wahnsinnigen Augen leuchtete.

»Ja«, sagte Sidonie einen Augenblick später. Er blickte zur Seite und sah, daß sie das Gemälde anstarrte, ihr Gesichtsausdruck war unnahbar und schwer zu deuten. Schließlich blinzelte sie und drehte sich weg, ihr Blick glitt durch den Raum. »Es ist schon seltsam. Jede Nacht gehe ich durch diesen Raum, und trotzdem habe ich vergessen, wie leer er aussieht.«

»Du hättest wenigstens den Giardello behalten können«, sagte Matthew, während er sich in der düsteren Galerie umsah. Die merkwürdige Anordnung der wenigen Gemälde, die noch übrig waren, ließ die leeren Wandflächen noch stärker hervortreten. Das Flackern des Lichtscheins über der Landschaft auf der anderen Seite des Raumes erregte seine Aufmerksamkeit, und er machte einen Schritt darauf zu.

»Wenn du möchtest, kannst du deine Gemälde aufhängen«, sagte sie.

Er blieb stehen und dachte an die Leinwände, die jenseits der Tür zum Ballsaal an der Wand standen.

Was war aus seinen Träumen von künstlerischem Ruhm geworden? Eine Ausstellung, die nur von vorbeihuschenden Tieren besucht wurde? Und von seiner Mörderin.

»Ich glaube nicht«, sagte er und spürte, wie ihm der Spaß verging. »Wenn ich erst einmal tot bin, kannst du natürlich tun und lassen, was dir beliebt.« Seine Grobheit bereitete ihm ein gewisses Vergnügen, doch er richtete die Augen weiterhin auf die Landschaft. Das Bild war nichts Außergewöhnliches, genauso wie er es in Erinnerung hatte, eine naive Darstellung sonnenbeschienener Wiesen in sanften Farben.

Sidonie stand wieder neben ihm und schien das Gemälde mit derselben Konzentration zu betrachten wie er. »Es ist eine Schande, daß sie einmal wertvolle und bedeutende Dinge besessen haben und daß alles, was davon übrig geblieben ist, solche Bilder sind«, sagte er nach einem verlegenen Schweigen.

»Es ist nicht besonders gut«, sagte sie mit merkwürdig schuldbewußter Stimme, als müßte sie einen Mangel an Geschmack zugeben. »Ist es akkurat?«

»Wie meinst du akkurat?«

»Sieht so eine Wiese im Sonnenlicht aus?«

»In vereinfachter Form, ja. Ich denke, die Farben sind zu gedämpft und ungeschickt verwendet worden. Achte auf den Kontrast zwischen den Blättern dieses Baumes und diesem anderen.« Er wies auf die Mitte der Leinwand. »Die Schattierungen auf wirklichen Bäumen sind sehr viel feiner. Natürlich kann man die Farbtöne im Lampenlicht sowieso nicht richtig sehen. Bei natürlichem Licht wäre man in der Lage, die Farben so zu sehen, wie sie sein sollten. Licht ist eine Eigenschaft ebenso wie Pigment. Hier im Norden ist das Licht in seinem Kern grau. Ich habe gehört, das

Licht ganz unten im Süden, in der Wüste, ist goldfarben. Nicht nur das, was es berührt, oder der Himmel, sondern das Licht selbst. Ich wollte mir immer einmal ansehen, ob die Geschichten wahr sind.« Er hielt inne, ihm war plötzlich eingefallen, daß er, wenn sie ihren Willen durchsetzte, niemals die Gelegenheit dazu haben würde.

»Ich erinnere mich nicht daran«, sagte sie leise. »Seit zweitausend Jahren ist *dies* mein natürliches Licht gewesen.«

Das stimmte, dachte Matthew überrascht. Sie konnte im Dunkeln wesentlich besser sehen als ein Sterblicher, doch selbst sie konnte das grundsätzliche Wesen des Lichts nicht ändern. Alle Farben, die sich nur in der Sonne offenbarten, alle blassen, perlmuttfarbenen Töne der Dämmerung und die rubinrote Pracht des Sonnenaufgangs, alles, was er wie selbstverständlich hinnahm, hatte sie für immer verloren. Sie hatte die gemalte Landschaft aus demselben Grund behalten, aus dem sie sich mit dem Kräutergarten abmühte; ganz gleich wie armselig dieser Ersatz auch war, es war alles, was ihr vom Tage geblieben war.

Das Ausmaß ihres Verlustes, der Preis, den sie für die Ewigkeit bezahlt hatte, ließ ihn wie betäubt dastehen. Allein die Vorstellung, das Licht zu verlieren, in einer Welt aus Hell und Dunkel gefangen zu sein, der soviel Leben entzogen war, versetzte seinem Herzen einen Stoß.

Ihre Augen trafen sich, und sie schreckte plötzlich zurück, als sei sie von etwas getroffen worden. »Wenn dir das Gemälde so sehr mißfällt«, sagte sie, »dann solltest du ein neues für mich schaffen. Allerdings wird es eine Winterlandschaft werden. Es sei denn, du machst dir die Mühe, dir vorzustellen, wie das Sonnenlicht auf die Blumen deines Grabes fallen wird.«

Sie ließ ihn einfach stehen, und er starrte ihr hinterher, wie gelähmt von der rohen Bösartigkeit ihrer Worte, und fragte sich, womit er sie provoziert hatte. Dann erkannte er, was sie vielleicht in seinen Augen gelesen hatte, und verstand ihre Reaktion. Er wußte, daß Sidonie daran gewöhnt sein mußte, gefürchtet und begehrt zu werden. Vermutlich war sie nicht oft bemitleidet worden.

Er machte einen Schritt auf die Türöffnung zu und blieb dann stehen, er wußte, daß es nichts zu sagen gab, und sicherlich nichts, was er zu sagen wünschte. Wenn er sie verletzt hatte, sollte er sich keine Sorgen deswegen machen.

In der Ferne hörte er das Heulen der Wölfe und ging dankbar für die Ablenkung ans Fenster. Es war nicht das erste Mal, daß ihr schauriger Gesang durch das Tal hallte. Trotz der Erinnerung an die schreckliche, mondbeschienene Hetzjagd durch die Wälder, die der Gesang in ihm wachrief, hatte er sich fast daran gewöhnt, das seltsame Konzert zu hören, während er arbeitete. Ein- oder zweimal glaubte er, ihre Spuren im Schnee auf der Terrasse vor dem Ballsaal entdeckt zu haben.

Doch jetzt schien der Gesang einen anderen Klang zu haben. Er zeugte von einer Eindringlichkeit und Wut, die er nie zuvor wahrgenommen hatte. Neugierig wölbte er die Hände über den Augen und spähte in die Dunkelheit hinaus.

Der Mond stand als leuchtende Sichel über den fernen Bergen. In seinem Schein sah er, wie sich etwas am gegenüberliegenden Ufer bewegte. Er blinzelte, und aus der verschwommenen Bewegung wurden graue Wolfsgestalten, die durch den Schnee auf den See zujagten. Noch einmal hörte er das Geheul, diesmal klang es atemlos und erschöpft. Die Wölfe bewegten sich in mehreren, dichtgedrängten Gruppen. Zuerst dachte er, sie würden von den schwach sichtbaren Wesen hinter ihnen verfolgt, dann erkannte er, was er sah.

Es konnten keine Wölfe sein, dachte er. Es mußten Hunde sein, auch wenn sie enger mit ihren wilden Brüdern verwandt waren als die in der Stadt. Unsinnige Hoffnung keimte in ihm auf. War es möglich, daß seine Familie sich nicht von den erzwungenen Beteuerungen in seinen Briefen hatte täuschen lassen? Konnten sie Behörden benachrichtigt haben, die es womöglich doch in dieser Wildnis gab?

Er war an der Tür, noch ehe er darüber nachgedacht hatte, was die Möglichkeit einer Rettung bedeutete. Er konnte Sidonie kaum beschuldigen, ein Vampir zu sein. Sie würden ihn für verrückt halten. Wenn sie es nicht taten, was passiert dann mit Sidonie? Würden sie sie töten?

Dazu würde es nicht kommen. Er würde lediglich sagen, daß er von hier weg wollte, und sie würden ihn mitnehmen. Sidonie würde es nicht wagen, ihn aufzuhalten. Seine Flucht würde seinen Vater weiterhin anfechtbar machen ... doch Schande war sicherlich besser als der Verlust eines weiteren Sohnes. Er ließ den Gedanken wieder fallen. Mit diesem Problem würde er sich befassen, wenn es soweit war.

Das Heulen war jetzt lauter geworden, man konnte es sogar in der Eingangshalle hören. Sie mußten die Insel erreicht haben. Sidonie tauchte in der Tür der verdunkelten Bibliothek auf. Ihr Gesicht war ausdruckslos, doch er konnte die Anspannung in ihren Schultern erkennen. »Komm in die Bibliothek«, sagte sie, als er in Richtung des Vorraums ging.

»Aber ...«

»Sofort.« Das Wort war so scharf wie ein Peitschenknall. Seine Füße bewegten sich unwillkürlich zu ihr hin, ohne seinen bewußten Befehl. Ehe er wußte, was geschah, war er an der Tür. Als sie nach seiner Hand griff und ihn in die Dunkelheit zerrte, starrte er sie mit erwachendem Entsetzen an. Sie hatte ihn *bezwungen*. Sie hatte die Macht dazu. Sie hatte sie die ganze Zeit über besessen. Die Furcht ging allmählich in Bestürzung über. Sie besaß mehr Waffen gegen ihn, als er sich jemals vorgestellt hatte ... und sie hatte keine davon benutzt.

Der Ruf der Wölfe klang in seinen Ohren, als sie ihn zum Fenster zog. Kurz davor blieb sie stehen, dann ging sie etwas langsamer vorwärts und stellte sich vorsichtig an die Stelle, von wo aus sie zwar die Terrasse übersehen konnte, doch von außen nicht zu sehen war. Matthew sah über ihre Schulter hinweg, wie die Tiere im Schnee rutschend zum Stehen kamen. Ein zweites Rudel folgte. Obwohl sie anscheinend erschöpft waren, brachen sie nicht auf dem Boden zusammen, sondern bewegten sich in ihren Ketten hin und her. Ein verzweifeltes Heulen hallte vom Dachgesims wider. Sie sahen nicht aus wie irgendwelche Hunde, die er jemals gesehen hatte, gestand er sich ein. Sie sahen aus wie Wölfe.

Eine Gestalt trat ins Blickfeld, in einen Mantel gehüllt, doch ohne Kopfbedeckung. Der Mondschein streifte einen vom Wind zerzausten silbergrauen Haarschopf. Sidonie hielt jäh die Luft an. Ihre Finger umklammerten seinen Arm so fest, daß er zusammenzuckte. Sie drehte sich um und sah ihn an. »Du bleibst hier.«

»Wer –?« setzte er an. Sie schüttelte den Kopf.

»Du weißt nicht, was hier auf dem Spiel steht. Bleib hier, wo man dich nicht sehen kann. Egal was geschieht.«

Sie wartete seine Zustimmung nicht ab, sondern glitt an ihm vorbei zur Tür. Er drehte sich um und sah wieder aus dem Fenster. Er konnte Gestalten erkennen, die sich zwischen den Tieren bewegten und sie von den Zugriemen losmachten. Befreit sprangen sie in die Dunkelheit. Wolfsgesang erfüllte die Nacht.

Jemand klopfte an die große Eingangstür.

Matthew schlich zur Tür der Bibliothek, er gab darauf acht, im Dunkeln zu bleiben. Sidonie verschwand einen Augenblick lang, dann tauchte sie wieder auf und wich vom Vorraum zurück. Er hörte Stimmen und das Knurren der Wölfe.

Jemand trat in sein Blickfeld. Schimmerndes Haar wallte über den schwarzen Pelzkragen eines langen Mantels. Das Profil zeichnete sich im Schein des Feuers deutlich ab. Der Bogen der Wangenknochen und das scharf hervortretende, schmale Kinn kamen ihm schmerzlich bekannt vor.

»Guten Abend, Sidonie«, sagte eine männliche Stimme sanft. Sie rührte sich nicht. Matthew sah, daß ihre Finger ineinander verflochten waren, als fürchtete sie sich davor, was sie tun könnten, wenn sie sie löste. »Begrüßt man denn so einen guten alten Freund?« Als sie nicht antwortete, streckte der Vampir die Hand aus. Eine lange Weile blieben sie so stehen, als seien sie für ein inszeniertes Bühnenbild in einem rätselhaften Schauspiel in Positur gestellt worden. Dann seufzte Sidonie und machte einen Schritt nach vorn. Ihre Hand glitt in seine, und er zog sie in seine Arme.

Matthew sah, wie weiße Finger in die schwarze Seide ihrer Haare griffen. Ihr Kuß wirkte sinnlich, ein ausgehungertes Stillen von Begierde. Als er zu Ende war, legte sie den Kopf an die Schulter des Vampirs. Seine Hände glitten über ihren Rücken. Matthew spürte eine seltsame Spannung in der Brust, und es wurde ihm plötzlich bewußt, daß er die Luft angehalten hatte. Er atmete vorsichtig aus. Die Spannung löste sich nicht.

Schließlich hob Sidonie den Kopf und wollte einen Schritt zurücktreten. Der andere Vampir hielt sie noch immer fest, sein Arm lag um ihre Taille. »So ist es besser. Jetzt könnte ich glauben, daß du dich freust, mich zu sehen.«

»Was machst du hier, Tal?«

»Wir reisten gerade durchs Land, und da hatten wir die Idee, dich in deinem nördlichen Exil zu besuchen. Es ist immerhin schon sehr lange her, daß wir alle zusammengewesen sind.« Matthew sah, wie sie über Tals Schulter hinweg zum Eingang blickte.

»Wie seid ihr hierher gekommen?«

»Ysabel war auf einen Sterblichen gestoßen, der die Gegend kennt und für die Schlitten sorgte. Wir sorgten für die Wölfe. Sie geben eher widerwillige Gehilfen ab, muß ich zugeben, aber mit Sicherheit sind sie interessanter als Hunde.« Er hob die Hand und fuhr mit einem Finger den Bogen ihrer Augenbraue entlang. »Wenn du die Stirn runzelst, mein Liebling, muß ich annehmen, daß du uns hier nicht wünschst.«

»Du bist von meinem Blut«, sagte sie so leise, daß Matthew die Worte fast nicht verstand. Sie trat zurück, und dieses Mal ließ Tal sie los. »Kommt herein.« Matthew sah, wie Gestalten durch den Eingang kamen. Bei den flüchtigen Blicken, die er riskierte, konnte er erkennen, daß mehrere menschlich aussahen, während drei weitere die unverkennbare Aura des Vampirismus trugen. »Ich habe keine Gäste erwartet«, sagte Sidonie. »Ihr seid natürlich herzlich willkommen, aber ich fürchte, ihr werdet euch langweilen.«

»Unsinn«, erwiderte eine rauhe weibliche Stimme mit undefinierbarem Akzent. »Tal hat uns über den ganzen Kontinent geschleppt. Eine Ruhepause kommt mir sehr gelegen.«

Sie bewegten sich ins Vestibül hinüber, und die Unterhaltung drehte sich um praktische Fragen: Wo würden sie schlafen? Konnten ihre Sterblichen auch untergebracht werden? Es wurde beschlossen, daß die Zimmer im zweiten Stock über dem Speisesaal genehm wären. Matthew stellte sich vor, mit noch mehr Vampiren zusammenzuwohnen, und spürte den eisigen Hauch der Furcht. Er trat unruhig hin und her, er war nicht sicher, ob er hervorkommen sollte oder nicht. Sidonie konnte doch nicht annehmen, daß er sich für die Dauer ihres Aufenthalts, wie lange auch immer der sein würde, vor ihnen verbergen konnte.

Als die Vampire und ihre Diener die Treppe hinauf verschwunden waren, erschien Sidonie an der Tür. Als er auf sie zuging, sah er die Sorge in ihren Augen. »Ich habe keine andere Wahl, als zuzulassen, daß sie dich sehen«, sagte sie hastig. »Wenn ich es tue, bleib ein paar Minuten, dann geh in den Ballsaal. Es wird am besten sein, wenn du bis zur Dämmerung nicht schlafen gehst.«

»Sind sie gefährlich?«

»*Wir* sind gefährlich«, verbesserte sie ihn. »Aber es gibt Regeln. Du gehörst mir. Denk daran.«

Stimmen von der Halle her lenkten ihren Blick ab. »Warte hier«, sagte sie und eilte in die Halle zurück. Mit einem Anflug bitteren Humors erinnerte sich Matthew an seine wilden Hoffnungen von Rettung und Flucht. Anstatt erlöst zu werden, befand er sich in größerer Gefahr als je zuvor. Er wollte nichts mit solchen Kreaturen zu tun haben, denen nicht einmal Sidonie zu trauen schien. Wenngleich sie offensichtlich kein Mißtrauen in dem Augenblick hegte, als sie Tal begrüßte, dachte er, und erinnerte sich daran, wie sie ihm ihren Mund dargeboten hatte.

Er holte tief Luft, zog sein Jackett gerade und ging auf den Eingang zu. Er war es leid, in der Dunkelheit zu lauern. Welche Schwierigkeiten Sidonie auch immer ins Auge gefaßt hatte, er konnte es genauso gut sofort hinter sich bringen. Am Eingang blieb er stehen und sah sich um. Zu seiner Rechten trugen zwei Männer eine Kiste die Treppe hinauf. Tal hatte seinen Mantel abgelegt und sich in einem der Sessel beim Feuer niedergelassen. Eine Frau, eine bleiche Schönheit und noch sehr jung, stand hinter ihm und rieb den Schnee aus seinem silbergrauen Haar. Er sah in die Mitte des Raumes, wo Sidonie mit drei anderen Personen stand. Matthew erkannte, daß zwei davon Vampire waren, wenngleich der Mann weitaus jünger als Sidonie und Tal sein mußte. Er war sehr dunkel, seine Haut hatte die Farbe von Eichenholz, sein Haar war so schwarz wie das von Sidonie. Während er sich mit Sidonie unterhielt, streichelte seine Hand unbewußt den Rücken der sterblichen Frau, die mit gesenktem Kopf neben ihm stand. Der weibliche Vampir war so blaß wie der männliche dunkel war. Im Gegensatz zu ihrer weißen Haut und ihren weißen Haaren war ihr Mund sehr rot, ebenso wie die Pupillen ihrer großen Augen.

Im düsteren Dunkel am Ende der Halle bewegte sich etwas. Eine Frau drehte sich von der Fensterreihe weg und trat in den Schein des Feuers. In einem Augenblick wilder Phantasievorstellung glaubte Matthew, sie sei mit Blut bedeckt, dann erkannte er, daß Kleidung und Haar dieselbe karminrote Farbe hatten. Ihre Augen begegneten seinen. Sie hielt inne, und dann bogen sich ihre üppigen, rubinroten Lippen zu einem genüßlichen Lächeln. »Ich dachte, du hättest gesagt, wir würden uns hier langweilen, Sidonie.«

Matthew sah, wie Sidonie zusammenfuhr und sich dann umdrehte, um dem Blick der Frau zu folgen. Ihr Gesicht erstarrte, und einen Moment lang tat es ihm leid, daß er ihr nicht gehorcht hatte. Undeutlich nahm er war, daß Tal sich von seinem Sessel erhob. »Und ich dachte, du hättest gesagt, du erwartetest keinen Besuch.«

»Das sagte ich auch. Ich habe nicht gesagt, daß ich nicht bereits Besuch hätte. Hast du denn gedacht, daß ich die ganze Zeit hier draußen allein verbringe?« Ihre Stimme hatte einen leicht spöttischen Unterton. Sie kam quer durch den Raum auf ihn zu. »Kein Wunder, daß du die anderen überredet hast mitzukommen, Tal. Du hast sie dazu gebracht, Mitleid mit mir zu haben.« Matthew begegnete ihrem Blick und sah, daß der Zorn in ihren Augen ein wenig nachgelassen hatte. »Du kannst mit deinen Sachen weitermachen.«

Diesmal entschied er, daß es ratsam sein würde, ihren Anweisungen zu folgen. Die Entfernung bis zur Galerietür am anderen Ende der Halle erschien im plötzlich unendlich. Er beschloß, statt dessen zum Musikraum hinüberzugehen, um auf diesem weniger direkten Weg in den Ballsaal zu gelangen. »Warte.« Tals Stimme klang erschreckend nah, und als er sich umdrehte, sah er, daß der Vampir ganz in seiner Nähe stand. Sidonie machte einen Schritt nach vorn, als wollte sie sich zwischen sie stellen. Matthew stellte fest, daß sein Blick von einem Paar grauer Augen gebannt wurde, die unergründlich zu sein schienen. »Du hast uns noch nicht miteinander bekannt gemacht.«

»Ist es denn inzwischen üblich, Diener vorzustellen?« fragte Sidonie.

»Ich denke, wir könnten in diesem Fall eine Ausnahme machen. Für einen Gast.« Im Augenwinkel fing Matthew Sidonies Achselzucken auf, dann stand sie neben ihm.

»Das ist Matthew. Matthew, das ist Tal.« Der Vampir lächelte und verneigte den Kopf ein wenig. Matthew ahmte die Geste nach, er wußte, daß die Erwiderung unterwürfiger ausfallen sollte, doch er konnte sich nicht dazu zwingen. Sidonie setzte die Vorstellung fort. »Rodrigo und Theodora.« Der dunkle Mann hob eine Augenbraue. Die weiße Frau lächelte mit lediglich flüchtigem Interesse. »Und Ysabel.« Der rothaarige Vamp hatte sich zu den anderen gesellt. Sie leckte sich die Lippen. »Und jetzt hat er zu tun und wird uns verlassen.«

Matthew ging auf die Tür zum Musikzimmer zu, streckte die Hand nach dem Türgriff aus und hatte dabei das unbehagliche Gefühl, vier neugierigen, hungrigen Augenpaaren den Rücken zuzukehren.

»Und was er zu tun hat, ist wichtiger, als dir zur Verfügung zu stehen«, fragte Tal. »Als dich zu versorgen?«

»Ich bin ausreichend versorgt, Tal. Es tut mir leid, wenn meine Vereinbarungen deinem Geschmack nicht zusagen, aber es sind *meine* Vereinbarungen. Wenn dir das nicht behagt, solltest du vielleicht am besten wieder gehen.« Sidonies Stimme klang streng, doch Tal lachte nur.

»Unsinn, mein Liebling. Du warst immer schon ein bißchen exzentrisch. Amüsiere dich nur, wie es dir gefällt.«

Matthew fand den Türgriff, drehte ihn und glitt durch die Öffnung in die Dunkelheit. Er schloß die Tür, lehnte sich dagegen und bemerkte erst jetzt, wie stark sein Herz klopfte. Er konnte noch immer das Gemurmel der Stimmen hinter der Tür hören und lauschte angestrengt.

»Was ist da drin?«

»Nichts, was dich etwas angeht.« Nach kurzem Schweigen redete sie weiter, jetzt mit heiterer Stimme. »Laß mir meinen Willen, Tal. Du hast recht, ich bin exzentrisch. Deshalb lebe ich schließlich hier. Der Sterbliche ist nur einer meiner exzentrischen Einfälle.«

Die Laute verklangen, und er konnte nichts mehr hören, obwohl er das Ohr an die Tür drückte. Sidonies Ratschlag fiel ihm wieder ein. Es würde ihm keinerlei Schwierigkeiten bereiten, bis zum Morgengrauen wachzubleiben.

Es fiel ihm doch schwer, die Stunden auszufüllen, da er sich im Ballsaal keinen Vorrat an Lebensmitteln und Büchern zugelegt hatte. Das würde er morgen tun müssen, beschloß er. Er war zu sehr von dem unregelmäßigen Geräuschpegel aus der Halle abgelenkt, von Stimmen, Gelächter und anderen, weniger erkennbaren Geräuschen, als daß er sich auf das Malen hätte konzentrieren können. Statt dessen kümmerte er sich um praktische Dinge: Er bereitete eine neue Leinwand vor und reinigte seine Pinsel gründlich. Die kühle Luft half ihm, wachzubleiben, auch wenn er im Laufe der

Nacht feststellte, daß er sich nach der Wärme seines Feuers und den vielen Decken seines Bettes sehnte.

Er lehnte sich gegen das Fenster und sah in die Nacht. Er glaubte inzwischen eine Trennlinie zwischen der Schwärze des Himmels und der dunklen Masse der ihn umgebenden Berge wahrzunehmen. Er hatte kein Mittel, um die verstrichenen Stunden zu zählen, doch er vermutete, daß es kurz vor Morgengrauen war. Er schloß die Augen und ließ seine Gedanken einen Moment lang schweifen. Das Rütteln der Tür schreckte ihn aus seiner Selbstvergessenheit, er wirbelte herum und sah, wie Sidonie in den Raum trat. Die Tür schloß sich hinter ihr.

»Es tut mir leid, daß ich hereinkomme, aber ich hatte keine andere Wahl«, sagte sie, als er zu ihr hinüberging. »Ich muß dich um einen Gefallen bitten.«

»Wo sind die anderen?«

»Sie sind in ihren Zimmern und bringen sich vor dem Morgengrauen in Sicherheit. Du mußt mich anhören. Du mußt während des Tages für mich ins Dorf gehen. Du mußt Joseph sagen, daß andere Vampire hier sind. Er soll dafür Sorge tragen, daß niemand von seinen Leuten nachts umherläuft. Er sollte auch Wache halten.«

»Würden sie den Dorfbewohnern Schaden zufügen?«

»Ich glaube nicht. Ich hoffe nicht. Aber ich möchte, daß die Dorfbewohner kein Risiko eingehen. Ebenso solltest du alles zusammensuchen, was du brauchst, um es nachts hier bequem zu haben. Geh ihnen aus dem Weg.«

»Wäre es nicht besser, mich gehen zu lassen?« fragte er fast reflexartig und sah, wie sich ihre Stirn sorgenvoll krauste.

»Wenn es darum geht…«, begann sie, dann schüttelte sie den Kopf. »Ich werde nicht zulassen, daß sie sich einmischen.« Es lag eine merkwürdige Distanziertheit in ihren Augen und ihrer Stimme, als würde sie zu sich selbst sprechen und nicht zu ihm. Sie streckte die Hand aus, legte sie auf seine Brust und ließ sie nach oben gleiten, bis ihre kühle Handfläche besitzergreifend und vertraulich auf seinem Hals lag. »Ich werde nicht zulassen, daß sie dich anrühren. Du gehörst mir.« Er vermochte nicht zu sprechen, unter dem Gewicht ihrer Berührung konnten die Worte sich nicht formen. Ihre Augenlider senkten sich, und ihre Lippen öffneten sich. Sie konnte den Puls in seinem Hals spüren, dachte er, aber der Schrecken, den diese Erkenntnis auslöste, war sehr weit weg. Sein Blut pochte unter ihrer Berührung. Seine Hand hob sich, um ihre zu bedecken, doch er war sich nicht sicher, ob er ihre Finger wegziehen oder noch näher heranpressen wollte.

Sie schien plötzlich wieder zu sich zu kommen. Ihre Hand fiel unter seiner herab, und der vergoldete Blick wurde wieder ruhig und unergründlich. »Vertrau mir«, sagte sie sanft und verschwand wieder durch die Tür.

Matthew starrte ihr fassungslos hinterher. Er legte die Hand wieder auf den Hals und fühlte den Pulsschlag seines Blutes. Er schien es zu hören, auf seinem Weg durch die Adern, wie es mit einer Stimme flüsterte, die er aus seinen Träumen kannte. *Mir. Mir. Mir.*

29. Kapitel

Joseph nahm die Nachricht von der Ankunft der anderen Vampire mit der üblichen Gleichgültigkeit auf. Matthew konnte jedoch aus den schwachen Falten, die sich um seinen Mund herum bildeten, und aus der grüblerischen Distanziertheit in seinen Augen schließen, daß er besorgt war. »Danke für die Warnung«, sagte er und erhob sich von seinem Platz neben dem Ofen. Matthew stand auf und schüttelte die Hand, die ihm entgegengestreckt wurde.

Das morgendliche Sonnenlicht auf dem Schnee ließ ihn blinzeln, als er aus der dunklen Hütte auf die Veranda hinaustrat. Er ahnte, daß es ein Zeichen von Vertrauen war, hereingebeten worden zu sein, doch vielleicht war es auch nur wegen der Kälte gewesen. Die Hütte war warm, zumindest in der Nähe des Ofens, wenngleich er das Gefühl hatte, aus einem unbedeckten Spalt in der Wand einen Luftzug zu spüren. Die Einrichtung war sehr einfach: ein Tisch, zwei Stühle, ein mit Fellen bedecktes Bett. Wenn Joseph eine Frau hatte, war sie zumindest nicht sichtbar.

Matthew zog die Handschuhe und die Pelzmütze an, die er in einem der verlassenen Zimmer aufgetrieben hatte. Als er von der Veranda hinuntertrat, hörte er, wie Joseph sich räusperte. Als er sich umdrehte, starrte der Mann in Richtung Berge. »Sie müssen sich mit normalen Leuten umgeben, Sie müssen ab und zu hierherkommen.«

»Danke«, brachte Matthew nach einem Augenblick des erstaunten Schweigens heraus. Joseph nickte und verschwand wieder in seiner Hütte. Als Matthew sich auf den Weg zurück zum Haus machte, überlegte er, was das unerwartete Angebot wohl bedeutete. Bot Joseph ihm einen Zufluchtsort an? Oder lediglich eine Möglichkeit, die Vampire für kurze Zeit zu meiden? Wenn er sie annahm, welchen Preis müßte das Dorf dann wohl dafür zahlen?

Er war so beschäftigt mit dieser Frage, daß er nicht gleich erkannte, daß die Stimme, die seinen Namen rief, nicht bloß der Widerhall seiner Träume war. Er sah auf und entdeckte Rebeke, die an dem Verandapfosten der Hütte zu seiner Linken lehnte. Ihr offen herabfallendes Haar hatte dieselbe kräftige, braune Tönung wie die Felle, die sie um ihre Schultern gelegt hatte. Eine Tasse Kaffee dampfte in ihrer Hand. »Sie sind gar nicht mehr wiedergekommen, um uns zu besuchen«, sagte sie. Er stapfte vom Pfad hinunter und folgte den Fußspuren im Schnee bis an die Ecke der Veranda. Sie reichte ihm die Tasse, er nahm sie, trank einen Schluck und hielt die heiße Flüssigkeit einen Moment lang im Mund, ehe er sie hinunterschluckte.

»Ich war beschäftigt.« Sie lachte und neigte ihr Gesicht vergnügt ins Sonnenlicht. Er bemerkte, wie sich die Fältchen um Augen und Mund durch das Lächeln noch vertieften. Ihre sonnengebräunte Haut war von der Kälte leicht rosig gefärbt. Wie lange war es her, daß er das letzte Mal Sonnenlicht auf sterblicher Haut gesehen hatte? fragte er sich plötzlich. Er hatte vergessen, wie wunderschön es aussah.

»Kommen Sie zum Fest?« Er zuckte mit den Schultern. »Sie sollten aber kommen. Viel Musik und Tanz. Ein paar Becher von Mutter Norits selbstgebranntem Schnaps. Wär' mal eine Abwechslung für Sie.«

»Das stimmt allerdings«, gab er zu und reichte ihr die Tasse.

»Dann kommen Sie also.«

»Wenn ich kann.«

»Sie kommen einfach.« Sie sah ihn wieder an und strich eine flatternde Haarsträhne zurück. »Sie werden sich gut amüsieren.« Das Lächeln kräuselte wieder ihr Gesicht. »Glauben Sie mir.«

»Ich werde mein Bestes tun«, sagte er nachgebend und steuerte wieder auf den Pfad zu. Als er zurückblickte, lehnte sie noch immer an dem Pfosten und hielt ihr Gesicht in die Sonne, als wäre sie eine wilde Pflanze, die aus jedem Strahl Leben in sich aufnahm.

Nach der leuchtenden Frische des Morgens erschien ihm das Haus trübselig und eng. Die Präsenz der schlafenden Vampire hing in der Luft und belastete sie mit einer Kälte, die bitterer als gewöhnlich war. Matthew konnte nicht anders, als alle Tätigkeiten hastig zu erledigen, als stünde der Einbruch der Dämmerung unmittelbar bevor und als könnte sie ihn unvorbereitet in eine Falle locken. Zusammen mit einer Auswahl an Büchern schleppte er Kleidung und Dekken in den Ballsaal. Er achtete darauf, früh zu Abend zu essen, ehe die Sonne unterging. Er erwartete, die sterblichen Diener zu sehen, doch sie schienen denselben Rhythmus wie ihre Herren zu haben.

Er begann die vorbereitende Arbeit an einem neuen Gemälde, und sie hielt ihn weit über den Zeitpunkt hinaus beschäftigt, zu dem er hätte schlafen gehen sollen. Unmittelbar vor Einbruch der Dämmerung gelang es ihm, kurz, wenn auch unruhig und nervös zu schlafen, dann kehrte er in den Ballsaal zurück und stellte bedauernd fest, daß er dazu verurteilt war, eine weitere Nacht wachzubleiben. Weit weg hörte er das Zuschlagen einer Tür und unterdrückte ein Schaudern. Eine weitere durchwachte Nacht in einem Haus voller Ungeheuer.

Er machte sich wieder an die Arbeit, fest entschlossen, die Geräusche zu ignorieren. Die Sonne verschwand hinter den Bergen. Stimmen wurden vom Vestibül herübergetragen. Er hatte sich so an die Stille gewöhnt, daß sie unnatürlich klangen, wie das geheimnisvolle Geflüster von Geistern. Er erwartete, daß es an der Tür klopfte oder daß Sidonie erschien, doch niemand störte ihn.

Kurz nach Mitternacht gestand er sich ein, daß er sich nicht ohne Kaffee oder ein anderes Anregungsmittel würde wachhalten können. Er ging in Richtung Tür, blieb dort einen Augenblick lang stehen und versuchte angestrengt, irgendein Geräusch aus dem Vestibül zu erhaschen. Es war ganz still. Unentschlossen verharrte er dort eine Weile, dann wagte er, die Tür zu öffnen. Jetzt konnte er Stimmen hören, jedoch gedämpft und undeutlich. Vorsichtig und so leise wie möglich bewegte er sich durch die Tür, schloß sie hinter sich und durchquerte das Vestibül. Im Kamin brannte ein Feuer, doch der Raum war leer. Sie mußten oben sein, dachte er, als er widerhallendes Gelächter auffing.

Die Küche erschien ihm sicher, wenn auch kalt und dunkel. Er zündete eine Lampe an und heizte den Ofen, dann füllte er den Kessel. Er fand sich damit ab, dort zu warten, bis das Wasser kochte, und verbrachte die Zeit damit, die Vorräte auf den Regalen zu begutachten. Es wäre gut, wenn die Eindringlinge wieder weg wären und Sidonie wieder für ihn kochen könnte. Sie konnte es viel besser als er. Er schloß die Schranktür.

»Hallo, Matthew«, sagte eine Stimme an seiner Schulter. Sein Körper zuckte überrascht zusammen, und er drehte sich mit hämmerndem Herzen um. Ysabel stand mit einem amüsierten Lächeln auf den Lippen hinter ihm. »Habe ich dir Angst eingejagt?«

»Sie haben mich erschreckt«, sagte er, es nutzte nichts, es abzustreiten. Sie hatte das schwere, kastanienbraune Haar hochgesteckt und nur ein oder zwei Ringellocken übriggelassen, die sich über die weiße Haut ihres Halses und ihrer Schulter schlängelten. Sie trug ein rotes Seidenkleid, das so modisch war wie irgendeines, das Allegra besitzen könnte, obwohl er vermutete, daß Allegra sich ernstlich erkälten würde, wenn sie sich an so einem Ort in ein derartig offenherziges Kleid wagte. Der Schein der Lampe fiel auf die Rubine in ihren Ohren und um das schmale Handgelenk. Sie war wesentlich jünger als Sidonie und Tal und besaß nichts von deren unverkennbarer Andersartigkeit. Sie konnte ohne irgendwelchen Zauber als sterblich durchgehen. Nicht, daß sie keinen Zauber besessen hätte, gestand er sich ein, als er instinktiv die Ebenen ihres Gesichts betrachtete, ihren sinnlichen Mund, die Form ihres Körpers unter der dünnen Seide.

»Was machst du hier?«

»Ich koche Kaffee. Ich nehme an, daß Sie keinen mögen.« Sie rümpfte die Nase und lehnte sich an die Anrichte.

»Nein, vielen Dank. Ich bevorzuge andere... Nahrung.« Matthew spürte, wie er instinktiv einen Schritt zurücktrat, und machte daraus eine Bewegung zum Herd, um nach dem Kessel zu sehen. »Wo hat Sidonie dich aufgetrieben?«

»In der Stadt.«

»Und gibt es da noch mehr von deiner Sorte?«

»Ich könnte mir vorstellen, daß es dort von allem etwas gibt, was Sie interessieren könnte.« Er hörte die dunkle Musik ihres Lachens und beschäftigte sich damit, eine Tasse zu suchen, eine Tätigkeit, die allerdings nicht annähernd soviel Zeit in Anspruch nahm, wie er gehofft hatte.

»Bist du denn schon lange hier bei ihr?«

»Eine Weile.«

»Gefällt es dir an so einem trostlosen Ort?«

»Was spielt es für eine Rolle, ob es mir gefällt oder nicht?«

»Wie traurig. Wenn du mir gehören würdest, dann würde ich dich dorthin zurückbringen, wo du hingehörst. Ich würde dir schöne Kleidung geben anstelle dieser alten Fetzen.« Er spürte, wie ihre Finger die Ärmel seines Jacketts streiften. »Ich würde mich darum kümmern, daß du alles hast, was du dir wünschst.«

»Bis Sie mit mir Schluß machen und meinen Körper in den nächsten Fluß werfen würden.« Sie schnappte nach Luft angesichts seiner Grobheit, doch er konnte die böse Belustigung in ihren Augen sehen.

»Ein Fluß ist wie der andere. Auch wenn du vielleicht glaubst, daß sie dich bis zum Frühling leben läßt, bis das Eis schmilzt.« Ihre Hand glitt seinen Arm hinauf und über seine Schulter. Die Erinnerung daran, wie Sidonie das gleiche tat, flammte in ihm auf. Sein Herzschlag schien erst zu schwanken und dann zu rasen. Er war so laut, daß Matthew sicher war, sie konnte ihn hören. Er sah auf sie herab. Der Schein der

Lampe meißelte feine Linien in ihr Gesicht. Er konnte sehen, wie sich ihre Brüste unter der glänzenden, zinnoberroten Seide hoben, als sie langsam einatmete. Ihre Augen besaßen die blaßblaue Farbe des Winterhimmels.

Ihre Finger berührten seinen Hals, sie waren so kalt, daß sie zu brennen schienen. Er sah, wie ein Ausdruck von Erstaunen über ihr Gesicht huschte, dann faßte sie sein Kinn mit der Hand und drehte seinen Kopf erst zur einen, dann zur anderen Seite. Als er den Mund öffnete, um zu protestieren, ließ sie ihn los und packte seine Hand. Sie schob die Ärmelmanschette zurück und fuhr mit den Fingern an der Unterseite seines Handgelenks entlang. Sie wiederholte den Vorgang am anderen Arm, dann hob sie das Gesicht. Sie lächelte, gegen ihre hochroten Lippen waren ihre Zähne sehr weiß. »Eine Jungfrau … und wir hatten absolut keine Ahnung. Kein Wunder, daß du hier so unglücklich bist.«

»Ich bin nicht …«, setzte er an, dann fragte er sich, welche Behauptung er widerlegen wollte. Hinter ihm begann der Kessel zu pfeifen. Es klang wie ein Hilfeschrei.

»Sie ist genau wie dieser Ort, alt und kalt«, flüsterte Ysabel. »Du brauchst Wärme …«

»Ysabel!« Die Stimme schockierte ihn, sein Blick flog von Ysabels arktischen Augen und brennendem Mund weg. Sidonie stand in der Türöffnung. Sie ließ die Tür los, und die Reifen an ihren nackten Armen klapperten. »Laß die Finger von ihm, Ysabel. Du kennst die Regeln.« Tals schmales, hämisches Gesicht tauchte über ihrer Schulter auf.

»Das stimmt, Ysabel. Du kennst die Regeln. Man spielt nicht mit dem Essen eines anderen.«

Ysabel zog eine Grimasse und trat mit einem Achselzucken einen Schritt von Matthew weg. Sie glitt an Sidonie vorbei und hakte sich bei Tal ein. Als die Tür hinter ihnen zugefallen war, hörte Matthew ihre klagende Stimme: »Du kannst mir eigentlich nichts vorwerfen. Wenn sie ihn nicht gebrauchen will, dann sollte sie ihn jemandem geben, der es tut.«

Der schrille Schrei des Kessels wurde unerträglich. Matthew drehte sich um und nahm ihn mit einem Ruck vom Herd. »Ich habe dir gesagt, du sollst dich von ihnen fernhalten«, sagte Sidonie. Er sah sie an, er war erschreckt über die Schärfe ihrer Stimme.

»Ich hatte keine andere Wahl.«

»Natürlich nicht.«

Er setzte den Kessel knallend auf. Kochendes Wasser spritzte auf seine Hand, doch er bemerkte es kaum.

»Wenn ich sie höflich gebeten hätte, wäre sie natürlich ohne Zweifel gegangen. Immerhin hat das bei dir bisher immer funktioniert.« Er hörte, wie sie Luft holte, doch er blickte nicht in ihre Richtung, sondern konzentrierte sich darauf, den Kessel zu nehmen und den Kaffee aufzugießen.

»Halte dich von ihr fern, Matthew«, sagte sie. »Sie ist eine von meiner Art ... egal, wie sie aussieht. Du würdest von ihrem Kuß genauso sicher sterben wie von meinem.«

Er sah auf, doch sie war bereits verschwunden. Die Küchentür schloß sich mit einem lauten Knall. Wenn sie sterblich gewesen wäre, hätte er geglaubt, daß sie eifersüchtig sei. Der absurde Gedanke brachte ihn zum Schmunzeln, zumindest bis zu dem Augenblick, in dem der Schmerz in seiner verbrühten Hand schließlich sein Hirn erreichte.

30. Kapitel

Es war einfach, sich vorzunehmen, die Vampire zu meiden, doch wesentlich schwieriger, es auch durchzuführen, mußte Matthew feststellen. Er konnte nicht die ganze Zeit im Ballsaal verbringen. Selbst wenn er es getan hätte, fürchtete er, daß sein Rückzug dorthin nur ihre Neugier erregt und sie ermutigt hätte, in seinen einzigen Zufluchtsort einzudringen. Wenn es sie für die Nacht zufriedenstellte, daß er ein oder zwei Stunden in ihrer Gegenwart verbrachte, sagte er sich, war dies noch ein geringer Preis für seine Sicherheit.

Sie waren dazu übergegangen, sich im Vestibül zu versammeln, wo sie sich auf Sesseln und Sofas ausbreiteten, die sie aus anderen Zimmern hereingezerrt hatten. Selbst in der Sitzordnung konnte er ihre subtile Hierarchie spüren. Tal nahm den bequemsten und größten Sessel und saß am nächsten beim Feuer. Er bestand darauf, daß Sidonie neben ihm saß. Theodora beanspruchte den Platz ihm gegenüber, so daß für Rodrigo nur das kleine Sofa mit der geraden Lehne übrigblieb, das nur am Rand vom Schein des Feuers berührt wurde. Ysabel beanspruchte das letzte Sofa, das zur Rechten von Sidonie aufgestellt war, fast außerhalb von Tals Blickwinkel. Wenn sie sich ausgeschlossen fühlte, so zeigte sie es zumindest nicht, sondern rekelte sich träge auf den Kissen wie eine orientalische Königin in einem Kostümstück.

Von den Sterblichen wurde erwartet, daß sie es sich am äußeren Rand dieser Konstellation von Vampiren so bequem wie möglich machten. Die einzige Bedingung bestand darin, daß ihre Herren sie leicht erreichen konnten. Matthew brauchte einige Zeit, bis er ihre Namen herausfand, denn die Vampire nannten sie nur selten beim Namen, es sei denn, sie wollten einen Sterblichen vom anderen unterscheiden. Tals dünne, kindliche Schönheit, Joelle, hockte gewöhnlich am Kamin neben seinem Sessel. Theodoras Lawton saß auf einem Polsterhocker neben dem Albinovampir. Matthew konnte nicht herausfinden, ob Lawton sein Vor- oder sein Nachname war, noch konnte er schätzen, wie alt der Mann sein mochte. Seine Hände sahen jung aus, doch sein asketisches Gesicht trug den ausgezehrten, abgehärmten Ausdruck, der allen eigen war. Elisa, die blonde Frau, die Rodrigo diente, saß auf dem Boden zu seinen Füßen. Ross, der offensichtlich Ysabels Eroberung aus der Gegend war, tat dasselbe an ihrem Sofa, es sei denn, sie erlaubte ihm, es mit ihr zu teilen. Er schien der gesündeste von ihnen zu sein, doch seine Augen hatten den glasigen, gebrochenen Blick, von dem Matthew sich vorstellte, daß man ihn in den Augen von Tieren auf einem Schlachthof fand.

Als Tal darauf bestand, daß er sich zu ihnen gesellte, wußte Matthew, daß es ein Test war. Sein Platz hätte neben Sidonie sein sollen, gefangen zwischen ihr und Tal oder Ysabel. Statt dessen holte er einen harten Stuhl aus dem Speisesaal und setzte ihn ein paar Meter hinter Theodoras Platz nah an die Wand. Dort waren die Schatten stärker als der Schein des Feuers, doch er konnte sowohl Tal als auch Sidonie deutlich sehen. Es war ein instinktiver Schachzug – so konnte er den Rücken zur Wand drehen und hatte seinen Feind klar im Auge. Tals verzögertes Lächeln machte deutlich, daß der Vampir die Geste als das erkannt hatte, was sie war. »Eigentlich sollte er hier bei dir sitzen«, sagte er zu Sidonie.

»Er kann sitzen, wo es ihm gefällt«, erwiderte sie in das plötzliche, gespannte Schweigen hinein. Aus dem Augenwinkel sah Matthew das Funkeln von Rodrigos träg neugierigem Blick und Theodoras weißes Gesicht, als sie seinen Blick erwiderte.

»Du mußt dich gedulden, Tal«, warf Ysabel ein, während sie über Ross' ungekämmtes Haar strich. »Schließlich sind Jungfrauen schüchtern. Vielleicht hebt sie sich ihn für die Hochzeitsnacht auf.«

Ihr Gelächter klang wie gläserne Glocken, spröde und kurz davor, in etwas Schneidendes und Gefährliches umzuschlagen. Sidonies Gesicht offenbarte nichts als vollkommene, unsterbliche Reglosigkeit. Matthew hielt sein Gesicht im Dunkeln. Von da an versuchten sie nicht mehr, ihn aus seinem Versteck hervorzuholen, auch wenn die bissigen Bemerkungen gezielt und bösartig fortgesetzt wurden.

Der Zweck der Zusammenkunft bestand, soweit er das beurteilen konnte, darin, sich mit Anekdoten und Diskussionen die Zeit zu vertreiben. Die Lebenserinnerungen schienen aus Greueltaten zu bestehen, die sie entweder allein oder gemeinsam begangen hatten. Alle endeten mit dem Tod desjenigen Sterblichen, der ihre Aufmerksamkeit erregt hatte. Die Diskussionen waren ebenso schrecklich, sie drehten sich um Methoden der Verführung und des Mordens oder darum, welches der vorzüglichste Bluttyp von Sterblichen war. Die Geschichten langweilten und ekelten ihn abwechselnd, und dennoch zwang er sich, aufmerksam zuzuhören, in der Hoffnung, daß sie vielleicht Hinweise enthielten, aus denen er eine Waffe gegen sie schmieden könnte.

Es gab nur eine Sache, die die Situation erträglich machte – Sidonie sprach nur selten. Wäre es anders gewesen, hätte sie sich an der monotonen Aufzählung von Folterungen, Erniedrigungen und Todesfällen beteiligt, dann wäre er sicherlich nicht in der Lage gewesen zuzuhören. Es gab jedoch Geschichten, die sie mit einschlossen, meist wurden sie von Tal in schadenfroher und kunstvoller Manier ausgeführt. Sie widersprach ihnen nie.

Wenn die Geschichten zum einen die Stunden ausfüllten, so dienten sie den Vampiren scheinbar auch zu einem anderen Zweck. Das Zurückdenken an vergangene Eroberungen schien für sie den Wert der gegenwärtigen noch zu steigern. Oftmals hielten sie in ihrer Rede inne, um von dem Handgelenk oder dem Hals ihres sterblichen Sklaven Blut zu saugen, ähnlich wie ein Gast bei einer Dinnerparty sich einen Schluck Wein gönnen würde. Im Laufe der Nacht wurden die Unterbrechungen immer häufiger und der Akt des Saugens immer dramatischer. Mit diesen Geschichten versetzten sie sich in Erregung, erkannte er mit Abscheu, sie waren eine Gruppe abgestumpfter, dekadenter Wesen, die nicht den geringsten Genuß aus dem Akt ziehen konnten, ohne sich mehr und mehr zu stimulieren.

In der ersten Nacht ertrug er es eine Stunde lang, ehe er sich wegschlich und ihr Possenspiel mit der Tür des Ballsaals aussperrte. Drinnen riß er die Glastüren auf und atmete die kalte, klare Luft lange ein, nach der erhitzten Atmosphäre des Vestibüls war ihm die Kälte angenehm. Die Rituale der Vampire hatten eine perverse Kraft, eine böse Erotik, die auch sein Abscheu nicht gänzlich leugnen konnte. Er rieb sein Handgelenk, dessen Haut ihm plötzlich kostbar erschien durch die Erinnerung an die Berührung von Sidonies Zähnen.

War es ein Schauspiel, das für ihn erdacht worden war? fragte er sich, dann verwarf er den Gedanken. Dazu schien es zu selbstverständlich, zu natürlich für sie zu sein. Zitternd starrte er zum Mond hinauf. Wenn das, was er gesehen hatte, nur das Vorspiel war, dann wollte er nicht wissen, wie der Höhepunkt der Abendunterhaltung aussah. Noch verwirrender war die Überlegung, welche Rolle Sidonie wohl spielte. Ob sie ihr eine Kostprobe des Blutes ihrer Diener anbieten würden? Ob sie sie annehmen würde? Er konnte nur vermuten, was das für ihn bedeute. Wenn sie mit anderem Blut gefüllt war, würde sie seins dann geringer schätzen? Würde sie ihn gehen lassen? Oder würde sie zu dem Schluß kommen, daß seine Zustimmung keine Rolle für sie spielte, wenn sie erst wieder Geschmack am Blut von Sterblichen gefunden hatte?

Sein Zittern verwandelte sich in ein Schaudern, und er schloß die Tür. Darüber zu spekulieren, änderte nichts an der Situation und führte nur unausweichlich zu Fragen, über die er nicht nachdenken wollte. Ob zum Beispiel der Anblick von Sidonie, wie sie sich über einen anderen Hals beugte, in ihm Abscheu, Erleichterung oder Eifersucht hervorrufen würde?

Als das Morgengrauen nahte, hörte er ein Klopfen am Fenster und sah Sidonie auf der schneebedeckten Terrasse stehen. Er zog den Mantel über und öffnete die Tür. Sie wollte nicht hereinkommen, sondern blieb im Eingang stehen. »Es tut mir leid, daß du das aushalten mußtest.«

»Haben sie das wegen mir getan?« fragte er, und sie schüttelte den Kopf.

»Nein, sie tun das eben. Wir sind so. Ich habe dir nie etwas anderes gesagt.«

»Das stimmt«, gab er zu. Tals Geschichten über sie hatten ihn nicht in dem Maße erschreckt, wie er erwartet hatte – oder wie Tal beabsichtigt hatte –, vielleicht aus dem Grund, daß sie nie verheimlicht hatte, was sie war. Und doch war ihre ungeschminkte Unmenschlichkeit etwas völlig anderes als die ausgelassene Boshaftigkeit der anderen Vampire. Er konnte sich nicht vorstellen, daß Tal um seine Zustimmung bat oder Ysabel ihn von seiner Schuld freisprach.

»Willst du mir dein Blut zu trinken geben, auch wenn du daran sterben mußt?« Die Worte waren nicht lauter als ein Flüstern, und er fing ihren nervösen Blick in Richtung der geschlossenen Tür zur Galerie auf.

»Nein.« Sie nickte, drehte sich um und ging über die Terrasse. Er sah, daß die Füße, die im Schnee versanken, nackt waren.

Die beiden folgenden Nächte verliefen nach dem gleichen Muster. Tal bestand darauf, daß er sich zu ihnen gesellte, er ertrug es, solange er konnte, bis er sich gefahrlos wegschleichen konnte, und Sidonie erschien in den frühen Morgenstunden an der Tür des Ballsaals, um ihm die Frage zu stellen. Tal und Ysabel versuchten weiterhin unbarmherzig, ihn oder Sidonie zu reizen. Theodora und Rodrigo ignorierten ihn. Hin und wieder begegnete er dem stumpfen Blick der sterblichen Sklaven und sah darin so etwas wie Anteilnahme.

In der nächsten Nacht fand sich Matthew damit ab, wieder in der schändlichen, gefährlichen Farce mitspielen zu müssen. Als das Ritual begann, hatte er das Gefühl, daß sich die Atmosphäre verändert hatte. Ysabel war schlechter gelaunt als gewöhnlich, und Tals Sticheleien Sidonie gegenüber waren noch boshafter als sonst. Theodora schien gelangweilt zu sein. Rodrigo war nicht einmal aufgetaucht. Von seinem Platz im Dunkel aus beobachtete Matthew die anderen und bemerkte erst jetzt die Veränderung, die mit Sidonie vorgegangen war. Für einen gleichgültigen Betrachter mußte es so aussehen, als sei sie so gefaßt wie immer und antworte auf Tals bissige Bemerkungen entweder mit Witz oder gelangweilter Lässigkeit, doch es war eine Anspannung in ihr, die er noch nie zuvor wahrgenommen hatte. Sie bewegte sich mit sorgfältiger Genauigkeit, und ihr Lächeln war wie eine schmale Sichel, die offensichtlich eher dazu diente, Gefühlsregungen einzuschließen als sie auszudrükken.

Er blickte von Sidonie zu Tal und sah mit kaltem Schreck, daß Tal ihn beobachtete. Der schmale Mund verzog sich zu einem Lächeln, und eine Augenbraue hob sich. Er merkt es auch, dachte Matthew, und spürte, wie die Kälte zurückkehrte. Was auch immer sich in ihr veränderte, Tal hatte es wahrgenommen. Sidonie und Tal waren durch eine lange Geschichte verbunden, soviel ging aus den Erzählungen hervor, die er gehört hatte. Auf eine gewisse Art und Weise waren sie Geliebte gewesen. Die Liebkosungen, die er ihr schenkte und die sie hinnahm, und der Spott, der als Witz verhüllt war, wurden unterschwellig von dunklen Strömungen begleitet, die sich zwischen ihnen bewegten. Was auch immer Tal von ihr wollte, sie gab es ihm nicht. Zumindest noch nicht. Er fragte sich, wie lange der alte Vampir noch warten würde.

Tal lächelte, als könnte er Matthews Gedankengang lesen. Er wandte sich Joelle zu, die neben seinem Sessel am Kamin saß, holte ihre Hand nach oben und drehte sie, um das dünne Gelenk zu entblößen. Selbst im Schein des Feuers konnte Matthew die Flecken an ihren Adern sehen. Tal beugte den Kopf hinunter. Joelles Augenlider zuckten und sie stöhnte leise, ihre Brust hob sich ruckartig, als sie bebend nach Luft schnappte. Tal ließ ihre Hand plötzlich fallen, beugte sich hinüber und gab Sidonie einen innigen Kuß. Als er sich zurücklehnte, konnte Matthew das Blut auf ihrem Mund sehen. Ihr Gesichtsausdruck war furchtbar, eine Mischung aus Sehnsucht und Ekel. Ihre Zunge fuhr über die Lippen. Tals Lächeln war triumphierend.

Mit einer schnellen, ruckartigen Bewegung war sie auf den Beinen und drängte sich auf dem Weg zur Küche an Lawton vorbei. Matthew sah, wie Tal Anstalten machte, sich zu erheben, und stand hastig auf. Er begegnete Tals grauem Blick, der ihn belustigt und forschend ansah, dann drehte er sich um und folgte Sidonie.

In der Küche war es dunkel, bis auf den schwachen Mondschein durch das Fenster gegenüber. Er hörte Wasser fließen, dann ein würgendes Geräusch. »Sidonie?« Ein Schatten am Spülbecken verdichtete sich zu ihrer Gestalt. Sie hob ein Glas Wasser an den Mund, dann spuckte sie in das Becken, um das Blut von ihrer Zunge zu waschen. Er trat auf sie zu und sagte wieder ihren Namen.

Das Glas brach auf der Anrichte in Stücke. Als er den Mund öffnete, spürte er, wie ihre Finger ihn bedeckten. Ihr Zischen versiegelte die Worte in seiner Kehle. Er konnte ihr abgewandtes Gesicht nicht sehen, ihr Kopf war gebeugt, so daß ihr Haar es verschleierte. Sie stand sehr nah bei ihm, nah genug, daß er sie in die Arme hätte nehmen können. Er ballte die Hände zu Fäusten und hielt sie seitlich des Körpers. Ihre Finger glitten von seinen Lippen, doch nicht, ehe er das Beben in ihnen gespürt hatte.

»Warum läßt du dir das gefallen?« flüsterte er. »Warum schickst du ihn nicht weg?«

»Das kann ich nicht.« Ihre Stimme klang so gebrochen wie das Glas. »Er ist von meinem Blut.«

»Du bist von seinem Blut«, verbesserte Matthew sie sanft, ein wenig hoffte er, daß sie es abstreiten würde. »Er ist derjenige, der dich geschaffen hat, oder?«

Er hörte einen leisen Laut und glaubte sie nicken zu sehen. »Ja.« Die Qual von zweitausend Jahren lag in diesem Wort.

Sie will dich umbringen, rief er sich in Erinnerung. Du kannst diesen schleichenden Tod da draußen in den Augen derjenigen sehen, die ihre mörderischen Artgenossen ausgewählt hatten. Du hast nichts davon, wenn du den Schmerz deiner Henkerin mitfühlst.

Er schloß die Augen und schlang die Arme um sie. Sie holte kurz Luft, und er spürte, wie ihre Finger sich in sein Jackett vergruben. »Es ist bald vorbei«, sagte er zu der Dunkelheit hinter seinen geschlossenen Lidern. »Sie werden wieder weggehen.« Sie zitterte, und ihr Körper lehnte sich an seinen. Es regte sich etwas in ihm, was nichts mehr mit Mitgefühl zu tun hatte. Er spürte, wie ihr Kopf sich an seine Schulter legte, wie ihr Atem seinen Hals streifte.

Sie stieß ihn mit solcher Kraft von sich, daß er gegen die Ecke der Anrichte taumelte. Sie trat zurück, und er sah, wie das Mondlicht über eine Wange und das glänzende Weiß eines Auges glitt. »Ich habe dich davor gewarnt, ihnen zu nahe zu kommen«, sagte sie mit unsicherer Stimme. »Jetzt muß ich dich davor warnen, mir zu nahe zu kommen.«

Er erinnerte sich an den angespannten Ausdruck in ihrem Gesicht, die schärfer hervortretenden Knochen unter einer Haut, die ihren Glanz verloren zu haben schien. Er erinnerte sich an die strenge Beherrschung ihrer Bewegungen, als fürchtete sie, daß jede spontane Reaktion sie auseinanderreißen könnte. Sie hatte das Haus nicht mehr verlassen, seit die anderen gekommen waren. Sie hatte sich fünf Nächte lang nicht ernährt. Statt dessen hatte sie die Orgien ihrer Artgenossen ertragen und die Hitze ihrer Befriedigung atmen müssen, die süßen Dämpfe des Blutes, das sie hatten fließen lassen. Er holte tief Luft und fröstelte bei dem Gedanken, welchen Preis er für sein blindes Mitleid ihr gegenüber fast hätte bezahlen müssen.

Er hörte das Öffnen der Tür, kurz bevor Tals Stimme erklang. »Was tust du bloß hier drin, Sidonie? Wolltest du ungestört zu Abend essen? Habe ich vielleicht bei der Entjungferung gestört?« Als das Licht sie gerade erreichte, sah Matthew, wie sie ihr Gesicht wieder ins Dunkle wandte, als fürchtete sie sich davor, was man in ihm lesen könnte. Es waren Tals Augen, vor denen sie sich fürchtete, das wußte er. Jede Blöße, die sie sich vor ihm gab, stellte eine Waffe dar, und der alte Vampir würde nicht zögern, sie zu nutzen. Bittere Wut wallte plötzlich in ihm auf, und er trat ins Licht, damit sein Schatten ihr Schutz bieten konnte.

»Wenn Sie uns vielleicht allein lassen würden«, sagte er scharf, es war das erste, was ihm in den Sinn kam. Tals Augenbrauen hoben sich, und er trat einen Schritt vor. Sidonie glitt zwischen sie.

»Wirklich, Kinder. Hört mit dem Theater auf. Es ist langweilig.« Ihre Stimme hatte die scharfen, gepanzerten Ecken zurückgewonnen und nahm wieder den mutwilligen Tonfall an, den sie bisher nur gegenüber den anderen Vampiren benutzt hatte. »Matthew, du räumst die Scherben weg. Tal, du kannst mir kaum meine eigenen Mittel verdenken, wenn du mich mit dem dünnen Blut deiner halbtoten Mätresse krankmachst.«

»Dann darfst du dich durch mich nicht davon abhalten lassen, Liebling. Doch du könntest uns dabei zusehen lassen.«

»Du wirst dich nie ändern. Immer noch der alte Voyeur.« Sie nahm seinen Arm, drückte sich an ihn und zog ihn zurück in Richtung Speisesaal. Die Tür fiel mit Schwung hinter ihnen ins Schloß. Matthew stand in der Dunkelheit da, überwältigt von hilfloser Wut, schockiert über die Tiefe seines Hasses gegen diesen silberhaarigen Vampir und noch mehr erschüttert von der Sympathie, die er Sidonie entgegenbrachte, dem Schmerz, den sie erdulden mußte. Sie hätte ihr Verlangen jederzeit stillen können, statt dessen hatte sie ihn gewarnt, hatte um seinetwillen den Drang beherrscht. Sie ist das, was er auch ist, rief er sich brutal in Erinnerung. Alles, was du an ihm verachtest, ist auch ein Teil von ihr. Das kannst du nicht ändern, auch wenn du sie in den Armen hältst. Wenn sie wieder weg sind, wird sie noch immer da sein, und sie wird dich umbringen. Wenn sie es jetzt nicht tut, bedeutet das nur, daß sie noch nicht das erhalten hat, was sie wollte, was immer das ist.

Er holte tief Luft. Er würde jetzt eine Weile hierbleiben müssen. Er könnte es nicht ertragen, das Vestibül unter ihren gierigen, berechnenden Augen zu durchqueren. Wenn einer von ihnen, egal wer, ihn mit dieser grausamen, gleichgültigen Stimme ansprechen würde, dann konnte er für nichts mehr garantieren. Was auch immer sonst geschehen war, vermutlich sollte er Sidonie für ihr Feingefühl danken, daß sie ihm eine kurze Zeit der Sicherheit verschafft hatte.

Er tastete nach der Lampe, dann begann er, die Scherben zu beseitigen.

31. Kapitel

Die Träume kamen wieder und verfolgten ihn in den wenigen Stunden rastlosen Schlafs, die er tagsüber zustande brachte. Wenn sie auch nicht ganz wie die früheren Alpträume vom Ertrinken waren, so waren die Träume doch unangenehm genug. Er tat sein Bestes, um sich nicht daran zu erinnern.

Schließlich machte er sich nicht länger vor, sich auszuruhen, und stand auf. Als er die schweren Vorhänge zurückzog, stellte er fest, daß die Nachmittagssonne hell und warm schien, sie glänzte auf Schnee und Eis. Wenn er sie betrachtete, war es fast möglich, sich einzubilden, daß die Nacht mit ihrem Wahnsinn und ihren Gefahren niemals hereinbrechen würde.

Er ging in den Ballsaal und verbrachte eine rastlose und unbefriedigende Stunde damit, an den vorbereitenden Skizzen für ein neues Gemälde zu arbeiten. Die Bilder besaßen keine dauerhafte Anziehungskraft, und er blätterte im Skizzenbuch, um nach neuer Inspiration zu suchen. Er achtete darauf, nicht die Zeichnungen zu betrachten, die er von Sidonie angefertigt hatte, statt dessen wurde seine Aufmerksamkeit unwillkürlich von einer Serie heimlicher Skizzen gefesselt, die er von Tal und den anderen gemacht hatte. Er hatte festgestellt, daß seine Finger auf beängstigende

Weise begabt waren, die Formen und Strukturen ihrer Unmenschlichkeit wiederzugeben. Jede Linie schien ihm ins Bewußtsein zu rufen, wie sehr Sidonie ihnen ähnelte, ganz gleich, wie sehr er das Gegenteil wünschte.

Unzufrieden musterte er die Zeichnungen. Sie waren akkurat, technisch vollendet und auf gewisse Weise vollkommen unbefriedigend. Nachdenklich fügte er ein paar Linien hinzu, dann setzte er den Stift ab. Er hatte keine Lust, ihre Züge noch ausführlicher herauszuarbeiten, wurde ihm plötzlich bewußt, oder sie auch nur noch einmal zu zeichnen. Ungeachtet der schrecklichen Macht der Vampire stellte es keine Herausforderung dar, sie zu zeichnen, es war sogar langweilig. Abgesehen von der fremdartigen Verwandlung ihrer Gesichtszüge und der seltsamen Schönheit waren ihre Gesichter ausdruckslos und unveränderlich. Sie besaßen keine einzige Lebenslinie, die menschlichen Gesichtern erst ihre Komplexität und ihre Faszination verlieh. Selbst Sidonies Gesicht besaß diese unwandelbare Leere, wenn er ihre Andersartigkeit und die Last seiner eigenen Gefühle außer acht ließ. In dem Maße, wie er mit ihr vertraut geworden war und gelernt hatte, die feinen Zuckungen ihrer Züge, die ihre Gefühlsregungen signalisierten, zu deuten, hatte er das vergessen.

Mit einem undeutlichen Triumphgefühl ließ er das Skizzenbuch zuschnappen. Daß er die Vampire für wenig interessant und anregend hielt, erschien ihm als ein einzigartig passender Sieg. So hohl dieser Sieg auch sein mochte, er beschloß, ihn auszukosten. Der erste Schritt, ihn zu feiern, schien darin zu bestehen, sich außerhalb der kalten Mauern zu bewegen, die die Vampire beschützten.

Wenige Minuten später verließ er das Haus und stand auf der Terrasse. Das Sonnenlicht war so warm, wie es ausgesehen hatte, und er stellte fest, daß er sein Gesicht nach oben richtete, wie Rebeke es getan hatte. Die Wärme schien zu kribbeln, als sie in seine Haut eindrang, als würde sie irgendwelche Nerven wieder zum Leben erwecken, die angesichts von Lampenlicht und Dunkelheit vor sich hin gedämmert hatten.

Im Schnee auf dem schmalen Weg, der zu der Terrasse vor dem Ballsaal führte, bemerkte er frische Fußabdrücke. Sie konnten nicht von Sidonie stammen, da es seit ihrem Besuch in den frühen Morgenstunden geschneit hatte. Er hatte niemanden vorbeigehen sehen, während er dort arbeitete. Neugierig geworden, drehte er sich um und folgte ihnen den Pfad entlang.

Als er die Terrasse erreichte, sah er den Mann, der auf der Balustrade saß. Sonnenlicht beschien sein helles Haar, und einen Moment lang glaubte er, es sei Tal. Dann blickte der Mann über die Schulter, und er erkannte ihn. »Lawton.«

»Matthew.« Die Begrüßung hatte einen hämischen Unterton. Matthew lehnte sich an die Steinmauer neben ihm. Lawton sah zu den Bergen hinauf. In dem hellen Licht konnte Matthew die winzigen Pinselstriche der Falten um seine Augen und seinen Mund erkennen. Seine Haut war fahl und blaß. Unter der Oberfläche von Erschöpfung und Auszehrung besaß er edle Knochen und den Schatten aristokratischen Selbstvertrauens. Matthew schätzte den Mann höchstens ein paar Jahre älter als sich selbst.

Ein Rauchkringel stieg von Lawtons Hand auf. Als er sie an den Mund führte, sah Matthew die schlanke, zylindrische Form einer Zigarette. Der Wind drehte sich ein wenig, und er fing einen süßen Hauch auf. Es war nicht der Duft von Tabak. »Es ist wunderschön hier«, sagte Lawton nach einer Weile. Seine Stimme hatte einen vertrauten Tonfall. Matthew konnte ihn nicht gleich zuordnen, dann fiel es ihm ein. Allegras reiche, adlige Freunde hatten solche Stimmen. Auch Allegra hatte so eine Stimme. »Es sieht so rein und unberührt aus. Ich vergesse immer, daß es solche Dinge noch auf der Welt gibt. Ich vergesse, wie die Sonne sich anfühlt.«

»Das geht mir auch so.«

Lawton sah ihn an, dann reichte er ihm die Zigarette. »Möchtest du auch mal?«

Matthew starrte einen Moment lang auf die glühende Spitze und dachte dabei an Nethys und Wein und Vergessen. Schließlich steckte er sie zwischen die Finger und sog langsam den Rauch ein. Eine süße Wärme erfüllte seinen Mund. Er hielt sie dort fest, dann atmete er aus. Lawton nahm die Zigarette entgegen und ließ sie lässig zwischen zwei Fingern herabhängen.

»Nightbloom«, erriet Matthew, als er den Rauch auf der Zunge schmeckte. Lawton lächelte.

»Ich dachte mir schon, daß du einer bist, der sich mit Rauschmitteln auskennt.«

»Ist das so?«

»Das kommt von dem leichten Parfüm aus Terpentin und Farbe an deinen Ärmeln. Du bist ein Künstler. Künstler wissen immer, wo es die besten Drogen gibt.« Er lachte, es war ein langsames, dumpfes Geräusch. »Wobei das hier nicht gerade der Ort ist, den ich für eine Quelle halten würde. Hast du noch was übrig?«

»Nein. Es gibt hier natürlich Wein. Ich hatte ein bißchen Nethys, aber es ist längst verbraucht.«

»Nethys?« Lawtons Augenbrauen hoben sich. »Ganz schön mutig von dir, so was an einem Ort wie diesem hier zu nehmen.«

»Es war keine Erfahrung, die ich unbedingt demnächst wiederholen möchte«, gab Matthew zu. Er öffnete den Mantel, kletterte auf die Balustrade und setzte sich neben Lawton. Eine Weile saßen sie schweigend da, betrachteten die Berge und die langsamen Rauchkringel, während die Zigarette zwischen ihnen hin- und herwanderte. Die Wärme der Sonne und die Hitze des Nightbloom vermischten sich und lockerten seine verkrampften Nackenmuskeln.

»Warum bist du hier?« fragte Lawton schließlich. Als Matthew nicht antwortete, fuhr er fort. »Ich weiß, es ist unverschämt, so direkt zu fragen, aber die Umstände haben mich in letzter Zeit mein gutes Benehmen vergessen lassen.«

»Das ist eine lange Geschichte. Ich bin hierhergekommen, um eine Schuld meiner Familie zu begleichen. Ich wußte nicht, worauf ich mich einließ – und jetzt kann ich nicht weg.« Er fing den Seitenblick des Mannes auf.

»Kannst du nicht weg, oder willst du nicht weg?«

»Ich kann nicht. Glaub mir, ich habe es versucht. Zu Pferd braucht man zwei Tage bis zur Bahnlinie, und der Zug fährt nur alle drei Tage. Es ist nicht zu schaffen.«

»Es spricht vielleicht auch einiges dafür zu erfrieren.«

»Daran habe ich auch schon gedacht. Aber es hätte noch andere Folgen, wenn ich mich dieser Angelegenheit entziehen würde. Andere müßten dann leiden.«

»Wie selbstlos von dir.«

»Ich bin noch nicht tot«, betonte Matthew, angestachelt von dem spöttischen Unterton in der Stimme des Mannes. »Ich bin nicht einmal belästigt worden.«

»Noch nicht.« Lawton sprach die Worte aus, auch wenn Matthew es nicht getan hatte. »Wenn Tal seinen Willen bekommt, dann wird das nicht mehr lange so bleiben. Tal mag dich nicht.«

»Das beruht auf Gegenseitigkeit.« Er sah Lawton prüfend an, doch der Mann betrachtete die dunkle Masse der Bäume unter ihnen. »Willst du damit sagen, daß er vorhat, mich umzubringen?«

»Ich denke, es wäre ihm lieber, wenn Sidonie das tun würde.«

»Sidonie ist nicht gezwungen, Tal gefällig zu sein.« Seine Stimme klang streng und förmlich, als könnte das den Wahrheitsgehalt der Worte erhöhen.

»Meinst du? Er hat sie geschaffen.«

»Das weiß ich. Was spielt das für eine Rolle?«

»So läuft das eben zwischen ihnen. Der Älteste in der Blutlinie hat die größte Macht. Aus diesem Grund tun sie das, was Tal verlangt. Er hat sie alle geschaffen. Sie ist die einzige, die ihn jemals ohne seine Erlaubnis verlassen hat.« Matthew erinnerte sich, wie Sidonie sich langsam in die Umarmung des anderen Vampirs begeben und wie sie ihr Gesicht in die Dunkelheit gedreht hatte, so daß er nicht in ihren Augen lesen konnte. Er dachte an ihre heimlichen Besuche an seiner Tür im Morgengrauen und an ihre Warnung an die Dorfbewohner. Konnte Tal sie in seinen Bann ziehen, so wie sie ihn in der Nacht bezwungen hatte, als die anderen Vampire gekommen waren? Er wollte nicht darüber nachdenken.

»Wie ist es bei dir dazu gekommen?« fragte er hastig, und Lawtons Mund zuckte.

»Daß es so für mich aussieht, meinst du?« Er sah in

Richtung Horizont und nahm noch einen tiefen Zug. »Ich war jung, reich und dumm. Ich wollte etwas über die dunklen Seiten des Leben wissen. Mein eigenes Herz war bis dahin das Schwärzeste, was ich kannte. Ich hatte geglaubt, es sei möglich, nur oberflächlich mit dem Grauen zu spielen und davon unberührt zu bleiben. Aber ich habe mich geirrt.«

»Was ist passiert?«

»Theodora ist passiert. Sie sind wie schwarze Flammen, die spüren können, wenn irgendeine leichtsinnige Motte mit dem Feuer spielt. Ich bin zu nah ans Feuer geraten und wurde verzehrt. Jetzt verfügt Theodora über mein ganzes Geld, und ich sterbe jede Nacht ein wenig mehr. Vermutlich bin ich auch etwas klüger als zuvor, aber es war nicht gerade ein fairer Tausch.«

»Warum bleibt ihr hier? Warum versucht keiner von euch zu fliehen?«

»Wohin soll ich denn gehen? Sie würde mich überall finden. Sie mögen es überhaupt nicht, auf Widerstand zu stoßen. Glaub mir, kein Loch wäre tief genug, um mich vor ihr zu verstecken. Joelle und Elisa haben ihre eigenen Gründe zu bleiben, würde ich annehmen. Ross«, Lawton sog wieder an der Zigarette und ließ den Rauch von seinen Lippen strömen, »Ross könnte es vielleicht schaffen. Ich wäre nicht überrascht, eines Abends aufzuwachen und festzustellen, daß er sich die Kehle durchgeschnitten hat.«

»Warum bringt ihr sie nicht um? Ihr seid zu viert. Tagsüber sind sie hilflos.«

»Warum hast du *sie* nicht umgebracht?« entgegnete Lawton. »Könntest du das denn? Könntest du einen Pflock auf diese wunderschöne Brust setzen und das Henkersbeil an diesen edlen Hals?« Als Matthew nicht antwortete, lachte er kurz und abgehackt auf. »Du weißt gar nichts über sie, darüber, was sie alles tun können. Ganz egal, was du glaubst, verstanden zu haben, du weißt nichts, solange du nicht von ihnen berührt worden bist.«

»Dann sag es mir. Wenn es etwas gibt, was ich wissen muß, dann sag mir, was es ist.« Lawton begegnete der Aufforderung mit einem langen Blick. Der besorgte Spott verschwand aus seinem Gesicht. Dann zuckte er mit den Schultern und richtete den Blick wieder auf die entfernten Berge.

»Ich denke, du bist einer, der sich ein bißchen mit Drogen auskennt. Stimmt das?«

»Ja.«

»Sie... was sie bewirken... ist eine Abhängigkeit, die schlimmer als alles ist, was du dir vorstellen kannst. Bei den meisten Drogen machst du jedes Mal, wenn du sie nimmst, dieselbe Erfahrung. Du weißt, was dich am Gipfel erwartet. Du kennst den Weg, der dich hinführt. Du weißt sogar, was du fühlen wirst, wenn du an der anderen Seite herunterstürzt. Aber beim Blutsaugen... ist die Vielfalt unerschöpflich. Es kann der intensivste Lustgewinn sein oder der schrecklichste Schmerz. Erotischer als deine wildeste Sexphantasie oder so unpersönlich, als wärst du nichts weiter als eine Flasche ihrer bevorzugten Weinsorte. Und du weißt nie, was von beidem es sein wird. Irgendwann spielt es auch keine Rolle mehr. Schmerz oder Lust, leidenschaftlich oder distanziert, du brauchst ihren Kuß. Egal welchen Preis du dafür zahlen mußt.« Die glühende Spitze der Zigarette verstreute Asche, als seine Finger zitterten. »Das wirst du noch selbst herausfinden.«

»Nein.« Matthew spürte den Stein rauh und hart unter seinen Fingern. Er umklammerte die Kante der Balustrade. »Ich werde niemals einwilligen. Niemals.«

»Spielt das eine Rolle?« fragte Lawton. Einen Augenblick lang wollte Matthew ihm alles erzählen, doch irgendein Instinkt ließ ihn schweigen. Wenn es eine Lehre gab, die er aus seiner rebellischen Jugend gezogen hatte, dann die, daß es gefährlich werden konnte, einem Abhängigen zu vertrauen.

»Es ist meine Entscheidung. Das hat sie mir versprochen«, sagte er vorsichtig.

»Wenn deine Herrin –«

»Sie ist nicht meine Herrin. In keiner Bedeutung des Wortes.«

»Bei ihnen gibt es nur eine Bedeutung. Wenn deine Herrin dir die Wahl gelassen hat, dann kann sie sie dir auch wieder entziehen. Könntest du sie davon abhalten?« Matthew erwiderte nichts. »Die Bande ihrer Menschlichkeit, welche das auch immer sind, sind sehr dünn. Sie werden jede Nacht, die wir bleiben, dünner, jedes Mal, wenn sie dich ansieht. Sie sind auch abhängig auf ihre Art. Sie sind zweifellos Sklaven des Verlangens, genau wie wir. Sie ist verzweifelt. Das kann jeder sehen. Wie lange wird es noch dauern, bis sie wie eine vom Opium zerstörte Hure in der Gosse jedes Versprechen bricht, das sie dir oder sich selbst jemals gegeben hat?« Er schenkte ihm das Lächeln eines Totenkopfs. »Aber mach dir nichts daraus. In der Regel bereiten sie dir zuerst die Lust.«

Lawton ließ sich wieder auf die Terrasse gleiten. »Es ist kalt geworden«, sagte er und wandte sich ohne ein weiteres Wort dem Pfad zu. Matthew beobachtete, wie er zwischen den Bäumen verschwand, dann sah er wieder über den gefrorenen See hinweg. Sowohl der unbedeutende Triumph seiner künstlerischen Verachtung für die Vampire als auch die distanzierte Ausgeglichenheit, die das Nightbloom ihm verschafft hatte, waren durch die Ernsthaftigkeit des Gesprächs wie weggeblasen. Er hörte, wie der Wind durch die Kiefern strich, und dachte an Sidonies Stimme, die ihn warnte, sich ihr zu nähern. Die kühle Berührung der Brise fühlte sich an wie ihr Atem an seinem Hals.

Lawton hatte recht. Sie war abhängig und kämpfte gegen ihre Sucht. Früher oder später würde sie den Kampf verlieren, insbesondere dadurch, daß Tal und die anderen ihr in aller Deutlichkeit vor Augen führten, was sie sich selbst verwehrte. Er war erstaunt darüber, wie sehr ihn dieser Gedanke bedrückte. Die ganze Zeit hatte er gewußt, daß sie ihn umbringen würde. Er selbst hatte es unzählige Male laut ausgesprochen. Doch solange sie noch zu zweit gewesen waren und er sich darauf verlassen konnte, daß sie sich durch das Ritual von Frage und Ablehnung beherrschen konnte, hatte er sich an den Glauben geklammert, daß er vielleicht überleben würde. Ein Teil von ihm glaubte, daß sie des Spiels überdrüssig werden und ihn gehen lassen würde, wenn er sich nur lange genug weigerte, bis der Winter vorbei war.

Solange es nur um sie beide ging, war sogar der Gedanke, daß er sich eines Tages hingeben würde, fast erträglich gewesen. Wenn er starb, dann würde es wenigstens nicht öffentlich geschehen. Aber die Vorstellung, vor den Augen der anderen Vampire ausgesaugt zu werden, unter Tals schadenfrohem Blick zu einem ihrer jämmerlichen Blutsklaven erniedrigt zu werden ... das war unerträglich.

Sein Blick fiel auf die Lücke zwischen den Bäumen, die den Weg zum Dorf markierte. Lawtons Stimme hallte in seinen Ohren wider: Es spricht vielleicht auch einiges dafür zu erfrieren.

Er schwang sich über die Balustrade und ging zur Tür des Ballsaals. Wenn Tal und die anderen nicht gingen, dann konnte er immer noch ins Dorf hinuntergehen, ein Pferd stehlen und sich dann auf den Weg zur Bahnlinie machen.

Wenn er auch erfrieren müßte, immerhin würde er mit seinem ganzen Blut im Körper sterben.

32. Kapitel

Als Matthew um Mitternacht die Tür der Galerie vorsichtig öffnete, war das Vestibül leer. Das Feuer im Kamin war heruntergebrannt, und die Sessel und Sofas ringsherum waren diesmal unbesetzt. Er beugte sich vorsichtig aus der Türöffnung. Er konnte das Gemurmel von Stimmen hören, die vermutlich aus der Bibliothek kamen, und das entfernte Zuschlagen einer Tür. Vielleicht hatte sich die Unruhe, die er in der Nacht zuvor unter den Vampiren gespürt hatte, schließlich zu einer Krise zugespitzt. Einerseits war er erleichtert, daß ihnen ihr abendliches Ritual zu langweilig geworden war, andererseits hatte er Angst davor, welche Form der Unterhaltung sie sich statt dessen suchten.

Er trat ins Vestibül und ging in die Küche, um sich einen Kaffee zu machen. In der Spüle stand ein Stapel Teller, und auf der Anrichte waren Krümel verstreut. Er hatte die sterblichen Diener der Vampire noch nie essen sehen, sondern hatte immer nur hinterher die Anzeichen dafür vorgefunden. Die Vampire selbst kümmerten sich nicht im geringsten um die menschlichen Bedürfnisse ihrer Sklaven. Er konnte sich nicht vorstellen, daß Theodora für Lawton kochte.

Es gelang ihm, den Kaffee unbehelligt zu bekommen, und mit der dampfenden Tasse in der Hand ging er zurück in die Halle. Am Eingang zur Galerie erstarrte er. Die Tür zum Ballsaal stand offen. Er hatte sie geschlossen. Er schloß sie immer hinter sich. Ein plötzlicher Anfall von Furcht und Wut trieb ihn durch den Raum. Am Eingang blieb er stehen.

All seine Gemälde waren mit der bemalten Seite nach vorn gedreht worden. Die drei phantastischen standen in der Mitte, wie ein Triptychon aus Pigmenten und Alpträumen. Tal stand vor ihnen und betrachtete sie mit dem affektierten Gebaren eines wichtigtuerischen Kunstkritikers.

Matthew trat in den Raum und zog die Tür instinktiv hinter sich zu. Bei dem Geräusch drehte Tal sich um. Ein schwaches, schurkisches Lächeln trat auf seine Lippen. »Ich muß zugeben, ich bin beeindruckt. Sie sind sehr begabt.«

»Vielen Dank.« Die Worte hatten keinerlei Bedeutung, aber gaben ihm die Möglichkeit, etwas zu erwidern. Er ging quer durch den Raum zur Staffelei und setzte die Kaffeetasse ab. Er nahm die Palette und fügte dem kleinen Landschaftsbild, an dem er gerade arbeitete, einen Tupfen Rot hinzu. Als er aufsah, stand Tal noch immer vor den Alptraumbildern.

»Diese hier mag ich ganz besonders. Für einen Vampir habe ich einen ziemlich modernen Geschmack. Ich erwarte keine streng realistischen Darstellungen. Obwohl es vielleicht daran liegt, daß sie kein Modell hatten.« Tal drehte sich zu ihm um. »Vielleicht sollte ich für Sie Modell sitzen. Ich würde doch einen prächtigen Luzifer abgeben, finden Sie nicht?« Er vollführte eine theatralische Pose.

»Ich bin gerade nicht in meiner Engelphase«, gab Matthew knapp zurück und starrte verbissen auf sein

Gemälde. Die Farben verliefen und vermischten sich, bis er nichts mehr sah als rot und schwarz.

»Ich wußte gar nicht, daß Sidonie die Kunst fördert. Läßt sie Sie aus diesem Grund am Leben? Damit Sie noch mehr schmeichelhafte Porträts von ihr machen können? Aber diese hat sie noch nicht gesehen, hab ich recht?« Matthew gab keine Antwort. Es spielte keine Rolle, was er sagte – Tal kannte die Antwort ohnehin. Aus dem Augenwinkel sah er, wie der Vampir sich näher heranschlich. »Oder aber sie führt ein Experiment durch. Sidonie hält sehr viel von Experimenten.«

»Was für Experimente?« kam Matthew nicht umhin zu fragen.

»Es hat noch nie einen bedeutenden Vampirkünstler gegeben. Wir haben keine Dichter, keine Maler, keine Musiker. Ich weiß nicht aus welchem Grund. Vielleicht, weil wir nichts für die Nachwelt hinterlassen müssen – schließlich sind wir unsere eigene Nachwelt. Vielleicht versucht sie, einen zu schaffen. Oder aber sie ist nur daran interessiert, wie Blut schmeckt, wenn es mit Farbe vermischt ist.«

»Nach ihren Gründen müssen Sie sie schon selbst fragen. Ich weiß es nicht.« Matthew zerrieb den Pinsel auf der Palette, zerdrückte die Farben unter den brüchigen Borsten. Tal lehnte sich an die Schneiderpuppe und schlang den Arm um ihre bloßen Schultern.

»Ich brauche nicht zu fragen. Ich weiß, was sie vorhat.« Er lachte, als Matthew aufsah. »Das macht Sie neugierig, nicht wahr? Soll ich es Ihnen sagen?« Er verdrehte die Augen zur Decke, als würde er angestrengt über die Frage nachdenken. »Das würde natürlich das Experiment ruinieren. Das würde sie sehr unglücklich machen.«

»Dann nehme ich an, es hängt davon ab, ob Sie sie unglücklich machen wollen oder nicht.«

»Was ist mit Ihnen? Was würde *Sie* glücklich machen?«

Matthew gab nicht länger vor zu malen, setzte die Palette ab und lehnte sich an den Tisch hinter ihm. »Sie erwarten sicher nicht, daß ich glaube, Sie hätten irgendein Interesse an meinem Wohlbefinden?«

Tal lachte und machte eine Geste mit dem Finger, als würde er ihm einen Punktgewinn zugestehen. »Nein, damit haben Sie recht. Nur Sidonie spielt eine Rolle für mich. Ich sorge mich um sie. Sie sieht im Moment gar nicht gut aus. Also stellt sich die Frage: Was ist am besten für sie?« Er schritt durch den Saal, die Hände hinter dem Rücken verschränkt. Matthew dachte unnötigerweise an Simon, wie er eine Vorlesung hielt. »Das Problem liegt darin, daß sie nicht immer weiß, was am besten für sie ist. Das hat sie noch nie gewußt.«

»Sie meinen, wenn sie anderer Meinung ist als Sie.«

»Nein.« Zum ersten Mal schwang in der Stimme des Vampirs drohender Zorn mit. »Sidonie ist niemals anderer Meinung als ich. Zumindest nicht lange.«

»Haben Sie einmal in Betracht gezogen, daß es vielleicht am besten für sie wäre, wenn Sie sie ... uns alleinlassen würden?«

»Ich glaube keineswegs, daß das richtig wäre. Ich denke tatsächlich, daß es als ihr Erschaffer meine Aufgabe ist, sie vor sich selbst zu schützen. Es gibt nur einen Weg, das zu tun.« Matthew sah, wie der Vampir sich stolz aufrichtete und ihm in die Augen sah. Der graue Blick hielt ihn gebannt, und er spürte den tückischen Sog der Macht des Vampirs. »Wollen Sie mir Ihr Blut zu trinken geben, auch wenn Sie daran sterben müssen?«

»Nein.« Die Antwort erfolgte instinktiv, gerade als seine Gedanken wirbelnd erwogen, was diese neue Vorgehensweise bedeutete. Er hatte kein einziges Mal gehört, daß die anderen Vampire ihre Opfer um Erlaubnis baten, und hatte daher angenommen, daß sie es nicht taten. Vielleicht mußte die Frage nur einmal gestellt werden, so daß die einmalige Zustimmung einem grundsätzlich die Möglichkeit nahm, sich später anders zu entscheiden.

Tal schüttelte mitleidig den Kopf und drehte sich weg. Matthew hätte vor Erleichterung fast aufgeseufzt.

Im nächsten Augenblick spürte er, wie er nach hinten auf den Tisch gedrückt wurde und die Hände des Vampirs sich um seine Kehle legten. Er zerrte an den Fingern, die sich in sein Fleisch gruben, dann schlug er nach dem silberumkränzten Kopf, der abwechselnd klar und verschwommen über seinem Kopf sichtbar war. »Zu schade aber auch, daß es für mich keine Rolle spielt, ob Sie einverstanden sind oder nicht.« Die Stimme klang weit weg und verzerrt, als würde er sie durch Wasser hören. Allmählich schlich sich Dunkelheit in sein Blickfeld und verschluckte den Anblick des Gesichts, das über seines gebeugt war. Bald konnte er nur noch die spitzen Zähne in dem weit geöffneten Mund sehen, die wie in der Dunkelheit aufgehängte Lampen leuchteten.

Seine ausgestreckte Hand berührte einen schlanken, spitzen Gegenstand. Das Palettenmesser, dachte er matt und stieß es mit letzter Kraft nach oben in Richtung des Gesichts.

Der Hieb ging ins Leere, da das Gewicht sich von seinem Körper hob. Er rutschte auf den Boden und umklammerte seinen Hals. Nach ein paar rauhen, erstickten Atemzügen zerriß der schwarze Schleier vor seinen Augen allmählich. Er hörte rufende Stimmen und sah verwischte Formen, die sich über seinem Kopf bewegten. Er blinzelte, und aus den Lauten wurden Wörter, die Umrisse lösten sich wieder in ihre eigentliche Form auf.

»Von Ysabel hätte ich so etwas erwartet, aber von dir? Tal, bist du wahnsinnig geworden?« rief Sidonie. Sie stand sehr nahe bei Tal, ihre Hände hielten seine Oberarme umklammert. Der alte Vampir entzog sich ihr und glättete sein zerzaustes Haar.

»Wirklich, Sidonie. Du hättest fast mein Jackett zerrissen. Du hattest keinen Grund, mich so heftig anzugreifen.«

»Findest du? Ich entdecke, daß du gerade dabei bist, meinen Sterblichen auszusaugen – meinen, Tal –, und du fragst dich, warum ich mich nicht freundlich erkundige, was du vorhast.«

»Wenn es dich irgendwie tröstet, er hat mich abgelehnt.«

Matthew sah, wie der Zorn in ihrem Gesicht in etwas überging, was näher bei Furcht angesiedelt war. »Was willst du damit sagen?«

»Ich habe ihm die Frage gestellt. Du weißt schon welche. Ich nehme an, es hätte dich aus der Fassung gebracht, wenn er mir die Zustimmung gegeben hätte, nachdem er dich so lange abgewiesen hat.«

Sie stürzte sich wieder nach vorn und packte die Aufschläge seines Jacketts. »Was hast du getan?« Sein Körper bewegte sich ruckartig, als sie ihn schüttelte. »Was hast du getan?«

»Ob ich es ihm gesagt habe? Das möchtest du doch wissen.«

»Tal!« Es war fast eine schmerzliche Klage.

33. Kapitel

»Nun, mein Liebling, das ist wohl der Abschied.« Tal stand im Schnee auf der vorderen Terrasse. Die Wölfe, die er und die anderen gerufen hatten, schnappten um sich und knurrten widerwillig in ihren Geschirren. Der Abschiedsgruß der übrigen Vampire war recht oberflächlich ausgefallen. Theodora hatte ihre Wange geküßt, Rodrigo die Luft daneben, und Ysabel hatte sich lediglich zu einem flüchtigen Winken aus ihrem pelzbedeckten Gemach auf dem Schlitten herabgelassen.

»Lebe wohl, Tal«, sagte Sidonie vom Eingang aus. Sie mißtraute seinem Lächeln, seiner guten Laune, seiner Bereitschaft zu gehen. Sie mißtraute sich selbst, daß sie ihm erlaubte fortzugehen, ihr war bewußt, daß sie damit ihr ältestes Band zur Welt durchtrennte. Ihre Seele – wie auch immer sie geartet war – schien ganz straff gespannt, von unzähligen Bedürfnissen und Begierden in alle Richtungen gezerrt, und sie fürchtete, daß sie jeden Augenblick unwiderruflich zerreißen könnte.

Er nahm ihr Gesicht in seine Hände. »Damit du weißt, was du von dir geschleudert hast«, flüsterte er und küßte sie, eine innige Liebkosung, die zweitausendjähriges Vertrautsein, die Grausamkeit eines Zerstörers und die Zärtlichkeit eines Erschaffers ausdrückte. Er hatte damit gerechnet, daß sie ihm nicht widerstehen könnte, und er kannte sie nur zu gut. Als er das Gesicht hob, hielten ihre Arme ihn umschlungen. »Ich hoffe, daß es das wert ist.«

Sie sah in die aschgrauen Augen und glaubte, irgendwo in ihren Tiefen, noch hinter der triumphierenden Boshaftigkeit, etwas wie Mitgefühl aufflackern zu sehen. Dann verzog sich sein Mund zu einem hinterhältigen Lächeln, und sie entschied, daß sie es sich eingebildet haben mußte.

Er trat zurück und schwang sich geschmeidig auf einen der Schlitten. »Ha!« rief er, und die Wölfe stürzten nach vorn. Sidonie beobachtete, wie der letzte Schlitten um die Ecke verschwand, dann schnappte sie ihren Mantel vom Haken an der Tür. Wenn Tal darauf achtete, würde er herausfinden, daß sie ihnen folgte, es war eben ein Risiko, das sie in Kauf nehmen mußte. Sie wußte nicht, in welche Richtung sie fuhren, und es kümmerte sie auch nicht, aber es bestand immer noch die Möglichkeit, daß Tal beschließen würde, im Dorf zuzuschlagen, da es ihm versagt worden war, sie durch Matthew zu verletzen. Sie wagte nicht, irgendeine Möglichkeit auszuschließen.

Der Schnee knirschte unter ihren Füßen, als sie den Schlittenspuren folgte. Der Mond war wolkenverschleiert, doch das war nicht von Bedeutung – sie konnte gut genug sehen. Sie mußte zugeben, daß sie diesen Teil ihres isolierten Lebens lieben gelernt hatte. Wenn sie durch den schneeverhangenen Wald lief und die schneidend kühle Luft einatmete, hatte sie das Gefühl, als sei jeder ihrer Sinne sich der Lebewesen bewußt, die sich ringsum bewegten. Ihr Blut lockte sie an, aber die Winternacht schien sogar dieses quälende Bedürfnis abgekühlt zu haben. Sie konnte so lange warten, bis sie mit Sicherheit wußte, daß Tal und die anderen wirklich auf dem Weg waren. Wenn sie wollte, konnte sie bis zum Morgengrauen durch die Wälder laufen.

Aber würde sie nur laufen... oder weglaufen?

Ein Bild zuckte durch ihren Kopf. Sie sah ein weißes Gesicht, das inmitten von blauschwarzen Wellen dahintrieb: raubtierhaft, teuflisch, in höchstem Maße unmenschlich. Plötzlich fühlte sie einen Schmerz in der Herzgegend, und sie verlangsamte ihren Schritt, als ob dies den Schmerz lindern könnte. Das Heulen des Windes schien Tals Stimme mit sich zu tragen: *Hast du seine Porträts von dir gesehen?* Ich wollte es wissen, dachte sie bitter. Ich wollte wissen, was er in all den Nächten malte. Ich wollte wissen, was er sieht, wenn er mich ansieht. Ich war töricht genug, mir nach und nach einzubilden, daß es etwas anderes als Furcht und Abscheu sei.

Ich hoffe, daß es das wert ist, seufzte der Wind mit Tals Stimme. Sie fragte sich, ob es das war. Sie hatte gewußt, daß dieses Spiel einen hohen Preis forderte, da sie ihn nicht zum ersten Mal zahlte. Doch dieses Mal waren die Einsätze höher, als sie vorausgesehen hatte. Egal was geschah, sie hatte die ältesten Bande ihres Lebens zerrissen, hatte dem einzigen Angehörigen, den sie seit zweitausend Jahren kannte, den Rükken gekehrt. All das hatte sie für den Fall des Unmöglichen getan, das in dem Blut eines Mannes lag, der nichts als Schrecken empfand, wenn er sie ansah.

Im Gebüsch links vor ihr knisterte etwas, und dann stürzte eine schwarze Gestalt vor ihr über den Weg. Ein moschusartiger, animalischer Geruch erfüllte ihre

Nase. Der Geruch von Blut war so stark, daß sie ihn schmecken konnte. Ohne nachzudenken, machte sie kehrt, die Hitze des Wildtieres zog sie wie ein Magnet an. Gewöhnlich lockte sie sie, führte sie mit Geisteskraft zu sich und trank dann in genüßlichen Zügen von den dargebotenen Hälsen. Dieses Mal jagte sie ihrer Beute unerbittlich nach, sie vergaß dabei Tal, sie vergaß Matthew, sie vergaß alles, was sie mit der Welt der Menschen verband. Mit der Welt des Schmerzes.

Die Hirschkuh ging in einer Mulde nieder und fiel zu Boden, als Sidonie ihre Hinterbeine packte. Sidonie sah den roten Rand der dunklen Augen des Tieres, die es in Panik verdrehte. Ein Huf traf ihre Schulter, doch sie spürte es kaum, als sie sich der Länge nach auf den Körper des Tieres warf. Heißes, verschwitztes Fell füllte ihren Mund, dann fand sie die Ader. Der Schock, den das Blut ihrem ausgehungerten Organismus versetzte, war so gewaltig, daß sie fast das Bewußtsein verlor. Die Hirschkuh wand sich unter ihr und holte sie ins Bewußtsein zurück. So würde sie niemals genug bekommen, nicht wenn das Tier sich so heftig widersetzte. Ihre Hand griff nach dem Messer an ihrem Gürtel. Sie nahm den Mund nicht vom Hals des Tieres, als sie ihn aufschlitzte, sie verschob ihn lediglich zu der neu geschaffenen Quelle.

Als sie schließlich von dem Wild abließ, war es tot. Sidonie kniete im blutbefleckten Schnee und wischte sich das Gesicht. Das Blut des Tieres hinterließ dunkle Spuren auf ihrer Hand. Es war auf ihrem Mantel verschmiert und in ihrem Haar verteilt. Sie starrte auf die besprenkelten Finger, sie sah das Zittern, doch konnte es nicht unterdrücken. Schließlich tauchte sie sie schaudernd in den Schnee. Aus seinem Weiß kamen sie so schwarz wie zuvor hervor.

Ungeheuer, dachte sie. Sie war ein Ungeheuer. Wie konnte sie auch nur annehmen, sie könnte jemals etwas anderes sein? Sie war stolz darauf gewesen, ehrlich zu sein. Sie hatte geglaubt, sie würde Matthew die Wahrheit vorführen, doch ihre Wahrheit war nur Fassade. Die Samtkleider, das kultivierte Benehmen, die höfliche Zurückhaltung – all das war nichts als Lüge. Jede Freundlichkeit, jeder Trost, den sie ihm angeboten hatte, war eine Lüge.

Sie spürte das Blut des Wildtieres auf ihrer Haut brennen wie ein Brandzeichen. Mit einem erstickten Schrei riß sie sich den befleckten Mantel vom Leib. Dann folgte die übrige Kleidung. Mehrmals griff sie sich eine Handvoll Schnee mit rauher, eisiger Kruste und bürstete ihn durch ihr Haar und über ihre Haut. Ihre makellose, unsterbliche, ungeheure Haut. Sie kratzte sich so hart, daß sie blutete, doch die Wunden schlossen sich fast sofort wieder. Am Ende warf sie den letzten Schnee von sich und sah die tote Hirschkuh an, die Augen verbrannt von schattenhaften Tränen. Das runde, braune Auge des Tieres stand offen. Blutiger Schaum klebte am Maul.

Zaghaft streckte sie die Hand aus, um die reglose Seite des Tieres zu streicheln. »Es tut mir leid«, sagte sie, nicht nur zu der Kreatur, die sterben mußte, um sie am Leben zu halten. »Ich kann es nicht ändern.« Erschöpft richtete sie sich auf und zog die zerrissene Kleidung wieder über ihren unversehrten Körper.

Eine Stunde vor Tagesanbruch erreichte sie das Haus. Als die Tür sich hinter ihr schloß, sah sie, wie sich Matthew von einem Sessel am Kamin erhob, in seinem Gesicht lag ein Ausdruck von Wißbegierde und Sorge. Sie sah das Auge der toten Hirschkuh und sah von ihm weg. Sie wollte ihm jetzt nicht begegnen. Wenn sie ihm jetzt begegnete, würde das nur den Schmerz zurückbringen, den sie durch Erschöpfung und Kälte aus ihrem Herzen verbannt zu haben glaubte.

Als sie in die Eingangshalle trat, streifte sie den Mantel ab. »Sind sie weg?« fragte er.

»Ja.«

»Gott sei Dank. Wir sollten uns darauf einigen, keinen Besuch mehr von deinen Verwandten zu empfangen.« Es war ein unbeholfener Scherz, und er mußte ihm schwergefallen sein, da er eine Art dauerhafterer Beziehung zwischen ihnen mit einbezog. Sie wußte sein Bemühen zu schätzen, konnte sich aber nicht durchringen zu lächeln. Sein Blick glitt an ihr hinunter, und sie sah, wie seine Augen sich weiteten, als er auf ihr Hemd starrte. Sie sah hinunter und entdeckte das blutige Muster quer über ihrer Brust. Sie berührte die trockenen Flecken mit dem Finger. »Bist du verletzt?«

»Nein«, sagte sie langsam. »Es ist nicht mein Blut.« Sie fing das erschreckte Aufblitzen seiner Augen auf. Den Schrecken zu zerstreuen, wenn auch nur für den Augenblick, würde sie lediglich ein Wort kosten. Außerdem hatte er gesagt, daß er sich nichts aus Wild machte. Sie wandte sich der Dunkelheit der Bibliothek zu und sagte nichts.

»Sidonie.« Sie hielt inne. »Du mußt mich noch die Sache mit den Gemälden erklären lassen.«

»Das ist nicht nötig«, sagte sie und starrte in die Bibliothek. Das Licht aus der Eingangshalle streifte das gewölbte Glas einer Lampe, die dort auf dem Tisch stand, und ließ es so aussehen, als glühte es. »Du hast den Blick eines Künstlers, und du mußt das malen, was du siehst. So einfach ist das.«

»Nein, das ist es nicht. Das warst nicht du in den Gemälden.«

»Ach ja?«

»Nein. Es war...« Er verstummte und suchte nach den richtigen Worten. Sie fragte sich, ob er sich selbst glaubte oder ob er nur versuchte, die Gefühlsregung zu besänftigen, die sie nicht hatte verbergen können. »Es war das, was ich in meinen Träumen gesehen habe.«

»Und hättest du diese Träume auch in der Stadt gehabt? Hättest du diese Dinge gesehen, wenn du nicht hierhergekommen wärst?« Es herrschte ein längeres Schweigen.

»Du hast recht«, sagte er schließlich. »Aber ein Künstler kann nur das malen, was er sieht – und manchmal sieht er nicht besonders klar. Manchmal sieht er nicht alles.« Sidonie zwang sich, sich umzudrehen, ihn anzusehen, ihre Lippen zu einem Lächeln zu formen, an das sie sich kaum mehr erinnerte. Wenn sie es nicht tat, dann würde er weiterreden. Wenn er weiterredete, dann würde sie am Ende noch glauben, was er sagte.

»Es spielt keine Rolle. Es führt zu nichts, wenn wir darüber diskutieren. Ich bin sehr müde, und ich muß allein sein. Gute Nacht.«

»Willst du mir nicht die Frage stellen?« Es lag ein Erstaunen in seinem Tonfall, als wäre er so überrascht wie sie, daß er diese Worte sagte.

Sie wollte es nicht tun. Die Worte würden wie Galle schmecken. Sie würden ihre Zunge wie Säure verätzen. Aber wenn sie die Frage nicht stellte, dann hatte sie verloren; Tal hätte gewonnen, und alles, was sie ertragen hatte, wäre umsonst gewesen. Außerdem, flüsterte es verstohlen und schamhaft in ihrem Kopf, sagt er dieses Mal vielleicht ja.

Er sagte nein.

34. Kapitel

Einige Tage später erinnerte sich Matthew an das Fest der Wintersonnenwende. Er hatte jeden Gedanken verworfen, es zu besuchen, da es eine viel zu normale und angenehme Sache zu sein schien, um in seiner seltsamen Gefangenschaft möglich zu sein. Aber warum sollte er eigentlich nicht gehen? fragte er sich, ging ans Fenster und starrte über den See auf die Lücke zwischen den Bäumen, die den Weg kennzeichnete.

Nach dem Wahnsinn und der Anspannung der letzten Woche hatte er sich sicherlich ein geringfügiges Maß an Vergnügen, eine Art Auslauf verdient. Es konnte Sidonie kaum etwas ausmachen, was er tat, solange er vor Tagesanbruch wiederkam. Die Wahrheit war, daß ihr seine Abwesenheit vielleicht lieber war. Sie waren zu dem Rhythmus zurückgekehrt, der sich vor der Ankunft der anderen Vampire eingependelt hatte. Sie kochte wieder für ihn und saß ihm beim Essen gegenüber. Und doch war ein wesentlicher Faden in dem zerbrechlichen Gewebe ihres Friedens gerissen. Sie sprach nur selten und begegnete jeder Bemerkung, die er auszusprechen wagte, mit förmlicher Knappheit. Wenn er mit dem Essen fertig war, stellte sie ihm schnell die Frage und zog sich dann ins Wohnzimmer zurück. Es besaß keine Tür, die man hätte schließen können, doch die Botschaft war offensichtlich, ihr Wunsch nach Alleinsein unverkennbar.

Wenn die Lage eine andere gewesen wäre, hätte ihm die Umkehrung ihrer Rollen möglicherweise sogar etwas Vergnügen bereitet. Jetzt war sie es, die sich in düstere Trübsal zurückzog, während er sich bemühte, in ihrem Umgang eine Fassade der Normalität aufrechtzuerhalten. Er wußte, daß Tal und die anderen Vampire diese Traurigkeit in ihr hervorgerufen hatten, zusammen mit dem, was in der Nacht ihrer Abreise geschehen war, als sie mit Blut bedeckt zum Haus zurückgekehrt war. Er wußte auch, daß diese Ursachen, mit seiner eigenen Verantwortung verglichen, unbedeutend waren. Während sie auf all die Wunden gefaßt gewesen war, die Tal ihr versetzen wollte, hatten diejenigen Verletzungen, die er ihr zugefügt hatte, sie unvorbereitet getroffen.

Seine eigenen Schuldgefühle hatten ihn ebenfalls überraschend getroffen, mußte er sich eingestehen. Sidonie bedeutete seinen Tod. Es sollte eigentlich keinen von ihnen stören, daß er diesen Tod auf die Leinwand gebannt hatte. Es sollte sie nicht überraschen, daß er sie als ein Ungeheuer ansah. Es sollte ihn nicht kümmern, daß sie diese bildliche Darstellung als schmerzlich empfand. Und dennoch war seine holprige Entschuldigung aufrichtig gewesen; was er malte, entsprach der Wahrheit, aber es war nicht die ganze Wahrheit. Sie war das unmenschliche, auf abartige Weise bezwingende Werkzeug seines Untergangs … aber das war noch nicht alles. Und das war die beängstigendste Wahrheit von allem.

Er drehte sich vom Fenster weg und beendete das Auswaschen der Pinsel. Er war es satt zu grübeln. Was er brauchte, war der Lärm und die Hitze von Menschen, der Geruch von Rauch und Schweiß, der Geschmack von Essen, das von sterblichen Händen zubereitet worden war, und von Alkohol, der in hauseigenen Kolben gebrannt worden war. Wenn er schon nie mehr den mitternächtlichen Dunstschleier eines Cafés, die wirre, lärmende Dunkelheit einer Bar erleben sollte, dann könnte er sich zumindest eine letzte Festnacht im Dorf gönnen. Es dämmerte schon. Wenn er jetzt losging, konnte er dort sein, bevor der ganze in Aussicht gestellte »selbstgebrannte Schnaps« weggetrunken war.

Die Dunkelheit überfiel ihn auf halbem Weg, und in dem Wind, der durch die Bäume strich, dem Knacken der Büsche hörte er alle Schrecken des Nordens, von denen ihm erzählt worden war. Er schwang die Laterne wie eine Waffe drohend vor sich her und ging immer weiter, ein- oder zweimal blieb er stehen, weil er glaubte, einen verfolgenden Schritt zu hören, der im Knirschen seiner eigenen Tritte im Schnee verhallte. Endlich sah er einen schwachen Lichtschimmer durch die Bäume und bog um die Ecke zum Dorf. In der Mitte des Ortes war ein großes Lagerfeuer errichtet worden, und dunkle Gestalten bewegten sich vor dem Feuer hin und her. Kiefernzweige zierten die Veranden der dunklen Hütten, an denen er vorbeikam. Er sah eine träge Rauchfahne, ein weißer Streifen gegen den Nachthimmel, von Rebekes Hütte aufsteigen und blieb stehen. Es gab jedoch kein anderes Anzeichen von Leben oder Licht dort, also ging er weiter ins Innere des Dorfes.

Ein Kind – er wußte nicht, ob Junge oder Mädchen – rannte an ihm vorbei, warf ihm mit aufgerissenen Augen einen Blick über die Schulter zu, dann stürzte es davon. Er hörte Gelächter und lebhafte Musik und beschleunigte seinen Gang. Schließlich machte der Schein des Feuers Gesichter sichtbar, und er sah Helen in den Armen eines jungen Mannes und Mutter Rachel in einem Schaukelstuhl auf der Ecke einer Veranda. Eine Silhouette löste sich von dem feurigen Hintergrund und kam auf ihn zu.

»Sie sind also doch gekommen«, sagte Joseph. Matthew nickte. »Weiß sie Bescheid?«

»Ich habe eine Nachricht für sie hinterlassen.« Josephs Augenbrauen hoben sich, und Matthew lachte. »Ich bin überzeugt, sie ist ganz froh, mich diese Nacht los zu sein. Also, Rebeke hat mir versprochen, daß Mutter Norit einen ausgezeichneten Schnaps brennt. Und richtig, ich habe nicht die Absicht, wieder zum Alkoholiker zu werden.«

Joseph schnaubte, aber führte ihn zu einem Tisch, auf dem eine bunte Mischung aus Bechern, Flaschen und Krügen stand. »Bedienen Sie sich.« Matthew nahm einen Becher, der noch sauber aussah, und füllte ihn aus einer der unbeschrifteten Flaschen. Er kannte sich gut genug aus, daß er den ersten Schluck vorsichtig nahm. Der Alkohol verbrannte seine Kehle.

»Sind sie weg?« fragte Joseph und füllte seinen Becher auf.

»Ja. Darauf können wir trinken, das können Sie mir glauben.« Sie stießen darauf an, und Matthew konnte schwören, er hätte so etwas wie ein Lächeln auf dem Gesicht des Mannes gesehen. Er kam zu dem Schluß, daß Joseph betrunken sein mußte. Er kam ebenfalls zu dem Schluß, daß er, unabhängig von irgendwelchen Versprechungen, nicht wieder zum Alkoholiker zu werden, es ihm gleichtun würde.

Nachdem er den Becher mit Schnaps zur Hälfte ausgetrunken hatte, machte ihm das neugierige Glotzen der Kinder nichts mehr aus. Als er ihn ausgetrunken hatte, galt das ebenfalls für die verhaltenen Blicke der Älteren. Die Nachtluft hatte ihre schneidende Schärfe verloren, die sie den Winter über meist besessen hatte, und das Feuer vertrieb den Rest der Kälte. Das Essen – Wild und Kaninchen, Brot und ein paar Brokken Gemüse – war warm und wohltuend. Nach einer Weile zog ihn die Musik zum Eingang der großen Hütte, die am nächsten zum Feuer lag. Im wirbelnden Durcheinander der Tänzer konnte er die Musikanten kaum erkennen, doch er konnte das Schlagen einer Trommel und die kratzenden Töne einer Geige hören. An der Wand fand er einen Platz und knöpfte den Mantel auf. Rauch hüllte die Decke ein, und der Raum roch nach Schweiß und Tabak.

Kurze Zeit später, als die Musik verstummte und die Tänzer für kurze Augenblicke innehielten, sah er Mutter Norit, die auf der anderen Seite auf einem schäbig gepolsterten Stuhl thronte. Er zwängte sich durch das Gedränge von Körpern und gelangte zu ihr. Ihr Gesicht kräuselte sich zu einem gelbgezahnten Lächeln, als sie ihn erkannte. Als die Musik wieder einsetzte und der Raum durch das Stampfen der Tänzer erbebte, hockte er sich neben ihren Stuhl und begrüßte sie. Sie grinste und streckte die Hand aus, sie grinste noch breiter, als er die Hand küßte. Sie sagte etwas, was er nicht verstand, also begnügte er sich damit, zu lächeln und zu nicken.

»Sie sagt, sie ist froh, daß Sie kein Gespenst sind«, sagte eine Stimme in sein Ohr, er blickte nach oben und sah, daß sich Rebeke über ihn beugte.

»Sagen Sie ihr, daß ich auch sehr froh darüber bin.«

Sie legte die Hand auf seine Schulter, als sie sich vorbeugte, um zu übersetzen. Der rauhe Schleier ihrer Haare strich über seine Wange. »Sie sagt, sie ist auch froh, daß Sie kein Alkoholiker sind.«

Er lachte und hob den halbvollen Becher. Es war bereits sein dritter. »Vielleicht nicht, aber ihr Gebräu ist sehr gut.«

Rebeke übersetzte, und Mutter Norit lächelte, um das Lob zu bestätigen. Es folgte noch ein kurzer Redeschwall, dann richtete Rebeke sich wieder auf. Ihre Hand löste sich von Matthews Schulter. Er stand auf und sah sie an. Ihre Wangen waren von der Hitze gerötet. Er bemerkte die Ohrringe aus Knochen und Federn, die gegen ihren Hals baumelten.

»Sie bedankt sich, aber sagt, daß Sie ihr besser nicht soviel Aufmerksamkeit schenken sollen. Die Leute werden denken, daß Sie ihr den Hof machen, und die Alte könnte eifersüchtig werden.«

Die Worte drangen durch den Schleier der Hochstimmung in seinen Kopf ein, wie ein Luftzug unter einer Tür. »Es wäre schön, wenn Sie mir einen Gefallen tun würden«, sagte er und beugte sich näher heran, damit sie ihn verstehen konnte.

»Natürlich.«

»Sprechen Sie nicht wieder von ihr.« Er begegnete ihrem Blick und sah dort einen Hauch von Mitleid. Dann lächelte sie und legte die Hand auf seinen Arm.

»Komm, tanz mit mir, Stadtkind.« Noch ehe er etwas erwidern konnte, hatte ihre Berührung sich in einen festen Griff verwandelt und zog ihn in die Menge der Tänzer.

»Ich kann aber nicht tanzen«, sagte er protestierend, aber sie schüttelte nur den Kopf, nahm seine Hand in ihre und drehte ihn in den Tanz. Der Schnaps schwappte aus seinem Becher, doch das schien niemanden zu stören. Einen Augenblick später störte es auch ihn nicht mehr. Die Musik hämmerte in seinen Ohren, in seinen Knochen. Jetzt, wo die Musik ihn erfüllte, der Rhythmus ihn trieb, gab es keinen Raum mehr für Angst oder Zweifel oder Bedenken. Er verbannte die Zukunft in die Dunkelheit hinter dem Dunstschleier des Alkohols und überließ seinen Geist seinem Körper.

Er wußte nicht mehr, wie oft sein Becher nachgefüllt wurde, obwohl er sich nicht mehr betrunken fühlte. Vielleicht schwitzte er es wie die anderen einfach beim Tanzen wieder aus. Seinen Mantel hatte er schon lange ausgezogen, das alte weiße Hemd war aus der Hose gerutscht. Er tanzte auch mit anderen Frauen, mit Frauen, die er gar nicht kannte, aber es schien so, als sei Rebeke immer in seiner Nähe, ihr Haar und ihr Rock wirbelten, während sie sich drehte. Die Musikanten waren Zauberer, sie spürten, wann die Menge müde wurde, und verlangsamten das Tempo, so daß die Paare eng umschlungen in langsamen Umdrehungen tanzen konnten. Dann, wenn sich der Herzschlag wieder normalisiert hatte, schlug die Trommel wieder schneller, die Geige wimmerte, und die gesamte Hütte wackelte im Rhythmus des Tanzes.

Schließlich machten die Musikanten eine Pause, und der Raum leerte sich, während die erschöpften, schweißtriefenden Feiernden die süße Kälte der Nachtluft suchten. Matthew nahm flüchtig wahr, daß das Feuer bis auf die Glut heruntergebrannt war. Es flitzten keine Kinder mehr ums Feuer oder rannten sich durch die Menge nach.

»Komm«, sagte Rebeke neben ihm, und ehe er sich versah, liefen sie die Straße hinunter, sein Arm lag um ihre Taille.

»Wohin gehen wir?« fragte er, obwohl er es wußte.

»Wir werden jetzt herausfinden, aus welchem Holz Stadtkinder geschnitzt sind.«

»Ich möchte gern eine Sache klarstellen. Ich bin kein Kind mehr.« Er spürte, wie sich ihr Körper vor Lachen schüttelte.

»Ich bin alt genug, um deine Mutter zu sein, Stadtkind. Oder zumindest deine ältere Schwester. Also nenne ich dich so, wie es mir gefällt, bevor das Gegenteil nicht bewiesen ist.«

Er blieb stehen, als ein Anflug von Vernunft sich in das Schwindelgefühl einschlich. »Was ist mit Sidonie?« brachte er mühsam hervor, und sie drehte sich in seiner Umarmung und sah ihn an.

»Was soll mit ihr sein?« Als er keine Antwort gab, redete sie weiter. »Ich kann nichts mit dem anfangen, was sie will, und sie kann nichts mit dem anfangen, was ich will.« Sie klang sehr überzeugt, so überzeugt, daß er die schwache, verschwommene Erinnerung daran, wie Sidonie ihren Mund gegen seinen gedrückt hatte, beiseite schob und sich von Rebeke weiterziehen ließ.

Ihre Hütte war kalt, das Feuer, das er Stunden zuvor gesehen hatte, war längst erloschen. Sie zündete eine Lampe an und entfachte das Feuer wieder. Ihr Zuhause hatte viel Ähnlichkeit mit Josephs Hütte, aber es war nicht annähernd so kärglich eingerichtet. Ein dickes Fell bedeckte das breite Bett. Gewebte Teppiche wärmten den Boden und schmückten die Wände. Rebeke richtete sich auf und lächelte. Die Hütte war sehr klein. Er brauchte nur zwei Schritte, um sie zu erreichen.

Sie fielen über das Bettende und lachten, während sie sich küßten und mit der Kleidung des anderen beschäftigten. Er tauchte in sie ein: der Geschmack von Tabak und Schnaps in ihrem Mund, der Duft ihrer Haut und deren moschusartiger, salziger Geschmack, der Glanz des Schweißes über dem Bogen ihres Schlüsselbeins, das Gewicht ihrer Brüste und die blassen, süßen Falten früherer Schwangerschaften auf ihrem Bauch. Er tauchte in alles ein, die ganze Lust und die ganze Unvollkommenheit, die wirklich und fest und sterblich war.

Am Ende reichte es nicht aus.

Er rollte sich auf den Rücken und starrte auf die groben Holzbalken der Decke. Zum ersten Mal spürte er die Kälte in der Luft. Sein Magen verkrampfte sich, und eine Woge der Verzweiflung stieg durch seine betrunkene Losgelöstheit in ihm auf. Nach einer Weile sah er, wie sich ihre Hand hob und eine Haarsträhne wegstrich, die über ihren Lippen lag. »Es tut mir leid.« Er haßte die Worte, ihre Schwäche war ein spöttischer Widerhall seiner Unfähigkeit.

»Nicht nötig. Ist nicht wichtig.«

»Doch. Ich wollte dich glücklich machen.« Sie lachte, drehte sich auf die Seite und stützte sich auf dem Ellbogen auf. Er riskierte einen Blick zu ihr hin und sah sie mit belustigter Resignation lächeln.

»Mach dir keine Sorgen um mich. Ich hab' ein oder zwei Sterne gesehen. Wenn es auch kein ganzer Sternenhimmel war, ist nicht so wichtig für mich.«

»Ich wollte es...« Ich wollte mich selbst glücklich machen, dachte er, doch er konnte die Worte nicht aussprechen.

»Ich weiß, daß du es wolltest.« Sie beugte sich vor und streifte seine Lippen mit ihren. »Aber nicht mit mir.«

»Rebeke –«

»Sei still, Stadtkind.« Sie setzte sich hin und beugte sich über die Bettkante, um ihr Hemd hervorzuholen. Er sah den Schein des Feuers über ihren Rücken gleiten, der durch Arbeit und ein hartes Leben muskulös geworden war. »Denk nicht mehr dran. Ich werde nochmal hingehen und ein paar Runden tanzen. Wenn du noch da bist, wenn ich zurückkomm, dann versuchen wir's noch mal. Wenn nicht...« Sie streifte ihr Hemd über und knöpfte es über ihren vollen Brüsten zu. Ihre Zähne blitzten auf, als sie grinste, sie warf ihr Haar nach hinten. »Nicht böse sein.«

Er verließ die Hütte bald, nachdem sie gegangen war, und steuerte auf den Weg zu, der zum Haus zurückführte. Er hatte die Laterne vergessen, aber der volle Mond leuchtete auf den Schnee. Die Strecke war nicht leicht zu bewältigen, die Dunkelheit zwang ihn, sich auf seine Schritte zu konzentrieren, und er war dankbar für die Ablenkung. Es hielt ihn davon ab, nachzudenken.

Im Haus auf der Insel war kein Licht. Er hoffte, das bedeutete, daß sie auf der Jagd war. Er wollte sie nicht sehen, er mißtraute dem, was er vielleicht sagen würde. Rebeke hatte sich in einem Punkt geirrt: Sidonie konnte vielleicht nur mit seinem Blut etwas anfangen, doch sie nahm sich auch alles andere von ihm.

Resigniert stapfte er den Pfad mühsam hinauf und zog die große Eingangstür auf. Sie schloß sich hinter ihm mit einem verräterischen dumpfen Aufprall, der ihm in der Stille sehr laut vorkam. Er hielt sich eine Weile im Vorraum auf, zog den Mantel aus und streifte die Stiefel ab. Als er sich aufrichtete, stand Sidonie in der Türöffnung. »Du bist zurück«, sagte sie, und er mußte unwillkürlich kurz und höhnisch auflachen, als sie wegtrat, um ihn vorbeizulassen.

»Das ist richtig. Hast du auf mich gewartet? Das hat keiner mehr getan, seit ich siebzehn war.«

»Hast du dich gut amüsiert?«

»Es war auf seine Art... lehrreich.« Die lange Wanderung zurück und die eisige Luft hatten seinen Rausch vertrieben, statt dessen fühlte er sich plötzlich vollkommen müde. Er mußte die Worte sorgfältig aussprechen, um sie herauszubringen. Er ging auf die Treppe zu, wurde aber von Sidonies Stimme aufgehalten.

»Du kannst ruhig häufiger hingehen, wenn du möchtest. Ich habe nichts dagegen.«

»Das werde ich wohl nicht tun.«

»Warum nicht? Waren sie unhöflich zu dir?« Er drehte sich zu ihr um. Der Schein des Feuers glänzte golden auf ihrer Haut, die jetzt wieder aus einer eigenen Quelle heraus zu leuchten schien. Er spürte nicht mehr den früheren Schock der Erschütterung, wenn er sie ansah. Die unnatürlichen Züge ihres Gesichts waren ihm so vertraut geworden wie seine eigenen. Ihr blauschwarzes, herabfallendes Haar lag seiden über dem Samt ihres Kleides. Eine filigrane, goldene Halskette lag wie ein Spinnengewebe über ihren Schlüsselbeinen. Du wolltest es... aber nicht mit mir, hatte Rebeke zu ihm gesagt. Mit wem sonst? Das war die Frage, die er während der ganzen kalten Wanderung zurück zum Haus vermieden hatte. Er würde sie sich auch jetzt nicht stellen.

»Warum? Wenn es so wäre, würdest du sie dann umbringen?« Der Vorwurf war ungerecht, das wußte er. Nichts von dem, was sie getan oder was Joseph gesagt hatte, legte nahe, daß sie ihnen jemals irgendwelchen Schaden zugefügt hatte. Aber nachdem er den Satz einmal ausgesprochen hatte, stellte er fest, daß er den Redefluß nicht mehr aufhalten konnte. »Es besteht kein Grund zur Sorge, sie waren im höchsten Maße liebenswürdig. Genau wie die Menschen einer bestimmten Kultur, von denen mein Vater mir einmal erzählte, die einen Mann aus ihren Reihen wählten, der ein Jahr lang wie ein Gott lebte, und ihm dann, wenn das Jahr vorbei war, das Herz bei lebendigem Leib herausrissen. Die Dorfbewohner haben ihr Bestes getan, um mich heiter zu stimmen. Gib Matthew seinen letzten Schnaps, gib Matthew seinen letzten Tanz, gib Matthew seinen letzten...« Er schnappte das verräterische Wort auf, bevor es über seine Lippen kam, drehte sich von ihr weg und ging auf die Stufen zu.

Als sein Fuß die dritte Stufe berührte, stellte sie die Frage. Auf der vierten lehnte er ab. Die übrigen Stufen kletterte er vorsichtig hinauf, ohne sich umzudrehen.

35. Kapitel

Sie vermutete, daß Matthew mit einer der Frauen aus dem Dorf zusammengewesen war. Es war schon lange her, daß sie darauf angewiesen gewesen war, die Anzeichen dafür zu erkennen, da ihre Liebhaber für gewöhnlich keine andere Frau als sie mehr ansahen, doch sie kannte sie noch. Sie lagen in seinem abgewandten Blick, in der merkwürdigen, teils schuldbewußten, teils verärgerten Art und Weise zu sprechen, und in den Worten, die unausgesprochen blieben.

Sie war sich dessen sicher, als Joseph kurz vor Tagesanbruch mit trüben Augen und übernächtigt ankam und einige kaum genießbare Reste vom Festessen der vergangenen Nacht vorbeibrachte. »Könnte vielleicht gebraucht werden«, sagte er, als sie im dunklen Vorraum standen.

Er nimmt an, daß ich deswegen wütend bin, erkannte Sidonie. Daß ich unerwartet an den Dorfbewohnern Rache nehmen werde, weil sie verbotenerweise mein auserwähltes Opfer angefaßt haben. Die Vorstellung, daß er sie zu einer so unbegründeten Grausamkeit für fähig hielt, stimmte sie traurig, und sie war verwirrt, als sie bemerkte, daß sie tatsächlich wütend war. Ein Teil von ihr hätte den Mann am liebsten gepackt, um aus seiner Verschwiegenheit das

Wer und Wo und Wie und Wie oft herauszuschütteln...

Sie rang sich zu einem Lächeln durch, doch als sich seine Augen fast unmerklich verengten, wußte sie, daß in ihm all die Gefühlsregungen mitschwangen, die sie nicht verbergen konnte. »Danke, Joseph. Du siehst ziemlich mitgenommen aus. Geh nach Hause und schlaf dich aus.«

»Männer können nichts dafür, daß sie Männer sind«, sagte er nach einer Weile, »genauso wenig wie Wölfe etwas dafür können, daß sie Wölfe sind.« Diese merkwürdigen, mitfühlenden Worte riefen ein angespanntes Lachen in ihr hervor.

»Das ist die älteste Wahrheit der Welt, mein Freund. Das sollte ich sicherlich wissen.« Die Worte löschten die Sorge in seinen Augen nicht aus, und sie legte die Hand behutsam auf seinen Arm. »Wahrscheinlich hast du recht. Geh jetzt nach Hause. Es ist alles in Ordnung.«

Er zuckte mit den Achseln und schien ihre Zusicherung damit zu bestätigen, dann verschwand er den Pfad hinab. Sidonie stand einen Augenblick lang auf der Schwelle. Sie konnte den östlichen Horizont jenseits der Bäume, die die Terrasse umgaben, nicht sehen, doch sie konnte spüren, wie der Tagesanbruch dort schon lauerte.

Vermutlich konnte sie ihnen kaum etwas vorwerfen. Matthew nicht, daß er menschlichen Beistand gesucht hatte, Joseph nicht, daß er sich um das Wohl seiner Leute sorgte. Sie war ein Ungeheuer, ein Wesen, das man nur küssen konnte, wenn man vergessen wollte, eine Kreatur, der man nur in geringem Maße vertrauen konnte. Sidonie trat ins Haus zurück und schloß die Tür. Nach zweitausend Jahren kannte sie sich sehr gut. Es war nicht das erste Mal, daß sie solch ein kränkliches Selbstmitleid fühlte. Dagegen gab es Heilmittel: die Ruhe eines Tages oder eines Jahrhunderts, einen Ortswechsel, die Liebkosung eines neuen Liebhabers. Da ihr nur eins davon zur Verfügung stand, ging sie zum versteckten Eingang ihrer Geheimzimmer. Sie mußte hoffen, daß Ruhe ausreichen würde.

Am Ende stellte der Schlaf eines Tages ihre Stimmung wieder einigermaßen her. Zumindest, dachte sie, würde es möglich sein, der Nacht ins Auge zu sehen. Zum ersten Mal schlief Matthew noch, als sie nach unten kam. Als er einige Zeit später aufstand, trafen sie sich wie gewöhnlich im Speisesaal. Er war schweigsam und zerstreut und sprach nur sehr wenig beim Essen. Mit seinem Achselzucken und seinen einsilbigen Antworten, seiner nur halb verdeckten Unruhe erinnerte er sie an Joseph.

Schließlich sagte sie seufzend: »Matthew, ich weiß Bescheid.« Der Ausdruck schuldbewußten Erstaunens auf seinem Gesicht war ihr in jedem Fall lieber als die ausdruckslose Fassade, die dem Erstaunen vorausgegangen war. »Ich weiß, daß du letzte Nacht mit jemandem zusammengewesen bist. Es macht mir nichts aus.«

»Woher weißt du das?« fragte er vorsichtig.

»Keiner hat es mir gesagt, wenn du das meinst. Ich weiß es, das ist alles. Es bedeutet nichts. Es war zu erwarten.« Sie versuchte, ihre Stimme unbeschwert und gelassen klingen zu lassen.

»Es stört dich nicht?«

»Warum sollte es?« Sie hatte diese Frage nicht stellen wollen. Sie schwebte in der Luft zwischen ihnen wie ein Schwert, das sich wenden konnte, um in beide

Richtungen zu schlagen. Matthew legte die Gabel mit großer Sorgfalt beiseite.

»Und wenn ich sie wieder treffe?«

»Hast du das vor?« Sein Blick wandte sich von ihr ab, und sein Mund verzog sich zu einer flüchtigen Grimasse.

»Nein. Ich vermute, es ist für alle Beteiligten am besten, wenn ich es nicht tue.«

Sidonie senkte den Kopf, um das törichte Lächeln zu verstecken, daß sie auf ihren Lippen spürte. »So, das wäre also geklärt. Wir brauchen nicht mehr darüber zu reden.« Sie erhob sich und durchquerte den Raum bis zur Tür, dort hielt sie kurz inne und drehte sich um. »Ich werde eine Weile lesen. Du kannst mir gern Gesellschaft leisten, wenn du möchtest.« Als sie die Tür schloß, sah sie ihn nicken.

Einige Stunden später tauchte er am Eingang des Wohnzimmers auf. Als sie ihn aufforderte hereinzukommen, fing sie den frischen Geruch von Terpentin und Farbe auf. Er setzte sich in den Sessel ihr gegenüber und legte die Füße auf den Hocker. Er starrte so lange ins Feuer, daß sie ihre Aufmerksamkeit wieder dem Buch auf ihrem Schoß widmete. »Hast du das wirklich so gemeint, als du Tal sagtest, du würdest das Haus niederbrennen?«

»Ja«, antwortete sie nach kurzem Zögern, klappte das Buch zu und legte es auf den kleinen Tisch neben dem Sessel.

»Ich dachte, Vampire könnten sich bei Tageslicht nicht erheben.«

»Es wäre sehr schwierig. Ein jüngerer Vampir könnte es überhaupt nicht tun. Aber mit dem Alter erlangen wir eine gewisse Immunität den Dingen gegenüber, die uns gefährden.«

»Hätte es dich umgebracht?«

»Höchstwahrscheinlich. Wenn das Feuer mich nicht umgebracht hätte, dann hätte die Sonne es getan. Ich könnte mich bei Tageslicht erheben – aber ich würde es nicht unbedingt überleben.«

»Also liegt dir nichts an deinem Leben?«

»Nein«, sagte Sidonie zögernd, sie fragte sich, welchen Teil der Wahrheit sie ihm sagen könnte, welchen Teil der Wahrheit sie selbst überhaupt kannte. »Oder doch.«

»Das ist keine Antwort.«

»Können nicht auch Sterbliche manchmal zwei gegensätzliche Überzeugungen gleichzeitig hegen? Können nicht auch Sterbliche ihr Leben schätzen und dennoch bereit sein, es im Kampf oder vor Verzweiflung aufzugeben? Hast du dich niemals nach dem Tod gesehnt, auch wenn du die ganze Zeit über wußtest, du könntest es nicht ertragen, aus dem Leben zu gehen?«

»Doch. Du weißt, daß es so gewesen ist.«

»Dann ist das also deine Antwort.« Ein schwaches, trauriges Lächeln bestätigte, daß sie recht gehabt hatte.

»Ich kann mir nicht vorstellen, zweitausend Jahre lang zu leben«, sagte er nach einer Weile.

»Jedes Jahrhundert besteht nur aus Jahren, und jedes Jahr nur aus Tagen und Nächten. Diejenigen von uns, die überleben, leben nur in der Gegenwart. Diejenigen, die sich von der Vergangenheit einnehmen lassen, verlieren schon bald die Fähigkeit, in dieser Welt zu funktionieren. Diejenigen, die zuviel an die Zukunft denken, werden wahnsinnig. Manchmal, wenn wir unserer Existenz überdrüssig sind, schlafen wir jahrzehntelang. Manchmal vergessen wir Dinge, als könnte unser Gedächtnis nur eine bestimmte Anzahl von Erinnerungen aufnehmen. Ich habe zum Beispiel während des achten Jahrhunderts größtenteils geschlafen, und ich erinnere mich kaum an das vierzehnte. Aus diesem Grund brauche ich meine Erinnerungsstücke, meine Bücher.« Sie hielt inne und sah auf ihre Hände hinunter, ihre Finger lagen blaßgold auf dem dunklen Ledereinband des Buches. Sie dachte an Tirzah und die Villa oben in den sandfarbenen Hügeln über den Flüssen am Anfang der Welt. »Und einige von uns ertragen es überhaupt nicht.«

»Was tun sie dann?«

»Dasselbe, was Sterbliche tun. Sie bringen sich um. Eine habe ich gut gekannt.« Sie drehte die Hände um und betrachtete die Linien auf der Innenfläche, selbstvergessen redete sie weiter. »Sie war älter als ich es jetzt bin, sogar älter als Tal. Wir wohnten eine Zeitlang zusammen in einer Villa. Ich bemerkte, wie sie immer dünner wurde, wie sie jede Nacht unnahbarer wurde, aber dachte, es sei nichts weiter als die Melancholie, die uns alle gelegentlich ergreift. Dann eines Tages wurde mein Schlaf durch schreckliche Träume gestört, die von furchtbarem Geschrei erfüllt waren. Es waren Schreie unerträglicher Qual, als würde nicht nur ein Körper gefoltert, sondern auch eine Seele in Stücke gerissen. Bei Einbruch der Dämmerung erhob ich mich, Tirzah war verschwunden. Während ich im mondbeschienenen Innenhof stand, hörte ich ihre Schreie wieder, als hielten die Steine ihren Widerhall gefangen. Ich wußte, was sie getan hatte. Sie hatte auf ihrem Lieblingsplatz am Springbrunnen gesessen und hatte die Sonne zum ersten Mal seit Tausenden von Jahren auf sich scheinen lassen.«

»Woher wußtest du –?«

»Daß sie tot war? Ich wußte es, auch wenn ihr Körper schon lange zu Asche geworden und vom Wüstenwind weggefegt worden war.« Sidonie blinzelte, schüttelte sich und fühlte, wie sich das Wehklagen wieder in die Tiefen ihrer Erinnerung hinabsenkte. Sie blickte auf und sah, wie Matthew sie mit angespannter Faszination betrachtete. »Du mußt mich entschuldigen. Es gibt Dinge, die wir nicht vergessen können, auch wenn wir es wollen.«

»Warst du jemals versucht, dein Leben zu beenden?«

Die Frage holte sie in die Gegenwart zurück. Sie wußte, daß, wenn er nicht den Schritt von der Anlegestelle herunter gemacht hätte, er niemals den Mut gehabt hätte, sie danach zu fragen, und daß sie ihm niemals wahrheitsgemäß geantwortet hätte. »Natürlich. Häufiger als ich zählen kann.«

»Was hat dich davon abgebracht?«

»Unbedeutende Dinge. Jedes Mal, wenn ich denke *Jetzt werde ich es tun*, flüstert ein anderer Gedanke *Nicht heute*. Nicht heute, weil der Mond wunderbar auf das Eis scheint. Nicht heute, weil eine Nachtigall singt. Nicht heute, weil der Windhauch nach Jasmin duftet. Nicht heute, weil ich jenes Buch nicht zu Ende gelesen habe. Nicht heute, weil mir jemand in einem Café einfach zugelächelt hat. Also schiebe ich es immer auf die nächste Nacht, die niemals zu kommen scheint.«

Das Schweigen, das auf ihre Worte folgte, hielt so lange an, daß sie fast wieder nach ihrem Buch griff, um sich von der unangenehmen Stille abzulenken. Matthew betrachtete über die verschränkten Finger hinweg das Feuer. Schließlich sah er sie wieder an. »Tal sagte, daß er mich nicht umbringen wollte, sondern umwandeln.« Auch wenn er die Frage nicht stellte, konnte sie sie aus seiner Stimme heraushören.

»Er wollte dich in einen Vampir umwandeln.«

»Und er dachte, das würde dich verletzen?«

»Es wäre kein Geschenk gewesen, sondern Nötigung. Genau wie bei mir. Auf die Dauer hätte es den Tod deiner Kunst bedeutet.« Es war keine richtige Antwort, aber sie wußte, daß sie ihm nicht die ganze Wahrheit sagen konnte, sie konnte ihm nicht erklären, wie grausam es war, wenn sie gezwungen war, ihn als einen Vampir zu sehen, eine ewige Verspottung all ihrer Träume.

»Es hätte bedeutet, daß mein Blut keinen Wert mehr für dich gehabt hätte.«

»Auch das«, gab sie zu. »Aber der Preis für die Unsterblichkeit sollte niemals ohne Zustimmung bezahlt werden.«

»Zustimmung«, wiederholte er. »Wir können festhalten, daß Matthew auf alle Fälle seiner Verdammung zustimmt – egal, auf welche Art und Weise es geschieht.«

»Ich frage immerhin«, sagte Sidonie spitz, von seinem Tonfall angestachelt. »Tal würde das nie tun.«

Er drehte sich weg, um wieder ins Feuer zu schauen, er nahm die Füße vom Hocker und rückte von ihr ab. »Ich weiß«, sagte er. »Ich weiß auch, daß die Beziehung zwischen uns ganz anders ist als zwischen den anderen Vampiren und ihren Sterblichen. Welche Gründe du auch immer dafür hast, ich danke dir.«

Sie nahm die widerwillige Entschuldigung an, sie fühlte die Sache, die er nicht ausgesprochen hatte. Zwischen all den sorgfältig gewählten Worten konnte sie das zögernde Eingeständnis heraushören, daß sie, wenn sie gewollt hätte, ihn hätte versklaven können, wie die anderen Vampire es mit ihren Sterblichen getan hatten. Auch wenn sie dies die ganze Zeit gewußt hatte und gegen diesen Drang gekämpft hatte, bereitete es ihr doch ein zweifelhaftes Vergnügen zu hören, daß er es einräumte. Wenn er ihre Macht anerkannte – und ihre Weigerung, sie gegen ihn auszuüben –, dann durfte sie vielleicht hoffen, daß er sie nicht ewig als den Dämonen seiner Alpträume sehen würde.

Seine Bewegungen beim Aufstehen lenkten ihre Aufmerksamkeit wieder auf das Gespräch. »Ich muß immer noch nein sagen.«

»Ich weiß«, sagte sie lächelnd, ihr plötzlicher Optimismus hatte sie großzügig gestimmt.

Den Brief brachte Joseph zwei Tage später. Wie üblich legte er ihn in die Schreibtischschublade, und sie entdeckte ihn erst nach dem Abendessen, als Matthew sich zum Lesen in die Bibliothek zurückgezogen hatte. Sidonie starrte lange Zeit auf die Handschrift und den Stempel, ehe sie bis zum äußersten Winkel des Fensters ging, an den äußersten Rand des Lichtscheins, um ihn zu lesen.

Als sie ihn durchgelesen hatte, faltete sie den Brief behutsam zusammen und steckte ihn in die Hosentasche. Dann starrte sie lange Zeit in die Nacht hinaus. Als sie schließlich ihren bequemen Platz am Feuer wieder eingenommen hatte, mußte sie sich anstrengen weiterzulesen, der Text verwandelte sich in unentwirrbares Gekritzel. Entnervt schleuderte sie das Buch zur Seite. Es traf den Kamin und fiel mit einem dumpfen Knall auf den Boden. Matthew tauchte am Eingang auf. »Ist was passiert?«

Sie umklammerte die Sessellehnen und schloß die Augen. »Willst du mir dein Blut geben, auch wenn du daran sterben mußt?« Nach einem überraschten Schweigen gab er ihr dieselbe Antwort wie immer. »Dann gehe ich jetzt auf die Jagd.«

Stundenlang rannte sie über die Hügel. Sie erbeutete nichts, versuchte es nicht einmal richtig. Sie hörte das Heulen der Wölfe, das sich aus der nach Kiefern duftenden Dunkelheit erhob, und blieb stehen und lauschte, wie sie die Verzweiflung in ihrem Herzen bejammerten. Als sie schließlich das Kratzen der anbrechenden Dämmerung zwischen ihren Schulterblättern spürte, stolperte sie erschöpft zum Haus zurück.

Das Vestibül lag dunkel vor ihr, das Feuer im Kamin war erloschen. Kein Licht kam aus der Bibliothek noch von der geschlossenen Tür des Ballsaals. Sie ging die Treppe hinauf und hatte dabei das Gefühl, als führten die Stufen zum Schaffott und als trüge sie das Beil in ihren Händen.

Matthews Tür war nicht abgeschlossen. Lautlos glitt sie in das Zimmer und zündete die Lampe auf dem Frisiertisch an. Sie stand neben dem Bett und betrachtete ihn lange Zeit. Schlafend sah er jünger aus, als er wirklich war, die Falten von Leben und Anspannung waren wie ausgebügelt. Unter den schweren Decken sah sie, wie sich seine Brust hob und senkte. Sie spürte einen plötzlichen Schmerz unterhalb ihrer Brust, als würde das Herz in ihr zu Asche verbrennen. Sie sagte seinen Namen.

Er schreckte jäh auf und rückte instinktiv von ihr weg, als er sie sah. »Hab keine Angst«, sagte sie und holte den Brief aus der Tasche. »Ich habe etwas für dich.« Er nahm ihn aus ihrer ausgestreckten Hand, kletterte dann argwöhnisch aus dem Bett und wikkelte sich in einen Brokatmantel. In einem Anflug schmerzlicher Ironie erkannte sie, daß dieser Morgenmantel einmal Christian gehört hatte. Matthew trat näher an die Lampe und musterte den geöffneten Brief.

»Er ist von Gabriel«, sagte er unnötigerweise und drehte den Umschlag in den Händen, als fürchtete er, ihn zu öffnen. Sie hatte kein Geheimnis daraus gemacht, daß sie alle Briefe von seiner Familie las, ehe sie sie an ihn weitergab. Sie sagte kein Wort und setzte sich in den Sessel am kalten Kamin. Er faltete den Brief auseinander und las. Sie sah, wie er schwer schluckte. »Ich muß hinfahren.«

»Das ist unmöglich.«

»Du weißt, was in dem Brief steht. Mein Vater liegt im Sterben. Vielleicht ist er schon tot.«

»Dann ist es egal, ob du hinfährst oder nicht.«

»Das kann nicht dein Ernst sein.«

»Warum nicht? Warum erwartest du irgendwelche menschlichen Gefühlsregungen von mir?« Sie wußte, daß diese bitteren Worte sie selbst am meisten trafen, gefangen wie sie war zwischen Entscheidungen, die alle dazu bestimmt waren, in Mißerfolg zu enden. Er kniete sich neben ihren Sessel.

»Sidonie, bitte. Ich muß hinfahren. Ich werde zurückkommen, das schwöre ich dir. Ich lasse all meine Gemälde hier, damit du es glaubst. Ich werde niemandem etwas über dich erzählen. Ich gebe dir jedes Versprechen, das du von mir verlangst, wenn du mich nur gehen läßt.«

»Jedes Versprechen?« fragte sie leise und sah auf sein Gesicht hinunter, das von Furcht und Entschlossenheit überschattet war.

»Jeden Preis, den du nennst«, wiederholte er, und sie wußte, es war sein Ernst. Einen Augenblick lang war sie versucht, die Frage zu stellen, aber sie wußte, daß eine solche Forderung und der entstehende Zwang sein Opfer mit Sicherheit bedeutungslos machte. Sie würde sein Blut und sein Leben bekommen, aber nichts weiter.

Sie hätte ihm den Brief niemals zeigen sollen. Sie wußte das. Und genauso hätte sie ihm niemals erlauben sollen, das Haus zu verlassen. Natürlich hätte er irgendwann die Wahrheit herausgefunden und hätte sie wegen dieser Täuschung gehaßt, aber dann hätte es wahrscheinlich keine Rolle mehr gespielt. Sie hätte den Brief verbrennen und die Asche ins Wasser streuen sollen.

Von dem Augenblick an, als sie es nicht getan hatte, hatte sich ihr Schicksal entschieden.

»Du mußt nach Ablauf eines Monats zurückkommen. Schreibe mir das Datum deiner Ankunft, und ich werde Joseph schicken, damit er dich abholt. Versprichst du mir das?« Der gefaßte Klang ihrer Stimme erstaunte sie. Sie hätte daraus nicht schließen können, wie sehr jedes einzelne Wort ihr weh tat.

»Ja.«

»Wenn du dich nicht daran hältst, werde ich in die Stadt kommen und dich aufspüren. Dann spielt es keine Rolle mehr, was ich versprochen habe. Es gilt dann nicht mehr. Wenn du dich mir widersetzt, werde ich deine Familie umbringen, deine Freunde in Ungeheuer verwandeln, und am Ende werde ich mir das nehmen, was ich immer wollte. Hast du mich verstanden?«

»Ja.«

»Joseph kommt im Laufe des Tages zurück. Ich werde Anweisungen für ihn hinterlassen. Wenn nötig, wird er mit dir auf den Zug warten. Du kannst alles, was du brauchst, aus dem Haus und der Küche mitnehmen.«

»Danke.«

Sidonie sah ihn einen Moment lang an. Sie spürte den plötzlichen Drang, die Hand auszustrecken und ihn zu berühren. Sie ballte die Hände zu Fäusten, um die Finger ruhig zu halten. Er fing die Bewegung auf, und sie sah, wie er sich in instinktiver Vorsicht verkrampfte. Die Glut in ihrem Herzen flackerte schmerzhaft auf. »Komm zu mir zurück«, flüsterte sie.

»Ich verspreche es.«

Als sie in die Halle hinunterging, hörte sie das Rascheln von Kleidung, da er anfing zu packen. Es war kurz vor Tagesanbruch. Wenn sie bei Einbruch der Dämmerung aufwachte, würde er schon fort sein.

Wozu war ihre kalte Zurückhaltung, ihre vornehme Selbstbeherrschung gut gewesen? All die Gelegenheiten, während derer sie nur distanziert gelächelt hatte, das Verlangen ihrer Hände, ihn zu berühren, unterdrückt hatte, die verführerischen Reize, die die Macht ihrer Art waren, erstickt hatte – alles war umsonst gewesen. Es wäre besser gewesen, so zu sein wie Tal und Ysabel und sich das zu nehmen, was sie wollte. Dann hätte sie wenigstens *etwas* gehabt.

Tal hatte doch recht gehabt. Er kannte die Welt besser als sie, kannte ihre Härte und ihre blinde, rücksichtslose Grausamkeit. Um einer Illusion willen hatte sie sich selbst in Stücke gerissen.

Sie erinnerte sich an ihre Gedanken, als sie in der ersten Nacht, die Matthew im Haus verbracht hatte, an seinem Bett gekniet hatte. Du wirst ihn wegreiten sehen, und deine Träume werden in deinem Mund zu Staub und Asche werden. Und jetzt ging er wirklich fort, genau wie sie vorhergesehen hatte.

Trotz seiner Versprechungen, trotz ihrer Drohungen war sie nicht davon überzeugt, daß er jemals zurückkommen würde.

36. Kapitel

Als der Zug sich in Bewegung setzte, spürte Matthew, wie der Norden allmählich hinter ihm zurückblieb. Die Berge verschmolzen erst zu Wäldern, dann zu Feldern, und es schien so, als hätten die Berge niemals existiert. Die Umrisse des vereisten Tales und des grauen Steinhauses wurden immer verschwommener und verwandelten sich in eine Phantasielandschaft von seltsamer und gefährlicher Schönheit, die er aus der sicheren Entfernung von Stift und Farbe betrachtete.

Er wußte, daß sie immer noch hinter ihm existierte und auf ihn wartete, doch er ließ den Zauber der Reise seine Wirkung tun. Er hatte den Glauben an seine Flucht nie ganz aufgeben können, und jetzt erlaubte er sich den Luxus, sie zu feiern. Während der fünftägigen Reise vom Haus zum riesigen Bahnhof der Großstadt verblaßte der Norden hinter ihm, ebenso wie das Echo der Versprechungen, die er im Gegenzug für seine Freilassung gemacht hatte.

In der Stadt angekommen, kratzte er sein letztes Geld zusammen und fuhr mit dem Taxi zum Haus seines Vaters. Zuerst mußte er wissen, wie es Simon ging, dann hatte er noch Zeit genug, zu seiner kalten Mansarde zu gehen, für die Gabriel in den letzten Monaten die Miete gezahlt hatte. Wenn das geschehen war, würde er sich um den Rest kümmern.

Mit einer einzelnen Tasche in der Hand ging er die Stufen zur Eingangstür hinauf. Alles sah aus, wie er es in Erinnerung hatte. Als er die Hand nach dem Türklopfer ausstreckte, bemerkte er ein schwarzes Band, das an dem Scharnier befestigt war. Das Ende war ausgefranst, als sei es aus einer größeren Dekoration herausgerissen worden, zu der es einmal gehört hatte. Matthew spürte die erste kalte Berührung der Angst. Mrs. O'Brien hatte wohl das Haus für die Feiertage, die gerade vorbei waren, geschmückt, redete er sich ein. Sie mußte das Band benutzt haben, um einen Blumenschmuck an die Tür zu binden. Es war nur deshalb schwarz, weil keine anderen festlicheren Farben mehr zur Verfügung gestanden hatten.

Er ließ den Türklopfer mit dem Löwenkopf fallen und hörte den metallischen Aufschlag im Haus widerhallen. Er wollte gerade zum zweiten Mal klopfen, als sich die Tür öffnete. Mrs. O'Brien stand in der Tür, unverkennbar echt und vertraut, das Haar war zu dem üblichen Kranz aus grauen Zöpfen gesteckt, sie trug eine Schürze über dem einfachen, nüchternen Kleid. »Mr. Matthew«, sagte sie ungläubig.

»Guten Tag. Ich bin gekommen, so schnell ich konnte. Ist Vater zu Hause?« Er trat in den Vorraum, ließ seine Tasche fallen und sah automatisch die Treppe zu seinem Arbeitszimmer hinauf. »Mußte er wieder ins Sanatorium? Gabriel hat sich in seinem Brief nicht besonders deutlich ausgedrückt, er schrieb nur, ich solle so schnell wie möglich kommen, weil Vater krank sei. Hat er wieder einen Herzanfall bekommen?«

»Mr. Matthew –«

»Wenn er im Sanatorium ist, werde ich wohl Peter fragen müssen, ob er mich dorthin fährt. Oder vielleicht fährt Gabriel auch bald dorthin.«

Sein Blickfeld verengte sich plötzlich, bis er nur noch die Treppe sah, die in der Dunkelheit verschwand. Eine Stimme plapperte auf unangenehme Weise, und er brauchte einen Moment, bis er erkannte, daß es seine eigene war.

»Mr. Matthew, es tut mir so leid. Dr. Donovan ist letzte Woche verstorben.« Er hörte die Worte und dahinter das Brausen und Ächzen der gewaltigen schwarzen Woge, die über ihn hereinbrach. Einen Augenblick lang erfüllte sie seine Ohren und machte ihn taub. Die Wucht der Woge trieb ihn die Treppe hinauf in das Dunkel. Irgendwo hinter sich hörte er eine Stimme, doch er schenkte ihr keine Beachtung.

Sein Vater war tot. Er wußte, was er jetzt fühlen sollte. Die Trauer eines Sohnes, auf anständige Weise zum Ausdruck gebracht, war das, was von ihm erwartet wurde. Er spürte, wie sich die schreckliche Last des Verlusts auf seine Brust, wie die kalte Hand des Grams sich um sein Herz legte. Er erinnerte sich nur zu gut an diese Anzeichen, die ihn nach dem Tod von Raphael und seiner Mutter heimgesucht hatten. Er wußte auch, daß darunter in der dunklen Flut seiner Regungen die anderen Gefühle lauerten. Schuldgefühle drehten ihre Schneide in seinem Inneren, denn er hätte hier sein sollen und war es nicht gewesen. Wut zischte und kochte in ihm, er suchte einen Schuldigen für seine Abwesenheit. Aber am schlimmsten von allem war die Erleichterung, die wie eine hartnäkkige Strömung an die Oberfläche kam. Wenn Simon nicht mehr am Leben war, dann brauchte er auch nicht mehr zu sterben, um ihn zu retten.

Ich spreche dich frei. Er hörte ihre Stimme unerwartet und unvermindert teilnahmsvoll. Es war keine blinde Vergebung, erkannte er, sondern ein Eingeständnis dessen, daß nur sehr wenig im Leben völlig rein war. Wenn das Verlustgefühl von Schuld oder Wut oder Erleichterung überlagert war, bedeutete das nicht, daß das Gefühl nicht echt war. Um einer Farbe Tiefe zu verleihen, brauchte man Dunkelheit. Rot blieb Rot, wenn man Schwarz hinzufügte, wurde lediglich ein anderes Rot daraus.

Mit diesem Gedanken wich die Mitternachtswoge zurück. Er stand mitten im Arbeitszimmer seines Vaters, völlig erschöpft und zitternd. Er ging einen Schritt auf die Tür zu, spürte, wie seine Knie nachgaben, und ließ sich auf das abgenutzte Sofa fallen. Er atmete tief ein, die Luft war voller Erinnerungen an seinen Vater, der staubige Geruch alter Bücher, der schwache Beigeschmack von Tinte. Er spürte, wie die ersten Tränen seine Wangen hinunterliefen. Er schloß die Augen.

Viel später hörte er das Geräusch von Schritten auf der Treppe und sah zum Eingang hin. Gabriel tauchte auf, er hatte den Mantel noch an, in der Hand hielt er einen Spazierstock mit silberner Spitze. »Matthew!« Er öffnete die Arme, und Matthew stand auf und ließ sich umarmen. Der Körper seines Bruders fühlte sich warm und fest an. Nach einem Augenblick löste sich Gabriel von ihm und sah ihn an. »Mrs. O'Brien hat uns Bescheid gesagt –« Matthew bemerkte, daß Peter im Eingang stand. »Und sie hat das Richtige getan. Du siehst elend aus.«

»Was ist mit Vater passiert?«

»Wieder ein Herzanfall«, sagte Peter und streckte ihm die Hand entgegen. Matthew nahm die Hand und hielt sie fest, als sein Bruder ihm unbeholfen auf die Schulter klopfte. »An dem einen Tag schien er einigermaßen wohlauf, und dann am nächsten Tag... Das Ende kam sehr schnell.«

»Es tut mir leid, daß ich nicht hier war. Der Brief war zwei Wochen bis zu mir unterwegs, und die Reise nach Hause hat noch eine Woche gedauert.«

»Wir haben mit der Beerdigung so lange es ging gewartet. Wir hatten uns schon Sorgen gemacht. Ich war kurz davor, einen Suchtrupp loszuschicken.« Die vorsichtige Unbeschwertheit in Gabriels Stimme konnte das plötzliche Schaudern nicht zerstreuen, das Matthew spürte, als er sich an Sidonies verschleierte Drohungen erinnerte.

»Es ist ganz gut, daß du dich nicht durchgesetzt hast. Von der Bahnlinie aus muß man zwei Tage lang reiten, um das Haus zu erreichen. Du hättest es gehaßt.«

»Es ist gut, daß du wieder da bist«, sagte Peter. »Es müssen einige Entscheidungen getroffen werden –«

»Nicht jetzt, Peter«, unterbrach ihn Gabriel. »Mrs. O'Brien hat freundlicherweise Abendessen für uns gemacht, ohne Zweifel aus der Überzeugung, daß ein warmes Essen alle Probleme löst. Ich denke, wir sollten Matthew zumindest Gelegenheit geben, etwas zu essen, ehe wir ihn dazu zwingen, über andere Dinge nachzudenken.«

»Ich stimme dir zu«, sagte Matthew, er war sich ziemlich sicher, daß er über gar nichts nachdenken wollte. Welche Entscheidungen Peter auch immer im Sinn hatte, sie zu erwägen, würde ihn unweigerlich zu den persönlichen Entscheidungen führen, die er unbedingt vermeiden wollte.

Sie sprachen über die Beerdigung und über die Zeremonie, die an der Universität zu Simons Gedenken abgehalten worden war. Peter erzählte ihm von seinen neuesten geschäftlichen Angelegenheiten und von der Gesundheit seiner Familie. Gabriel fügte den aktuellsten Klatsch aus Theater- und Künstlerkreisen hinzu. Matthew sagte kaum etwas.

»Also«, begann Peter und führte dabei einen mit Mrs. O'Briens Kuchen gefüllten Löffel zum Mund, »ich nehme an, daß diese Angelegenheit mit... dieser Frau... erledigt ist.«

»Noch nicht.«

»Noch nicht? Hat sie ihre Meinung geändert und doch Geld verlangt?«

»Sie ist zu keinem Zeitpunkt auf Geld ausgewesen«, sagte Matthew vorsichtig. Peter schnaubte ungläubig.

»Das ist sehr seltsam. Ich kann mir nicht vorstellen, warum um alles in der Welt sie wollte, daß du so lange dort bleibst. Trotzdem bist du jetzt hier. Also muß es vorbei sein.« Peter sah streng auf. »Ich hoffe doch, daß du das besprochen hast, bevor du weggefahren bist. Du bist nicht einfach weggelaufen und hast sie verärgert.«

»Man kann da oben kaum ›weglaufen‹. Wenn man es könnte, hätte ich es längst getan.«

»Dann ist es um so besser, daß du es nicht konntest. Wenn du es getan hättest, dann hätte sie Vater bloßgestellt.«

»Vater ist tot«, sagte Matthew betont.

»Aber sein Ansehen nicht. Die Universität wird den Lehrstuhl nach ihm benennen. Es soll Stipendien mit seinem Namen geben. Es wäre ein schrecklicher Skandal, wenn diese unglückseligen Umstände jetzt ans Tageslicht kämen.«

»Dann sollten wir es der Universität selbst sagen,

bevor sie all diese Dinge in Vaters Namen tun. Sie würden es geheimhalten, wenn auch nur, um ihr eigenes Ansehen zu schützen.«

»Alles ist bereits angekündigt worden. Es ist zu spät, etwas daran zu ändern. Wir können uns keinen Skandal erlauben. Es wäre eine Schande für Vater.«

»Er ist doch tot!« Matthew hatte sich schon halb aus dem Stuhl erhoben, ehe er sich beherrschen konnte. Langsam setzte er sich wieder hin und spürte dabei Peters Verärgerung und Gabriels unverhüllt neugierigen Blick.

»Aber wir nicht«, erwiderte Peter und wandte seine Aufmerksamkeit wieder dem Kuchen zu, in einer Weise, die deutlich machte, daß er die Sache als geklärt betrachtete. Matthew umklammerte die Lehnen seines Stuhls.

»Darum geht es also. Es geht gar nicht um Vaters Ansehen, sondern um dein eigenes. Einen Vater zu haben, der sich seinen Weg in die Gesellschaft erschlichen hat, würde kaum ein gutes Licht auf dich werfen. Na schön, vielleicht wäre ich bereit gewesen, um Vaters willen zu sterben, aber ich will verflucht sein, wenn ich es um deinetwillen tue.«

»Wovon um Himmels willen redest du bloß?« fragte Peter. »Keiner erwartet von dir, daß du stirbst. Guter Gott, gib mir die Adresse dieser Frau, und ich werde das selbst in die Hände nehmen.«

Matthew kämpfte gegen das hysterische Lachen an, das in seiner Kehle aufstieg. »Tu das ruhig, Bruder. Du fährst hin und bietest ihr Geld und Ehren an. Ich bin gespannt zu hören, wie sie reagiert.« Er hörte ihre Stimme so deutlich, daß es den Anschein hatte, sie sei mit ihm im Zimmer und stellte die Frage, die er fürchtete. Er stellte sich vor, wie Peter in dem kalten Gefängnis des Hauses gefangen war, wie er Sidonie gegenüber am Tisch saß und gezwungen war, der Unausweichlichkeit seines Todes immer und immer wieder ins Auge zu sehen. Plötzlich erstarb seine bösartige Belustigung und zerfiel zu etwas, das sich gefährlich wie Sehnsucht anfühlte.

»Wenn Geld und Anerkennung nicht genug sind, was *will* sie dann?«

»Alles«, sagte Matthew matt. »Sie will alles.« Er löste seine Hände von den Stuhllehnen und stand auf. »Ich bin sehr müde. Ich möchte nach Hause. Können wir ein andermal darüber sprechen?«

»Natürlich.« Gabriel erhob sich und kam jeder Bemerkung von Peter zuvor. »Aber du kannst die Nacht unmöglich in diesem entsetzlichen Raum verbringen. Ich bin sicher, daß der Vermieter Eisblöcke darin gelagert hat. Du kommst mit zu mir und übernachtest dort.«

Matthew zuckte mit den Achseln, er war zu müde, um sich zu widersetzen. Wenn Gabriel etwas wollte, dann setzte er sich gewöhnlich auch durch. Daß er, abgesehen von seiner Freundlichkeit, auch noch andere Motive hatte, war so gut wie sicher, aber Matthew kümmerte sich nicht darum. Er ließ es zu, daß er mitgenommen und von Tür zu Taxi zu Tür und zu Bett gelotst wurde. Er schlief in dem Moment ein, als er die seidigglatten Laken auf Gabriels Gästebett über seinen Körper zog.

Am nächsten Morgen zog er den Morgenmantel an, den Gabriel ihm überlassen hatte, und wagte sich in die Wohnung. Sein Bruder hatte das Wohnzimmer während der Monate, in denen er weg gewesen war, renovieren lassen. Die Wände waren jetzt backsteinrot gestrichen, und es gab neues Mobiliar aus dunklem

Holz in üppigen, geschwungenen Formen. Die Tür zu Gabriels Schlafzimmer war verschlossen, aber Matthew hörte Geklapper aus der Küche. Seine Hand lag auf der Türklinke, als er eine Stimme hinter sich hörte.

»Geh da nicht hinein. Du würdest das Dienstmädchen zu Tode erschrecken.« Er drehte sich um und sah Gabriel, der im Türrahmen des Eßzimmers lehnte. Sein seidener Morgenmantel war noch ausgefallener gemustert als derjenige, den Matthew trug. »Hier gibt es Tee. In ein paar Minuten ist das Frühstück fertig.«

»Wie spät ist es?«

»Fast Mittag.« Matthew ließ sich in einem der bequemen, gepolsterten Stühle nieder, die um den runden Tisch herum standen, und nahm eine Tasse Tee. Gabriel mochte so tun, als empörte er sich über die späte Uhrzeit, aber er wußte, daß auch sein Bruder nur selten vor Mittag aufstand. Kurze Zeit später kam das Dienstmädchen mit einem Tablett, das mit Gebäck, Früchten und zwei Omeletts beladen war.

Als das Essen verzehrt und das Geschirr wieder in die Küche gebracht worden war, lehnte sich Matthew im Stuhl zurück und nahm einen Schluck von dem frischen Tee. »Du solltest dich nicht um Peter kümmern. Du weißt, wie er ist«, sagte Gabriel. »Vaters Tod hat ihn ziemlich getroffen, aber er muß sich aufspielen und alle anderen herumkommandieren, um zu beweisen, daß es nicht so ist.«

»Ich weiß. Nur diesmal hat er absolut keine Ahnung, wovon er spricht.« Er brachte ein Lächeln zustande und sah, daß Gabriel es erwiderte. Das forschende Funkeln in den Augen seines Bruders machte deutlich, daß das Gespräch nicht an dieser Stelle enden würde. Matthew nahm noch einen Schluck Tee und musterte das Gemälde an der Wand gegenüber. Zerstreut stellte er fest, daß es eins seiner eigenen war.

»Willst du mir erzählen, was dir da oben zugestoßen ist?« fragte Gabriel.

»Warum glaubst du, daß mir etwas zugestoßen sein sollte?«

»Laß mal sehen. Du schreibst drei Briefe, alles niedliche Beispiele für Grundschulsatzbau, wenn ich hinzufügen darf, die absolut nichts aussagen. Du siehst furchtbar aus, wenn du mir den Ausdruck verzeihst. Ich kann mir nicht vorstellen, wann du dir das letzte Mal die Haare hast schneiden lassen –«

»Es tut mir leid, daß ich nicht deinen Maßstäben entspreche. Im Norden geht es auf gewisse Weise weniger förmlich zu als in der Stadt«, unterbrach ihn Matthew.

»Darum geht es nicht. Du siehst aus, als wärst du in den letzten Monaten jede Nacht wach gewesen und als hättest du nicht einen einzigen Augenblick des Vergnügens als Ausgleich dafür gehabt. Du siehst aus, als würdest du... gejagt.« Gabriel stieß das Wort triumphierend hervor.

»Ich bin vollkommen gesund, soviel ich weiß. Ich habe genug gegessen. Ich habe auch genug Bewegung gehabt. Was willst du denn noch?«

»Die Wahrheit«, sagte Gabriel hartnäckig, er ließ sich nicht ablenken. »Komm schon, ich bin Gabriel, nicht Peter. Ich denke, er hat nicht ein einziges Wort zwischen den Zeilen gehört, als du gestern abend erzählt hast, im Gegensatz zu mir. Du bist nicht freiwillig dort geblieben, stimmt's?«

»Es war der Preis, um Vater zu beschützen«, gab Matthew vorsichtig zu. »Und man kommt da nicht so einfach weg.«

»Was wollte sie? Nein, ich glaube, du brauchst es mir nicht zu sagen. Ich ahne es schon.«

»Kannst du das?«

»Natürlich. Schließlich hast du auch etwas von dem guten Aussehen der Donovans abbekommen, kleiner Bruder.« Matthew erkannte, daß Gabriel annahm, er sei Sidonies Geliebter. Er wollte lachen, hörte die Verlegenheit in dem Laut und hielt inne. »Sieh mich nicht so schockiert an. Sie kann nicht viel älter als Anfang Vierzig sein. Ich weiß ganz sicher, daß du deine Erfahrungen mit reifen Frauen, wie man so schön sagt, gemacht hast.«

»Sie ist in gewisser Weise älter, als du denkst«, brachte Matthew heraus, dann erinnerte er sich, daß Sidonie dasselbe gesagt hatte zu der Zeit, als ihr wahres Ich ihm noch verborgen war. Der Gedanke ernüchterte ihn ein wenig. »Diese Art von Entgegenkommen stand nie zur Diskussion.« Das entsprach zwar den Tatsachen, aber der Besuch von Tal und den anderen hatte ihm lebhaft vor Augen geführt, daß die Bande zwischen Sterblichen und Vampiren ebenso erotisch wie blutig waren. Es war ihm gelungen, die Frage zu unterdrükken, ob die Auslieferung an Sidonie auch diesen Preis – oder diese Belohnung – mit sich bringen würde.

»Du meine Güte, du siehst wie ein kompromittierter Priester aus«, sagte Gabriel, und mit verärgertem Erstaunen spürte Matthew, wie ihm die Röte ins Gesicht schoß. Er starrte auf seine Teetasse hinunter und hörte, wie Gabriels Lachen erstarb. »Was wollte sie dann?«

Einen Moment lang hatte er Lust, die Wahrheit zu erzählen, als wäre er wieder ein Kind und sein älterer Bruder könnte ihn irgendwie beschützen. Er seufzte und setzte die Tasse ab. »Sie war einsam, nehme ich an«, sagte er. »Sie war es satt, allein in ihrem Palast aus Eis zu leben.«

»Was ist sie für ein Typ, diese geheimnisvolle Geliebte von Vater?«.

Matthew glitt mit dem Finger durch die Pfütze aus verschüttetem Tee auf dem glänzenden Tisch. Er hatte nie darüber nachgedacht, was sie für ein Typ war – was sie wirklich *war*, schien allein wichtig zu sein. Die Maßstäbe, mit denen man die Persönlichkeit anderer Leute beurteilte, ließen sich auf sie scheinbar nicht anwenden. »Sie kocht ganz ausgezeichnet. Sie hat eine exquisite, wenn auch ungewöhnliche Schmucksammlung«, begann er zögernd. »Sie ist intelligent und gebildet. Sie ist ehrlich, auch wenn es nicht in ihrem Interesse ist, ehrlich zu sein. Sie ist unbarmherzig und traurig und, wenn du es am wenigsten erwartest, freundlich.« Er beherrschte sich, ihm war bewußt, daß er mehr gesagt hatte, als seine Absicht gewesen war.

»Ich schließe daraus, sie möchte, daß du zurückkommst?«

»Ich habe versprochen, daß ich zurückkomme. Ich habe meine Gemälde als Garantie dagelassen. Das war der Preis, den ich zahlen mußte, um nach Hause fahren zu dürfen.«

»Wenn du dich weigerst, wird sie dann Vaters Geheimnis enthüllen?«

»Das ist schon möglich. Sie ist mit Sicherheit dazu in der Lage. Sie ist zu fast allem in der Lage, wenn sie etwas Bestimmtes erreichen will.« Ihre Drohungen gegen seine Freunde und seine Familie dröhnten in seinen Ohren wie eine Totenglocke. Davon abgesehen konnte er nicht ganz von dem Anblick ihres Gesichts loskommen, von der Resignation und der Traurigkeit darin, in dem Moment, als sie ihn gebeten hatte, zu ihr zurückzukommen.

»Was geschieht, wenn du zurückgehst?« Gabriels Stimme klang sehr weit weg.

»Wenn ich gehe, werde ich wahrscheinlich nie mehr wiederkommen.«

»Wirst du gehen?« Matthew sah zu seinem Bruder hinüber.

»Was soll ich deiner Meinung nach tun?«

»Ich denke, zunächst einmal solltest du Peter ignorieren. Vater lag viel an seinem Ansehen, aber nicht halb soviel, wie ihm an dir lag. Er würde kaum von dir verlangen, daß du deine Zukunft für seinen guten Namen aufgibst. Peter würde einen Skandal überleben. Vielleicht wäre es sogar eine heilsame Erfahrung für ihn. Was mich angeht, du kennst ja den Spruch: schlechte Publicity ist besser als gar keine Publicity. Du mußt dir nur zwei Fragen beantworten, um zu wissen, was du tun mußt.« Als Matthew ihn neugierig ansah, redete er weiter. »Bist du der Meinung, daß man ein Versprechen halten muß, das man unter Zwang gegeben hat?«

»Ich weiß nicht«, gab Matthew zu. Gabriel schob den Stuhl zurück, stand auf und nahm seine Teetasse mit, als er auf die Tür zuging.

»Also, ich habe heute noch ein paar Termine. Wenn du noch zu dieser erbärmlichen Mansarde fahren möchtest, dann machst du dich am besten jetzt fertig.« Matthew nickte und erhob sich. Als Gabriel ihm die Tür aufhielt, blieb er stehen.

»Wie lautet die andere Frage?«

Sein Bruder schenkte ihm ein trauriges, wissendes Lächeln.

»Ich dachte, das wäre offensichtlich«, sagte er. »Möchtest du zurückgehen?«

37. Kapitel

Der Monat, den Sidonie ihm gewährt hatte, verging.

Peter, den Simon zu seinem Nachlaßverwalter bestimmt hatte, kümmerte sich um den Verkauf des Hauses. Der Erlös wurde zusammen mit dem übrigen Vermögen gleichmäßig unter den Brüdern verteilt. Matthew bekam mehr Geld, als er erwartet hatte, es reichte mit Sicherheit aus, um sich eine bessere Unterkunft und ein separates Atelier leisten zu können. Er hinterlegte seinen Anteil bei einer Bank und vergaß das Geld.

Seine Räume waren tatsächlich so kalt, wie Gabriel prophezeit hatte, doch er war an Kälte gewöhnt. Er kaufte Malutensilien, um die zu ersetzen, die er zurückgelassen hatte, und machte sich mit einer Energie an die Arbeit, die ihn überraschte. Am zweiten Abend nach seiner Ankunft ging er in das nahegelegene Café und traf Paul, André und Jack an, die an ihrem Stammtisch saßen. Einen Augenblick lang hatte er die verrückte Vorstellung, sie hätten dort seit seiner Abreise gesessen, wie automatische Puppen in einem Stück, das ein Publikum benötigte, um weiterlaufen zu können. Paul entdeckte ihn zuerst, stand auf und rief seinen Namen, und sein Gedanke ging inmitten einer feierlichen Runde von Umarmungen und einem ausführlichen Zechgelage unter.

Er paßte sich wieder in sein früheres Leben ein, und wenn auch Teile von ihm nicht mehr in die vertrauten Muster zu passen schienen, so ignorierte er es einfach. Falls seine Freunde bemerkten, daß der Platz, den sie in ihrem Leben für ihn freigehalten hatten, nicht ganz ausgefüllt wurde, so sagten sie nichts.

Er achtete nicht genau auf den Verlauf der Tage, aber er wußte, wann die Frist verstrichen war. Er widersetzte sich Sidonie nicht, denn das hätte vorausgesetzt, daß seine Untätigkeit eine bewußte Entscheidung gewesen wäre. Er tat einfach nichts, weil das leichter war, als sich zu entscheiden. Peter setzte ihm gelegentlich zu, doch schließlich gab er auf und verkündete, daß Matthew als Erwachsener nicht vernünftiger sei, als er als Jugendlicher gewesen war. Gabriel vermied das Thema mit einem ausgeprägten Taktgefühl, das deutlich machte, daß er unbedingt darüber sprechen wollte.

Matthew arbeitete, machte seine Besuche in den Bars und Cafés und schlief. Irgend etwas anderes zu tun, hätte den Bann der Trägheit gebrochen, den er über sich verhängt hatte, hätte den dornigen Schutzwall zerrissen, der ihn vor den wetteifernden, widersprüchlichen Trieben, die ihn umkreisten, bewahrte.

Eines Vormittags, seit Ablauf der Frist waren drei Wochen vergangen, klopfte jemand an die Tür. Für kurze Zeit erstarrte er, der Pinsel in seiner Hand blieb wenige Zentimeter vor der Leinwand auf der Staffelei vor ihm in der Luft stehen. Dieses Klopfen hatte er schon zuvor gehört, mehr als einmal. Es hatte seinen Schlaf zerrüttet und ihn zur Tür stolpern lassen, wo er sich angelehnt und auf ein zweites Klopfen gewartet hatte. Es war niemals erfolgt.

Es ist hellichter Tag, sagte er sich und spürte, wie

sich der gewundene Knoten aus Furcht und böser Vorahnung in seinem Magen entkrampfte. Er legte den Pinsel ab und öffnete die Tür.

Allegra stand auf dem schmalen Treppenabsatz. »Guten Morgen«, sagte sie. »Darf ich hereinkommen?«

»Natürlich.« Er trat zurück, und sie ging an ihm vorbei ins Zimmer. Seit seiner Rückkehr hatte er sie mehrmals gesehen, aber sie war immer in Gesellschaft gewesen. Sie hatte Andeutungen gemacht, daß sie sich auch allein treffen könnten, doch er hatte immer eine Ausrede gefunden, warum es unmöglich war, ihre Einladung anzunehmen. Er hätte sich denken können, daß sie ihn schließlich deswegen zur Rede stellen würde. Genau wie Sidonie war sie daran gewöhnt, ihren Willen durchzusetzen.

»Ich habe bei ›La Noiresse‹ einen Tisch reservieren lassen. Ich dachte, du hast vielleicht Lust, mit mir Mittag zu essen.«

»Du bist gekommen, um mich zum Mittagessen einzuladen?«

»Sieh mich nicht so entgeistert an. Ich nehme doch an, daß du immer noch ab und zu etwas ißt«, antwortete sie lachend und zog die Hände aus dem Wolfsfellmuff, der sie gegen die Kälte schützte. Ihr schwarzer Mantel war mit demselben Pelz besetzt: er paßte ausgezeichnet zu dem extravaganten Hut, der auf ihrem Kopf thronte. Während seiner Abwesenheit hatte sie ihr Haar schneiden lassen, die weichen, goldenen Wellen reichten jetzt bis zum Kinn. Ihre Porzellanhaut war durch die Kälte gerötet, so daß der Kontrast zu dem übertrieben dunklen Leuchten ihrer rot geschminkten Lippen ein wenig gedämpft wurde.

»Ich bin entzückt«, erwiderte Matthew, in seiner Freude schwang ein Anflug von Erleichterung mit. ›La

Noiresse‹ war ein sehr teures und sehr gutes Restaurant. Aber was noch viel wichtiger war, aus dieser Einladung konnte er schließen, daß Allegra nicht wütend war, daß er die anderen abgelehnt hatte. Plötzlich erkannte er zu seiner Überraschung, daß es ihm eine Menge ausmachen würde, Allegras Freundschaft zu verlieren. »Ich muß nur erst hier saubermachen.«

Sie nickte, ging zu seinem Bett hinüber und ließ sich dort nieder, als er anfing, seine Pinsel und sonstigen Utensilien auszuwaschen. »Das gefällt mir«, sagte sie, und er blickte zurück und sah, daß sie das Werk, an dem er gerade arbeitete, musterte, während sie ihren lächerlichen Hut abnahm. Matthew lächelte erfreut und ließ die Augen einen Augenblick lang auf dem Gemälde ruhen. In der Mitte der Leinwand war ein Glas Wein dargestellt, das auf einem Tisch stand. Die karminrote Flüssigkeit schien zu glitzern, als würde sie das Licht wie geschliffenes Glas zurückwerfen. Am Fuß des Kelchglases waren rote Edelsteine verstreut, die eine Halskette bildeten, die aus eigener Quelle zu strahlen schien. Ganz links auf dem Gemälde war eine auf dem Tisch ruhende Hand skizziert, deren Weißheit bisher lediglich aus dem blassen Farbüberzug bestand, der die Leinwand bedeckte. »Es ist eine Schande, daß du keins deiner Bilder aus dem Norden mitgebracht hast. Ich glaube, die Erfahrung muß gut für dich gewesen sein.«

»Mein Skizzenbuch liegt auf der Fensterbank. Wenn du möchtest, kannst du es dir ansehen.« Es war ein Friedensangebot, das einzige, das ihm einfiel als Zeichen der Entschuldigung für die Distanz, die er ihr gegenüber gewahrt hatte. Sie belohnte ihn mit einem bezaubernden Lächeln, das vor seinem geistigen Auge haften blieb, als er hinter den Paravent trat, um

Farbe und Terpentin von den Händen zu waschen. Wenn sie ins ›La Noiresse‹ gingen, dann war es auch angebracht, sich zu rasieren. Es vergingen ein paar Minuten, bis er wieder zum Vorschein kam und den Kleiderschrank nach einer Kombination zu durchstöbern begann, die die unvermeidliche Verachtung der Oberkellner auf ein geringes Maß beschränken würde.

Er blickte zu Allegra hinüber, die mit dem Skizzenbuch in der Hand am Fenster stand. »Also? Findest du, daß ich Fortschritte gemacht habe, meine Muse?« fragte er munter, ihre Reglosigkeit und die unerwartete Verwundbarkeit, die er angesichts der Vorstellung spürte, daß die Skizzen ihren Augen ausgeliefert waren, beunruhigten ihn.

»O ja«, sagte sie langsam. »Ich würde sagen, der Schöpfer dieser Skizzen hat enorme Fortschritte gemacht. Komm her, und ich zeige es dir.« Als er neben ihr stand, durchblätterte sie kurz die Seiten, dann hielt sie das Buch ins Sonnenlicht. Matthew fühlte, wie sein Magen sich zusammenzog, als die ersten Skizzen der falschen Sidonie zum Vorschein kamen. »Bei dieser Skizze kann man das Zögern sehen, die fehlende Schärfe. Es sieht zwar durchaus gekonnt aus, aber keine der Linien scheint richtig zu stimmen. Dann hier –« Das blasse Papier bewegte sich unter ihren noch blasseren Fingern. Er wußte, was als nächstes kam, dennoch war es eine schmerzliche Überraschung, die starren, übertriebenen Linien seiner Studie des bösen Engels anzusehen. »Es ist dieselbe Frau, doch jetzt ist sie verzerrt dargestellt, jenseits aller Menschlichkeit. Als wollte der Künstler in diesem Gesicht die Last aller Übel vereinigen, die Männer jemals Frauen zugeschrieben haben, und auch alle Schönheit, der sie niemals widerstehen können.«

»Allegra –«

»Still. Du hast mich darum gebeten, Kunstkritikerin zu spielen, jetzt mußt du dir mein Urteil anhören. Zu guter Letzt haben wir diese hier.« Es war die letzte Skizze, bevor die weißen Flächen unberührter Seiten anfingen. Er hatte sie angefertigt, nachdem Tal und die anderen abgereist waren, nachdem Sidonie seine Alptraumvisionen von ihr gesehen hatte. »Das hier ist natürlich wieder dieselbe Frau. Der seltsame, unmenschliche Ausdruck ist noch immer da. Es ist doch merkwürdig, daß die Linien hier in diesem Phantasiegebilde richtig erscheinen, während es bei den Linien in der realistischen Skizze nicht der Fall ist. Und doch findet man hier nicht den Ausdruck von Schrecken. Der Künstler hat etwas gesehen, was jenseits von Phantasien des Bösen und Träumen von Schönheit liegt. In diesen Augen spiegelt sich eine menschliche Seele wider, in der Linie des Mundes menschliche Traurigkeit.« Allegras Finger berührten die Linien, während sie sprach. Sie legte das Skizzenbuch auf die Fensterbank zurück. »Als Kritikerin würde ich sagen, der Künstler hat gelernt, die Illusion der äußeren Erscheinung zu durchschauen und das wahre Innere zu erkennen, das jenseits aller noch so grotesken Einbildungskraft liegt.« Sie machte eine Pause. »Als Frau würde ich allerdings sagen, der Künstler hat sich verliebt.«

»Das ist doch lächerlich.«

»So? Warum starrst du dann jeden Abend im Café auf die Tür, als würdest du jeden Augenblick erwarten, daß dein geheimster Traum durch diese Tür hereinspaziert? Warum kommt es mir immer so vor, als sei dein Herz irgendwo anders, während dein Körper mit uns lacht, als wäre alles in Ordnung? Warum bist du nicht richtig nach Hause gekommen?«

»Es ist keine Liebe, die ich erwarte«, sagte Matthew widerwillig. Er hatte sich eingebildet, er hätte seine unruhige Wachsamkeit vor ihnen verbergen können. Dann und wann tauchte die Erinnerung an Sidonie auf, und er war nicht mehr in der Lage, den Blick von der Tür zu nehmen, und wartete jeden Moment darauf, sie dort eingerahmt stehen zu sehen, auf ihre besondere und tödliche Weise.

»Nein?« fragte Allegra, ein ungläubiger Blick krauste ihre Stirn. »Na gut. Dann beweise es.«

»Wovon sprichst du eigentlich?«

»Wenn es deine Kunst ist, die lügt, und nicht deine Worte, dann beweise es. Liebe mich jetzt an Ort und Stelle.« Ihre Stimme hatte keinen flirtenden Unterton, es war nicht einmal verführerische Herausforderung. Sie beobachtete ihn mit ernsten, nüchternen Augen.

»Allegra –« Er sah zur Seite. Sein Blick blieb an dem albernen Hut auf dem Bett hängen, der sich wie ein rundes, augenloses Wesen dort zusammengerollt hatte. »Aber ... du hast doch reserviert und –«

»Die können warten.« Matthew sah sie wieder an. Bilder von Rebeke und seinem Versagen stiegen ungebeten vor seinem geistigen Auge auf. Wenn es wieder passierte, dann wäre das ein Zeichen, das er nicht wahrhaben wollte. Aber jetzt war er nicht betrunken und hielt sich nicht unter Fremden auf. Er war wieder in seiner eigenen Welt, zusammen mit einer wunderschönen, sinnlichen Frau, die sein Bett schon oft ohne Beschwerde mit ihm geteilt hatte. Sie hatte ihn und die Skizzen falsch eingeschätzt. Wenn sie einen Beweis dafür wollte, würde er ihn erbringen.

Sie gab einen leisen Laut von sich, als er sie in die Arme nahm, gegen die Wand drückte und küßte. Es war wie der Gipfel unzähliger Nächte voller Sehnsucht. Ein rasendes Gefühl der Erleichterung überlief ihn, heftiges Verlangen regte sich in ihm. Es würde funktionieren, dachte er triumphierend. Es würde so sein, wie es immer zwischen ihnen gewesen war, wie es in seinen Träumen gewesen war.

Ihr Mund glitt von seinem ab, und er preßte die Lippen auf ihren Hals. Er konnte das rasende Pochen ihres Pulses spüren. Sie holte tief und stockend Luft. Ihre Stimme klang undeutlich. »Sehr schön. Aber du mußt mir noch sagen ...«

»Alles was du willst.«

»Wen küßt du in Wirklichkeit?« Bei diesen Worten zuckte etwas durch seinen Kopf, eine Tür öffnete sich in die Dunkelheit. In den Träumen, an die er sich nicht zu erinnern erlaubte, war es niemals um Allegra gegangen. Mitternachtshaar hatte seine Haut berührt, blaue, goldgestirnte Augen schlossen sich im Sinnestaumel, ein großer, verlangender Mund verschlang seinen Mund ...

Matthew ließ sie los und trat so abrupt zurück, daß Allegra gegen die Wand sackte. Mit der Hüfte traf er die Staffelei hinter sich, so daß die Leinwand zu Boden fiel und dabei den Farbständer umstieß. Er wandte sich ab und stolperte über die Trümmer seiner Arbeit, bis der Paravent ihn aufhielt. Er packte den Rahmen fest an, um ihn nicht durch den Raum zu schleudern. Er preßte die Stirn gegen das Holz, und der Schmerz war angenehm und leicht.

Nach einer Weile ließ das Brausen des Blutes in seinen Ohren nach. Er hörte den Boden unter Allegras Schritten knarren. »Ich hatte recht«, sagte sie leise an seiner Schulter. »In diesen Dingen habe ich immer recht.« Sie stand kurze Zeit da, als wartete sie auf eine Reaktion. Es gab nichts, was er hätte sagen können. Die Worte wollten sich nicht in seinem Mund formen. Er konnte es nicht leugnen, konnte es nicht akzeptieren, konnte nichts tun, als sich an seinem dürftigen, hölzernen Halt festzuklammern, während die Flut ihn verschluckte. »Ich habe gesagt, ich möchte deine Freundin sein. Es war mein Ernst. Also sage ich dir als deine Freundin, daß du mehr als nur deine Gemälde zurückgelassen hast. Der einzige Weg, beides zurückzugewinnen, ist, dorthin zurückzugehen.« Das Schweigen, das auf ihre Worte folgte, schien sich unerträglich hinzuziehen. »Mach's gut, Matthew.«

Er hörte die Worte, dann das leise Zuschnappen der Tür. Nach einer Weile löste er seine Hand vom Paravent, richtete sich auf und drehte sich langsam um. Sein Gemälde lag mit der Vorderseite nach unten auf dem Boden. Bei seinem hektischen Zurückweichen hatte er auf die rote Farbtube getreten, und die Farbe war leuchtend wie pulsierendes Blut über die Rückseite der Leinwand gespritzt. Er bückte sich und streckte die Hand nach der klaffenden Wunde aus Farbe aus. Als er sie berührte, klebte das Rot an seinen Fingern, so hartnäckig wie die Erinnerung.

38. Kapitel

Am nächsten Tag schrieb er den Brief, und nachdem er mehrere Male am Postamt vorbeigegangen war, schickte er ihn ab. Geräuschlos verschwand er in dem geräumigen, metallenen Briefschacht. Nachdem es vollbracht war, fühlte er sich seltsam erleichtert. Jetzt konnte er seine Meinung nicht mehr ändern.

Die übrigen Vorbereitungen gestalteten sich schwieriger, da seine Familie und seine Freunde Erklärungen verlangten und er nicht in der Lage war, sie zu geben. Gabriel erklärte sich widerwillig bereit, seine Habseligkeiten bei sich unterzubringen, und fragte nicht, aus welchem Grund Matthew diesmal sein Zimmer aufgab, auch wenn seine Wißbegierde in jeder Linie seines Gesichts offenkundig war. Peter sicherte ihm finanzielle Mittel zu – eine angemessene Summe natürlich – für den Fall, daß die »lästige Frau« ihre Meinung änderte und doch noch Geld verlangte.

Paul, André und Jack setzten ihm erst zu, dann gaben sie auf und begnügten sich damit, wieder einen feuchtfröhlichen Abschiedsabend zu veranstalten. Als Paul erwähnte, daß sie ihm wieder Nethys schenken wollten, lehnte Matthew höflich ab. Allegra sah ihn lediglich mit mitfühlenden Augen an. Er wußte, daß, selbst wenn er zurückkommen sollte, sein Platz in ihrem Bett nicht mehr frei sein würde. Merkwürdigerweise machte ihm das nichts aus – ein Platz als einer ihrer Freunde war mehr als genug.

Diesmal bezahlte er die Zugfahrt selbst.

Als der Zug in Bitter Creek anhielt, stieg er auf den schneebedeckten Boden neben den Gleisen hinunter. Als der Zug langsam anfuhr, ergriff ihn flüchtige Panik, und er hätte sich am liebsten hinterhergeworfen, um die Räder des letzten Wagens zu packen und sich zurück in die Welt zu befördern. Er umklammerte den Griff seiner Tasche und beobachtete, wie das Ende des Zuges zwischen den dichten Bäumen verschwand wie der schwarze Schwanz einer Schlange.

Matthew stapfte durch den Schnee zu dem geschützten Fleck, auf dem er und Joseph kampiert hatten, als sie auf den Zug nach Süden gewartet hatten. Von ihrem Feuer fand er keine Spur mehr. Während der Wochen, die er in der Stadt verbracht hatte, war der Schnee ein wenig geschmolzen. Die Äste der Kiefern waren nicht mehr weiß gesäumt, und auf der anderen Seite des Gleises konnte er stellenweise den dunklen Boden sehen. Als die Sonne seine Schultern wärmte, konnte er sich fast einbilden, daß der Winter seine Herrschaft über die Berge ein wenig gelockert hätte. Das Tal und die Insel mußten im Sommer wunderschön sein. Es mußte unzählige Stellen geben, an denen er seine Staffelei aufstellen könnte und... Er drängte den Gedanken beiseite. So odcr so würde er das Tal nicht im Sommer erleben.

Zwei Stunden lang ging er an den Gleisen auf und ab, seine Füße wurden im Schnee allmählich kalt. Joseph war spät dran. Matthew zog die Schultern hoch und schlug den Kragen seines Mantels enger um den Hals. Konnte es sein, daß Sidonie seinen Brief nicht erhalten hatte? Oder daß sie ihn erhalten, aber beschlossen hatte, ihn nicht zu beachten, ihn zitternd neben den Gleisen stehenzulassen, bis die Kälte ihn überwältigte oder der Zug wieder auftauchte?

Er stapfte am Gleis entlang bis zum Anfang des Weges. Er konnte ihn gut genug erkennen, meinte sogar, den Pfad zu sehen, den die Pferde in den Schnee getrampelt hatten. Vom Tal aus gab es keinen anderen Weg zur Bahnlinie. Wenn er sich an die Spur hielt, mußte er früher oder später auf Joseph treffen. Es schien eine vernünftige Überlegung zu sein, doch er wußte, daß Wald und Berge trügerisch waren. Er konnte sich sehr leicht verlaufen. Er konnte auch sehr leicht erfrieren, wenn er hier wartete, hielt eine andere Stimme in ihm entgegen. Zumindest würde das Gehen ihn warm halten.

Seufzend schulterte er die Tasche und setzte sich in Bewegung. Dem Weg zu folgen war einfacher als erwartet, auch wenn er an jeder Gabelung und jeder Kurve stehenbleiben und die Richtung entscheiden mußte. Schließlich gelangte er auf eine Wiese, die er von den anderen Reisen wiedererkannte. Über dem fernen Berg leuchtete die Sonne in dem matten Rot, das den Untergang ankündigt. Von Joseph keine Spur. Erschöpft trottete er weiter, bis er den Fluß erreichte. Im Herbst war er nicht viel mehr als ein Bach gewesen. Jetzt war er durch die beginnende Schneeschmelze gespeist worden und toste als breites Band über die Felsen.

Matthew hockte sich ans Ufer und schöpfte eine Handvoll eiskaltes Wasser an die Lippen. Er dachte darüber nach, was er tun würde, wenn Joseph nicht auftauchte. In der Tasche hatte er etwas zu essen. Er war sicher, daß er in ihren Tiefen auch eine Schachtel

Streichhölzer finden würde. Angesichts der kalten, ungemütlichen Reise hatte er sich dicke Handschuhe und warme Stiefel gekauft. Natürlich würde ihm nichts davon helfen, wenn er Wölfen, Wildkatzen oder Bären begegnete, aber daran konnte er nicht viel ändern. Er hatte sich jetzt darauf eingelassen; er hatte keine andere Wahl, als weiterzugehen und darauf zu hoffen, daß er sich nicht verirrte.

In einem Dickicht fand er so etwas wie Schutz, und es gelang ihm, ein schwaches, launisches Feuer zu entzünden, das ständig kurz vorm Erlöschen zu sein schien. Er aß ein wenig, zog noch zusätzliche Kleidung unter seinem Mantel an und machte es sich so bequem wie möglich, indem er sich gegen einen umgestürzten Baumstamm lehnte. Er verbrachte die Nacht, indem er für kurze Augenblicke Schlaf fand, wenn das Feuer etwas stärker war und er die Angst vor dem Erfrieren vergaß.

Bei Tagesanbruch ging er weiter. Sein Hirn war durch Erschöpfung und Kälte umnebelt, und es fiel ihm schwerer, sich auf den Weg zu konzentrieren. Einige Male ertappte er sich dabei, daß er fast falsch abgebogen wäre, und ging wieder eine Weile aufmerksam weiter, bis die Entkräftung nach und nach seine Konzentration dahinschwinden ließ. Mehr als einmal ruhte er sich auf einem Baumstamm oder einem Felsen aus, und jedes Mal dauerte es länger, bis er sich wieder aufraffen konnte.

Er überlebte die zweite Nacht in den Wäldern, indem er Wasser aus Schnee saugte und die letzten Essensreste verzehrte. Er konnte sich nicht wachhalten, um Holz nachzulegen, und als er erwachte, war vom Feuer nur noch kalte Asche übrig. Lange Zeit saß er im Schnee und starrte darauf und dachte mit trockenem

Schluchzen an Lawtons Worte: Es spricht einiges dafür zu erfrieren. Schließlich rappelte er sich mühsam wieder auf, ging weiter und sagte sich dabei, daß er sich diesem Schicksal nicht fügen würde. Auf diese Weise umzukommen, würde seine hart erkämpfte Entscheidung bedeutungslos machen.

Der Tag verging unter einem Schleier aus dumpfem Schmerz. Er ging so lange, bis seine Füße ihn im Stich ließen und er rutschend oder stolpernd im Schnee landete. Mehrmals schloß er die Augen in der Überzeugung, daß eine kurze Pause alles war, was er brauchte, doch jedes Mal trieb eine innere Stimme ihn wieder auf die Beine.

Er sah die Rauchwolke nicht einmal, die sich aus der Baumgruppe vor ihm erhob, bis er schon fast daran vorbeigegangen war. Als er sie bemerkte, hell gegen den sich verdunkelnden Himmel, blieb er schwankend auf dem Pfad stehen. »Hallo.« Sein Rufen war nur ein Krächzen. Er trat vor und stolperte in das Gebüsch. »Hallo.«

Eine dunkle Gestalt tauchte schemenhaft vor ihm auf, und er blieb blinzelnd stehen. »Was zum Teufel machen Sie denn hier?« fragte eine Stimme.

»Joseph«, sagte Matthew mit einem impulsiven Lachen und taumelte auf die geschützte Lichtung zwischen den Bäumen. »Sie sind spät dran.« Dann fiel er neben dem Feuer auf die Knie und schloß die Augen. Jemand rüttelte an seiner Schulter, schob ihm eine Flasche unter die Nase. Er nahm sie und stürzte einen Schluck hinunter, dankbar für die brennende Flüssigkeit. Er rieb sich mit eisigen Handschuhen über das Gesicht, dann sah er Joseph an.

»Sie sind zurückgekommen«, sagte der Mann nach einer Weile mit ausdrucksloser Stimme.

»Ja.«

Joseph schüttelte vor Erstaunen den Kopf und deutete dann auf das Feuer. »Das Fleisch ist gleich gar. Haben Sie Hunger?«

Während sie aßen, fand Matthew heraus, daß Joseph zwar seinen Brief abgeliefert, doch niemals die Anweisung von Sidonie erhalten hatte, ihn am Zug abzuholen. »Hab' sie seit Wochen nicht gesehen«, gab er langsam zu. »Hat eine Nachricht hinterlassen, Helen bräuchte nicht mehr zu kommen.«

»Kann es sein, daß sie das Haus verlassen hat?«

»Normalerweise sagt sie Bescheid, aber...« Der Mann zuckte mit den Achseln. Matthew fragte sich, ob er sie verpaßt hatte. War sie vielleicht in diesem Augenblick in der Stadt auf der Suche nach ihm und machte ihre Drohungen wahr, alle Menschen um ihn herum zu zerstören? »Werden ja sehen, wenn Sie da sind.«

»Ja, das nehme ich auch an«, sagte er langsam und überlegte, was er tun sollte, wenn sie nicht da war. Er könnte natürlich umkehren und wieder nach Hause fahren, aber der Gedanke an eine weitere Reise durch die Berge war nicht gerade reizvoll. Vielleicht würde er ein, zwei Nächte mit einem Dach über dem Kopf und in einem warmen Bett schlafend verbringen, bevor er Joseph darum bat, ihn bis zur Bahnlinie oder zur Stadt zu begleiten. Diesmal würde er einen Weg finden, seine Gemälde mitzunehmen.

Am nächsten Morgen ritten sie weiter, Matthew auf Josephs unzufriedenem Packpferd. Der Schnee zwang sie, die niedriger gelegenen Pässe zu nehmen, was die Reise um eine weitere Nacht verlängerte. Am nächsten Nachmittag traten sie aus den Bäumen hervor, und Matthew sah die graue Masse des Hauses auf der

Insel. Am Ufer des Sees stieg er ab und nahm seine Tasche. Joseph reichte ihm ein Kaninchen, eins von denen, die er unterwegs aus seinen Fallen eingesammelt hatte. Matthew nahm es vorsichtig entgegen, im selben Augenblick war ihm bewußt, wie lächerlich es war, es anzunehmen, und wie optimistisch es von Joseph war, es ihm anzubieten. »Ich seh' zu, daß ich irgendwas jage, und bring' es bald vorbei. Glaube nicht, daß noch viel zu essen da ist.«

»Vielen Dank«, brachte Matthew heraus und unterdrückte die plötzliche Regung, ihm zu sagen, daß er wohl kaum längerfristig Vorräte benötigte. Er legte das auffällig blutleere Kaninchen in seine Tasche und ging quer über den See.

Der Schnee auf dem Weg und auf der Terrasse war zum Teil geschmolzen. Er sah keine frischen Fußabdrücke, keine Anzeichen dafür, daß Sidonie auf ihren Jagdausflügen hier entlanggegangen war. Die Eingangstür war nicht verschlossen. Er drückte sie auf und trat behutsam ein. Sie fiel hinter ihm zu und schloß ihn in die kalte, schattenhafte Atmosphäre des Hauses ein.

Er ging ins Vestibül und sah sich vorsichtig um. Es hatte sich nichts verändert, doch das Haus wirkte anders. Es erschien ihm wie am ersten Abend, leer und von Erinnerungen an früheres, längst vergangenes Glück heimgesucht. Die Küche lag verlassen da, ohne das geringste Anzeichen, daß sie in letzter Zeit benutzt worden wäre, nicht eine Tasse oder ein Teller waren stehengeblieben, die die Anwesenheit eines Menschen verraten hätten. Er hängte das Kaninchen in der Vorratskammer auf und sah, daß die Regale staubig waren. Ein Spinnengewebe spannte sich von einer Mehltüte zur Wand. Schaudernd ließ er den Gedanken an eine Tasse Tee fallen und ging nach oben auf sein Zimmer.

Der Raum war dunkel, die Vorhänge zugezogen. Er zündete erst die Lampe auf dem Frisiertisch an, dann das Feuer. Er ließ seine Tasche auf den Boden fallen und musterte das Zimmer. Es roch nach Staub und Vernachlässigung. Das Bett war nicht gemacht, es war genau so, wie er es verlassen hatte. Er erinnerte sich an die seltsame Phantasievorstellung, die das Leben in der Stadt hatte erstarren lassen. Vielleicht hatte er mit dem Bild recht gehabt, aber nicht mit der Atmosphäre. Das Haus war wie erstarrt, zwischen Eis und Schweigen schwebend, und es wartete. Es wartete auf die Dämmerung, dachte er müde. Es wartete darauf, daß seine Geister erwachten. Er legte sich auf das Bett. Das Kissen fühlte sich kalt an seiner Wange an. Im flackernden Schein des Feuers über seinem Kopf schien Staub zu wirbeln. Er beobachtete ihn mit niedergeschlagenem Blick, die stille Kälte umschloß ihn wie ein in Bernstein gefangenes Insekt.

Als er aufwachte, war das Feuer heruntergebrannt. Zitternd stellte er sich auf die Beine, trat ans Fenster, zog die Vorhänge zurück und sah den Mond über die Berge ziehen. Ruckartig zog er das Jackett an und verließ das Zimmer, ihm war bewußt, daß das Haus noch so still war wie zuvor. Die Dunkelheit war schon länger hereingebrochen. Sidonie hätte schon vor Stunden aufgestanden sein müssen. War es denn möglich, daß sie nicht wußte, daß er hier war?

Das Vestibül war so leer wie zuvor. Aus dem Wohnzimmer kam kein Licht. Matthew stand eine Weile in der Stille da. »Sidonie?« sagte er leise. »Sidonie?« Keine Antwort. Sie mußte draußen auf der Jagd sein, redete er sich ein. Sie wird bald zurückkommen.

Es gab genug zu tun, eine Reihe praktischer Dinge, die ihn beschäftigt hielten. Er machte Feuer im Kamin, suchte in der Küche die nötigen Zutaten für ein Essen zusammen und kochte Tee, um die Starrheit aus seinen Fingern zu vertreiben. Er warf einen Blick in den Ballsaal und entdeckte, daß er unangetastet war, wenn auch so verlassen wie das übrige Haus. Der Kreis aus Tischen und Stühlen war stehen geblieben, ebenso wie die Schneiderpuppe in ihrem Leichentuch. Staub lag wie ein durchsichtiger Film auf der Vorderseite der Leinwände, die er zurückgelassen hatte.

Schließlich ging er durch die Halle zur Bibliothek und dann in Sidonies Wohnzimmer. Dort zündete er ebenfalls ein Feuer an, er war bemüht, etwas von der Wärme zurückzugewinnen, die der Raum einmal ausgestrahlt hatte. Erst als die Flammen aufloderten und er aufstand, bemerkte er, daß die Sammlung von Zierat auf dem Kaminsims verschwunden war. Statt dessen stand dort das unglückselige Triptychon seiner Gemälde. Matthew spürte, wie sein Herz sich verzerrte. Hatte sie hier gesessen, in dem Zimmer, das einmal ihr Zufluchtsort gewesen war, und diese furchterregenden Porträts von sich angestarrt?

Er betrachtete die Bilder. Er konnte sich an die Phase ihrer Erschaffung erinnern, den Kampf, den er zwischen dem Drang, seine Vision zu vervollkommnen oder sie zu unterdrücken, ausgefochten hatte. Und obwohl er jeden Pinselstrich kannte, jede feine Farbschattierung, kam es ihm vor, als sähe er sie zum ersten Mal deutlich. Er fragte sich, ob Sidonie sie so gesehen hatte, wie er es jetzt tat, ob sie die Vielschichtigkeit gesehen hatte, die sich im Innern der Bilder verbarg. Oder waren sie beide nicht in der Lage gewesen, den wahren Grund seiner Angst vor ihr zu erkennen? Nicht ihre uralte Unmenschlichkeit, nicht einmal ihre schreckliche Schönheit... sondern das, was er hinter diesen beiden Eigenschaften spürte. Das Herz, die Seele und das Ich, nach dem sich etwas in seinem eigenen Herzen, in seiner eigenen Seele mit widerwilliger Sehnsucht verzehrte.

Er sank in ihren Sessel. Auf dem kleinen Tisch daneben sah er ein Buch und ein Weinglas, alles war mit Staub überzogen. Sie mußte das Haus verlassen haben. Wenn sie noch da wäre, dann wäre das Haus nicht voller Trostlosigkeit und Hoffnungslosigkeit. Er stand auf und ging quer durchs Zimmer. Der Garten aus Kräutern und nachtblühenden Pflanzen war braun und verwelkt. Er sah, wie ihre Finger an den grünen Blättern entlangstrichen und sich Leben und Duft von den Pflanzen erschmeichelten, die sich im eisigen Exil vom sonnigen Süden befanden. Trotz der offensichtlichen Anzeichen, trotz des traurigen, herzzerreißenden Ausdrucks ihrer Augen, als sie ihm erlaubte, hatte zu gehen, wollte er nicht glauben, daß sie das Haus verlassen hatte.

»Sidonie.« Es war ein Flüstern, das zu einem Schrei anwuchs. Für kurze Zeit hallte es von den Wänden wider. In der quälenden Stille danach meinte er, ein Geräusch zu hören. Er wußte nicht, was es war oder woher es rührte. Ein Teil seiner Gedanken bestand darauf, daß es das Knarren des alten Hauses war oder der Puls des Blutes tief in seinem Körper. Der übrige, größere Teil seiner Gedanken bestand darauf, es bedeutete, daß sie da war, wenn er sie nur finden konnte.

Vor Monaten hatte er aufgehört, ihren Schlafplatz zu suchen, nachdem er mehr als einmal Räume durchstöbert hatte, die nichts als Spinnweben und Dunkelheit enthielten. Er hatte die Suche aufgegeben, aus Furcht vor dem, was er im Erfolgsfall hätte tun müssen. Aber jetzt hatte er keinen Pflock in der Hand…

Er durchquerte den Raum und dachte über das Problem nach. Irgendwo mußte ein Geheimraum sein, einer mit mehr als einem Eingang. Er dachte über das Haus nach, vergegenwärtigte sich die Architektur des Hauses und die Anordnung der Räume. Er dachte über den verrückten Mann nach, der sich diese Burg erbaut hatte, der die ganze Zeit von heimlichem Verlangen nach seinem geliebten Vampir gequält wurde.

Mit plötzlicher Klarheit fiel es ihm ein, es war so simpel, daß er meinte, er müßte es schon immer gewußt haben. Er begann mit der Innenwand neben der Tür, untersuchte die Bücherregale, klopfte auf Holz und Gips. Nachdem er den halben Raum abgetastet hatte, kamen ihm Zweifel, er fürchtete, daß seine Überzeugung durch die Lektüre zu vieler farbenprächtiger Schauerromane hervorgerufen worden war. All sein Stoßen und Tasten, sein Klopfen und Drehen brachte nichts zum Vorschein. Schließlich drückte er an der Ecke der Innenwand auf eine der geschnitzten Rosen, die an der Seite des Bücherregals nach oben kletterten, und hörte ein leises Klicken. Er trat zurück, und das Bücherregal schwenkte nach vorn.

Er ließ die Hand in den Spalt gleiten und zog an dem Regal. Es öffnete sich nur einen Fuß breit, doch das genügte. Er schnappte sich eine Lampe und bewegte sich vorsichtig in den dunklen Hohlraum, der jetzt sichtbar geworden war. Seitlich des Wohnzimmers verlief ein schmaler Gang. Wahrscheinlich gab es noch einen anderen Eingang vom Treppenschacht auf der anderen Seite der Wand her. Am Ende des Ganges sah er die undeutlichen Umrisse einer metallenen Wendeltreppe.

Die Stufen waren mit Teppich bedeckt, um die Schritte zu dämpfen. Die Treppe führte auf einen zweiten Gang. Er fand die Geheimtür und öffnete sie, dahinter verbarg sich das verstaubte, trübselig düstere Zimmer von Christian. Er schloß die Tür und ging weiter nach oben. Dort, wo der Boden des dritten Stockwerks sein mußte, entdeckte er eine Luke, die in das Dach über ihm gesetzt worden war. Sie öffnete sich, ohne zu knarren. Die letzten Stufen nahm er vorsichtig und drückte dabei die Falltür zurück. Als er sie losließ, herrschte Stille. Neugierig streckte er die Hand aus und fühlte einen weichen dicken Teppich, der den Boden bedeckte. Er hielt die Lampe hoch und sah sich um.

Christian hatte ein Gemach für seine Geliebte errichtet, das über seinem eigenen versteckt lag. Die Wände waren mit Teppichen behängt, und Matthew konnte die dunklen Umrisse von Möbeln sehen. An einer Wand war ein Kamin. Er mußte mit dem darunter verbunden sein, überlegte er sich, so daß sich der Rauch vermischte und keiner im Haus jemals merkte, daß jemand über ihren Köpfen ein geheimes Leben führte.

Er bewegte sich vorsichtig durch den Raum. Es gab keine Spur von Sidonie. Neben dem Kamin war eine verschlossene Tür. Er blieb dort kurz stehen, sein Blick wurde von den geschwungenen Formen angezogen, die in das Holz geschnitzt waren. Rosen rankten sich seitlich hinauf, und Weinstöcke wanden sich schlangenlinienförmig über die gesamte Breite der Tür. In der Mitte konnte er die schwachen Konturen eines Gesichts erkennen. Die klaren, unnahbaren Gesichtszüge waren nicht Sidonies, doch er wußte, es war dennoch ein Porträt von ihr, ein Porträt, das genauso falsch war wie die, die jetzt vom Kaminsims im Wohnzimmer herunterstarrten. Er legte die Hand auf den Türknauf, der die grobe Form einer Rose hatte, und öffnete die Tür.

Das erste, was er sah, war das große Bett mit Baldachin. Es füllte den Raum aus, wie aus Dunkelheit geformt, mit Schatten verhängt. Von der Tür aus konnte er nicht sehen, ob das Bett leer war. Mit erhobener Lampe wagte er sich weiter vor. Der Schein der Lampe glitt zwischen die durchsichtigen, verschlissenen Vorhänge und streifte das Bett. In der Dunkelheit nahm er dünne Finger wahr, dann einen Arm, eine Schulter. Dann sah er ihr Gesicht, und die Lampe schwankte in seiner Hand. Ihr Kopf war ihm zugewandt, die geschlossenen Augen versanken in dunklen Höhlen, ihre Wangenknochen waren unter der brüchigen Haut zu scharfen Kanten geworden.

Er hockte sich neben das Bett, setzte die Lampe auf den Nachttisch und berührte behutsam ihr Handgelenk. »Sidonie?« Seine Stimme klang gedämpft, wie von Spinnweben und Staub erstickt. »Sidonie, kannst du mich hören?« Er ließ seine Finger unter ihre reglose Hand gleiten und umklammerte sie.

Im flackernden Lichtschein glaubte er zu sehen, wie ihre Augenlider zuckten. Wieder sagte er ihren Namen. Die Hand in seiner rührte sich, schwach erwiderte sie den Druck. Ihre Augen öffneten sich. Sie runzelte die Stirn. »Matthew?«

»Ja.« Sie blinzelte, als traute sie ihren Augen nicht. Sie wollte die Hand heben, und einen Moment lang starrte sie auf die ineinandergeschlungenen Finger.

»Du bist zurückgekommen.«

»Das hatte ich dir versprochen.« Zögernd streckte er die Hand aus und berührte ihre Wange. Ihre Haut fühlte sich trocken und glatt an, wie Knochen. »Was ist mit dir passiert?«

»Nichts.« Ihre Stimme klang jetzt etwas kräftiger, und sie versuchte, sich aufzurichten. Er beugte sich vor, um die Kissen hinter ihr hochzuschieben, und half ihr dabei, sich dagegen zu lehnen. Die Decken, die sie bedeckten, rutschten weg, und er sah, daß das Schlüsselbein unten am Hals stark hervorstand. Ein dünnes, weißes Hemd hing von ihren Schultern. Ihr Gesicht wirkte wie ein Totenschädel, die unmenschlichen Knochen stachen hervor, nur der breite Mund verriet noch Anzeichen von Leben.

»Du siehst...« Die Worte erstarben in seiner Kehle. Sie lächelte schwach.

»Das passiert uns manchmal. Es bedeutet nichts.«

»Ich hatte schon Angst, du hättest das Haus verlassen.«

»Ich bin seit einigen Wochen nicht mehr unten gewesen, das ist alles. Wenn ich gewußt hätte, daß du zurückkommst«, ihre Stimme schwankte, und er spürte, wie ihre Finger in seinen zitterten, »hätte ich mich mehr darum gekümmert.«

»Ich habe dir geschrieben. Hast du meinen Brief nicht gelesen?«

»Nein. Ich hatte es aufgegeben, darauf zu warten.«

»Du hast also nicht geglaubt, daß ich zurückkommen würde?«

»Hast du es geglaubt?« fragte sie, ein Aufblitzen ihrer typischen Art, das trotz des Ernsts der Frage ein Lächeln in ihm hervorrief.

»Nein. Deshalb hat es auch so lange gedauert. Aber jetzt bin ich da. Joseph hat mir sogar ein Kaninchen gegeben, um die Rückkehr zu feiern.« Sie lächelte dünn. »Egal, was du sagst, es geht dir nicht gut. Kann ich irgend etwas für dich tun?«

Diesmal war das Lachen rauh und schmerzlich. »Nur das, was ich immer schon von dir wollte.« Ihre Stimme klang bitter, als haßte sie sich dafür, diese Worte auszusprechen, doch sie konnte sie nicht unterdrücken. Grausam und gerecht, dachte er, so wie sie immer gewesen war. Sie würde ihre Schwäche nicht mehr ausnutzen als sie seine benutzt hatte. Er sah auf das vertraute, unmenschliche Gesicht, das ein wenig zur Seite gedreht war.

»Ja«, sagte er sanft. Einen Moment lang blieb ihr Gesicht abgewandt, nur das Zucken ihrer Finger verriet eine Gefühlsregung.

»Was hast du gesagt?«

»Ich habe ja gesagt.« Er sah, wie sich ihre Brüste hoben, als sie hastig Atem holte. Sie drehte ihr Gesicht ins Licht, und ihre Blicke begegneten sich.

»Ich kann auch so überleben. Wenn Joseph mir ein oder zwei lebende Tiere bringt, wird es mir wieder gutgehen. Das ist nicht nötig, um mich zu retten.«

»Das weiß ich.«

»Warum dann?«

»Ich habe sehr viel darüber nachgedacht. Ich weiß, daß alles, was du tust, anders ist als das, was Vampire gewöhnlich tun. Ich weiß, daß du eine Absicht damit verfolgst, auch wenn ich mir nicht vorstellen kann, was das sein soll. Ich weiß, es ist möglich, daß ich nicht dabei sterben werde.«

»Es ist sehr wahrscheinlich, daß du sterben wirst. Mach dir nichts vor.«

»Ich weiß. Es spielt keine Rolle. Die Wahrheit ist«, er packte ihre Finger und sah sie bedeutungsvoll an, »ich liebe dich.« Ihre Augen weiteten sich, aber er konnte ihren blaugoldenen Blick nicht deuten.

»So sehr, daß du für mich sterben willst?« sagte sie schließlich mit schroffer Stimme.

»Ja.«

Sie holte tief und langsam Luft. »Willst du mir dein Blut zu trinken geben, auch wenn du daran sterben mußt?«

»Ja.«

Sidonie streckte die Hand aus und ließ ihre Finger durch sein Haar gleiten. Sie beugte sich näher heran, und er sah ihr Lächeln, sinnlich und zärtlich und sorgenvoll zugleich. »Dann küß mich.«

»Ja«, flüsterte er und gab sich dem Zauber hin, der noch älter war als sie, dem Lied der Sirenen, dem er niemals hoffen konnte zu widerstehen.

39. Kapitel

Zuerst war Sidonie sicher, daß sie träumte. Dieser Traum war mehr als einmal während ihres Deliriums aufgetaucht. Es war einfach nicht möglich, daß dies Wirklichkeit war, daß Matthew hier in ihrem Bett lag, und sie mit einer Verzweiflung küßte, die zutiefst neu und schmerzlich vertraut schmeckte. Sie fürchtete, daß irgendeine Bewegung oder ein Gedanke den Zauber brechen und sie in die kalte Welt der Einsamkeit und des Versagens zurückwerfen könnte.

Und doch waren ihre Träume niemals derart süß gewesen. In ihren Träumen wurde das Wort Liebe niemals ausgesprochen. Also mußten sie Wirklichkeit sein: diese Berührung, dieses Flüstern, diese Umarmung, die weitaus berauschender war als alles, was sie sich jemals vorgestellt hatte. Mit dieser Erkenntnis stellte sich das Verlangen ein, das mit dem Pulsschlag seines Blutes pochte. Es war eine Sehnsucht, die stärker als alles war, was sie jemals erlebt hatte, ein Schmerz, der bis ins Mark zu dringen schien. Es verflocht sich mit ihrer Leidenschaft und nährte sich zunächst von demselben Hochgenuß, befriedigte sich damit, nur dieselbe Lust zu kosten.

Der Moment kam, als Begierde allein nicht mehr ausreichte. Sie lehnte sich zurück und sah Matthew an, der unter ihr lag. Er öffnete die Augen, dann schloß er sie langsam. Sie beugte sich vor, die Hand lag auf seiner Brust, und fühlte die Hitze seines Herzens unter der Haut. Sie fand die Ader an seinem Hals. Er stöhnte und schlang die Arme um ihren Körper, drückte sie fest an sich. Blut füllte ihren Mund. Das Denken setzte aus und verflüchtigte sich, von der Woge des Sinnentaumels, der sie erfüllte, mitgerissen. Ganz entfernt hörte sie ihr befriedigtes Seufzen, seine stöhnende Lust, seinen Schmerz.

Nach kurzer Zeit spürte sie, wie seine Arme sich lösten und von ihr abfielen. Der Herzschlag unter ihrer Hand schien unregelmäßig zu werden. Sein Blut schmeckte noch reicher, süßer als zuvor – beim letzten Blut war das immer so. Noch ein wenig mehr, und sein Leben würde erlöschen. Noch spürte sie nichts, keine Veränderung, kein Anzeichen von Bewußtseinswandel. Es war noch zu früh, daran mußte es liegen. Wenn sie wissen wollte, ob es funktioniert hatte, mußte sie zu Ende führen, was sie begonnen hatte. Sie würde ihn umbringen müssen.

Als der Gedanke gefaßt war, brannte er wie schwarzes Feuer in ihr. Sie fühlte, wie ihre Kehle nicht mehr schluckte, ihr Mund sich instinktiv von seinem Fleisch zurückzog. Mit zitterndem Körper kauerte sie da, ihr Mund nur wenige Zentimeter von Matthews Hals entfernt, sein Herz schlug schwach unter ihrer Hand. Mach weiter, schrie eine Stimme in ihr. Das ist genau das, wovon du geträumt hast, das, wofür du gelitten und dich aufgeopfert hast. Nimm sein Leben und hole dir dein eigenes zurück! Ein furchtbarer Schmerz durchfuhr sie, als würde sie in Stücke gerissen.

Sie konnte es nicht tun, weil er nicht der einzige war, der liebte.

Bebend saß sie lange Zeit auf dem Boden, schaukelte langsam, hielt sich gegen den Schmerz fest, der sich einen Weg durch ihren Körper zu bahnen schien. Schließlich schleppte sie sich zur Tür und zog sich mühsam hoch. Fast wäre sie gestürzt, als sie auf die Treppe zutaumelte, sie mußte sich am Geländer festhalten, als sie hinunterging.

Das Wohnzimmer lag dunkel da. Es wirkte wie das Zimmer eines Unbekannten, ein Ort, der keine Zuflucht, keinen Trost spendete. Ihr Kopf dröhnte, ihr Körper schüttelte sich, sein Blut war wie ein Schock für sie gewesen, der abrupte Verlust ebenso schmerzlich. Sie tastete nach dem Sessel, sank hinein und wikkelte das Umhängetuch um sich. Sie schloß die Augen und versank in die süße Dunkelheit des Vergessens.

Als sie erwachte, wußte sie nicht, wo sie war. Die Erinnerung kam in einer Woge zurück und überflutete sie, als hätte es die Stunden des Schlafs nie gegeben. Sie packte die Sessellehnen und preßte die Lippen zusammen, um den verzweifelten Schrei zurückzuhalten, der in ihrer Kehle begraben lag. Langsam und zitternd holte sie Luft. Sie ließ die Lehnen los und zog das Tuch noch enger um ihren Körper. Dann sah sie zu den finsteren, verführerischen Phantasiebildern von sich auf, die vom Kaminsims herunterstarrten.

Ungeheuer, dachte sie. Sie würde immer und ewig ein Ungeheuer bleiben. Sie preßte die Hände vor den Mund und hielt ein Stöhnen zurück. Sie hatte gedacht, diesmal wäre sie so geschickt vorgegangen. Sie wollte ihn nicht erschrecken, wollte ihn nicht verführen, wollte nur unerbittlichen, unauffälligen Druck auf ihn ausüben, bis er sich ihr schließlich aus freiem Willen und ohne Wahnsinn auslieferte. Doch jetzt wußte sie, daß es nicht ausgereicht hatte.

Matthew hatte die Antwort gefunden, die sie nicht im geringsten erahnt hatte. Wenn sie fortgesetzt hätte, was sie begonnen hatte, wenn sie das Blut der letzten Atemzüge aus seinem Körper gesaugt hätte, wäre ihr ältester Traum in Erfüllung gegangen. Sie spürte es in jeder Faser ihres Körpers, in jenem Teil von ihr, der noch immer nach Erlösung rief. Einfache Hingabe genügte nicht, hätte niemals genügt. Das Geheimnis, das sich ihr bei allen anderen Versuchen entzogen hatte, war Liebe. Das Blut mußte aus Liebe gegeben werden, nicht aus Angst oder Wollust oder Wahnsinn und auch nicht aus Vernunft. Solche Liebe konnte man nicht durch Lockung und Verführung gewinnen, und sie konnte auch nicht einem Trugbild geschenkt werden. Der andere mußte wissen, was sie war, und sie dennoch lieben.

In zweitausend Jahren waren nur eine Handvoll Sterblicher dazu in der Lage gewesen. Keiner von ihnen hatte zu den wenigen gehört, denen sie die Frage gestellt hatte. Es konnte noch Jahrhunderte dauern, bevor sie wieder einen Sterblichen fand, der den Mut hatte, sie zu lieben. Dieser Gedanke war schrecklich genug. Schlimmer, viel schlimmer war das Wissen, daß sie ihn ohne Zweifel wiederlieben würde, so wie sie Matthew liebte. Sie würde genauso wenig dazu fähig sein, sie zu ermorden, wie sie fähig gewesen war, sein Leben auszulöschen.

Sie würde die Suche aufgeben und zugeben müssen, daß Tal recht hatte. Der Traum, der sie seit zwei Jahrtausenden verfolgt hatte, war nichts als ein Fluch, ein abartiger Streich, der genauso böse und grausam war wie der, den Tal ihr in den Ruinen in der Nacht ihrer Verwandlung gespielt hatte. Plötzlich erkannte sie mit erschreckender Klarheit, wie wichtig ihr Glaube daran gewesen war. Auch wenn sie generationenlang gelebt hatte, ohne diesen Traum bewußt zu verfolgen, so hatte er doch immer in ihrem Hinterkopf existiert, ein Versprechen, das sie einlösen könnte, wenn sie es wünschte. Sie hatte Jahre und Menschenleben mit einem traurigen Hirngespinst verschwendet, und jetzt mußte sie sich die Wahrheit eingestehen. Sie war ein Vampir und würde ewig einer bleiben.

Sidonie lehnte den Kopf wieder gegen den Sessel und schloß die Augen. Alles in allem war es nicht so schwer, ein Vampir zu sein, sagte sie sich. Sie war so gut wie perfekt darin. Sie hatte zweitausend Jahre überlebt; zweifellos konnte sie noch zweitausend Jahre leben.

Er soll verflucht sein, dachte sie bitter. Warum hatte er sich ihr nicht widersetzt und war in der Stadt geblieben und hatte sie – außer in seinen Träumen – vergessen? Ihr Schmerz über seinen Verlust war dumpf und kalt gewesen, ein langsames, reptilienhaftes Schwelgen in Verzweiflung, alle Sinnesregung wie betäubt. Sie hatte sich elend gefühlt, doch es war erträglich gewesen. Es war nichts verglichen mit der Qual, die sie jetzt empfand. Es wäre besser für sie gewesen, wenn er auf den zerklüfteten Bergrücken umgekommen wäre, von Wölfen gejagt oder unwiederbringlich von einer Lawine begraben. Dann hätte er sie nicht erwecken, sie nicht durch einen Kuß in die Welt zurückholen können, jetzt waren die Dornen in ihr bloßgelegt, und sie war hilflos gegen sie.

Sie spürte ein Jucken hinter den Augen. Zuerst dachte sie, es seien schattenhafte Tränen, die alte Erinnerung an Schmerz, den sie nicht mehr ausdrücken konnte, doch dann erkannte sie, daß es der nahende Tagesanbruch war. Es wurde Zeit, daß sie den Schutz ihres Zimmers aufsuchte. Sie zitterte. Wenn Matthew noch lebte, würde sie ihn fortschaffen müssen. Wenn er nicht mehr lebte (ihr Mund verzog sich schmerzlich bei dem Gedanken), dann spielte es keine Rolle mehr, ob er ihr Bett teilte oder nicht.

Sie legte die Hände auf die Kante des Sessels und richtete sich mühsam auf. Sie hatte schon drei Schritte gemacht, als sie bemerkte, daß sie nicht auf die Treppe zusteuerte, sondern auf das Vestibül. Mit dumpfem Erstaunen ging sie weiter.

Im Vorraum blieb sie einen Augenblick stehen. Ihre Nerven waren entzündet, ein Zeichen für die geheimnisvolle Magie, die sie mit der aufgehenden Sonne verband. Bist du sicher, daß du das tun willst? fragte eine Stimme in ihr, und einen Augenblick lang hatte sie Angst. Sie wollte in die dunkle Sicherheit ihrer Zimmer zurücklaufen, die Decken über den Kopf ziehen und dort ewig liegen bleiben, im Dunkel verschlossen.

Doch sie wußte, daß »ewig« für Wesen ihrer Art keine Metapher war. »Ewig« war ein Fluch. Jetzt flüsterte noch eine andere Stimme in ihr. Sie war noch älter als ihre Furcht, so alt wie ihr hohler Traum. Sie kannte sie gut, auch wenn sie nie so deutlich gewesen war.

Jetzt, sagte sie deutlich, *jetzt ist der Moment gekommen.*

Früher hatte die Stimme diese Worte immer wieder zurückgenommen. Aber Sidonie wußte, daß sie es diesmal nicht tun würde. Es gab keinen Grund dazu. Ihr war nichts geblieben als die Trümmer eines alten Traums, die sie erhalten hatte, und der rauhe Schmerz der neuen Liebe, der mit einem Verlust enden würde, so wie es immer gewesen war, wenn sie geliebt hatte.

»Ja«, sagte sie und öffnete die Tür.

Sie trat auf die Terrasse hinaus und begegnete dem Tagesanbruch.

40. Kapitel

Matthew öffnete die Augen und war von völliger Dunkelheit umgeben. Einen Moment lang glaubte er, daß diese undurchdringliche Schwärze, in die sich nicht der geringste Grauton mischte, die Farbe des Todes sein mußte. Doch wenn er gestorben war, warum war ihm dann kalt? Warum tat ihm der Hals weh? Er schluckte und berührte die rechte Seite seines Halses. Die Haut brannte unter seinen Fingern.

Er lebte. Er schloß die Augen wieder, in den plötzlichen Gefühlsausbruch versunken. Als er die Hand ausstreckte, merkte er, daß das Bett leer war. »Sidonie«, sagte er leise und richtete sich auf. Alles drehte sich in seinem Kopf, Sterne wirbelten in der Schwärze vor seinen Augen, und er mußte einen Augenblick reglos verharren. Dann bewegte er sich vorsichtig und suchte nach seiner Kleidung. Sein Hemd fand er in dem Gewirr aus Laken, Jackett und Schuhe auf dem Boden. Als er angezogen war, versuchte er aufzustehen, und mußte wieder gegen einen Schwindelanfall ankämpfen.

Er konnte absolut nichts sehen. Es gab kein Licht, das seinen Augen hätte dienen können. Blindlings tastete er sich zur Tür des Schlafzimmers vor, dann durch die andere Kammer, und kroch kniend weiter, da er vermutlich nah an der offenen Luke war. Schließlich griff seine ausgestreckte Hand ins Leere.

Er machte eine kurze Pause, ehe er sich auf die Treppe wagte. Sein Kopf hämmerte und seine Glieder waren schwer wie Blei. Sie hatte ihn fast leer gesaugt. Er kämpfte gegen ein Schaudern an, ein reflexartiger Schock, den die Erinnerung auslöste. Während Sidonie ihn aussaugte, hatte er keinerlei Angst verspürt, nur schwindelerregenden Genuß. Er wußte, wie nah er dem Tod gewesen war. Sein rauschhaftes Eintauchen in den See war nichts dagegen gewesen als ein Schritt auf der Treppe. Letzte Nacht hatte er auf der Schwelle gestanden und war bereit gewesen, sich von ihr hinüberbringen zu lassen.

Aber sie hatte es nicht getan.

Langsam machte er sich auf den Weg nach unten, er fragte sich, wie lange er bewußtlos dagelegen hatte. Er hatte das Gefühl, er hätte Stunden geschlafen, doch das konnte nicht sein. Wenn es stimmte, müßte es jetzt kurz vor Tagesanbruch sein, und Sidonie hätte sicherlich schlafend neben ihm gelegen.

Erst am Fuß der Treppe bemerkte er die breite Lichtsäule, die vom Eingang bis zum Wohnzimmer reichte. Als er darauf zu taumelte, spürte er die ersten Regungen der Angst. Er war sicher, daß er die Tür hinter sich geschlossen hatte. Er war ebenso sicher, daß Sidonie sie niemals offenstehen lassen würde.

Das Licht war schwach, aber beständig, nicht flakkernd wie der Schein eines Feuers. Mit Licht kannte er sich aus, er hatte Jahre damit verbracht zu lernen, wie man es verwandte. Noch ehe er bis zum Wohnzimmer vorgedrungen war, wußte er, daß er Tageslicht sah.

Matthew hielt den Atem an, um ihren Namen zu rufen. Der Schrei löschte ihn aus. Es war ein Ausruf herzzerreißender Qual, der Ausdruck eines Schmerzes jenseits aller Vorstellungskraft.

Er lief in die Eingangshalle und sah den Lichtstrahl auf dem Teppich, das verräterische Sonnenlicht tauchte ihn in Dunkelrot und Gold. Er erstarrte kurz, dann wandte er sich um und sah aus der offenen Tür. Die Terrasse war leer bis auf die letzte Schneeschicht. Er mußte sich zwingen, weiter bis zur Türschwelle zu gehen. Unzählige fürchterliche Bilder schossen ihm durch den Kopf, als er auf die Terrasse hinaussah. Er stellte sich vor, wie Sidonies Körper in der Sonne verbrannte, das Fleisch ihres Körpers von ihren Knochen schmolz, verstreute Asche, die vom Wind weggeweht wurde.

Sie kniete, sie beugte den Rücken, bis ihr Gesicht fast auf den Steinen lag. Schauder liefen ihr den Rükken hinunter, und er konnte ihr gebrochenes Schluchzen hören. Er stürzte nach vorn, wollte sie packen und in die schützende Dunkelheit zurückzerren. Kurz vor der Stelle, an der sie kauerte, blieb er beklommen stehen. Nichts von dem, was er befürchtet hatte, passierte. Sie wurde nicht von Flammen verzehrt, ihr Körper sah nicht aus, als würde er bei der nächsten Berührung zu Asche zerfallen. Nur das quälende Schluchzen, das ihren Körper erschütterte, war ein Anzeichen für ihren Schmerz.

Er hockte sich vorsichtig neben sie und versuchte, einen Blick auf das Gesicht zu werfen, das durch Haare und Hände verdeckt war. Er wollte gerade ihren Namen sagen, als sie sich langsam aufrichtete. Ihr Haar verschleierte noch immer ihr Gesicht, aber er sah ihre Hände weggleiten. Sie streckte sie aus und drehte sie ins Sonnenlicht. Er hörte ihr abgerissenes Atmen, einen leisen Ausruf der Verwunderung. Sie hob das Gesicht, ihre Finger kamen zurück, als wollten sie es beschützen. Sie sah in die Sonne, die gerade über den Bergen sichtbar wurde. »Oh.«

»Sidonie?« Einen Moment lang glaubte er, sie hätte ihn nicht gehört, ganz hingerissen von der Betrachtung des Morgenhimmels. Ihr Kopf wandte sich langsam, und sie sah ihn an. Die Hände lösten sich von ihrem Gesicht. Matthew hielt ungläubig die Luft an.

Der goldene Glanz ihrer Augen war verschwunden und hatte dem leuchtenden Silber von Tränen Platz gemacht. Ihr Mund war noch immer breit, doch die Kinnpartie war nicht mehr so unnatürlich schmal. Die scharfen Kanten ihrer Wangenknochen waren weicher geworden. Die honigfarbene Haut war vor Kälte gerötet und glänzte vor Tränen. Sie sah aus wie die Sidonie, die ihm am Abend seiner Ankunft die Tür geöffnet hatte, und auch wieder vollkommen anders. »Es hat funktioniert«, sagte sie, ihre Stimme schwankte vor Bestürzung. »Ich verstehe das nicht... ich habe dich nicht umgebracht... aber es hat funktioniert.«

»Was hat funktioniert? Was ist passiert?« Sie schien ihn nicht zu hören, sondern sah wieder zerstreut auf ihre Hände. Sie streckte ihre Arme dem Licht entgegen, dann sah sie um sich.

»Es ist so wunderschön. Ich hatte vergessen, daß Tageslicht so wunderschön ist. Sieh nur, wie grün die Bäume sind... und der Himmel, oh, der Himmel...« Ihre Stimme wurde von einem Schluchzen verschluckt. Sie starrte nach oben, aus ihren weit geöffneten Augen fielen Tränen. Sie zitterte in dem dünnen Hemd. Matthew konnte die Gänsehaut auf ihren bloßen Armen sehen.

Er trat vor und streckte die Hand aus, um sie zu berühren, fast fürchtete er, daß es sie oder den Zauber, der sie vor der Sonne beschützte, zerstören würde. Er konnte die Augen nicht von ihrem Gesicht nehmen, von ihrer Verwandlung ergriffen. Als seine Finger ihren Arm streiften, sah sie ihn an. Ihre Augen waren vom Weinen rot geändert. Er sah jetzt die feinen Falten an den Augen und an den Mundwinkeln. Eine dünne graue Strähne durchzog ihr schweres, schwarzes Haar. »Es ist kalt«, sagte er ganz sanft. »Komm herein und erzähle mir, was passiert ist.«

Ihr Blick fiel auf die Stelle, an der er sie berührt hatte. Fasziniert rieb sie mit der Hand über ihre Haut. »Kalt. Es ist so seltsam, daß mir kalt ist.«

»Komm herein –«

»Nein!« Die Weigerung war heftig, als fürchtete auch sie, daß die Magie, die sie gefangen hielt, verschwinden würde, sobald sie das Sonnenlicht verlassen würde.

»Na gut. Dann hol' ich deinen Mantel. Bleib, wo du bist.« Er ging in den Vorraum zurück und holte ihre beiden Mäntel. Er zog seinen an, kehrte an ihre Seite zurück und legte ihren über ihre Schulter. Sie zog ihn eng um sich, und erst jetzt bemerkte er, daß ihre Füße bloß waren. Er hockte sich hin und berührte behutsam ihren Arm. »Du mußt aufstehen. Du holst dir noch den Tod auf diesen kalten Steinen.«

»Den Tod holen«, wiederholte sie, dann lachte sie impulsiv. Matthew packte sie etwas fester und zog sie auf die Beine. Sie widersetzte sich nicht, als er sie zu der alten Steinbank unter dem Fenster der Bibliothek führte. Als er sich neben sie setzte, sah sie ihn zitternd an, als würde sie ihn erst jetzt wirklich sehen. »Wie geht es dir?«

»Ich fühle mich, als wäre ich fast gestorben«, sagte er aufrichtig. »Ich dachte, ich würde sterben.«

»Ich konnte es nicht tun. Das ist das, was ich nicht verstehe. Ich war so sicher, daß die Prophezeiung schließlich doch noch wahr geworden wäre, wenn ich dir das Leben genommen hätte. Als ich mich nicht durchringen konnte, dich zu töten, dachte ich, ich hätte jede Chance vertan, daß es jemals gelingt.«

»Ich glaube, du mußt ganz am Anfang beginnen«, sagte er und unterdrückte die zahllosen Fragen, die sich ihm stellten. Sie nickte und sah zu den Bergen hinüber. Einen Moment lang glaubte er, daß sie wieder im Zauber des Tageslichts gefangen wäre, aber dann begann sie zu sprechen.

»Ich habe dir erzählt, wie ich zum Vampir geworden bin, und von dem Wahnsinn, der auf meine Verwandlung folgte. Nur durch die Güte eines Einsiedlers, dem ich in den kargen Hügeln begegnete, habe ich meine geistige Gesundheit zurückgewonnen. Ich nehme an, daß er selbst besessen war, besessen von der Liebe seines Gottes und von dem Verlangen, von allem bis auf diese Liebe gereinigt zu werden. Er hatte schon Jahrzehnte allein in einer Höhle verbracht, als ich ihm begegnete. Ich war bereit, sein Leben zu nehmen wie ich das von so vielen genommen hatte, aber als er mich sah, machte er das Zeichen seines Gottes und weinte um mich. Er tat es nicht aus Angst oder weil er um sein Leben flehte, sondern wegen des Leids, das er in meinen Augen sah. Das mußte die letzten Züge meiner Menschlichkeit wachgerufen haben, denn ich konnte ihn nicht töten. Statt dessen verließ ich ihn und fand in der Nähe seiner Zufluchtsstätte einen Ort zum Verweilen. Ich hätte von ihm gelassen, aber er tat nicht dasselbe.« Sie hob die Hand und wischte die Tränen von ihren Wangen, dann starrte sie kurze Zeit mit zerstreuter Neugier auf ihre feuchten Finger.

»Er wußte, was ich war, auch wenn er nicht mehr Kenntnis als ich darüber besaß, was es bedeutete, ein Vampir zu sein. Er glaubte, ich wäre verflucht, von seinem Gott oder einem anderen. Er betete um mein Seelenheil. Er versuchte es mit Geisterbeschwörung, in der Annahme, daß irgendein Dämon Besitz von meiner Seele ergriffen hätte. Er flehte mich an, meine böse Natur aufzugeben, aber ich hatte keine Wahl. Er schlug sogar Selbstmord vor, als die geringere von zwei Sünden, aber ich konnte mein Leben nicht hingeben. Ich denke, schließlich sah er meine Erlösung als eine Prüfung an, die ihm auferlegt worden war, um zu zeigen, wie sehr er seinen Gott verehrte. Am Ende ging er in die Wüste hinter den Hügeln, um zu fasten und zu beten.

Nach einem Monat ging ich ihm trotz der Gefahr nach. Ich fand ihn sterbend unter einem Wacholderbusch. Ich trug ihn zu seiner Höhle zurück und saß bei ihm, während er phantasierte, in seinen Fieberträumen nach seinem Gott rief. Dann, eines Nachts, waren seine Augen klar. Ich wußte, daß er mich sah, daß er mich erkannte. Er sagte meinen Namen und nahm meine Hand. ›Mein Gott hat mir eine Eingebung geschickt‹, flüsterte er. ›Es gibt einen Weg, deine Seele zu läutern und dein verlorenes Menschsein wiederzugewinnen. Damit du wieder ganz sein kannst, mußt du dich zunächst völlig frei von Menschenblut machen. Dann mußt du dir das, wonach du begehrst, von einem Sterblichen nehmen, der es dir in vollkommener Freiheit und vollkommener Unterwerfung schenkt, der bereit ist, für dich zu sterben. Du darfst es nicht ohne seine Zustimmung nehmen – du mußt jede Nacht danach fragen, egal, wie oft du abgelehnt wirst. Du mußt die Anweisungen meines Gottes befolgen, mein gefallener Engel, und glauben.‹ Nach diesen Worten fiel wieder der glasige Glanz des Deliriums auf seine Augen, und als ich in der nächsten Nacht aufstand, war er tot.

Viele Jahrhunderte lang schenkte ich ihm keinen Glauben. Er war ein wahnsinniger, sterbender Mann, und ich... ich schwelgte in meinem neuen Leben. Meine Menschlichkeit war mir genommen worden, und ich wollte sie nicht zurück. Als ich törichterweise Tal erzählte, was der alte Mann gesagt hatte, ging er darüber hinweg und verspottete mich, daß ich mich an so etwas überhaupt erinnerte.« Für kurze Zeit verstummte sie. Der selbstvergessene Ausdruck, den er inzwischen von ihren Erzählungen über ihre Vergangenheit kannte, legte sich auf ihre Züge.

»Aber dann hast du doch daran geglaubt«, ergänzte Matthew sanft, und Sidonie nickte.

»Es kam eine Zeit, da haßte ich, was ich war. Ich wollte versuchen, die Bedingungen der Eingebung des alten Mannes zu erfüllen. Was hatte ich denn zu verlieren? Ich stieß auf einen jungen Mann, einen Priester, und hielt ihn gefangen. Nach einer Woche stimmte er zu, aus Furcht, Begierde und einem heimlichen Verlangen nach Martyrium. Ich saugte sein Leben aus, aber nichts veränderte sich. Über die Jahrhunderte versuchte ich es immer wieder, immer schlug es fehl, und doch klammerte ich mich an die Hoffnung, daß es möglich sei.«

»Warum wolltest du meinen Vater hierhaben?«

»Ich wußte, daß er mich einmal in gewisser Weise geliebt hatte. Er schuldete mir etwas. Er war ein verständiger, vernünftiger Mann. Zustimmung, die ich durch Zwang, Furcht oder Begierde erlangt hatte, war immer ohne Wirkung geblieben. Ich dachte, wenn ich ihm die Wahl ließe und ihm nichts antäte, daß er am

Ende die unvermeidbare Logik einsehen und sich unterwerfen würde.«

»Kein Wunder, daß du nicht zufrieden warst, als ich stattdessen auftauchte.«

»Fast hätte ich dich gehen lassen, aber ich konnte es nicht ertragen, die Gelegenheit verstreichen zu lassen. Ich hatte soviel aufs Spiel gesetzt. Also tat ich, was ich tun mußte.«

»Bis du mich gehen ließest.« Sie seufzte und sah zur Seite.

»Ja. Obwohl ich wußte, daß du nicht zurückkommen würdest. Ich hätte dir nicht nachgestellt. Ich konnte mich nicht dazu durchringen, so grausam zu sein, auch wenn ich wußte, daß es konsequent gewesen wäre. Ich war so entsetzlich unglücklich, als du weggingst. Es war unerträglich, wach zu sein, ganz allein mit dem Wissen um mein Versagen. Schließlich schien es mir leichter zu schlafen als zu leben.« Er sah, wie sie tief Luft holte und wie sie ihr Haar mit beiden Händen aus dem Gesicht strich. »Doch du bist zurückgekommen und hast mir freiwillig das gegeben, was ich wollte«, sagte sie mit schwankender Stimme. »Du hast es in der vollkommensten Freiheit und der vollkommensten Unterwerfung getan, die möglich war. Ich konnte spüren, wie die Veränderung in mir lauerte, als ich dein Blut trank. Ich wußte, daß der geheime Traum, an den ich mich seit zweitausend Jahren geklammert hatte, schließlich in Erfüllung gehen würde – und ich ließ die Chance verstreichen. Ich erkannte, daß, selbst wenn sich solch eine Chance noch einmal bieten würde, ich nur noch einmal versagen würde. Es schien keinen Grund mehr zu geben, weiterzumachen, da ich wußte, ich war dazu verdammt, bis in alle Ewigkeit ein Vampir zu sein.«

»Also bist du in dem Glauben ins Sonnenlicht getreten, du würdest sterben«, führte Matthew zu Ende, und sie nickte. »Aber du hast überlebt.«

»Ich weiß. Ich verstehe nicht, warum.« Er sah sie einen Moment lang an. Ihr Gesicht war ihm jetzt vertraut, obwohl es nicht das war, das er zuerst kennengelernt hatte, noch das andere, das er gefürchtet und dann geliebt hatte. Es besaß nichts von der Jugend oder der seltsamen, unergründlichen Leere der falschen Sidonie. Spuren des Vampirs Sidonie blieben in dem übertrieben breiten Mund und der scharfen, edlen Struktur der Knochen zurück, doch die Jenseitigkeit war verschwunden. Es war nicht mehr das Gesicht einer fremdartigen, von der Zeit unberührten Sphinx, sondern das einer Frau, die von der Vielfalt ihrer Erfahrung gezeichnet war, dem Gewicht der Weisheit, des Leids und des Lebens. Es ist das Gesicht ihrer Seele, dachte er plötzlich. Er spürte den Drang, sein Skizzenbuch hervorzuholen und diese neue, unendlich vielschichtigere Schönheit einzufangen.

»Warum hast du mich am Leben gelassen?«

»Weil«, ihre Hände wanden sich in ihrem Schoß, und ihr Blick senkte sich, »ich dich zu sehr liebte, um dir das Leben zu nehmen.«

Er sah auf seine eigenen Hände. Er schluckte. Sie hatte die Worte zuvor nicht gesagt, nicht einmal geflüstert, als sie in der dunklen Laube ihres Bettes lagen. Er hatte sie nicht von ihr erwartet. Er hatte ziemlich genau gewußt, was sie war – und daß Wesen wie sie keine Liebe zu Sterblichen empfanden.

»Hat der alte Mann gesagt, daß du denjenigen, der seine Zustimmung gibt, töten *müßtest*?« fragte er nach einer Weile, als sich sein Herzschlag wieder einigermaßen beruhigt hatte. Sie schüttelte den Kopf.

»Nein. Er sagte, ich müßte das tun, wonach ich am meisten begehrte...« Ihre Stimme brach ab, und er sah, wie ihr Gesicht plötzlich ganz reglos war. »Jetzt verstehe ich es«, flüsterte sie. »Wie konnte ich nur so blind sein?«

»Sidonie?«

»Wie einfach es alles gewesen ist... und wie unwahrscheinlich. Ich mußte nicht nur einen Sterblichen finden, der mich genug liebte, um für mich zu sterben, sondern ich mußte ihn genug lieben, daß ich am meisten danach begehrte, daß er am Leben blieb. Ich mußte bereit sein, mein Leben für seines zu opfern.« Sie hielt inne, und er dachte, daß sie wieder weinen würde, dann holte sie tief Luft und richtete sich auf. Das Schweigen hielt noch eine kurze Zeit an. Seine Hände sehnten sich danach, sie zu berühren, den Rundungen ihres neuen Gesichts nachzugehen, die Kälte aus ihrer verwundbaren, neuen Haut zu vertreiben. Doch er hielt die Hände an der Seite, er war sich bewußt, wie zerbrechlich ihre Verfassung war. Ein wenig von der Freude schien aus ihrem Gesicht verflogen zu sein, und er fragte sich, ob sie bereits bedauerte, was sie verlor, ob der Lohn den Preis nicht wert war, den sie dafür bezahlt hatte.

»Was ist es für ein Gefühl, sterblich zu sein?« fragte er vorsichtig.

»Es ist... seltsam«, gab sie zu. »Es verändert alles.«

»Wirklich?«

»Ich denke doch.« Sie sah ihn mit besorgter Miene an. »Ich bin nicht mehr das, was ich war. All das ist für immer verloren.« In den Worten lag eine Frage verborgen, doch er konnte nicht recht bestimmen, was sie so sehr zu fragen fürchtete. »Ich bin nicht mehr der Vampir, in den du dich verliebt hast.«

»Es ist nicht der Vampir, den ich liebe. Du bist es. Es ist die Seele, deine Seele, die ich unter der Haut des Vampirs erkennen lernte.«

»Ich sehe nicht mehr aus wie vorher«, sagte sie und zog die Stirn in Falten. »Ich kann es mir denken. Ich werde älter werden, genau wie sterbliche Frauen.«

»Und glaubst du, bei mir ist das anders?« Er nahm ihr Gesicht in seine Hände. Unter der Kälte, die die Winterluft zurückgelassen hatte, konnte er die Wärme ihres sterblichen Körpers spüren. »Du bist«, sagte er leise und küßte ihren Mund, »die schönste Frau, die ich je in meinem Leben gesehen habe.« Sie schlang die Arme um ihn, und er fühlte die Wärme ihres Atems an seinem Hals.

»Ich habe Angst«, beichtete sie flüsternd.

»Ich auch.« Er schloß die Augen und lehnte die Wange gegen ihr Haar. Das Sonnenlicht schien warm auf seine Augenlider.

»Meine Hände sind kalt«, sagte sie fasziniert. Matthew lachte und stand auf. Er streckte die Hand aus.

»Jetzt bist du ganz bestimmt menschlich. Laß uns hineingehen.«

»Willst du sie mir wärmen?«

»Für immer und ewig«, versprach er. Sie lächelte und nahm seine Hand.

Danksagung

Wie immer haben verschiedene Menschen für Inspiration, Ideen und Unterstützung gesorgt, ich möchte ihnen Anerkennung dafür aussprechen. Kim Kofmels Einsichten und Vorschläge haben das Buch in hohem Maße bereichert. David Wright ertrug meine jammernden Proteste, daß ich eine Schriftstellerin und keine Malerin sei, und gab sein Bestes, um mir die Grundlagen der Ölmalerei beizubringen. Ich hoffe, er wird mir verzeihen, daß ich es viel einfacher aussehen lasse, als es in Wirklichkeit ist (und daß ich die Zeit, die Ölfarbe zum Trocknen braucht, radikal reduziert habe). Bram Djikstras faszinierendes Buch *Idols of Perversity* lieferte die Motive der Gemälde und Einsichten in die Gefühle, die dahinter stehen. Die Begeisterung meiner Herausgeberin, Cynthia Good, half mir, vom ersten Augenblick an an die Geschichte zu glauben. Der größte Teil des Buches wurde zu der Musik von Sarah Mclachlan geschrieben, deren *Fumbling Towards Ecstasy* den besten Soundtrack lieferte, den ich mir je hätte vorstellen können. Nicht zuletzt möchte ich meinen Mann, Richard Shallhorn, nennen, der die Entstehung des Buches wiederum mit seinem unverwüstlichen Humor und seiner Liebe begleitet hat.

Bitte beachten Sie
die folgenden Seiten